Leonor und Hedy, zwei Frauen, wie sie unterschiedlicher nicht sein könnten. Als sie sich ausgerechnet auf dem Friedhof begegnen, beginnt eine unwahrscheinliche Freundschaft zum unwahrscheinlichsten Zeitpunkt – und eine Reise von der Reeperbahn bis zum Indischen Ozean. Denn Leonor und Hedy beschließen, nichts mehr auf später zu verschieben: »Später«, das hat längst begonnen!

Bei Steffi von Wolff gibt es immer etwas zu lachen, selbst wenn einem vielleicht nicht danach zumute ist – denn dieses Leben ist verrückt, lustig, traurig, absurd und schön.

Steffi von Wolff, geboren 1966, arbeitet als Autorin, Redakteurin, Moderatorin, Sprecherin und Übersetzerin. Sie wuchs in Hessen auf und lebt heute mit ihrem Mann in Hamburg. Ihre Bücher nehmen kein Blatt vor den Mund – und sind Bestseller.

Weitere Informationen finden Sie auf www.fischerverlage.de

STEFFI VON WOLFF

Später hat längst begonnen

Roman

FISCHER Taschenbuch

MIX
Papier aus verantwortungsvollen Quellen
FSC® C083411
FSC
www.fsc.org

Originalausgabe

Erschienen bei FISCHER Taschenbuch
Frankfurt am Main, März 2017

Satz: Pinkuin Satz und Datentechnik, Berlin
Druck und Bindung: CPI books GmbH, Leck
Printed in Germany
ISBN 978-3-596-17160-6

Für Susi.
Freundin und Seelenverwandte.

»Der Sinn des Lebens besteht darin,
die gegebene Frist sinnvoll zu nutzen.«

ROGER WILLEMSEN

TEIL I

1

Hamburg
Montag, 26. September

»Ja, ja«, sagt Herr Dinkelgärtner weise und nickt dabei wie ein Wackeldackel. »Der Tod kostet halt Geld. So ist das halt.« Gütig lächelt er mich an, senkt den Kopf dabei, und seine Lesebrille rutscht bis ganz vorn auf die Nasenspitze. »Aber das Leben ist ja auch teuer. Das muss man halt auch in die Waagschale werfen.«

Ich glaube, ich höre nicht richtig. »Wie jetzt? Wollen Sie mir damit sagen, dass ich froh sein kann, bald unter der Erde zu liegen? Damit ich mich nicht mehr darüber aufregen muss, dass ein Standardbrief schon wieder zwei Cent teurer wird?«

Er zögert kurz und sagt dann: »Das war halt ein bisschen unglücklich ausgedrückt.« Jetzt setzt er seine Brille ab, wofür ich dankbar bin, denn sie ist so verschmiert, dass ich mich die ganze Zeit schon gefragt habe, wie er dadurch überhaupt etwas erkennen kann. Übertrieben haucht er auf die Gläser ein und wienert mit einem Papiertaschentuch darauf herum, dann setzt er die Brille wieder auf. »Wir haben halt gestern erfahren, dass wir in drei Monaten mehr Miete zahlen müssen. Fünfzehn Prozent. Also das ist halt schon ein Happen. Da hab ich mich mit meiner Frau halt ganz schön drüber aufgeregt.« Herr Dinkelgärtner schüttelt den Kopf. »Alles Halsabschneider. Aber so ist das halt.« Er überlegt kurz. »Irgendwas wollte ich noch sagen, was war es nur ... ach ja, habe ich schon erwähnt, dass man Beerdigungen steuerlich absetzen kann?«

»Halt«, sage ich.

»Was ist?«, fragt er erschrocken.

»Sie haben einen Satz ohne ›halt‹ gesagt. Das verwirrt mich ehrlich gesagt ein bisschen.«

»Hahahaha«, macht Herr Dinkelgärtner und gibt Geräusche von sich wie ein Ferkel, das sich an irgendetwas verschluckt hat. »Sie sind ja lustig. *Sie sind ja lustig!* Hahahahaha! Nein, hahaha…aaaaalt.« Er freut sich über diesen Hammerscherz, kriegt sich aber zum Glück wieder ein. »Sie sind mir eine«, sagt er und wackelt gespielt drohend mit einem Zeigefinger. »Aber zurück zur Sache. Das ist halt ein wichtiger Aspekt. Das steuerliche Absetzen.«

»Herr Dinkelgärtner«, sage ich. »Ich glaube, Sie verstehen die Situation nicht ganz. Wie soll ich denn bitte meine eigene Beerdigung von der Steuer absetzen?«

»Das ist halt eine außergewöhnliche Belastung.«

Herr Dinkelgärtner kapiert irgendwie gar nichts.

»Wenn ich tot bin, bin ich tot«, erkläre ich ihm. »Möglicherweise sitze ich dann zwar im Himmel auf irgendeiner Wolke und freue mich, dass ich noch eine Steuererstattung bekommen hätte, aber das glaube ich eher nicht.«

Obwohl – das ist eigentlich wirklich interessant. Ich bin freiberufliche Journalistin. Wir haben Ende September, und ich habe trotz der Krankheit in diesem Jahr so halbwegs was verdient, was daran lag, dass ich, wann immer ich auch nur ansatzweise konnte und nicht flachlag, gearbeitet habe, um nicht über Metastasen nachzudenken. Ich habe auch schon Vorauszahlungen ans Finanzamt geleistet. Wer kriegt denn dann die Erstattung? Auch wenn's nur fünfhundert Euro sind oder so, an wen geht das? Ich habe noch gar kein Testament gemacht, weil ich ganz schön durch den Wind bin, seit die endgültige Diagnose feststeht. Wer gesagt bekommt, dass es leider, leider nach ärztlichem Ermessen keine Hoffnung mehr gebe und man noch ungefähr drei Monate zu leben habe, ohne dass man sich hier festlegen wolle, das nicht, es seien schon Zeichen und Wunder geschehen, andererseits aber könne es auch gut sein, dass es nur noch sechs Wochen oder zwei Monate oder was weiß ich dauert, und die Statistik, die Statistik …, der darf das schon mal sein, finde ich. Vor zehn Tagen war das. Dafür ziehe ich das hier ganz gut durch. Ich habe mich im Griff. Noch. Natürlich gibt es schlimme und sehr schlimme Tage, aber auch gute. An diesen guten Tagen habe ich gearbeitet. Glücklicherweise hatte ich einige Aufträge, das war auch nötig. Was dieser Herr Dinkelgärtner mich kostet, ist schon der Wahnsinn.

Der Krebs hat mich verändert. Früher war ich ein fröhlicher Mensch, lebenshungrig, spontan, nicht an Konsequenzen denkend. In Australien bin ich fast mal von einem Hai gefressen worden, weil ich nicht auf die Warnungen der Einheimischen gehört hatte und zu weit rausgesurft bin. Ich hatte ein gutes Leben. Freunde. Jetzt ist das anders. Ich habe mich während des Krankheitsverlaufs ziemlich zurückgezogen, und viele konnten nicht gut damit umgehen. Wie denn auch? Krebs ist ja kein abgebrochener Fingernagel. Ich bin nicht sauer, es war ja meine Entscheidung. Bei manchen Leuten hatte ich allerdings das Gefühl, dass sie über meinen Rückzug erleichtert waren.

Hin und wieder keimt eine Wut in mir auf, die ich so gar nicht an mir kenne. Dann denke ich darüber nach, was ich alles tun könnte, ohne dass es Konsequenzen hätte, weil ich ja todkrank bin. Ich könnte zum Beispiel Herrn Dinkelgärtner einfach anschreien, weil er so einen Mist von sich gibt. Oder mit der rechten Hand ausholen und seinen Schreibtisch leerfegen, weil er gepfefferte Preise verlangt und dauernd »halt« sagt. Aber das wäre unhöflich. Und was hätte ich davon? Herr Dinkelgärtner trägt keine Schuld an meiner Lage. Der Mann macht nur seinen Job. Und er scheint ihn schon lange zu machen, denn als ich ihm sagte, dass es bei mir zu Ende gehen wird, und ich vorher alles regeln will, hat er nur genickt und »Ist halt nicht zu ändern« gesagt.

»Ach ja«, sagt er nun. »Ich hatte so einen Fall halt noch nie. Hoffentlich sind Sie nicht nachtragend, aber so schätze ich Sie auch gar nicht ein. In ein paar Monaten lachen Sie drüber.«

Ich starre ihn an und überlege doch kurz, irgendwas zu tun. Der Mann tritt in keine Fettnäpfchen, er lässt sich *reinfallen*, mit seinem ganzen Körpergewicht, und das ist nicht wenig. Herr Dinkelgärtner ist klein, und zwar so klein, dass seine Füße den Boden nicht berühren, wenn er in seinem Drehstuhl bis an die Rückenlehne rutscht, was er getan hat. Er ist rund wie eine Kugel, ganz außer Atem, und er hat kleine Wurstfinger. Sie müssen im Laufe der Jahre dicker geworden sein, denn der Ehering sitzt so eng am rechten Ringfinger, dass man vom Hinschauen Beklemmungen bekommt. Die Kleidung ist ebenfalls zu eng. Alles an dem Mann lässt einen nach Luft schnappen. Sogar die Haare liegen so eng am Kopf, dass man sie mit Rundbürste und Föhn bearbeiten möchte, damit ein bisschen Lockerheit in die Gestalt kommt.

Kurz überlege ich, ihn wegen der Steuererstattung zu fragen, aber womöglich sagt er dann, dass er das innerhalb eines Jahres rauskriegen und mich anrufen wird, also lasse ich es. Himmel, ich muss ein Testament machen! Nicht dass ich dem lieben Staat meine Steuererstattung schenke! Dann vermache ich die lieber einer Waldorfschule. Damit kann dann neues Saatgut und haufenweise naturbelassene Wolle für schicke Pullis gekauft werden.

»Nein, ich bin nicht nachtragend. Wie auch?«, sage ich.

Herr Dinkelgärtner geht nicht darauf ein, was ich fast schade finde.

»Dann lassen wir das halt mal mit den steuerlichen Geltendmachungen«, sagt er. »Sie wollten ja eine Grabstelle aussuchen. Ich habe mich halt schon mal erkundigt, und schauen Sie hier. Es gibt sogar Fotos. Ich bin ja mit den Mitarbeitern auf den Friedhöfen gut bekannt.« Stolz sieht er mich an. »Mit einigen gehe ich halt auch hin und wieder mal ein Bier trinken. Gerade gestern hat …«

»Toll«, sage ich und frage mich, warum ich eigentlich ausgerechnet bei Herrn Dinkelgärtner einen Termin gemacht habe. Wahrscheinlich wegen des Fotos, das er von sich auf seine Homepage gestellt hat. Er sieht darauf aus wie eine dicke männliche Hebamme, die während ihres ersten Geburtsvorgangs feststellt, den falschen Berufsweg gewählt zu haben. Die Website strotzt vor Rechtschreib-, Logik- und allen möglichen anderen Fehlern.

Warum auch immer, fand ich das irgendwie sympathisch. Haben wir nicht alle unsere Fehler?

Außerdem wollte ich keinen Bestatter, der mit Nachnamen »Sarg« heißt (das habe ich beim Googeln wirklich gefunden, einen Stephan Sarg, der Bestattungen macht). Oder einen namens »Hahn«, der seinen Laden ganz witzig *TrAuerHahn* nennt. Oder den mit dem Foto von seinem Hund auf der Website, der zwischen zwei Särgen Männchen macht, und dazu die Überschrift: *Bei unseren günstigen Preisen dreht sogar der Hund durch!* Was für ein Unsinn.

Herr Dinkelgärtner kramt in seiner Mappe herum und legt Fotos auf den Tisch. Er räuspert sich. »Also: Bei der Bestattung in einem Sarg ist die Auswahl an möglichen Grabalternativen halt schon sehr eingeschränkt. Die traditionelle Methode ist dabei halt die Beisetzung eines Sarges in ein Erdgrab, die auch Beerdigung genannt wird.« Er macht eine Pause und sieht mich an. »Haben Sie bis hierhin alles verstanden?«

»Ja. Ich weiß jetzt, dass die Beisetzung eines Sarges in ein Erdgrab Beerdigung genannt wird«, erkläre ich.

Dankbar nickt er. »Genau. Dabei kann zwischen einer Beerdigung in einem Erdwahlgrab, einem Erdreihengrab oder halt einer anonymen Beisetzung gewählt werden. Die Auswahl hat unter anderem halt Einfluss auf die Gestaltungsmöglichkeiten und mögliche Folgekosten, etwa für die Grabpflege. Bei einem Wahl- bzw. Reihengrab kann die Gestaltung des Grabbeetes nach den Richtlinien des Friedhofs halt persönlich vorgenommen werden. In Ohlsdorf ist das, glaub ich, kein Problem, da frag ich noch mal nach. Bei anonymen Gräbern ist eine individuelle Grabgestaltung halt untersagt. Auch die Grabbepflanzung wird hier vom Friedhof übernommen. Dann hat man die …«

»Moment, Moment, Moment …« Das wird mir zu viel. Ich möchte nicht Beisetzung *studieren*, sondern in drei Monaten beerdigt werden. Vielleicht sogar schon früher.

Der Mist ist, dass ich manchmal immer noch denke, alles wird gut. Alles wird gut. Alles muss gut werden. Das liegt an den Medikamenten. Es sind richtige Hammermedikamente, und manchmal sind die Schmerzen verschwunden. Einfach weg. Dann denke ich, vielleicht haben sich *doch* alle geirrt. Sie müssen sich geirrt haben! Man hört ja immer mal wieder von Fehldiagnosen. Dass Krankenakten vertauscht wurden oder der Arzt denkt, er hätte einen anderen Patienten vor sich. Aber immer, wenn ich mir sicher bin, dass die Schmerzen nicht mehr wiederkommen, schlagen sie zu. Diese Schmerzen sind sadistische Schweine. Sie warten nur darauf, dass ich Hoffnung schöpfe, dann kommen sie hämisch grinsend und fies kichernd wieder aus ihrem Versteck gesprungen und zeigen mir, wer hier das Sagen hat.

Wenigstens ist heute ein guter Tag: Die Sadisten halten Ruhe. Wahrscheinlich warten sie bis zum Abend, wenn ich müde bin, um mir ihren Besuch abzustatten. Die Medikamente, die ich dann einnehmen muss, stellen mich so ruhig, dass ich noch nicht mal mehr fernsehen kann. Ich liege nur tumb herum und nehme alles wie durch Watte wahr – und wenn ich ehrlich bin, könnte ich dann eigentlich auch gleich tot sein.

Apropos. Ich schaue mir die Fotos durch und ziehe eine Grabstätte in die engere Wahl, weil sie neben einem schönen Baum liegt. Die Blätter haben ein hübsches, sattes Grün, was mir komischerweise wichtig ist. Wenn ich schon tot bin, will ich wenigstens neben einem schönen, gesunden Baum liegen. Ich will nichts, was anfällig ist für Schädlingsbefall. Ich möchte auch nicht, dass über mir mit giftigen Bekämpfungsmitteln gearbeitet wird. Ich will, dass alles in Ordnung ist. Ich will mich gut fühlen, wenn ich da liege.

»Sie haben einen guten Geschmack«, freut sich Herr Dinkelgärtner. »Die Grabstätte ist gerade abgelaufen. Es wurde schon wieder alles eingeebnet und wartet auf den nächsten Besuch.«

»Da hab ich ja richtig Glück.«

Er nickt eifrig. »Haha, ja, aber nicht vergessen: ›Besuch und Fisch bleiben nur drei Tage frisch.‹ Das hat meine Mutter immer gesagt, sie …« Er stockt und knetet seine Hände. »Bitte entschuldigen Sie. Also so was. Herrje, ich wollte halt nur nett sein.«

»Das sind Sie ja auch.«

Er ist es ja wirklich. Aber der Mann quasselt sich um Kopf und Kragen und wirkt dabei hilflos wie ein Welpe, der ohne Mutter auf einer starkbefahrenen Kreuzung steht und nicht weiß, wohin. Ich bin froh, dass ich allein hier bin und Nupsi nicht darauf bestanden hat mitzukommen. Sie ist meine älteste Freundin, wir kennen uns schon Ewigkeiten, und sie kann ganz schön barsch werden, wenn's nötig ist, auch wenn es ihr hinterher oft leidtut. Ich bin eher der Typ Mensch, der die Dinge als gegeben hinnimmt. Das heißt jetzt nicht, dass ich alles mit mir machen lasse, das nicht. Aber wenn ich etwas nicht ändern kann, rege ich mich einfach nicht drüber auf oder versuche es zumindest – was wiederum Nupsi total aufregt. Nupsi war mal dabei, als ich zwei weiße Blusen aus der Reinigung abholen wollte. Das ist ein Luxus, den ich mir schon immer gegönnt habe: Blusen in die Reinigung bringen. Dort werden sie schön gebügelt, und ich hasse Bügeln. Das Problem war jetzt nur, dass sie diesmal nicht nur gut gebügelt, sondern auch zartblau geworden waren. Ich wies natürlich auf diesen Zustand hin, aber die Reinigungsbesitzerin gehörte nicht zu den Menschen, die Fehler eingestehen, sondern zu denen, die immer nach etwas suchen, was Schuld an der Misere hat, damit sie bloß im Recht sind. Das habe ich noch nie begriffen: Was ist so schlimm daran, etwas falsch zu machen? Ich glaube, viele Menschen denken, wenn sie das zugeben, zeigen sie Schwäche. Ich finde es viel stärker, zu sagen: »Ja, Sie haben recht. Die Bluse ist verfärbt. Ich ersetze Ihnen natürlich den Schaden.« Nicht so die Reinigungsfrau.

Ich sagte: »Die Blusen waren weiß. Jetzt sind sie blau. Ich wollte sie nur reinigen und nicht umfärben lassen.«

»Umfärbe biete mer auch gar net an«, sagte die schmallippige, hagere, offenbar aus Hessen stammende Frau und sah uns herablassend an.

»Warum sind die Blusen dann jetzt blau, wenn Sie Umfärben nicht anbieten?«, fragte ich, während man Nupsi ansah, dass sie die Frau am liebsten geschüttelt hätte.

»Des is e schönes Blau«, sagte die Frau. »Des steht Ihne.«

»Unbestritten«, sagte ich, während Nupsi nun schon schwerer atmete. »Aber hätte ich blaue Blusen *gewollt*, hätte ich blaue Blusen *gekauft*. So einfach ist das. Oder ich hätte Ihnen beim Herbringen gesagt, dass es nicht schlimm ist, wenn die Blusen blau werden.«

»*Isch* hab die Blusen net angenomme«, sagte die Frau.

»Ich *habe* ja auch gar nichts gesagt, weil ich die Blusen *einfach nur reinigen lassen wollte.*«

Die Frau dachte nach. »Die Bluse *sin* ja gereinischt«, sagte sie dann.

»Und *blau*«, sagte ich.

»Aber schön blau. Des ist wirklisch schön«, rechtfertigte sie sich erneut und dachte kurz über ihren nächsten Schachzug nach. »Isch versteh Ihr Problem aa net. Des is einfach e Farbumkehrung.«

»Was?«

Nun war sie sich ihrer Sache sicher: »Ei, e Farb-um-keh-rung.« Sie nickte und verschränkte die Arme. »Des bassiert manschemal aafach so. Des is e höhere Macht.«

»Was ist denn das für ein Schwachsinn?«, fragte Nupsi, die sich nun nicht mehr zurückhalten konnte. »Wir sind doch hier nicht bei Photoshop oder so. Sie haben doch bestimmt eine Versicherung gegen so was.«

»Net gesche Farbumkehrung«, sagte die Reinigungsfrau und zuckte bedauernd mit den Schultern.

Ich sagte: »Ach so. Na dann.«

»Wie ›na dann‹?«, fragte Nupsi erschüttert. »Du willst jetzt einfach so gehen?«

»Ja«, sagte ich. »Ich gehe jetzt einfach mal davon aus, dass die Reinigung in Blau aufs Haus geht.«

Die Reinigungsfrau öffnete den Mund und wollte etwas sagen, aber Nupsi tötete sie mit Blicken, also schwieg sie. Ich nahm die Blusen, sagte »Auf Wiedersehen« und verließ die Reinigung; Nupsi stapfte wütend hinter mir her.

»Was sollte das denn? Du kannst die doch nicht einfach so vom Haken lassen.«

»Doch«, sagte ich. »Du glaubst ja wohl nicht, dass ich es auf einen Rechtsstreit wegen zwei Blusen ankommen lasse. Die sind auch nur von H&M. Und da waren sie sogar noch reduziert.«

»Das ist doch völlig egal«, sagte Nupsi wütend. »Die Frau war im Unrecht.«

»Ja, war sie. Aber das ist mir egal. Die Aufregung, die da jetzt entstanden wäre, überleg mal. Das ist mir die Sache nicht wert. Gönnen wir der Frau ihren Triumph, und ich habe jetzt umsonst saubere blaue Blusen bekommen.«

»Das ist doch eine total bescheuerte Argumentation«, fing Nupsi an. »Ich würde an deiner Stelle …«

»… das Thema jetzt abhaken«, sagte ich. »Genau. Lass uns irgendwo einen Cappuccino trinken gehen.«

Ja, so bin ich. Was soll ich mir das Leben unnötig schwermachen? Und jetzt schon gar nicht mehr. Ich merke, dass ich meinen Pragmatismus mittlerweile als Schutzschild vor mich halte, und das funktioniert sehr gut. So lasse ich nichts an mich rankommen, regle die Dinge und versuche, mich damit über Wasser zu halten, solange es eben geht. Ich versuche, die Emotionen zu unterdrücken, was mir erstaunlich gut gelingt. Nupsi sagt, irgendwann würde alles geballt aus mir herausbrechen. Nun gut. Aber bis dahin bin ich so, wie ich bin. Recht gelassen. Und freudlos. Früher war ich lebensfroh, und das bin ich nun eben nicht mehr. Wozu auch? Meine einzige Freude ist momentan der schöne Baum.

»Ich nehme das Grab«, sage ich nun zu Herrn Dinkelgärtner.

»Wollen Sie sich halt nicht die anderen Fotos erst noch ausgiebig ansehen beziehungsweise erst mal auf den Friedhof gehen und schauen, ob …«

»Nein, es ist schön, ich will es haben. Ich nehme es, und dann gehe ich später auf den Friedhof, um es mir anzuschauen.« Ich will das jetzt erledigen.

»Gut.« Er zuckt mit den Schultern und macht sich Notizen. »Was ist mit einem Grabstein? Ich habe hier halt gute Angebote von einem Steinmetz. Ich hab auch Steine zur Ansicht hinten im Lager. Da gebe ich Ihnen Prospekte mit. Er hat halt wirklich hübsche Ideen. An einem Stein von ihm werden Sie lange Freude haben.«

Ich stehe auf. Es genügt.

»Sie wollen schon gehen?« Herr Dinkelgärtner sieht richtiggehend erschüttert aus. »Habe ich etwas falsch gemacht?«

Nein. Natürlich nicht.

»Nein, natürlich nicht«, seufze ich. »Sie machen alles richtig.«

»Der Ohlsdorfer Friedhof bietet halt Vorsorgeleistungen an. Das heißt, Sie bezahlen im Voraus und reservieren halt gegen eine geringe Gebühr den Platz, und die eigentliche Ablaufzeit beginnt dann aber erst mit dem Tag der Beisetzung. Das machen viele so. Sonst sind die guten Gräber halt schnell weg.«

»Deswegen nehme ich es ja auch«, sage ich. »Das wollen wir ja nicht, dass das gute Grab weg ist.«

»Gräber neben Bäumen werden halt gern genommen.«

»Ich *nehme* ja auch eines neben einem Baum.«

»Gut.« Herr Dinkelgärtner räuspert sich. »Also noch eine Info zur Vorsorge: Die Vorsorge umfasst neben der Grabstätte halt folgende Leistungen: Verstorbenenannahme, Ausheben der Gruft und …«

»Danke. Ich schaue mir das alles in Ruhe an.«

»Okidoki«, sagt er. »Aber warten Sie. Für die Vorsorge hab ich halt auch einen Flyer. Und das Grab blocke ich schon mal, ja? Dann unterschreiben Sie bitte hier. Ich räume Ihnen dann trotzdem noch Zeit zum Nachdenken ein. Dann haben Sie es sicher und müssen sich nicht ärgern, wenn jemand schneller ist, falls Sie noch überlegen wollen. Die sind wie gesagt halt schnell weg, die guten Gräber. Hier, bitte, da ist die Nummer und der Standort des Grabes. Ein schönes Grab, wirklich. Der Baum ist halt auch wirklich wunderhübsch. In vielen Bäumen nisten Singvögel. Der Gesang ist wirklich hübsch. Sehr melodisch halt.« Er wird rot. So langsam scheint er zu merken, was für einen Dünnpfiff er von sich gibt. Er steht nun auch auf und reicht mir die Flyer. »Also wegen der Singvögel«, sagt er, »ich meinte, das ist doch schön, wenn man da nicht immer so alleine ist.«

Ach je. Das finde ich jetzt aber doch süß von Herrn Dinkelgärtner.

»Wie lieb von Ihnen«, sage ich. »Ja, vielleicht höre ich es ja dann hin und wieder.« Nur nicht dramatisch werden. Wir sind ja hier in keiner Schnulze.

»Äh«, macht Herr Dinkelgärtner. »Sie? Nein, Sie meinte ich gar nicht. Ich meinte die Friedhofsgärtner. Die haben ja nicht viele, mit denen sie während der Arbeit reden können. In den Gräbern liegen ja Tote. Aber dann haben sie wenigstens den Gesang der Vögel.«

Bevor er noch irgendetwas sagen kann, verlasse ich sein Büro.

Als ich vor kurzem die endgültige Diagnose bekam, wollte ich anfangen, Tagebuch zu schreiben. Eine Viertelseite habe ich geschafft. Der erste Satz lautete: *Dieses Tagebuch gehört Leonor Sperber zu Lindenfels.* Ich kann nichts dafür, dass ich so heiße, aber es gibt schlimmere Nachnamen. Schade übrigens, dass er nun gar nicht mehr fortgeführt wird. Vielleicht sollte ich Nupsi adoptieren, das ist ja überhaupt mal eine Idee. Nupsi heißt nämlich Ninette Nups. Sie findet es heute noch unmöglich von ihren Eltern, dass sie sie so genannt haben. Aber da Jakob und Emilie mittlerweile in irgendeiner Alters-WG am Starnberger See wohnen und dement sind, ist ihnen das egal. Ninette Nups hört sich jedenfalls an wie eine Comicfigur, die einen Gastauftritt in einer

Folge von Benjamin Blümchen oder Bibi Blocksberg hat. Ninette Nups könnte eine kleinwüchsige, aus Paris stammende Nachwuchsjournalistin spielen, die der rasenden Reporterin bei Benjamin Blümchen, Karla Kolumna, den Rang ablaufen will, indem sie heimlich eine schlimme Sache recherchiert und dann mit großem Knall einen Betrug aufdeckt, nämlich den, dass die Vortagsbrötchen in der Neustädter Bäckerei frisch sind. Aber Nupsi ist keine Journalistin, Nupsi arbeitet in einer Galerie. In ihrer Jugend hat sie gemodelt. Sie ist groß, hat hellblonde Locken, ist superschlank und hat etwas selbstverständlich Schönes an sich, um das sie viele Frauen bis heute beneiden. An ihr sieht einfach alles gut aus. Wenn andere Frauen stundenlang beim Friseur hocken, um eine *Undone*-Frisur zu erhalten, wuschelt Nupsi einmal durch ihre Haare und sieht umwerfend aus. Das Alter macht ihr nichts aus, und man sieht es ihr auch nicht an. Nupsi kann eine viel zu weite, ausgeleierte Herrenstrickjacke anhaben, und man denkt: ›Wow! Wie sie diese Jacke trägt!‹ Nupsi hat kaum Falten, sondern eine wunderbare Haut, obwohl sie nur eine recht günstige Creme aus der Drogerie benutzt. Und Nupsi sieht aus, als würde sie täglich einmal um die Alster rennen, aber sie hasst Sport und kann alles essen, alles, eine Nupsi nimmt nicht zu. Sie ist Single und wohnt im selben Stadtteil wie ich. Nupsi könnte viele Männer haben – viele reiche kommen ja auch in die Galerie in der Hamburger Innenstadt –, aber sie hat die Nase gestrichen voll. Und warum? Nupsi war mal verheiratet – mit einem Baron, der Gandulf von und zu noch was hieß. Sie wohnten ganz feudal in einem Stadthaus Richtung Alster im Harvestehuder Weg, und Nupsi, die mal Kunstgeschichte studiert hatte und eigentlich selbst eine Galerie eröffnen wollte, verbrachte ihre Tage nun mit dem, was reiche Frauen so tun. Also irgendwie mit gar nichts. Wenigstens jammerte sie nicht rum wie so viele andere dieser Weiber. Doch, einmal hat sie gesagt, die Reisen nach Hawaii und ins Chalet in die Schweiz würden sie stressen, da hab ich ihr mal so richtig den Marsch geblasen. Unserer Freundschaft hat das aber alles keinen Abbruch getan. Wir lieben uns. Irgendwie, so fällt mir gerade ein, von Tag zu Tag mehr. Vielleicht, weil wir nicht mehr so viel Zeit haben.

Irgendwann hat Gandulfs Firma – Immobilien, nur das Beste vom Besten – Insolvenz anmelden müssen. Nupsi hatte nichts gewusst und kippte völlig aus den Latschen. Von heute auf morgen war alles weg, und Nupsi stand ohne etwas da, wohnte erst mal bei mir, und dann stellte sich auch noch raus, dass Gandulf kriminell war. Nupsi hatte aus ihrer Modelzeit ziemlich viel Geld gespart und angelegt, doch Gandulf hatte es auf ein Firmenkonto verschoben, und da war das Geld auch weg, Anwälte wurden engagiert, kosteten viel Geld, und Nupsi musste sich von der Prada-Tasche, ihrem Jaguar und ihren Armbanduhren trennen. Aber sie versuchte, sich nicht unterkriegen zu lassen, und arbeitete vorübergehend an der Kasse bei Edeka in Eppendorf, um wenigstens erst mal ein bisschen Kohle zu haben. Das zog sie ziemlich herunter, weil dort natürlich ihre ehemaligen Nachbarinnen einkauften. Mittlerweile arbeitet Nupsi in der Galerie, wo sie nicht rasend viel verdient, und alles, was sie entbehren kann, bekommen ihre dementen Eltern im Heim. Nupsi kommt über die Runden, aber eben gerade so. Ihr Traum ist eine eigene Galerie, aber die Erfüllung weit weg. Nupsi sagt immer, sie wolle mir finanziell unter die Arme greifen, aber das will ich verdammt nochmal nicht. Wie soll denn das auch gehen? Emilie braucht eine neue Spezialmatratze für ihr Bett; ich könnte Nupsi nicht mehr in die Augen schauen, wenn das Geld, das für diese Matratze bestimmt ist, für mich draufgeht. Und wir reden hier ja nicht mehr von allzu langer Zeit, in der es mir etwas nützen könnte. Emilie hat, wenn sie nicht plötzlich von der Pest dahingerafft wird, die Matratze länger als drei Monate. Nein. Ich bin immer allein klargekommen, und so wird das bis zu meinem absehbaren Ende bleiben.

Ich selbst war nie reich, so wie das viele dachten. Bei »Sperber zu Lindenfels« denkt man eine alte Adelssippe auf einer trutzigen

Burg, die vor siebenhundert Jahren von ausgemergelten Untertanen gebaut wurde, die dabei auch schon mal von Quadern erschlagen wurden. Aber das war den Adligen egal, sie wohnten auf sechstausend Quadratmetern, trugen Keuschheitsgürtel und arbeiteten in kritischen Situationen mit Säbel und Morgenstern, anstatt erst mal alles zu reflektieren oder sacken zu lassen. Und anstelle von Ausdrücken wie »Achtsamkeit« oder »Da bin ich ganz bei dir« gab's eins auf die Zwölf. Es existierte wohl tatsächlich mal eine Familienburg, aber die wurde Papas Familie abgenommen, weil sie sich so hoch verschuldet hatte, so genau kriege ich das nicht mehr zusammen. Und die Burg würde mir ja jetzt auch nichts mehr nützen. Nein, wir waren eine ganz durchschnittliche Familie. Das dazu.

So. Dann stand da noch im Tagebuch: *Geboren am 2. Oktober 1966* (ja, ich werde bald 50, in einer Woche, um genau zu sein!), *Beruf: Journalistin. Wohnt in: Hamburg.*

Und dann? Sollte ich da reinschreiben: ›Liebes Tagebuch, ich vertraue dir ab sofort meine geheimsten Geheimnisse an, damit ich mich, wenn ich alt bin, mal an alles erinnere.‹? So ein Blödsinn. Ein »alt« wird es nicht mehr geben.

Ich war bei vielen Ärzten und werde jetzt nicht herunterleiern, was sie mir alle erzählt haben. Letztendlich zählt ja auch nur das Ergebnis: Lungenkrebs, genau gesagt nicht-kleinzelliger Lungenkrebs. Ich gehöre zu den geschätzt 85 von 100 Fällen mit dieser Krebsart. Kleinzelliger ist schlimmer, da der Krebs schneller wachsen kann und sich auch gern auf andere Organe ausbreitet. Wenn der nicht-kleinzellige aber streut, ist er genauso schlimm. Wenn er streut, ist er tödlich. Und bei mir hat er letztendlich gestreut.

»Sie können froh sein«, habe ich anfangs oft gehört. Und: »Freuen Sie sich doch mal.« Einer der Onkologen, bei denen ich war, konnte nicht verstehen, dass ich nicht vor Freude jubelnd aufgesprungen bin und geschrien habe: »Ich habe nicht-kleinzelligen Lungenkrebs, ist das herrlich!« Er konnte nicht begreifen, dass ich in eine Art Schockstarre fiel. Er war einer von den Ärzten, die grundsätzlich nur Fakten sehen und nicht den Patienten, nicht den Menschen. Ich finde ja, Onkologen müssten ALLE ein begleitendes Psychologiestudium absolvieren. Denn allein die Diagnose Krebs haut einen völlig aus der Bahn.

Der Arzt erzählte mir dann etwas von einem Tumor im Lungenoberlappen, sehr ungünstig sei das – ich dachte mir, es würde wohl auch niemand sagen, dass es *günstig* sei, einen Tumor in der Lunge zu haben. Er sagte, er würde sich dann über die weitere Therapie Gedanken machen, danke, das war's für heute, er müsse zu einem anderen Patienten. Gut, der Mann war eine Ausnahme und hatte vielleicht einen schlechten Tag, aber kann man sich da nicht mal zusammenreißen? Es geht ja nicht um ein aufgeschlagenes Knie.

Und dann ist der Krebs leider doch gewachsen.

Ich habe geraucht bis zu dem Tag, an dem ich so stark husten musste, dass ich endlich zum Arzt ging. Ja, ich hatte es rausgezögert – man kennt ja diese Halbschnupfen oder -husten, die nie richtig weggehen, aber einen auch nicht weiter stören. Nur dass es bei mir schlimmer wurde, und ich irgendwann Blut im Mund hatte.

Bis dahin habe ich viel geraucht. Sehr viel. Zwei große Schachteln am Tag, 360 Euro im Monat wurden verqualmt. Meine Güte, was habe ich mich über das Nichtrauchergesetz aufgeregt. Nupsi rauchte auch, und gemeinsam wurden wir zu richtigen Kampfraucherinnen, die sich ihren Platz in der Gesellschaft ertrotzen wollten. Immerhin waren wir beide in einer Zeit groß geworden, in der Rauchen einfach dazugehörte. Hallo, in Krankenhäusern gab es in jedem Stockwerk Raucherräume, an den Aufzügen standen Sandaschenbecher, man durfte beim Arzt im Wartezimmer rauchen, im Flugzeug, im Restaurant, in der Bahn! Ich weiß noch, wie ich im VW Käfer meiner Eltern ohne Gurt auf der Rückbank herumgehopst bin, und Vater und Mutter rauchten und rauchten und kurbelten das Fenster auch nicht nur ein Stück runter, weil meine Mutter immer Angst hatte, dass sie vom Zug einen steifen Nacken bekommen könnte. Ich sehe heute noch die Rauchschwaden, die durch das kleine Wageninnere waberten. Der Zug, sagte meine Mutter jedenfalls immer, würde sie umbringen. Und rauchte dabei fleißig weiter, ohne darüber nachzudenken, was sie sich damit antat. Bei uns zu Hause wurde in jedem Raum gequalmt, meine Eltern rauchten sogar im Schlafzimmer. Es war normal, dass Besuch Zigaretten angeboten bekam. Ich habe sogar ein Benimmbuch aus den fünfziger Jahren, in dem steht im Kapitel »Patientenbesuch im Krankenhaus«, dass es unhöflich sei, sich vor dem bettlägerigen Kranken eine Zigarette anzuzünden – erst solle man *ihm* eine anbieten, denn er sei ja geschwächt und könne nur mit Mühe oder gar nicht aufstehen. So war das. Heute gibt es die demütigenden Glaskästen in Flughafengebäuden, man muss Tausende Euro blechen, wenn man im Flugzeug auf dem Klo raucht, in den USA kann man sogar ins Gefängnis wandern, und in arabischen Ländern gibt es, wenn man erwischt wird, 50 Peitschenhiebe. Im Winter stehen zitternde Arbeitnehmer während ihrer Rauchpausen frierend und mit ihrem Schicksal hadernd auf der Straße, und wenn es regnet, drängeln sich alle unter ein viel zu kleines Vordach. Die Chefs und Kollegen sind sauer, weil die Rauchpausen ja von der Arbeitszeit abgehen.

Ich war einige Male im Krankenhaus, mir ist unter anderem der rechte obere Lungenlappen entfernt worden, was aber letztendlich auch nichts nützte, und konnte von meinem Fenster aus den Raucherplatz sehen, es war ein groteskes Bild. Menschen in Rollstühlen, mit Infusionsständern, Gips und Verbänden standen da in Jogginghosen oder Morgenmänteln und quarzten hektisch vor sich hin. Ich weiß noch, dass ich dachte: ›Eigentlich müsste ich runtergehen und denen meine Röntgenbilder zeigen und von den Chemos erzählen und davon, wie beschissen es einem insgesamt geht.‹ Aber ich tat es nicht.

Damals habe ich zum ersten Mal darüber nachgedacht, dass es vielleicht doch ganz sinnvoll ist, das Nichtrauchergesetz. Mittlerweile würde es mich freuen, wenn das Rauchen komplett verboten worden wäre, damals, als ich es tat. Aber das wäre ja mit den gewünschten Tabaksteuereinnahmen nicht zu vereinbaren. Leider. Ich würde gern noch mehr Steuern zahlen und dafür den Krebs verschenken.

Jedenfalls rauche ich seitdem nicht mehr. Ich habe einfach aufgehört. Einfach so. Eigentlich sollte man allen Leuten, die mit dem Rauchen aufhören wollen, weismachen, dass sie Lungenkrebs haben. Dann bräuchte man keine Entwöhnungsseminare mehr. Es war ganz einfach für mich, mit dem Rauchen aufzuhören, obwohl ich immer gedacht hatte, dass es unmöglich sei. Aber es ging. Trotzdem verstehe ich wirklich jeden Raucher, jeden einzelnen. Es ist wunderbar, morgens zum Kaffee die erste Zigarette zu rauchen. Überhaupt ist rauchen schön. Gesellig. Man fühlt sich gut. Rauchen ist Belohnung und Freizeit. Wenn ich einen Artikel schrieb, habe ich mich nach jeder Seite mit einer Zigarette belohnt. Wer sich an die Tabakwerbungen von früher erinnert, wird nie einen hektischen Raucher gesehen haben. Alles war gelassen und friedlich. Allein der Marlboro-Cowboy, wie er da im Sonnenuntergang auf dem Gaul saß und sich erst mal eine anzündete … Aber ich möchte zu jedem einzelnen Raucher hinrennen und ihm die brennende Zigarette aus dem Gesicht schlagen. Ich möchte ihm sagen, dass er in Kauf nimmt zu sterben. Jeder einzelne Zug kann ihn näher ans Grab bringen. Aber die meisten wollen das nicht hören. Ich habe es auf einer Feier mal angesprochen, da war ich schon krank. Es kamen nur bekloppte Sätze wie: »Dafür trinke ich wenig Alkohol«, »Meine Oma hat ihr Leben lang Kette geraucht und ist fast hundert geworden« oder, die Krönung: »Ich rauche nur Tabak, der biologisch angebaut worden ist.«

Natürlich wissen die Leute, dass das eigentlich schwachsinnig ist. Doch sie rauchen weiter. Und weiter. Und weiter.

Ich könnte jetzt auch rauchen, wenn ich wollte. Jetzt wäre es egal. Der Kampf ist eh verloren. Aber dann hätte ich das Gefühl, total aufgegeben zu haben. Ich will wenigstens in der Zeit, die mir noch bleibt, gesund leben. Klingt das blöde? Na ja, vielleicht nehme ich eine Stange Marlboro mit ins Grab.

Dauernd denke ich: Wäre ich bloß früher zum Arzt gegangen! Aber erst, als ich richtige Schmerzen hatte, habe ich einen Termin gemacht. Mein damaliger Freund Sven war auf einer Auslandsreise, und ich rief Nupsi an. Damals, vor vier Jahren, nachdem ich nach dem Gespräch mit dem Arzt, der sich über eine Therapie Gedanken machen wollte, eine Stunde lang planlos und frierend, weil ich meine Jacke in der Praxis vergessen hatte, in der Innenstadt herumgeirrt war. Sie kam sofort, las mich auf, schleppte mich in eine Bar und bestellte uns Hochprozentiges. Ich weiß noch, dass ich dachte: ›Ach, stecken da schöne Sonnenschirmchen in den Cocktails.‹ Es war eine Raucherbar, und Nupsi holte ihre Zigaretten raus.

»Ich rauche ab sofort nicht mehr«, sagte ich tonlos.

»Entschuldige. Wie saublöd ich bin!«, sagte Nupsi und steckte die Packung weg. Dann holte sie sie wieder raus und gab sie dem Barmann mit der Bitte um Entsorgung.

»Kann ich die haben?«, fragte er.

»Wenn Sie Bock auf ein Bronchialkarzinom haben, wie meine Freundin hier es hat, dann nur zu«, sagte Nupsi.

Der Barmann guckte erschrocken und warf die Packung weg.

Nupsi sagte zu mir: »Ich höre auch auf. Und zwar heute. Jetzt in diesem Moment.«

Sie streckte die Hände nach meinen aus, ich nahm sie, wir drückten sie uns gegenseitig fest und schauten uns dabei an. Nupsi blickt einem so in die Augen, dass man sich sicher und geborgen fühlt. Sie nickte mir kurz zu, dann strich sie mir über die Wange. Sie musste nichts sagen, ich wusste, was es bedeutete: ›Ich lass dich nie allein.‹

Am nächsten Tag ging Nupsi zu dem Arzt und machte ein

Riesentheater im Empfangsbereich der Praxis, bis er endlich angerauscht kam. Nupsi brüllte ihn zusammen, wie man eine Patientin nach einer solchen Diagnose einfach so wegschicken könne, ohne zu fragen, ob man jemanden anrufen solle. »Ich glaube, die Belegschaft fand das auch gut«, erzählte mir Nupsi. »Die haben alle bloß dagestanden und gehofft, dass ich ihn noch trete oder so. Sie hatten ein Glitzern in den Augen. So nach dem Motto: ›Endlich sagt mal jemand das, was wir schon lange sagen wollen.‹ Ich würde es wieder machen. Haben dich noch mehr Ärzte schlecht behandelt?«

Das war also vor vier Jahren. Ein Behandlungsplan bei einem neuen Arzt wurde erstellt, und noch bevor man überhaupt angefangen hatte, ging ich mit Nupsi eine Perücke aussuchen. Als ich die ganzen Perücken auf den Plastikköpfen sah, musste ich an Table-Dancerinnen denken. Ich war ein paarmal für Reportagen in solchen Etablissements gewesen, und wirklich viele Damen dort trugen falsches Haar, wahrscheinlich, damit sich die falschen Brüste nicht so allein fühlten.

Ich fragte die Perückenfrau, die sich uns mit »Ich grüße Sie, ich bin die Frau Maurer, Zweithaarspezialistin« vorgestellt hatte, ob hier auch Table-Dancerinnen einkauften. Sie reagierte seltsam und meinte, das sei hier schließlich kein Bordell. Was ich denn *denken* würde? Dann fing sie an, uns zu belehren: Das seien Haare von Menschen, die sie *freiwillig* hätten abschneiden lassen – was wir gar nicht in Frage gestellt hatten. Ihr, also Frau Maurers, Perückenhaar käme überwiegend aus Indien. Indisches sei das schönste, da die Frauen dort so kräftige, dicke Haare hätten. »Sie opfern in Tempeln nach alten hinduistischen Bräuchen ihre Haare, und die Tempel verkaufen diese Haare dann weiter.« So sei das nämlich. Ich fragte, warum ausgerechnet Indien – das seien doch viele arme Leute dort, nicht dass sich die Mönche an dem Haargeld bereicherten und die armen Frauen nichts davon abkriegten. Frau Maurer bekam Schnappatmung. Was ich denn *jetzt* noch von ihr wolle. Solle sie nach Indien fahren und die ehemaligen Besitzerinnen der Haare suchen? Und außerdem: Wichtig für die weitere Bearbeitung des Haares sei nämlich unbehandeltes Haar. Das sei zum Beispiel auch einer der Gründe, warum so gut wie nie Haare aus Mitteleuropa zur Perückenherstellung verwendet würden. Hier würde nämlich durch die ganzen Haarpflegeprodukte und Färbemittel die Haarstruktur angegriffen. Abgeschnittene Zöpfe und Strähnen hätten außerdem gegenüber »aufgefegtem« Haar den Vorteil, dass sie die gleiche Wuchsrichtung hätten, was ein weiteres Qualitätskriterium sei. Deswegen Indien. Frau Maurer war richtig sauer. Ob wir sie denn für eine Betrügerin hielten?

Nupsi meinte: »Ich hab doch gar nichts gesagt.«

»Trotzdem«, sagte die Frau. »Sie sind ja dabei.« Dann wandte sie sich wieder an mich: »Wollen Sie denn nun eine Perücke oder nicht?«

»Eigentlich möchte ich keine«, antwortete ich. »Eigentlich würde ich gern mein mitteleuropäisches, überpflegtes Haar behalten. Es tut mir leid, dass ich Ihnen solche Umstände mache.«

Da sagte sie nichts mehr und bekam einen roten Kopf. Ich wollte dann auch gar nicht mehr wissen, was aufgefegtes Haar eigentlich ist. Ich mochte Frau Maurer nicht.

Trotzdem probierte ich alle möglichen Perücken an, und Nupsi fotografierte mich. Mit einer sah ich aus wie eine minderbemittelte Serienkillerin, deren Friseurbesuch nicht so optimal verlaufen war, mit einer anderen wie eine bräsige Studienrätin, und mit wieder einer anderen hätte man mich für eine abgewrackte Hafennutte halten können. Wir mussten schrecklich lachen, was Frau Maurer irgendwie pietätlos zu finden schien, obwohl wir allein im Laden waren. Wir diskutierten dann mit ihr, und sie war nun professionell geworden, passte an, schaute und was weiß ich, und schließlich nahmen wir eine Perücke, die mir wirklich super stand. Ich trug sie dann sogar schon vor der Chemo, weil ich damit fünf Jahre jünger aussah und kein dünnes Fummelhaar mehr hatte, sondern kräftiges, wenn auch kastanienbraun eingefärbtes von einer Frau aus Indien, die es sich freiwillig hatte abschneiden lassen. Das Ding kostete über tausend Euro, und ich war wirklich froh, dass die Kasse das übernahm. Immer hatte ich über die hohen Beiträge gemeckert, doch jetzt war ich froh, dass ich eingezahlt hatte. Denn wer wusste schon, was noch kommen würde. Wer wusste das schon? Bis vor kurzem hatte ich mir ja im Traum nicht vorstellen können, dass ich mal Zweithaar brauchen würde.

So kann es gehen im Leben. Andererseits war es mir damals so lieber, als wenn ich aus dem Leben hätte gehen müssen. Und heute bin ich so weit, dass ich mir gar nicht mehr über eine Perücke Gedanken machen würde. Ich wäre bereit, für den Rest meines Lebens mit einer Glatze herumzulaufen. Einfach so. Für den Rest meines Lebens, wenn es länger dauern würde als drei Monate.

Gerade eben bin ich ein wenig traurig. Das gestehe ich mir nur selten ein. Es heißt ja, man soll jeden Moment genießen. Alles, was man tut, kann zum letzten Mal sein. Jedes Gefühl kann man zum letzten Mal haben. Doch eins ist sicher: Die Traurigkeit wird mich bis zum Schluss begleiten, auch wenn ich sie unterdrücke, wann immer ich kann. Ich bin sicher, dass sie nicht zum letzten Mal hier ist.

Ich bleibe stehen und atme tief durch, lehne mich an die nächstbeste Hauswand und drehe mich von den vorbeilaufenden Menschen weg.

Ich glaube, ich muss mich übergeben.

Verdammt nochmal, ich wäre so gern gesund.

Ich reiße mich zusammen, und als ich mit meinen Flyern auf mein Auto zulaufe, sehe ich einen Hilfspolizisten, der mir gerade ein Ticket verpassen will. Erst will ich ihm sagen, dass ich sehr krank bin und immer vergesse, meinen Schwerbehindertenausweis unter die Scheibe zu legen – was wirklich blöd ist, ich könnte ihn fest anbringen, aber ich will nicht, dass jeder sieht, dass ich schwerbehindert bin. Aber dann überlege ich es mir anders und sage freundlich: »Ach, wie schön. Ein Strafzettel! Hoffentlich nicht nur zehn Euro!«

Der Hilfspolizist, der sich schon rechthaberisch vor mir aufgebaut hat, ist irritiert. »Äh, ja, äh, also nein, also es *sind* zehn Euro.«

»Aber es wird mehr, wenn ich nicht zahle?«, vergewissere ich mich, und er nickt. »Wie läuft das dann ab?«, will ich wissen.

»Das weiß ich jetzt auch nicht«, sagt er.

»Aber ich. Erst kommen Mahnungen, dann Gerichtsvollzieher, und es kann sogar zur Erzwingungshaft kommen. Ich habe mal eine Doku darüber gesehen. Wenn ich aber Einspruch einlege, kommt es irgendwann zur Gerichtsverhandlung, und in den meisten Fällen muss man dann doch zahlen. Und zwar ganz schön viel, weil man alle Kosten zusätzlich aufgebrummt bekommt. Oder?«

Er zuckt mit den Schultern. »Keine Ahnung. Ich schreib hier nur auf.«

»Ja, vergessen Sie das nicht«, sage ich. »Ich freue mich schon so auf den Bußgeldbescheid.«

Er glotzt mich an, als sei ich eine Irre.

»Ich werde nämlich nicht bezahlen«, sage ich stolz. »Und jetzt gebe ich Ihnen ein Rätsel mit auf Ihren Weg: Was glauben Sie, warum *nichts* passieren wird, obwohl ich diesen Strafzettel niemals bezahlen werde? Warum mir niemand etwas anhaben kann, egal wie hoch die Summe letztendlich ist?«

Der Hilfspolizist scheint zu überlegen. »Weil Sie vorhaben, sich irgendwohin abzusetzen?«

Ich nicke. »So was in der Art«, sage ich und öffne die Autotür.

Er steht da und runzelt die Stirn. Dann lässt er den Stift sinken. Offenbar hat er es sich anders überlegt.

Warum habe ich das nicht schon früher immer so gemacht?

2

Ich kann nicht mehr oft Auto fahren und musste es auch schon mal stehen lassen. Aber heute ist ein guter Tag. Irgendwie würde ich es als totale Selbstaufgabe ansehen, wenn ich mein Auto abmelde. Ich fahre ein kleines, in die Jahre gekommenes dunkelgrünes Cabrio, das ich sehr mag. Was passiert mit dem Auto, wenn ich mich irgendwohin abgesetzt habe? Es gibt noch so viel, worum ich mich kümmern muss. Was auch irgendwie nicht fair ist – soll ich jetzt drei Monate damit verbringen, meinen Nachlass zu regeln? Ich sollte mal lieber noch richtig auf die Kacke hauen! Aber ich bin ja so gewissenhaft, und mir graut davor, dass sich andere um meinen Kram kümmern müssen. Wenigstens habe ich genug gespart, um meine Beerdigung zu bezahlen. Ich muss mit Nupsi über alles sprechen. Plötzlich bin ich furchtbar müde. Trotzdem, jetzt suche ich erst mal meine Grabstelle.

Also fahre ich zum Friedhof Ohlsdorf, parke, steige aus und halte mein Gesicht kurz in die Sonne. Mir ist schwindlig, und ich warte einen Moment, bis ich wieder das Gefühl habe, gerade gehen zu können. Dann mache ich mich auf den Weg.

Auf dem Ohlsdorfer Friedhof sind viele Promis begraben. Hans Albers, Heinz Erhardt, Gustaf Gründgens, Inge Meysel. Der Friedhof ist schön. Ich komme sogar am Grab von Hans Albers vorbei, es hat eine ganz schlichte Platte mit roten Blumen davor. Er ist 1960 gestorben, sechs Jahre, bevor ich geboren wurde. Und ich sterbe 56 Jahre nach ihm. Interessant, dass ich, mit großer Wahrscheinlichkeit jedenfalls, mein Sterbejahr weiß, das kann auch nicht jeder von sich behaupten. Hans ist 1891 geboren, also 75 Jahre vor mir. Was ja eigentlich auch egal ist. Wir werden uns nicht persönlich darüber austauschen. Über was für einen Quatsch ich hier sinniere! Ich schaue auf meinen Plan und gehe weiter. Es ist ein warmer Mittag und ordentlich was los. Viele ältere Damen sind hier, die die Gräber ihrer verstorbenen Männer pflegen. Sie unterhalten sich über dies und das, und wahrscheinlich haben sich schon Friedhofsgemeinschaften gebildet, und Freundschaften sind entstanden. Wahrscheinlich trifft man sich »immer montags am Eingang Hoheneichen«.

Herr Dinkelgärtner hatte recht: Es singen viele Vögel. Die Friedhofsgärtner können sich glücklich schätzen.

Jetzt muss ich nach rechts, und da hinten sehe ich schon den Baum, unter dem ich liegen werde. Das Grün der Blätter ist in natura noch schöner als auf dem Foto. Noch ein paar Schritte, dann stehe ich vor der Grabstelle und rieche die Baumrinde und frische Erde. Das Grab ist eingeebnet worden, so wie Herr Dinkelgärtner es gesagt hat. Mich interessiert, wer hier vorher gelegen hat. Sind da auch noch Knochen, oder werden die rausgeholt? Ich sehe mich um. Neben mir liegt ein Mann, der im Alter von 75 gestorben ist, und zwar vor fünf Jahren. Der weiße Marmorgrabstein ist groß, aber trotzdem schlicht gehalten, die Inschrift ist in glänzendem Silber verfasst. Es sieht edel aus, nicht protzig. Über dem Grab auf der anderen Seite des Baumes thront ein schöner Engel, der es zu bewachen scheint. Die Inschrift auf der Grabplatte ist nicht mehr zu erkennen, weil der Grünspan überhandgenommen hat.

Ich sehe mich um. Schön ruhig hier. Nur Vögel. Von ganz weit ein paar Stimmen und Straßengeräusche. Anfahrende Autos. Da scheint irgendwo eine Ampel zu sein. Ich gehe den Weg ein Stück entlang, dann wieder zurück. Es ist hier alles sehr gepflegt. Da kommt einer der Gärtner mit einer Schubkarre. »Moin«, sagt er, und ich grüße zurück.

»Sind Sie hier zuständig? Für diesen Bereich?« Er nickt. »Also auch für dieses Grab hier?« Ich deute auf meins, und er nickt wieder.

»Für das und noch für etliche andere. Wieso?«

»Ach, ich wollte es nur wissen. Und Sie pflanzen dann auch die Blumen drauf?«

»Ja klar. Ich bin ja der Gärtner.«

»Das ist schön. Wie ist denn Ihr Name?«

»Knut Hansen.«

»Dann werden wir uns zukünftig öfter sehen, Herr Hansen.«

»Aha. Wieso?«

Ich reiche ihm die Hand, und er nimmt sie und schüttelt sie. »Weil ich in ein paar Monaten hier liegen werde, und da ist es doch nett, jemanden zu kennen. Ich werde noch genau aufschreiben, welche Bepflanzung ich möchte.«

Knut Hansen kratzt sich am Kinn. »Das ist *Ihr* Grab?«

Ich nicke. Keine Ahnung, warum ich den Mann damit behellige, es ist nur gerade niemand sonst da. Die Situation ist schon irgendwie bizarr.

»Klar, ich werd das schön machen«, sagt er dann langsam und denkt kurz nach. »Und wenn Sie wollen, also wenn Ihnen das nicht zu viel ist, dann kann ich auch gern hin und wieder hier auf der Bank meine Frühstückspause machen. In der Sonne. Aber vielleicht woll'n Sie ja lieber allein sein.«

»Nein, ich bin ja auch sonst schon viel allein. Also wäre das sehr schön, wenn Sie mal kämen«, sage ich. »Dann hören wir den Vögeln zu, wenn sie singen.«

Ich muss mir tatsächlich das Szenario vorstellen: Knut Hansen sitzt auf der Bank, isst ein Mettbrötchen, neben ihm steht eine Thermoskanne, er starrt auf mein Grab, und die Vögel zwitschern.

Komisch. Ich stelle mir mein Grab und das Drumherum immer im Sommer vor, wenn es warm ist. Mir wird kalt, wenn ich an den Winter denke. Ich bin sowieso eine Frostbeule. Und unter der Erde ist es doch eisig. Vielleicht werde ich Herrn Dinkelgärtner noch sagen, dass ich in meinem warmen Mantel und mit Schal beerdigt werden möchte. Und in Fellstiefeln. Wer weiß, vielleicht ist es unter einer Schneedecke ja auch warm. War das nicht so, dass einem immer warm wird, kurz bevor man erfriert?

Ich glaube, ich drehe langsam durch. Ich mache mir zu viele Gedanken um Dinge, die ich bald sowieso nicht mehr ändern kann, denn selbst wenn es unter einer Schneedecke kalt ist, habe ich keine Wahl. Ich liege drunter. Ich habe auch überlegt, mich verbrennen zu lassen, aber das finde ich doch irgendwie gruselig. Gut, dass man von Würmern und so aufgefressen wird, ist auch nicht gerade erstrebenswert, aber verbrennen hat so was Endgültiges. Außerdem – angenommen, ein Forscher erfindet in ein paar Jahren ein Mittel gegen Lungenkrebs und gleichzeitig ein Serum, mit dem Tote aufgeweckt und wiederhergestellt werden, dann werde ich vielleicht ausgebuddelt, wache auf und kann da anknüpfen, wo ich aufgehört habe.

Aber das ist natürlich Quatsch. Ich werde allein hier liegen, bis ich verrotte. Wenigstens ist Knut Hansen dann da, und wir lauschen gemeinsam den Vögeln. Vielleicht setzt er sich auch im Winter zu mir. Er kann ja ein Kissen auf die Bank legen, damit die Nieren und die Blase schön warm bleiben. Damit ist nicht zu spaßen.

»Es ist eine wirklich schöne Vorstellung, dass Sie dann bei mir sitzen«, wiederhole ich. »Vielen Dank.« Mir liegt ein ›Ich kann es kaum erwarten‹ auf der Zunge, aber so sehr freue ich mich nun auch nicht darauf. Dafür sage ich: »Vielleicht singen die Vögel dann besonders schön.«

»Ich kann Ihnen dann auch gern was aus der *BILD*-Zeitung vorlesen. Ihr Horoskop oder so«, sagt Herr Hansen, der in diesem Moment der Bruder von Herrn Dinkelgärtner sein könnte, und nimmt so der Situation ihre von mir heraufbeschworene Schwülstigkeit. Es hätte nur noch ein getragenes Violinkonzert gefehlt.

Herr Hansen hat mir versprochen, sich besonders gut zu kümmern. Er soll unter anderem Rosenbüsche pflanzen, rosa und weiß, die sind zwar öfter mal von Schädlingen befallen, aber er wird gute aussuchen. Winterharte, versteht sich, aber sind Rosen das nicht immer? Und dann noch schöne Bodendecker, da macht er sich Gedanken. Gießen wird er auch, aber natürlich nicht übermäßig. Das täten einige Kollegen nämlich leider. Man müsse die Natur machen lassen, hat er mir erklärt, und nur im äußersten Notfall nachhelfen. Aber das wird schon. Ich zwinge ihn, hundert Euro von mir anzunehmen, was er eigentlich nicht will, dann aber doch tut. Herr Hansen ist ein sehr netter Mann. Er sagte, von dem Geld werde er guten Dünger kaufen, was mich einerseits freut, andererseits möchte ich, dass er sich selbst eine Freude macht, also haben wir beschlossen, dass er für fünfzig Euro Dünger kauft und die anderen fünfzig Euro für sich verjubelt. Er würde die Bierchen auf mich trinken, sagte er, und mir vielleicht auch mal zuprosten, wenn er nach der Arbeit auf der Bank sitzt und sich ein Schlückchen genehmigt. Mir gefällt diese Abmachung. Falls ich das mit dieser Vorsorge mache, werde ich die Rosen ansprechen. Auf keinen Fall werden die mir so typische Friedhofsblumen andrehen; Chrysanthemen kommen mir unter gar keinen Umständen aufs Grab.

Nun ist Herr Hansen gegangen, und die Müdigkeit, die während unseres Gesprächs kurzzeitig weg war, kommt wieder, vermischt mit Kopfschmerzen, die nach unten in die Gelenke strahlen. Ich setze mich auf die Bank. Nicht, dass ich hier noch umkippe, dann kann ich gleich auf dem Friedhof bleiben.

Die Gedanken rasen durch meinen Kopf. Ich muss alles aufschreiben. Ich muss meine Wohnung, die ich schon gekündigt habe, renovieren, ich muss meine Konten jemandem anvertrauen, Himmel, ich muss in jedem Fall ein Testament machen. Ich möchte nicht, dass der Staat mein Geld bekommt und damit Schindluder treibt. Was hat man nicht schon alles von Steuerverschwendung gehört. Es wurden schon Brücken gebaut, die nach fünf Jahren zusammenkrachten, es wurden intakte Fahrradwege saniert, Geld für Toilettenstudien wurde ausgegeben und in NRW im Zuge eines Strukturprogramms Aussichtsplattformen gebaut, die aber gar keine nennenswerten Aussichten hatten.

Nupsi soll alles bekommen. Viel wird es ja leider nicht sein. Und sie wird wohl einiges nach meinem Tod regeln müssen, auch wenn ich versuchen werde, so viel wie möglich vorher selbst zu erledigen. Ach je, ums Finanzamt muss ich mich auch kümmern. Die Steuererstattung, die Steuererstattung!

Es ist inzwischen 15 Uhr und die Septembersonne wirklich schön warm. Sie umhüllt mich wie ein Mantel; ich friere leicht in letzter Zeit. Da fliegen zwei Bienen vorbei. Ich erkenne sie als solche, weil sie rund und behaart sind. Wespen sind lang und glatt. Das hat Papa mir beigebracht. Er war Hobbyimker. Ich habe noch einige unangebrochene Gläser mit Honig von ihm. All die Jahrzehnte habe ich sie aufgehoben, weil es irgendwie das Letzte ist, was ich von ihm habe. Wenn der Honig, den er geschleudert hat, aufgegessen ist, dann ist Papa endgültig fort. Und jetzt werde ich es wahrscheinlich nicht mehr schaffen, ihn leer zu machen. Den Honig kriegt auch Nupsi. Honig ist ja ewig haltbar. Ich leider nicht.

Ich schließe die Augen und halte mein Gesicht in die Sonne. Ich denke weiter nach, aber darf die Zeit nicht vergessen, denn später habe ich noch einen wichtigen Termin. Wichtige Termine lege ich mir neuerdings gern zeitnah und auch mehrere auf einen Tag, denn wer weiß, wann ich gar nichts mehr machen kann. Die beiden heute schaffe ich hintereinander. Ich muss mich nur zwischendurch ausruhen.

Was wird aus den ganzen Fotos, die ich sorgfältig in Alben geklebt habe? Fotos von Mama, Papa, den Omas und Opas, meinem Bruder Stefan. Fotos von Grillabenden, alle sehen glücklich aus, hoch die Tassen. Urlaube in Dänemark und Spanien und Italien und Jugoslawien, Hilfe, ich weiß noch, wie wir da eine schreckliche Straße entlanggefahren sind, eine Haarnadelkurve hinter der nächsten, und unser Ford Taunus hatte wie alle Autos damals keine Servolenkung. Links von uns war eine Felswand, rechts von uns ging es hundert Meter in die Tiefe, ohne Leitplanke. Als wir endlich auf Krk ankamen, feierten wir lautstark unser Überleben.

Ein halbes Jahr später, es war wie eine schreckliche Ironie des Schicksals, sind meine Eltern und mein Bruder auf der A5 tödlich verunglückt. Ein Lkw-Fahrer war am Steuer eingeschlafen. Wir wohnten im Taunus, in Bad Homburg, und meine Eltern hatten Stefan zu einem Fußballturnier in die Wetterau gebracht, mitgefiebert, sich gefreut, dass die Mannschaft gewonnen hatte, und dann war man nach Hause gefahren. Ich war nicht dabei. Ich hasste Fußballturniere, und damals mochte ich auch Stefan nicht besonders, wir waren nur am Zanken. Kurz vor dem Turnier hatten wir uns auch in den Haaren gehabt. Ich wollte meine enge Jeans bei 60 Grad waschen, damit sie noch enger saß und ich damit Klaus Hollinger, in den ich damals verknallt war, beeindrucken konnte, aber Stefan blockierte die Waschmaschine mit den blöden Trikots seiner Mannschaft. Wir fetzten uns wie die Kesselflicker. Ich war damals 15, er 16. Noch ein Jahr davor hatte es anders ausgesehen, da hingen wir aneinander wie Kletten. Aber wenn man erwachsen wird, ändert sich die Sichtweise. Ich fand die Mädchen doof, die Stefan anschleppte, und Stefan fand es unmöglich, dass seine Schwester sich so schminkte, wie ich es tat. Ich liebte lange Zeit ganz treu Abba und Cat Stevens, er dagegen Iron Maiden, Black Sabbath und Judas Priest. Wir gingen beide ins Jugendcafé, sprachen dort aber kein Wort miteinander. Trotz seines Musikgeschmacks war er ein Popper – deswegen hörte er seine Musik nur heimlich, denn die Popper mochten eigentlich nur Synthie-Pop wie Depeche Mode, Camouflage oder A Flock of Seagulls –, und ich war eine von denen, die man Ökos nannte. Ich färbte meine Haare mit Henna und trug indische Kleider mit Glöckchen und Samtpantoletten aus der indischen Boutique. Stefan trug Seitenscheitel, Benetton, Fiorucci und Lacoste und warf sich Pullover über die Schultern und verknotete die Ärmel vor der Brust, was er total cool fand. Er trug Collegeschuhe mit

Bömmelchen, und ich hatte Angst, einen schwulen Bruder zu haben.

Früher hatten wir stundenlang über das Leben sinniert und dabei Nutellabrote gegessen. Und zwar ganz spezielle: Wir schnitten uns dicke Scheiben Brot ab, schmierten ordentlich Butter drauf, streuten Salz auf die Butter und strichen dann Nutella drauf. Himmel, war das lecker. Als Stefan tot war, habe ich öfter mal solche Nutellabrote geschmiert, bin zu seinem Grab gegangen, habe mich danebengesetzt und sie gegessen. Einmal vergrub ich eins in einer Brottüte in der Erde, Stefan sollte auch was abhaben. Was natürlich unmöglich war, und außerdem wollte ich nicht, dass Tiere es ausgruben und möglicherweise dabei das Grab verwüsteten – also buddelte ich die Tüte wieder aus und aß das Brot selbst. Später begann ich, mit Nupsi Nutellabrote zu essen, immer, wenn wir vor Entscheidungen standen oder wenn es um Männer ging. Ich habe lange keine Nutellabrote gegessen, weil es keine Entscheidungen und Männer mehr geben wird. Jedenfalls nicht für mich.

Ich weiß noch, dass ich mit Stefan früher oft im Garten gelegen und in den klaren Sternenhimmel geschaut habe. Damals war der Tod für uns ein großes Thema, weil Opa gerade gestorben war. Ich fragte Stefan mal: »Wie ist es wohl, tot zu sein?« »Es ist gar nicht mehr«, antwortete Stefan, und wir starrten weiter zu den Sternen und hofften, trotzdem ein Zeichen von Opa zu bekommen, aber da kam nichts.

Und kurze Zeit später waren Stefan und meine Eltern auch tot. Ich kam bei der Schwester meiner Mutter in Frankfurt unter, bis ich 18 war. Es war okay bei Tante Margaret. Kurz nach meinem Auszug ist sie mit ihrem Lebensgefährten nach Tasmanien gezogen. Während meiner Jahre bei ihr und in den Jahren darauf starben meine beiden Omas und der andere Opa, und dann gab es eigentlich niemanden mehr. Meine Eltern und Stefan waren in Bad Homburg beerdigt, und ich besuchte ihre Gräber, sooft ich konnte.

Ich ging dann für ein Jahr nach New York, jobbte in Bars, im Kino und im Drive-in und lernte einen Haufen cooler Leute kennen. Ich habe die Sau rausgelassen, Nächte mit Menschen durchgefeiert, die ich an diesem Abend zum ersten Mal und dann nie wieder gesehen habe, ich war mit Männern im Bett, deren Namen ich nicht kannte, ich bin mit einem Typen auf seinem Motorrad in einen See gefahren, und wir haben geschrien vor Lachen. Dann war ich ein Jahr in Cannes, arbeitete im Hotel als Servierkraft, wurde braun, lernte wieder Leute kennen, mit denen ich auch die Sau rausließ und mit denen ich am Wochenende nach Nizza fuhr. Ich probierte alle möglichen Drogen, ich trank viel zu viel Alkohol, ich feierte bis zur Besinnungslosigkeit und lernte einen sehr reichen Mann kennen, der mich auf seine Privatyacht einlud und der mit mir mal zum Einkaufen nach London geflogen ist und dann wieder zurück – ich weiß nicht mehr, wie er hieß, ist das zu fassen. Dann ging ich zurück nach Deutschland, und hier begann ich, mich als Reisejournalistin zu bewerben und zog nach Hamburg. Als freie Mitarbeiterin hatte ich gute Aufträge und habe viel von der Welt gesehen. Ich habe wenig ausgelassen. Zum Glück. Wäre ich zeit meines Lebens nur in Hamburg geblieben und müsste jetzt sterben, ich würde irre werden. Aber seitdem ich in Hamburg bin, war ich nur noch zweimal an den Gräbern von Stefan und meinen Eltern. Ich hatte mir, als ich die Diagnose bekommen hatte, überlegt, sie zu gegebener Zeit umbetten zu lassen, hatte dann aber immer andere Dinge im Kopf.

Tja, Papas Honig. Ich weiß noch, wie mein Vater in seiner Imkerkluft aussah und wie die Bienen um ihn herumschwirrten. Ich weiß noch, wie Mamas Apfelkuchen duftete und der Sauerbraten, wie sie Klöße formte und ich sie ins siedende Wasser legen durfte. Wie sie samstags unter der aufblasbaren Trockenhaube hockte und ihre langen Fingernägel spitz feilte und wie sie im Schwimmbad umständlich eine Badekappe aufsetzte, auf der Plastik-Margeriten steckten. Manchmal fiel eine ab, und die Badekappe hatte mit der Zeit immer mehr Lücken.

Mamas Hackfleischsoße, die bei uns grundsätzlich »Pasta asciutta« hieß. Ich habe hundertmal versucht, sie nachzukochen, aber es nie hinbekommen. Genauso mit der Soße zum Rehbraten. Keiner machte sie so wie sie. Backen an Weihnachten. Kokosmakronen, die niemand mochte, aber trotzdem wurden sie gemacht, weil das laut Mama dazugehörte.

Ich weiß noch, wie Papa samstagabends vor dem Fernseher saß und auf die Lottozahlen wartete, im Sessel leicht vorgebeugt, angespannt und aufgeregt, während Mama Äpfel schälte und wir Butterbrote dazu aßen. Im Sommer gab es zum Nachtisch öfter mal Eiskonfekt. Das Gefühl, wenn die Schokolade auf der Zunge anfängt zu schmelzen, war so wunderbar. Papa trank immer Bier, aber er schaffte es nicht ein einziges Mal, das Bier so einzugießen, dass es nicht überlief. Weil niemand aufstehen wollte, um einen Lappen zu holen – man hätte ja was im Fernsehen verpassen können, und so was wie Home Entertainment oder einen stupiden Videorekorder gab es damals noch lange nicht –, klebte der Tisch eigentlich immer, und es roch leicht säuerlich nach Bier.

Ich weiß noch, dass meine Eltern sich oft liebevoll anschauten, und ich weiß noch, dass Mama zu irgendeinem Jahrestag von Papa einen wunderschönen Ring bekam. Diesen Ring trug sie auch am Unfalltag. Jetzt habe ich ihn. Wer wird ihn nach mir tragen?

Wir waren das, was man einfach eine glückliche Familie nennt. Ohne Firlefanz, ohne großes Drumherum. Wir waren nicht arm und nicht reich, wir waren froh, dass wir uns hatten, wir hatten gern Gäste, aber wir waren auch gern unter uns.

Manchmal vermisse ich alle so sehr, dass es weh tut, auch jetzt noch, obwohl ich weiß, dass es nicht mehr lange dauert, bis ich selbst tot bin. Werde ich dann bei ihnen sein? Hin und wieder denke ich darüber nach, wie es so wird dann. Ich bin noch nicht mal traurig dabei, eher sachlich. Ich versuche, die einzelnen Punkte abzuarbeiten, auch was das eigentliche Sterben betrifft, also den Ablauf. Ich bin keine Drama-Queen, ich will vorbereitet sein. Wird es so sein, dass …

»Ob Sie wohl ein Stückchen rücken könnten?«, fragt da jemand, und ich öffne die Augen. Vor mir steht eine ältere, weißhaarige große Dame in einem hellblauen Kostüm und mit dunkelblauem Hut und lächelt mich an.

»Sicher.« Ich rücke zur Seite, und sie nimmt Platz.

»Danke«, sagt die Dame, die aussieht wie aus dem Ei gepellt. Sie hat noch nie viel mit den Händen gearbeitet, das sieht man. Diese Hände wurden über Jahrzehnte regelmäßig manikürt und gecremt. Sie trägt zwei Eheringe auf dem rechten Ringfinger, jedenfalls sieht es so aus, und auf dem anderen Ringfinger einen Ring mit einem großen Stein. Ihr Kostüm wirkt maßgeschneidert, ihre Pumps sind aus gutem Leder, der Hut sieht aus, wie man sich einen Hut von einem richtigen Hutmacher vorstellt. Die Frau sieht gutbetucht aus, um es auf den Punkt zu bringen. Sie wirkt selbstsicher und so, als könne sie sich gut durchsetzen. Das zeigt schon ihre Haltung.

Kerzengerade sitzt sie auf der Bank, aber trotzdem nicht so, als hätte sie einen Stock im Hintern. Sie öffnet ihre dezente Handtasche und holt eine Bonbontüte heraus. »Mögen Sie eins?«, fragt sie mich.

»Gern.« Ich nehme ein gelbes. Die gelben und die orangen mag ich am liebsten, weil ich auch Zitrusfrüchte mag. Vielleicht sollte ich Herrn Hansen bitten, ein Zitronenbäumchen auf mein Grab zu pflanzen. Das hat bestimmt niemand sonst.

»Ich versuche immer, alle roten zu erhaschen«, sagt die Dame fröhlich. »Ich bin süchtig nach den roten. Kirsche, Erdbeere, Himbeere. Obwohl mir klar ist, dass diese Zuckerdinger so wenig mit Obst zu tun haben wie die katholische Kirche mit Ehrlichkeit, aber trotzdem. Ich liebe sie einfach.«

»Dann esse ich Ihnen wenigstens die richtigen weg«, sage ich, und sie hält mir die Tüte noch mal hin, woraufhin ich noch zwei gelbe suche und auch finde. Es ist immer wieder schön, erst das

Saure auf der Zunge zu spüren, und dann geht es in süßen Geschmack über. Es zieht einmal durch die Backen, die Geschmacksnerven explodieren fast, und dann füllt es den ganzen Mund aus.

Einen Moment lang schweigen wir. Eine sehr alte Dame mit einer Gießkanne kommt vorbei, sagt: »Guten Tag, Frau Bentham«, und geht weiter. Frau Bentham nickt ihr zu und schaut ihr nach.

»Das war Frau Kaiser. Ich treffe sie manchmal hier. Sie hat ein schweres Schicksal. Ihr Mann ist voriges Jahr während des Pflückens vom Kirschbaum gefallen. Bums, runter, tot.«

»Was wurde aus den Kirschen?«, frage ich, und Frau Bentham runzelt die Stirn.

»Tut mir leid, meine Liebe, das weiß ich nicht. Aber ich vermute stark, dass Frau Kaiser in den Tagen danach keine Zeit hatte, einen Kuchen damit zu backen oder sie einzumachen.«

»Herr Kaiser war aber alt, wenn ich mir Frau Kaiser so anschaue. Sie sieht aus, als hätte sie schon zwei Weltkriege miterlebt.«

»Nicht ganz. Sie wird neunzig. Aber einen hat sie mitgemacht, das stimmt.«

»Ich werde heute in einer Woche fünfzig«, sage ich.

»Ach, tatsächlich.«

Wieder schweigen wir. Ich mustere die alte Dame verstohlen. Sie bewegt sich nicht mehr, hält ihr Gesicht in die Sonne und scheint es zu genießen. Würde sie nicht die Bonbons lutschen und ihren Kiefer bewegen, könnte man sie für eine Wachsfigur halten.

Jetzt sagt sie: »Ach, ich wäre auch gern noch mal fünfzig.«

Eine Floskel. »Das glaube ich«, antworte ich.

»Nehmen Sie ruhig noch ein Bonbon. Ein bisschen sehr wenig auf den Rippen haben Sie, und müde sehen Sie aus.«

»Keine Zeit zum Schlafen.«

Auch wenn ich eigentlich gesund leben will die letzte Zeit, die mir bleibt, im Endeffekt ist es doch unsinnig: Es wäre ja grotesk, wenn ich jetzt anfinge, auf meine Gesundheit und genügend Schlaf zu achten. Und ja, ich bin dünn. Mittlerweile. Früher war ich ein Moppel. Ich habe zeit meines Lebens mit meinem Gewicht gehadert. Egal, was war, ich fand mich zu fett. Keine Diät ging an mir vorbei, ich habe alle probiert und bin immer wieder gescheitert. Weil ich verdammt nochmal gern und gut gegessen und getrunken habe. Morgens nur Obst? Himmel, nein! Warum hat die Menschheit Croissants und Laugenbrezeln, Nutella, Pasta und Sahnetorten erfunden? Und wer im Winter bei Schneesturm schon mal total durchgefroren nach Hause gekommen ist und sich ein Glas Merlot eingegossen hat, während Badewasser in die Wanne lief, und dann im Wasser Wein getrunken und Schokotrüffel gegessen hat, weiß, wovon ich spreche. Mein Gewicht war immer Thema, ich meldete mich im Fitnessstudio an und dachte, wenn ich jeden Tag Sport mache, kann ich essen, was ich will, und nehme trotzdem ab. Stimmte leider nicht, denn Abnehmen geht zu ungefähr 85 Prozent über die Ernährung. Sport ist natürlich super, wenn man ihn begleitend dazu macht, wegen der Straffung des Körpers und überhaupt fürs Wohlbefinden, aber ich war nicht angetan von der Vorstellung, mich dreimal pro Woche in dieser Muffelbude zu quälen und dann noch nicht mal ein Jägerschnitzel essen zu dürfen, sondern nur dämlichen Salat.

Mittlerweile vertrage ich weder Salat noch Jägerschnitzel mehr. Beides schlägt mir auf den Magen. Ich esse Suppe und Toastbrot und geraspelten Apfel. Oft habe ich gar keinen Appetit. Nach den Chemos konnte ich überhaupt nichts essen und habe so schnell abgenommen, dass man quasi zuschauen konnte. Heute würde ich viel dafür geben, mein altes Übergewicht und meine Gesundheit zurückzuhaben. Ich schwöre, ich würde nie mehr mit meinem Schicksal hadern.

Frau Bentham sagt: »Ja, ja, die Arbeit, stimmt's? Darf ich Ihnen mal einen Rat geben?« Sie wartet gar nicht auf Antwort, sondern redet weiter. »Mein Mann und ich haben uns gemeinsam eine Firma aufgebaut. Scherzartikel. Sie lief ganz hervorragend, mehrere Jahrzehnte haben wir geschuftet, als gäbe es kein Morgen mehr. Wir …«

»Haben Sie auch Furzkissen hergestellt?«, unterbreche ich sie. Das ist eine berechtigte Frage, wie ich finde. Ich hatte früher ein Furzkissen und war nicht zufrieden; es klang nach Froschquaken und nicht nach Furz. Außerdem möchte ich jetzt nichts davon hören, dass ich die Arbeit nicht so wichtig nehmen soll, da das Leben so kurz ist. Wenn ich etwas momentan nicht hören will, dann das.

Frau Bentham findet meine Frage gar nicht seltsam. »Ja natürlich«, sagt sie ernsthaft. »Wir hatten damals extra einen Geräuschespezialisten beauftragt, unsere Furzkissen waren mit keinen anderen zu vergleichen.« Ich bin froh, dass es mir gelungen ist, sie von dem anderen Thema wegzubringen. »Wir hatten Furzkissen, die konnte man vorher einstellen. Dann gab es kurze, knallende Fürze oder lange, schmatzende. Fürze, die zum Schluss noch mal laut wurden, und Fürze, die einfach nicht aufhören wollten. Viele unsere Kunden haben Durchfall bekommen, wenn sie die Fürze gehört haben. Durchfall von Furzkissen, kann man sich das vorstellen?«

Ein junges Paar, das gerade langsam an uns vorbeigegangen ist, schaut sich fassungslos um und geht dann schneller weiter.

»Da können Sie aber sehr stolz sein«, sage ich und muss fast lachen. Dieses Thema passt so gar nicht zu der noblen Dame.

»Ach ja. Zum Stolzsein hatten wir wenig Zeit. Wir hatten sechzig Angestellte, *sechzig*. Und keinen Betriebsrat. Das soll was heißen. Unsere Mitarbeiter haben es nicht für nötig befunden, einen zu gründen. Weil sie keinen brauchten. Die Firma war unser Leben. Was haben wir nicht alles hergestellt, auch die Erotik kam nicht zu kurz, wir hatten unter anderen künstliches Sperma in der Tube, und kennen Sie Wärmflaschen für Sie und Ihn? Nicht? Also für die Männer gibt es welche, da wachsen Brüste, wenn man sie füllt, und für die Frauen … hm, na was wohl?«

»Glieder?« Ich kann ja wohl nicht Schwanz zu der feinen alten Dame sagen.

»Sagen wir doch Penisse«, sagte Frau Bentham. »Ich bin nicht so für vulgäre Sprache.« Ich will fragen, was an Glied vulgär ist, aber sie redet schon weiter: »Also, aus der Wärmflasche, da wächst ein recht langer Pimmelmann mit zwei Hoden.« Sie sagt wirklich *Pimmelmann.* »Ich war dafür, auch eine natürliche Behaarung anzubringen, aber die vom Marketing meinten, das würde nicht so gut ankommen, der Trend würde zur Intimrasur gehen. Also haben wir die Haare weggelassen.«

Sie nickt stolz und sieht mich dann so an, als würde sie erwarten, dass ich klatsche.

Ich sage: »Wie toll, wie wunderbar. Und sind die Wärmflaschen gut gelaufen?«

»Sie laufen immer noch. Und am wichtigsten: Sie laufen nicht aus. Unsere Produkte sind qualitativ sehr hochwertig. Alle.« Nun steht sie auf und geht die paar Schritte zu dem Grab, das sich neben meinem Bald-Grab befindet. Sie dreht sich zu mir um. »Mein Mann«, sagt sie und bückt sich, um ein paar verwelkte Blüten abzuzupfen. »Oh, der Stein muss abgewaschen werden. Ein schöner Grabstein, oder?« Ich nicke. »Viktor wollte gern ein ganz schlichtes Grab. Warum für etwas Geld ausgeben, von dem man nichts hat, das war seine Devise. Und immer schön sparen. Viktor ist nur fünfundsiebzig geworden. Er war so emsig, er hat immer so viel gearbeitet, er hätte mehr Jahre verdient. Auch wenn …«

»Ich werde nur fünfzig«, rutscht es mir raus.

Sie lächelt. »Das sagten Sie bereits. Aber *nur* ist gut, Kindchen. Seien Sie froh, dass Sie noch nicht so alt sind. Ich bin jetzt fünfundsiebzig. Viktor wäre jetzt achtzig. Aber Sie mit erst fünfzig? Da haben Sie, wenn alles gut läuft, noch eine schöne Zeit vor sich. Was machen Sie eigentlich hier?«

Glücklicherweise hat sie das mit dem ›nur‹ nicht richtig gedeutet.

»Ich musste etwas mit dem Friedhofsgärtner regeln und habe mich einen Moment in die Sonne gesetzt«, sage ich und stehe ebenfalls auf. Ich möchte mich nicht weiter unterhalten, womöglich von der Krankheit erzählen, und Frau Bentham fragt dann detailliert nach. Ich gehe ungern mit dem Krebs und meinem Bald-Tod hausieren, ich finde, das hat so was von »Ach, bemitleidet mich doch bitte«, aber manchmal rutscht mir einfach was raus. Gut, manchmal sage ich auch extra etwas, wie vorhin zu Herrn Hansen, aber ich möchte wirklich, dass auf meinem Grab immer schöne Pflanzen wachsen und alles gepflegt wird. Außerdem ist Herr Hansen ja täglich mit dem Tod konfrontiert. Wer, wenn nicht er, kann das verstehen. Ich renne ja nicht herum und drängle mich an der Supermarktkasse mit den Worten »Ich muss bald sterben« vor. So etwas tue ich nicht. Nein, ich versuche, meine Umwelt, meine Freunde, meine Bekannten und Kollegen möglichst nicht zu behelligen. Natürlich wissen die meisten davon. Manche haben nicht gerade so reagiert, dass man sagen könnte, sie hätten Zurückhaltung und Mitgefühl gepachtet. Ein Kollege sagte zu mir: »Hab's von Micha gehört. Schöne Scheiße. Also wenn du jemanden brauchst, der dein Cabrio nimmt, ich meld mich schon mal an.« Er wollte mich natürlich nicht verletzen, sondern hat nur praktisch gedacht. Wahrscheinlich ein Verwandter von Herrn Dinkelgärtner. In der Situation war es ganz schön taktlos, aber im Prinzip hatte er recht – mein Cabrio brauche ich dann ja nicht mehr. Ich hab ihm Nupsis Handynummer für die Abwicklung gegeben, und er fragte allen Ernstes, ob sie auch eine Festnetznummer habe, aufs Handy telefonieren sei so teuer, wenn man keine Flat habe.

Eine andere Kollegin sagte: »Krebs? Ach je. Das muss voll schlimm sein, da fallen einem ja die Haare aus.« Und eine Frau, die ich auf einer Party traf, sagte, als sie es zufällig mitbekam: »Mir geht's auch nicht so gut. Ich hab seit Tagen Halsweh.«

Aber natürlich sind auch viele nett. Eine Zeitlang bekam ich dauernd etwas zu essen mitgebracht. In Tupperdosen. Ich weiß nicht, wie viele Aufläufe und Suppen und Muffins man mir geschenkt hat. Ich hatte doch keine Multiple Sklerose im Endstadium und vegetierte im Rollstuhl vor mich hin, sondern war nach der Erstdiagnose durchaus noch in der Lage, einen Topf oder eine Pfanne auf eine Herdplatte zu stellen und darin Nahrung zuzubereiten. Ich war sogar noch fähig, ein Steak zu würzen, das muss man sich mal vorstellen. Schon seltsam, dass die Leute immer Essen bringen, wenn eine private Katastrophe passiert ist. Dauernd kommen Nachbarinnen und bringen warme Eintöpfe – »Du kommst ja jetzt nicht zum Kochen, und Ina hat immer gesagt, dass du Linsensuppe liebst. Ich hab extra Würstchen reingeschnippelt« – und Kuchen für die Kinder, »damit die ein bisschen abgelenkt sind«. Als ob die Kinder, nachdem sie ein Stück Marmorkuchen gegessen haben, fragen würden: »Mama ist tot? Wer ist Mama?« Wollen die Nachbarinnen sich auf diese Weise an den Witwer ranmachen? Oder ist das einfach im Urinstinkt des Menschen drin, dass Nahrung am wichtigsten ist? Dass man gerade Männern, also Witwern, Nahrung bringen muss, weil sie zwar jagen, aber das Essen für sich und ihre Brut nicht zubereiten können? Vielleicht eine Mischung aus beidem. Natürlich ist das alles nur lieb und gut gemeint, aber ich finde es nervig.

Damals, vor vier Jahren also, behandelte man mich eine Zeitlang wie ein rohes Ei. Oder einfach nur blöd. Weil man einfach nicht nachdachte und/oder nicht mit der Tatsache umgehen konnte, dass ich Krebs hatte. Manch einer wird sich noch an den Film »Zeit der Zärtlichkeit« mit Shirley MacLaine und Debra Winger erinnern. Debra Winger ist in New York auf einer Party ihrer Freundin; sie hat sich vorher darüber beschwert, wie mit der Krankheit umgegangen wird, und wünscht sich, einfach nur ganz normal behandelt zu werden. Was dann zur Folge hat, dass eine dümmliche Bekannte ankommt und gekünstelt laut und fröhlich losplappert: »Hey, Patsy hat uns erzählt, dass Sie Krebs haben!«, als würde sie nach einem Muffin-Rezept fragen. Debra Winger hat damals auf der Party losgeprustet, und ich musste auch lachen.

Heute weiß ich, dass die Leute es schlicht nicht besser können, ein Großteil von ihnen zumindest. Viele sind in solchen Situationen nur hilflos. Ich kann's ja verstehen. Es ist ja auch blöd. Jemandem zum Geburtstag zu gratulieren ist einfacher. Wahrscheinlich ist das mit dem Essenbringen nach Todesfällen auch so eine komische Verlegenheitssituation.

Nur einem Menschen werde ich nie verzeihen, dass er so reagiert hat, wie er reagiert hat: Sven. Aber über ihn möchte ich nicht sprechen.

Frau Bentham hat nun genügend welke Blätter abgefriemelt, bückt sich noch mehr nach unten und streichelt die Erde. Dabei murmelt sie vor sich hin, und ich störe sie nicht. Irgendwann richtet sie sich auf und sieht mich an.

»Ich spreche immer noch mit meinem Mann«, erklärt sie mir. »Ich erzähle ihm, wie meine Woche war und was ich so vorhabe in der nächsten Zeit. Dass ich beim Zahnarzt war und der Klempner übermorgen kommt.« Sie nickt. »Ja, das erzähle ich ihm. Er wollte immer alles wissen, deswegen. Ach, ist das nicht ein schöner Tag heute!«

»Mehr passiert nicht?«, frage ich, woraufhin sie mich irritiert anschaut.

»Wie meinen?«

»Na ja, Sie haben gerade ja nicht besonders lange mit Ihrem Mann gesprochen. Wenn Sie ihm zum Beispiel erzählt hätten, dass Sie eine Weltreise planen, hätte das ja möglicherweise länger gedauert.«

»Ich plane aber keine Weltreise«, sagt Frau Bentham und sieht auf einmal ein bisschen nachdenklich aus. »Um ehrlich zu sein, ich plane gar nichts. Und beim Zahnarzt war ich auch schon. Die nächste Kontrolluntersuchung ist in einem halben Jahr. Meine Zähne sind sowieso in Ordnung, weil ich sie immer gut gepflegt habe. Stellen Sie sich vor, ich habe keine einzige Füllung, keine Brücke oder Krone.« Sie ist stolz.

»Weil es dritte Zähne sind?«, will ich wissen.

Frau Bentham ist empört. »Natürlich nicht. Es sind meine echten. Die nehme ich auch noch mit ins Grab. Ach ja, ach ja, aber bis dahin ist hoffentlich noch ein bisschen Zeit. Ich lebe ja gern, obwohl ich nicht so furchtbar viel vom Leben hatte.« Sie starrt auf ihren Ring.

›Ach Gottchen‹, denke ich. Die Sorgen der reichen Frauen. Ich konnte diese Hühner noch nie ausstehen. In Eppendorf, einem sehr angesagten Stadtteil, in dem ich eine kleine Zweizimmerwohnung habe, die ich mir nur leisten kann, weil die Vermieterin ein guter Mensch ist und nie die Miete erhöht, da sie, wie sie selbst sagt, ihr Geld nicht essen kann, laufen sie in Horden herum. Aufgetakelte Weiber mit Size-Zero-Figuren, engen Jeans und Barbour-Jacken, blondgesträhnten Haaren, überteuerten Bugaboo-Kinderwagen und Coffee to go. Nupsi sagt immer, eine Eppendorferin würde man erstens an ihrem immer gestressten und muffigen Gesichtsausdruck erkennen, zweitens an einer etwas zu großen Armbanduhr von Rolex, Cartier oder Baume & Mercier, und drittens an ihrem iPhone, auf dem sie entweder ständig rumtippt, während sie mit dem Kinderwagen den Fahrradweg blockiert, oder mit dem sie mit ihrem Mann telefoniert und ihm aufträgt, die Würstchen für den Kindergeburtstag beim Schlachter abzuholen, weil sie das »zeitlich nicht schafft«, sie muss ja mit Louis oder Emily noch zum Babyschwimmen oder zu irgendeinem Krabbeltreff, bei dem sich die Au-pair-Mädchen um die Brut kümmern, während die fix und fertigen Mütter sich mit der gerade angesagten Champagnermarke wieder auf die Beine bringen.

»Ich habe immer nur gearbeitet«, sagt Frau Bentham, und ich setze mich wieder. Das lange Stehen bekommt mir manchmal nicht so gut. »Ich hab wirklich nicht viel erlebt.«

»Warum? Sie sehen nicht so aus, als hätten Sie ein schlechtes Leben«, sage ich.

Sie schnaubt. »Sie haben ja keine Ahnung.«

»Es könnte ja auch sein, dass Sie Depressionen haben«, sage ich. »Oder sonst irgendwie krank sind.«

»Ich bin nicht krank, und ich habe auch keine Depressionen«, bekomme ich erklärt. »Ich bin eine fröhliche Frau. Aber ich werde wohl mal sagen dürfen, wie es bei mir so gelaufen ist.«

›Klar‹, denke ich. ›Wir kennen uns ja schon zehn Jahre. Da kann man mal ein bisschen privater werden.‹

»Ach, mein Mann«, sagt sie. »Viktor. Sein Arbeitszimmer ist noch genau so, wie er es verlassen hat. Sogar der Montblanc-Füller, den ich ihm geschenkt habe, liegt noch aufgeschraubt auf dem Schreibtisch.«

»Solche Stifte sind sehr teuer. Jetzt ist die Tinte bestimmt ausgetrocknet.«

Ich bin, wie erwähnt, oft sehr pragmatisch. War ich früher schon. Werde ich auch weiterhin bleiben. Ich fange jetzt bestimmt nicht noch an zu hinterfragen, was ich in meinem Leben anders machen kann, so wie das immer in den Frauenzeitschriften steht, die ich früher inhaliert habe, jetzt aber nicht mehr anrühre. Es mag zynisch klingen, aber ich kann die Geschichten, in denen es darum geht, dass man sein wahres Ich herbeitanzen oder endlich mal in den Wald gehen soll, um sich erden zu lassen, einfach nicht mehr lesen. Ich will auch nichts mehr über beschnittene Frauen lesen und nichts über Männer, die sich haben umoperieren lassen, ich will keine verdammten Rezepte mehr, weil ich die guten, leckeren, mit Sahnesoße verfeinerten Gerichte sowieso nicht mehr vertrage – nach drei Tortellini alla panna wird mir übel. Und ich will auch nichts über eine Frau lesen, die davon erzählt, wie sie den Krebs besiegt hat, und – das finde ich am allerschlimmsten – dauernd sagt, wie dankbar sie dafür ist, dass sie Krebs hatte, weil sie das Leben jetzt erst so richtig zu schätzen weiß. Ganz ehrlich, wenn ich den Krebs besiegt hätte, wäre ich den Ärzten und mir selbst dankbar, aber bestimmt nicht dem Krebs. So eine Chemotherapie und das ganze Drumherum ist nämlich kein Kindergeburtstag.

Um es abzuschließen: Ich will gar nichts mehr, weil ich sowieso nichts mehr bekomme.

»… was nützt mir der ganze Schmuck, das große Haus, der

Garten, und es ist ein großer Garten, das können Sie mir glauben, leicht abschüssig, er geht runter Richtung Elbe, wir haben da sehr schöne Buchsbäumchen, die schneidet der Gärtner immer sehr hübsch, manche in Tierform, und es gibt sehr viele Sandsteinskulpturen und einen wirklich reizenden kleinen Pavillon mit Blick aufs Wasser, was nützt denn das alles!« Frau Benthams Stimme dringt wieder zu mir durch. »Kinder hatten wir auch keine, dabei wäre der Garten wie gemacht dafür, aber wir haben zwei Patenschaften in Indien, die Kinder haben Abitur gemacht, wo, habe ich vergessen, sie schreiben jetzt aber gar nicht mehr, und wie gern wäre ich mal nach Paris gefahren und hätte Haute Couture eingekauft, Dior, Chanel oder was von Vivienne Westwood, aber ich konnte immer nur in Hamburg einkaufen gehen, weil ich einfach keine Zeit hatte. Ich wäre auch so gern mal geflogen.« Sie überlegt kurz und seufzt. »Das Kleid von Westwood, das habe ich auf einem Derby hier getragen, die haben vielleicht geschaut, das ist ja eine eher extrovertierte Designerin, ach und was habe ich Schmuck! Würde ich alles auf einmal tragen und man würde mich dann in die Elbe stoßen, ich würde wie ein Stein untergehen. Aber kein einziges Mal waren wir weg, wir konnten die Firma ja nicht allein lassen, ich gebe zu, dass wir beide, also Viktor und ich, sozusagen einen Kontrollzwang hatten. Alles mussten wir selbst überprüfen, weil wir Angst hatten, dass es sonst falsch gemacht wird. Ich glaube, manche unserer Mitarbeiter hätten uns gern in ein Flugzeug gesetzt, mit nur einem Hinflugticket nach Neuseeland oder so. Und dann das große Haus, das hat auch so viel Arbeit gemacht, ich sag immer, wenn man Personal im Haus hat, muss man zwar nicht putzen, aber ständig die Angestellten kontrollieren. Ich sag Ihnen, über dreihundert Quadratmeter Wohnfläche, das sind auch Strecken, die man da zu Fuß zurücklegen muss, aber ich hab immer gesagt, das hält fit. Und ein Schwimmbad haben wir im Keller, eine 25-Meter-Bahn, Viktor ist täglich seine sechzig Bahnen geschwommen, ich hab ja in der knappen Zeit, die ich neben der Firma hatte, lieber Tennis gespielt, und nachdem wir in den Ruhestand gegangen waren, kümmern sich nun Geschäftsführer um alles, aber sie gehört mir noch, die Firma. Ich und noch zehn weitere Generationen hätten ausgesorgt, aber wir haben ja keine Kinder. Seien Sie froh, meine Liebe, dass Sie gesund sind, ich bin es glücklicherweise ja auch, man muss dankbar und glücklich über jede Stunde sein, die einem vergönnt ist! So«, sie lehnt sich zurück. »Das musste mal raus. Aber warum erzähle ich Ihnen das eigentlich?«

»Das weiß ich nicht.« Ich bin einem Hörsturz nahe. »Aber wenn Sie genug Geld haben und sich alles leisten können, dann verreisen Sie doch mal. Machen Sie doch einfach das, was Sie wollen.«

»Was denn? Was soll ich denn machen?«

Ist es zu fassen.

»Wie gesagt. In den Urlaub fahren zum Beispiel.«

»O Gott! Ich fahre nicht allein irgendwohin. Wie sieht das denn aus? Womöglich in die Karibik. Dann denken alle, ich bin eine sexhungrige alte Frau, die sich für die Dauer ihres Aufenthalts auf Jamaica einen jungen Schwarzen mietet und ihn mit Adidas-Turnschuhen für Sex bezahlt. Nicht mit mir.«

»Wie kommen Sie denn auf so etwas?«

»Das liest und sieht man doch immer wieder in Zeitung und TV«, sagt Frau Bentham und streicht ihren Rock glatt. Sie sagt wirklich *TV*.

»Meine Güte. Das ist doch nicht die Regel. Außerdem könnten Sie sich einer Reisegruppe anschließen. Und es gibt noch andere Orte, an die man reisen kann. Sie haben doch wirklich genug Zeit, um sich schlauzumachen.«

»Sie nehmen mich gar nicht ernst.«

»Das stimmt. Ich sehe das Problem nicht.«

»Es gibt doch auch gar kein Problem.« Frau Bentham hält ihr Gesicht wieder in die Sonne.

»Warum haben Sie mir dann erzählt, dass Sie nie verreist sind?«

»Ach, weiß ich auch nicht. Wahrscheinlich, weil ich nie verreist bin. Im Alter denkt man ja oft zurück. An das, was man versäumt hat. Möglicherweise deswegen.« Zufrieden nickt sie. »Danke fürs Zuhören.«

»Na dann.« Ich schaue auf meine Armbanduhr und stehe auf. »Ich muss jetzt los. Es war schön, Sie kennenzulernen.«

Erschrocken sieht sie mich an. »Sie müssen weg? Warum?«

Also das geht sie nun wirklich nichts an.

»Ich habe noch einen Termin.«

»Oh. Ich dachte, wir könnten vielleicht noch ein bisschen zusammen in der Sonne sitzen und Viktor Gesellschaft leisten.«

Das fehlte noch, dass ich länger als nötig mit einer fremden Frau vor meinem zukünftigen Grab in der Sonne sitze. Ich könnte mich probehalber schon mal auf die Grabstelle legen und vorher Herrn Hansen herbitten, dann können wir alle vier den Vöglein lauschen.

»Ich muss wirklich gehen«, sage ich. »Ich muss noch auf ein Amt.« Na ja, ein Amt ist es nicht wirklich, doch ich muss in der Tat noch wohin, was aber Frau Bentham nichts angeht.

»Ach, wissen Sie was?«, Frau Bentham steht auf und rückt ihren Hut zurecht. »Ich komme mit. Auf Ämtern ist es immer so langweilig. Während Sie warten, plaudern wir weiter. Ich versuche auch, nicht mehr über das zu reden, was ich verpasst habe. Auf geht's.«

Mit Distanz hat sie nicht so furchtbar viel im Sinn und auch nicht mit der Höflichkeit, mich erst zu fragen, ob mir das recht ist. Da kommt die ehemalige Geschäftsfrau durch und die Dame, die es gewohnt ist, dass alles so läuft, wie sie es gern hätte.

Ich möchte sagen: ›Nein, vielen Dank für das nette Angebot, aber Amtsgänge mache ich am liebsten alleine, und ich bitte, das zu respektieren. Aber ich wünsche Ihnen noch einen schönen Tag und freue mich, dass wir uns kennengelernt haben. Auf Wiedersehen und alles Gute.‹

Doch ich sage schlicht: »Gut.«

Und denke mir, warum eigentlich nicht?

3

Frau Himmelreich sieht aus, wie man sich eine Frau Himmelreich vorstellt. Sie ist klein, etwas drall, gütig, hat lange graue Locken, Lachfältchen und einen festen Händedruck. Sie duftet nach frisch gebackenem Marmorkuchen und Vanille, und in ihren Ohrläppchen stecken dicke Holzkreolen. Frau Himmelreich ist um die sechzig, trägt ein bequemes, dreiviertellanges grünes Kleid und eine Bernsteinkette. Eigentlich mag ich Bernsteinketten nicht – ich denke immer, die tragen nur geschiedene Frauen, die sich mit einer esoterischen Boutique und gebatikten Unterhemden selbst verwirklichen wollen –, aber zu Frau Himmelreich passt sie. Frau Himmelreich erinnert mich an meine Mutter, obwohl ich gar nicht weiß, wie meine Mutter heute aussehen würde.

Frau Bentham weiß immer noch nicht, wo wir sind. Wir sind mit meiner kleinen Möhre gekommen; Frau Bentham war zu Fuß und mit dem Bus unterwegs, weil der Mensch Bewegung braucht. Sie fahre nicht selbst Auto, hat sie mir erklärt, das sei lange her, manchmal lasse sie sich auch fahren, aber nicht heute. Also düsten wir los, während Frau Bentham ununterbrochen weiterplapperte. Sie hätte so gern mal einen anderen Kontinent gesehen und wäre auf einem Kamel geritten und mit einem Glasbodenboot zu einem Korallenriff gefahren, um dort zu schnorcheln. Und nach Schottland wäre sie auch gern gefahren, weil die Schotten so schick aussehen in den Röcken, und dann die Dudelsäcke und die Clans! »Wenn ich einen Schotten geheiratet hätte, hieße ich irgendwas mit Mac oder O' noch was«, sagte sie und lachte. »Ach, ist das nicht ein schöner Tag! Ich freue mich, dass ich mal was vorhabe. Auch wenn's nur aufs Amt geht.«

Noch während wir durch die Eingangstür gekommen sind, hat sie mich mit ihren Geschichten zugetextet. Ich weiß jetzt, dass sie sogar mal einen Butler hatte und eine eigene Kosmetikerin, die aber öfter mal Muttermale mit Mitessern verwechselte, was natürlich nicht so toll war. Derweil habe ich mich umgeschaut und durch ein schön aufbereitetes Gästebuch geblättert, in dem Karten kleben und Fotos. Dann bin ich zu einer Litfaßsäule gegangen, die von Besuchern bemalt wurde; es finden sich wunderschöne Sätze darauf. Auf der anderen Seite der Eingangstür stehen insgesamt sechzehn Kerzen in unterschiedlich großen Ständern. Zwei von ihnen brennen.

»Frau Sperber.« Frau Himmelreich breitet beide Hände aus und ergreift meine. Sie strömt Wärme und Behaglichkeit aus und ein bisschen was von einem frisch bezogenen Bett, in das man sich fallen lassen möchte. Am liebsten würde ich in ihre Arme sinken und sie bitten, dauernd nur »Alles wird gut« zu sagen.

»Ach, haben Sie Ihre Mutter mitgebracht?«, fragt Frau Himmelreich und nickt Frau Bentham zu, die nun mal nicht redet, sondern irritiert schweigt. Möglicherweise kapiert sie gerade, dass das hier kein gewöhnliches Amt ist.

»So ähnlich«, sage ich.

Wenn Frau Himmelreich sich über diese Antwort wundert, lässt sie es sich nicht anmerken. »Nun, kommen Sie bitte mit, ich zeige Ihnen alles und beantworte Ihnen jede Frage.«

Sie schwebt durch die Empfangshalle, und wir folgen ihr. Hier ist alles hell gestrichen. Warm. Sahnegelb, Mokka, ein zartes Grün, ein lichtes Blau. Die Sonne scheint durch die hohen Fenster auf die Wände und den Parkettboden. Das Gebäude ist um die hundert Jahre alt. In einem schlichten, freundlichen Büro nehmen wir Platz. Frau Himmelreich fragt nach unseren Getränkewünschen, und ich sage, dass ein Wasser fein wäre. Dann blickt sie Frau Bentham an, die allen Ernstes sagt: »Für mich einen koffeinfreien Cappuccino mit ein wenig Zimt- und Karamellaroma, fettarmer, nicht zu stark geschäumter Milch und Zartbitter-Kakaopuder, und dazu ein oder zwei Cantucci alla mandorla.«

Weil wir nebeneinander sitzen, kann ich ihr gegen das Schienbein treten, bevor sie noch geblümtes Geschirr mit Goldrand oder Stoffservietten mit individueller Monogrammstickerei dazu verlangt.

Frau Himmelreich ist ein höflicher Mensch und sagt nichts, und während Frau Bentham mich böse anschaut, sage ich: »Meine Bekannte ist Hobby-Kabarettistin. Sie macht gern solche Witze. Sie nimmt auch einfach ein Wasser, vielen Dank. Hahaha.«

Frau Himmelreich nickt, macht aber nicht »Hahaha«, steht auf, geht zu einem kleinen Tischchen, auf dem sich Flaschen und Gläser befinden und bringt uns Wasser, dann blättert sie in ihren Unterlagen herum. Frau Bentham sagt nichts. Sie muss ihr neues Hobby offenbar erst mal auf sich wirken lassen.

»Sie haben doch bestimmt eine Menge Fragen«, sagt Frau Himmelreich und lehnt sich zurück. »Ich beantworte sie Ihnen gern.«

Frau Bentham hat nun fertig gedacht und fragt: »Was für ein Amt ist das denn hier? Helfen Sie bei der Einkommensteuererklärung? Wir hatten ja mal einen sehr unsympathischen Steuerprüfer in der Firma, der …«

Ich trete sie wieder, und diesmal zuckt sie zusammen und schnaubt.

Frau Himmelreich hat diesen Gesichtsausdruck, mit dem man jemandem zeigt, dass man ihm verzeiht, ohne dass es Worte braucht. Wahrscheinlich hat sie hier schon viel erlebt und Menschen die merkwürdigsten Dinge sagen hören.

Ich krame mein Notizbuch aus der Tasche. Natürlich habe ich Fragen. Da hat Frau Himmelreich ganz recht.

»Ich fange am besten von vorn an«, sage ich. »Einiges wissen Sie ja schon.« Frau Himmelreich nickt. Ich nippe an meinem Wasser, und Frau Bentham schaut prüfend auf mein Notizbuch. Vielleicht will sie mir bei den steuerlich absetzbaren Kosten helfen. Sie als gute Geschäftsfrau.

»Die Sache ist die«, beginne ich. »Ich habe laut ärztlicher Einschätzung noch circa drei Monate. Ganz genau kann man das natürlich nicht sagen. Da legt sich niemand gern fest. Es kann früher zu Ende sein, dass es später zu Ende sein wird, ist äußerst unwahrscheinlich. Also gehen wir davon aus, dass es ungefähr zwei Monate sein werden. Ich möchte realistisch bleiben. Deswegen … deswegen möchte ich jetzt schon sichergehen, dass ich zu gegebener Zeit einen Platz hier bekomme. Ich merke, dass mir das Treppensteigen schon manchmal schwerfällt.«

Frau Bentham sieht nun aus wie ein lebendig gewordenes Fragezeichen. Während Frau Himmelreich nickt, arbeitet es in ihrem Kopf. Womöglich denkt sie seit langer Zeit zum ersten Mal nicht über sich selbst nach.

»Darf ich fragen, warum das Krankenhaus für Sie nicht in Frage kommt?«, will Frau Himmelreich wissen.

»Ich war oft genug in Krankenhäusern, und ich habe gesehen, wie es da teilweise zugeht. So will ich nicht sterben.«

Nun atmet Frau Bentham zischend ein und krallt sich am Henkel ihrer Handtasche fest, die sie wahrscheinlich gern in Paris oder London gekauft hätte, aber die Zeit, die Zeit. Nicht, dass sie mir einen Herzinfarkt bekommt, das würde noch fehlen. Ich hätte sie vielleicht doch nicht mitnehmen dürfen, aber jetzt kann ich es nicht mehr ändern.

»Bei mir ist einfach nichts mehr zu machen«, sage ich. »Die Krankenkasse zahlt auch keine weiteren Therapien … Sie sagen … also die Sachbearbeiterin hat gesagt, dass Sterben keine Krankheit sei.« Das ist wahr. Das hat diese Frau Kaluppke wirklich gesagt. Einfach so. Sie sagte: »Das wird nicht übernommen, es ist keine Krankheit, wenn man stirbt.« Das muss man sich mal vorstellen. Egal ob es stimmt oder nicht, das sagt man doch nicht zu jemandem, der alles versucht, um sein Leben zu retten!

Frau Himmelreich nickt. »Liegt von dem behandelnden Arzt eine Befürwortung vor?«

Ich nicke und hole die entsprechenden Unterlagen aus meiner

Tasche. »Von nicht nur einem. Es sind drei. Alle sagen im Endeffekt dasselbe. Es können auch noch mehr gefragt werden, das hat der letzte behandelnde Arzt gesagt. Hier, bitte.« Ich lege ihr die entsprechenden Schreiben der Pneumologen hin.

»Also, ich verstehe nicht …«, fängt Frau Bentham an, aber ich lege eine Hand sehr fest auf ihr Bein, und sie schweigt.

Frau Himmelreich überfliegt die Unterlagen, legt dann die Papiere auf den Tisch und sieht mich aufmunternd an.

»Ich möchte … also ich möchte einfach, dass das Ganze würdevoll abläuft«, versuche ich zu erklären. »Ich muss das alles alleine regeln, ich habe niemanden mehr. Nur meine beste Freundin, und ihr möchte ich nicht zu viel zumuten. Es ist für sie schon schwer genug. Was ich vorher erledigen kann, möchte ich erledigen.«

Frau Himmelreich nickt, macht sich Notizen und lässt mich weiterreden.

»Ich wohne im vierten Stock ohne Aufzug. Manchmal schaffe ich nur ein Stockwerk hoch, dann kriege ich keine Luft mehr. Ich glaube, ich kann nicht mehr lange da wohnen. Ich habe auch Angst, dass ich in der Wohnung einfach so ersticke, und niemand kriegt es mit. Die Tumore drücken auf die Lunge. Ich will aber nicht einfach so ersticken. Ich meine, ich weiß, dass ich sterben muss, aber so nicht. Bitte nicht.«

Frau Bentham ist nun fahl im Gesicht. Sie sagt: »Aber so weit muss es doch nicht kommen. Es gibt doch sicher Möglichkeiten, das aus der Welt zu schaffen.« Niemand geht auf sie ein.

»Wie schlimm ist es?«, fragt Frau Himmelreich sachlich. »Benötigen Sie schon Opiate?«

»Nein, nein.« So weit ist es noch nicht, obwohl meine Medikamente schon sehr stark sind. »Ich will nur vorsorgen. Sicher sein, dass ich einen Platz bekomme. Bin ich zu spät?«

Frau Himmelreich schüttelt den Kopf. »Nein. Die durchschnittliche Wartezeit hier beträgt zwei Wochen. Wenn es ganz akut wäre, könnten Sie sogar sofort hierbleiben. Ein Gast, den wir erwartet haben, ist nicht gekommen, und zwei haben uns gestern Abend verlassen.«

»Brennen deswegen unten die Kerzen?«, frage ich spontan, und sie nickt.

»Ja. Wir haben sechzehn Gäste und sechzehn Kerzen.« Sie sieht mich aufmunternd an und wartet auf meine weiteren Fragen, aber ich bin plötzlich sehr durcheinander.

»Können Sie nicht einfach ein bisschen erzählen?«

»Aber ja.« Und sie beginnt, von diesem Haus zu erzählen, von den Menschen, die hier arbeiten. Sie erzählt vom Tod und dass er eine Ohnmacht sei, sie erzählt von den Menschen, die hierherkommen, weil das Krankenhaus keinen Sinn mehr habe, wenn es keine Hoffnung auf Überleben gibt. Sie erzählt von SAPV, einer speziellen palliativen Versorgung zu Hause, und fragt mich, ob das für mich vielleicht erst mal in Frage kommen könne, aber ich verneine. Ich glaube nicht, dass es mir noch lange so gehen wird wie heute, ich glaube eher, dass es nach und nach schlechter wird. Bestimmt werde ich noch einige gute Tage haben, aber wer weiß das schon wirklich. Nein, höre ich mich sagen, ich möchte dann hier wohnen, und sie nickt. Ich sage, dass ich Angst habe, und sie antwortet, dass sie das verstehe und dass hier niemand alleine sterbe. Sie würden auf mich aufpassen, wenn es so weit sei.

Ich höre ihr zu und bin ihr dankbar, dass sie so gelassen über all diese Tatsachen sprechen kann. Wenn ich etwas nicht mag, dann diese triefende Betroffenheit. Aber damit können hier bestimmt alle ganz gut umgehen.

Frau Bentham steht auf. »Ich habe plötzlich Kopfweh. Ich muss mal an die frische Luft.« Sie schaut mich an. »Kommen Sie bitte kurz mit. Bitte.«

Automatisch stehe ich auf. »Ich komme gleich wieder«, sage ich zu Frau Himmelreich, und die nickt nur wieder freundlich. Ich glaube, diese Frau kann gar nicht anders als freundlich sein. Bestimmt backt sie für einen sizilianischen Mafiaschläger, der hier seine letzten Tage verbringt, noch seine Lieblingspizza.

Frau Bentham zieht mich in den Flur, dann atmet sie tief ein.

»Mein liebes Kind«, sagt sie ernst. »Ich weiß, wie das ist. Aber das ist doch kein Grund, an den Tod zu denken.«

»Wie bitte?«

»Solche Probleme lassen sich doch immer lösen. Und es sieht mir so aus, als seien hier nette Beamte, die auch mal zuhören. Wenn Sie Geld brauchen, ich kann Ihnen da gern was vorstrecken.«

»Ich brauche kein Geld«, sage ich.

»Aber es geht doch um Geld, und Sie denken darüber nach, sich das Leben zu nehmen. So ganz habe ich das zwar noch nicht verstanden, aber ein wenig schon.«

»Das glaube ich allerdings nicht, dass Sie auch nur ansatzweise durchsteigen.«

Frau Bentham kneift die Augen zusammen und verschränkt die Arme. »Ja, was ist das denn dann hier und was wollen Sie hier?«

»Nach was sieht es denn aus?«, frage ich. Nun bin ich wirklich neugierig. Offenbar hat sie nur sehr oberflächlich zugehört. Merkwürdig eigentlich für eine Frau, die eine Firma mit sechzig Mitarbeitern geleitet hat. Aber vielleicht wird man im Alter so. Ich werde leider nicht mehr feststellen können, ob ich auch so werde.

»Ich will es nicht sagen«, sagt Frau Bentham fest.

Sie will es nicht wahrhaben.

»Aber Sie wissen es.«

»Das kann gar nicht sein, dass es das ist«, sagt Frau Bentham nun ein wenig trotzig. »Ich meine, damit geht man doch anders um.«

»Jeder geht anders damit um«, sage ich.

»Ich würde vor Wut um mich treten«, sagt sie.

»Das habe ich schon mal gemacht. Barfuß«, erzähle ich ihr. »Unglücklicherweise stieß ich gegen einen geerbten Kaktus. Es brachte nichts, und ich hatte noch Stacheln im Fuß.«

Frau Bentham will immer noch nichts wahrhaben und wird nun bockig wie ein Kind. »Das ist hier *wohl* ein Amt.«

»Nein.«

»Doch, das *muss* ein Amt sein. Das Finanzamt. Ich gehe jetzt da rein und bezahle Ihre Steuerschulden, Sie rufen hurra, und dann lade ich Sie zum Essen ein.«

Sie ist wirklich eine Marke.

»Frau Bentham. Das hier ist ein Hospiz, und das wissen Sie auch mittlerweile. Sagen Sie es. Sagen Sie: ›Das ist ein Hospiz.‹«

»Nein.« Frau Bentham verschränkt die Arme. »Wir zahlen jetzt den Betrag, und dann gibt es was zu essen. Ich weiß auch schon, wo wir …«

»Frau Bentham! Ich gehe sonst und lasse Sie hier allein. Und dann passiert mir vielleicht auf dem Nachhauseweg was, weil ich mich so über Sie aufrege, dass ich keine Luft mehr kriege.«

»Das ist ein Hospiz«, sagt Frau Bentham kaum hörbar, und ihre Augen werden feucht.

Meine Güte, jetzt fängt sie an zu weinen. Ich bekomme ein schlechtes Gewissen. Frau Bentham hat ja nicht gewusst, dass ich einen Termin bei einem Hospiz hatte, die arme Frau dachte, es geht auf ein langweiliges Amt mit Linoleumboden und harten Wartestühlen, und nun das. Das ist wohl zu viel für sie.

Ich streichle ihren Arm.

Was soll ich denn sonst machen?

Eine Viertelstunde später sitze ich mit Frau Bentham im Raum der Stille. Frau Himmelreich hat vorgeschlagen, dass wir uns eine Auszeit nehmen, und gesagt, in diesem Raum würden wir am ehesten zur Ruhe kommen, obwohl ich gar keine Ruhe brauche. Aber Frau Bentham.

»Ja, woher sollte ich denn vorher wissen, dass das hier ein Hospiz ist?«, fragt sie fast sekündlich. »Das konnte ich doch gar nicht wissen. Ich will auch gar nicht, dass das ein Hospiz ist. Ist das alles schlimm, ist das alles schlimm. Ach je, und ich rede die ganze Zeit von mir, dabei bin ich doch ganz egal.« Sie holt ein Taschentuch hervor und trompetet lautstark hinein. Wildlebende Elefanten würden sie umgehend und ohne Nachfrage in ihre Horde integrieren.

»Es ist ja schon gut«, erkläre ich zum gefühlt fünfzigsten Mal.

Frau Bentham steht auf. »Gar nichts ist gut. Überhaupt nichts.« Sie hat inzwischen ihren Hut abgesetzt und wedelt damit vor meiner Nase herum. »Das geht doch nicht. Wie kann man so sein? Sie sitzen da und planen Ihren eigenen Tod. Warum waren Sie eigentlich wirklich auf dem Friedhof?«

»Um meine Grabstelle anzuschauen«, gebe ich zu, und nun wird sie ärgerlich.

»Das geht doch nicht!«, lamentiert sie und wird laut. »So was erledigt man doch nicht allein! Das ist ja un-mög-lich, ja, warum nehmen Sie denn niemanden mit?«

»Wenn Sie vorhin richtig zugehört hätten, wüssten Sie, dass es da niemanden gibt außer meiner Freundin, und die will ich nicht so sehr involvieren.«

»Nicht involvieren? Dann ist es auch keine Freundin«, nörgelt die sonst so gutgelaunte Frau Bentham und holt ein neues Taschentuch hervor.

»Sie wäre ja mitbekommen«, verteidige ich Nupsi. »Aber ich wollte das nicht. Nupsi macht das alles schon fertig genug.«

»Wie kann man denn Nupsi heißen?«, schluchzt Frau Bentham, die sich nun nicht mehr beherrschen kann. »Ist ja auch egal. Ach, ist das alles furchtbar.« Sie sieht mich mit roten Augen an. »Ist meine Wimperntusche verlaufen?«

»Nein«, sage ich.

»Noch nicht mal das«, klagt Frau Bentham. »Noch nicht mal das kriege ich richtig hin. Ich will doch, dass Sie merken, dass ich das wirklich, wirklich schlimm finde. Dass ich kein reicher Kotzbrocken bin, der nur an sich denkt. Dass ich um Sie weine. Wegen der schrecklichen Situation. Und dazu gehört doch verlaufene Wimperntusche.«

Ich starre auf eine Topfpflanze. Wäre ich doch bloß an einem anderen Tag auf den Friedhof gegangen.

Frau Himmelreich ist eine kluge Frau. Sie lässt uns lange im Raum der Stille und kommt nur einmal kurz hinein, um zu fragen, ob wir etwas brauchen.

»Gesundheit brauchen wir«, sagt Frau Bentham, die mir mittlerweile erzählt hat, dass sie Hedwig heißt, aber Hedy genannt wird. Sie hat sich wieder einigermaßen im Griff.

»Ich kenne Ärzte«, sagt sie. »Viele. Gute. Sie haben Viktor behandelt. Viktor war ja auch krank …«

»… und ist gestorben«, stelle ich sachlich fest. Es zermürbt mich etwas, dass Hedy nicht aufhört, über den Krebs zu reden, sie spricht seit fast anderthalb Stunden davon. Es ist, als sei eine Schleuse aufgegangen. Hedy hat gesagt, ich solle sie Hedy nennen, und gefragt, ob sie mich Kindchen nennen dürfe, und weil ich einfach keine Kraft mehr hatte, um gegen das Kindchen zu protestieren, habe ich genickt. Nun nennt sie mich also Kindchen, duzt mich aber nicht. So machten die das in den USA ja auch. Man nenne sich beim Vornamen und sieze sich, sagt sie, das habe was Weltmännisches. Das habe sie mal gelesen. Von mir aus. Soll sie mich siezen und Kindchen nennen. Aber sagen in den USA nicht alle »you«? Das ist doch ein automatisches Duzen, wie soll man sich denn da siezen? Ach, egal.

»Aber Viktor war ja auch älter«, sagt Hedy. »Sie sind ja erst fünfzig.«

»Fast!« Bei allem Respekt, fünfzig werde ich erst nächste Woche.

»Dann eben fast. Da muss es doch Möglichkeiten geben.«

»Nein. Der Tod lässt sich nicht vom Alter dirigieren.«

»Also das begreife ich nicht. Dass Sie da einfach so sitzen und nichts tun, außer zu sagen, dass Sie die Treppe zu Ihrer Wohnung nicht mehr hochkommen. Also wirklich. So wie heute habe ich mich die letzten Jahre nicht mehr aufgeregt. Ich habe fast das Gefühl, so grotesk es klingt, als würde ich gerade wieder anfangen zu leben. In den letzten Jahren konnte man das nicht wirklich behaupten. Verzeihen Sie, das ist ja unmöglich, jetzt von meinem neuen Leben anzufangen, also so was, ich …«

Sie wirkt in der Tat sehr agil. Wahrscheinlich läuft sie einen Marathon, wenn ich tot bin.

»Auf gar keinen Fall wird jetzt schon ins Hospiz gegangen«, erklärt sie entschieden. »Das zieht Sie nur runter, egal, wie schön es hier ist.«

»Aber ich wohne doch im vierten Stock«, erkläre ich müde.

»Es gibt Treppenlifte«, sagt Hedy bestimmt.

»Nein. Auf gar keinen Fall fahre ich mit so einem Ding das Treppengeländer rauf.«

»Dann finden wir eine andere Lösung.« Sie steht auf und geht hin und her. »Wir werden auch noch zu anderen Ärzten gehen. Zu Spezialisten. Ich kenne …«

»Nein«, sage ich. »Ich weiß nicht, bei wie vielen Ärzten ich war. Und überall bekam ich die exakt gleiche Diagnose. Es geht nichts mehr.«

Ich hoffe, sie will jetzt nichts im Detail wissen, ich habe einfach keine Lust mehr zu erklären, wie Metastasen entstehen und wie sie sich entwickeln und überhaupt. Sie kann das googeln, oder ich gebe ihr die Adresse von den ganzen Lungenfachärzten in ihren Praxen und Krankenhäusern und entbinde sie von der Schweigepflicht. Die können ihr dann erzählen, dass ich vor vier Jahren erkrankt bin, dass mein Tumor im rechten Lungenoberlappen in natürlich heilender Absicht rausgenommen wurde, dass die Metastasensuche negativ war und es also Daumen drücken hieß. Und dann kam ich nach neun Monaten wieder und hatte Lebermetastasen. Ich habe zwei Chemo-Zyklen hinter mir und was weiß ich nicht noch alles.

Das kann Hedy sich anhören, und dann können sich die Mediziner Hedys lautstarke Proteste anhören. Die Ärzte tun mir jetzt schon leid.

»Wir müssen jetzt mal wieder zu Frau Himmelreich gehen«, sage ich. »Die Frau hat auch nicht unbegrenzt Zeit.«

Hedy schnäuzt noch mal in ihr Taschentuch. »Sicher«, sagt sie. »Sicher.«

Dann verlassen wir den Raum der Stille, damit er endlich seine Ruhe vor uns hat.

Ich mache mit Frau Himmelreich aus, dass ich mich rechtzeitig melden werde, also ungefähr dann, wenn ich weiß, wann es an der Zeit ist. Hedy sagt dauernd: »Noch ist es nicht an der Zeit!«, und ich sage: »Deswegen meint Frau Himmelreich ja, *wenn* es an der Zeit ist.«

Frau Himmelreich sagt, sie habe alle benötigten Unterlagen und ich könne nach Absprache gern auch ein Haustier mitbringen.

»Ich habe keins«, sage ich.

»Manchmal wirkt ein Hund Wunder«, ist Hedys Meinung. »Viele Menschen, gerade Senioren, blühen regelrecht auf, wenn sie wieder eine verantwortungsvolle Aufgabe haben. Man hat jeden Tag Bewegung an der frischen Luft, und so ein Hund braucht Zuwendung und Pflege.« Sie nickt so, als sei die Anschaffung eines Hundes beschlossene Sache.

»Zuwendung und Pflege brauche ich auch«, erkläre ich. »Und ganz sicher werde ich mir jetzt keinen Hund zulegen.« Nun wird es mir zu bunt. »Denken Sie doch einmal nach, bevor Sie losplappern, Hedy.«

Sie schaut betreten. »Sie müssen entschuldigen, Kindchen«, sagt sie dann. »Aber diese Situation … so was hatte ich noch nie. Also ich war ja Chefin von sechzig Mitarbeitern, da gab es auch die eine oder andere Situation, in der ich nicht weiterwusste, aber das hier … und Viktor natürlich … aber das hier, das ist neu … verzeihen Sie, dass ich so viel spreche, das kenne ich schon lange nicht mehr von mir, es ist, als ob ich so versuchen würde, mit der Sache klarzukommen.«

»Genau genommen haben Sie ja auch gar nichts damit zu tun.« Sie tut ja gerade so, als sei sie meine Mutter.

Endlich können wir uns von Frau Himmelreich verabschieden, und ich habe ein wenig den Eindruck, dass sie ganz froh ist, nun wieder ihre Ruhe zu haben. Frau Bentham wird mit der Zeit recht anstrengend.

Und ich bin müde.

»Was machen wir beiden Hübschen nun?«, fragt Frau Bentham, nachdem wir das Hospiz verlassen haben. Ihr Esprit ist unglaublich.

»Ich habe das Gefühl, Sie nehmen das alles gar nicht ernst«, sage ich ein bisschen fassungslos. »Also erstens mal kennen wir uns kaum, eigentlich gar nicht, und zweitens gehe ich jetzt nach Hause. Ich muss mir diese ganzen Prospekte wegen der Sterbevorsorge anschauen, und einen Sarg will ich auch noch aussuchen.«

Das will ich in der Tat. Bevor ich allerdings anfange, darüber mit Herrn Dinkelgärtner zu diskutieren, möchte ich eine Vorabauswahl treffen und mich im Internet schlaumachen.

»Das können Sie immer noch machen, Kindchen. Aber wir beide gehen jetzt erst mal einen Happen essen. Kaviar. Toast. Austern. Alles. Und wir trinken Champagner.«

»Warum das denn?« Sie ist irre.

»Na, ganz einfach: Ich möchte, dass Sie diesen nicht so schönen Tag letztendlich doch in guter Erinnerung behalten.« Sie hakt sich bei mir ein. »Wo steht Ihr Auto?«

4

Hedy beschließt, dass ich heute nicht mehr fahren kann, weil mich der Besuch im Hospiz so aufgeregt hat. Ich finde eher, dass *sie* sich benimmt wie ein hysterisches Huhn, aber ich lasse sie gewähren, ich habe ja nichts vor. Also setze ich mich auf den Beifahrersitz, und Hedy fährt los. Nach einer Minute neben ihr bin ich der festen Überzeugung, dass ich keine drei Monate mehr zu leben habe, sondern höchstens noch drei Minuten.

»Früher war weniger Verkehr«, sagt Hedy, und das Getriebe jault auf, während sie schaltet. »Man hatte nur drei Gänge und war glücklich, und eine Servolenkung gab es auch nicht. Die ist meines Erachtens sowieso so überflüssig wie die Eier vom Papst. Ha! So was habe ich auch lange nicht gesagt! Jedenfalls muss man ein Auto *fühlen.*« Dann brettert sie durch Hamburg Richtung Elbchaussee – »Wir speisen im ›Jacob‹«, sagt sie.

Ich muss zugeben, dass ich mich geirrt habe: Hedy fährt zwar wie der Teufel, dabei aber sehr sicher für eine Frau ihres Alters.

»Wenn ich Viktor nicht kennengelernt hätte, wäre ich Rennfahrerin geworden«, erklärt sie mir. »Ich war schon gut dabei. Aber Viktor wollte das nicht, es war ihm zu gefährlich. Er …«

Mein Handy klingelt. Ich sehe die Nummer von Herrn Dinkelgärtner und will erst nicht drangehen, tue es dann aber doch. Aber es ist nicht Herr Dinkelgärtner, sondern seine Auszubildende, die ich vorhin auch kurz kennengelernt habe. Sie will wissen, ob ich mir schon die Särge angeschaut hätte und das mit der Vorsorge, und wenn nicht, bis wann ich das machen könne, weil sie bald in den Urlaub gehe, sie sei für diese Sachen ja zuständig. Ich sage, dass ich morgen Nachmittag vorbeikäme.

Ich wusste nicht, dass es den Beruf »Bestattungsfachkraft« gibt, und ich wusste nicht, dass es junge Menschen gibt, die diesen Beruf freiwillig erlernen. Die Azubine, Viola heißt sie, wieselte vorhin im Institut herum und sortierte mit verheulten Augen neueingetroffene Urnen. »Ihr Pflegepferd muss halt zum Hufschmied«, erklärte mir Herr Dinkelgärtner leise. »Der Gaul und der Schmied, die mögen sich nicht, und immer gibt es Schereien. Das macht die Viola halt ganz fertig.«

»Ja, es ist halt furchtbar«, sagte ich. »Und jetzt halt auch noch ich mit meinem banalen Auftrag. Soll ich später noch mal wiederkommen?«

Nun sitzen wir im feinen Hamburger Restaurant »Louis C. Jacob«. Hedy ist empfangen worden wie eine Königin: »Frau Bentham, nein, das glauben wir ja nicht – Sie hier? Wann waren Sie zum letzten Mal bei uns, es muss Jaaaaahre her sein!« Eigentlich öffnet die Küche erst wieder um 19 Uhr, aber darum schert Hedy sich nicht. Sie kennt den Küchenchef, und sie kennt die Ober, und sie kennt den Mann, der draußen fegt. Ohne mich zu fragen, bestellt sie teuren Champagner und für nachher Rotwein, einen 89er Château Lafitte, der müsse vorher atmen, und davor tränken wir Sherry. Ich sage, dass ich keinen Alkohol mehr vertrage oder jedenfalls nicht mehr so gut, aber Hedy hört nicht auf mich: »Pro Protest wird es ein Glas mehr!«

Ich sage dann nichts mehr. Der Sherry kommt, Hedy hebt ihr Glas und sagt »Prost«, ich sage auch »Prost«, und wir trinken. Als der Ober einen Gruß aus der Küche bringt, irgendetwas mit Ananas und Fisch, habe ich schon einen Schwips. Dafür, dass ich eigentlich gar keinen Alkohol mehr vertrage, vertrage ich den Sherry sehr gut. Mir wird weder schlecht, noch brennt es im Magen. Nein, ich will mehr davon! Und plötzlich habe ich auch Hunger. Also richtig. So einen Appetit habe ich lange nicht gehabt. Hedy studiert die von dem fürsorglichen Ober gebrachte Speisekarte.

»Auf den Preis wird nicht geschaut«, sagt sie. »Ah, Hummercremesuppe. Delikat, delikat. Wie schade, dass es zu spät für den Maibockrücken ist, der schmeckt hier ganz ausgezeichnet. Davon träumt man nachts. Wir müssen unbedingt im nächsten Jahr mal herkommen. Da bestelle ich bei warmem Wetter draußen einen Tisch, da lassen wir es uns aber gutgehen!«

Sie ist richtig aufgekratzt, und ich beschließe, nichts zu sagen, was ihre Freude trüben könnte. Irgendwie wirkt Hedy so rührend auf mich. Als hätte man – oder ich – einen Schalter bei ihr umgelegt.

Ich schaue ebenfalls in die Karte, während der Ober Champagner in einem Eiskübel heranschafft, uns schwungvoll die Gläser vollgießt und sich dann nach einer kleinen Verbeugung wieder dünnemacht.

Der Champagner perlt und rieselt meine Kehle hinab. Ich habe das Gefühl, als hätte ich ganz neue Geschmackserlebnisse, was vielleicht daran liegt, dass ich so etwas Ewigkeiten nicht mehr getrunken habe. Eigentlich immer nur Tee und Wasser und manchmal etwas Milch. Es erinnert mich an meine Diäten: Wenn ich nach ein paar Wochen das erste Stückchen Schokolade auf der Zunge zergehen ließ, durchströmte mich ein ähnliches Glücksgefühl wie gerade eben.

»Wenn Sie Fisch mögen, Kindchen, nehmen Sie das gebratene Seezungenfilet«, schlägt Hedy vor. »Ich werde nach der Suppe das Flanksteak vom Holzkohlegrill essen, mit Sauce Béarnaise und Mangold, wo kriegt man denn heutzutage in einem Restaurant bitte schön noch Mangold!«

»Ich nehme den Fisch«, sage ich. »Aber gedünstet.«

»Papperlapapp, der ist hier in bestem Öl gebraten, das tut Ihnen nichts. Gutes Öl ist gesund. Sie können ja was übrig lassen. Denken Sie einfach mal nicht an Ihre Krankheit.«

»Wie soll das denn so einfach gehen?«

»Denken Sie an was Schönes. Dass Sie eine miesepetrige alte Schachtel auf dem Friedhof kennengelernt haben, die Sie zum

Essen einlädt und Champagner mit Ihnen trinkt an diesem schönen sonnigen Tag. Und die Sie dazu gebracht haben, wieder ein bisschen das Leben zu genießen. Sie haben ja recht, es passiert in meinem ja nicht viel. Noch nicht mal mit meinen Zähnen liegt was im Argen. Ach, leider ist es trotz Sonne zu kühl, um draußen zu sitzen. Hamburg eben. Na ja, nächste Woche ist ja schon der zweite Oktober.«

»Mein Geburtstag, ja.«

»Ach, da werden wir uns auch was Nettes einfallen lassen. Zum Wohl, Kindchen.« Hedy trinkt einen Schluck Champagner. »Mmhh, das ist ein wunderbarer Roederer Cristal, den mag ich unheimlich gern. Viktor mochte nur Heidsieck, den fand ich immer so sauer. Aber Roederer! Lecker. Wir nehmen zweimal die Hummersuppe mit Curry und Zitronengras bitte«, sagt sie zu dem Ober, der hinter ihr wieder aufgetaucht ist. »Dann die Seezunge und das Steak. Dessert wählen wir später.«

»Für mich noch ein stilles Wasser bitte«, sage ich.

»Unfug«, sagt Hedy. »Wasser können Sie im Hospiz trinken, Kindchen.«

Irritiert schreitet der Kellner von dannen.

Hedy trinkt ihr Glas leer und schenkt sich dann selbst nach. »Dauert mir zu lange, bis ein Ober kommt«, sagt sie und lehnt sich zurück. »Also ich bin neugierig«, erklärt sie mir. »Erzählen Sie doch mal einer alten Frau wie mir, wie Sie so gelebt haben. Ich habe so ein Gefühl, als hätten Sie viel erlebt. Oder irre ich mich da?«

»Nein, tun Sie nicht«, sage ich und trinke ebenfalls vom Champagner. Es prickelt wieder, und ich fühle mich gut.

Ich erzähle von meinen Eltern und meinem Bruder und von dem Unfall und dem Tod, ich erzähle ihr, dass ich meine Familie am liebsten umbetten lassen würde, also nach Hamburg, damit wir alle zusammen sein können, weil ich kann mich unmöglich in Bad Homburg beerdigen lassen, weil Nupsi dann durchdreht. Sie will mich ja oft besuchen.

»Ja, dann machen Sie das doch«, sagt Frau Bentham. »Das kann ich gut verstehen. Eine Familie gehört doch zusammen.«

Ich nicke. »Ja, schon, aber ich hatte einfach nicht die Zeit. Irgendwie war ich wie gelähmt – und ich hatte genug andere Dinge zu tun. Ich werde es aber angehen, bald schon. Ich muss auch mal schauen, was das kostet, so viel Geld hab ich nun auch nicht. Die Beerdigung und das alles kostet ja auch Geld.«

Ich erzähle von meiner Tante und dass ich nach dem Abi, also mit 18, nach New York gegangen bin.

»Was haben Sie da gemacht?«, will Hedy wissen.

Ich nehme noch einen Schluck Champagner. »Ach, das wollen Sie so genau gar nicht wissen.«

Sie horcht auf. »Wie jetzt? War es so schlimm? New York hat ja üble Stadtteile, brennen da immer noch Mülltonnen? Ach, ich wäre ja auch gern mal nach New York gefahren, aber Sie wissen ja, die Firma, die Firma. Sie halten mich wahrscheinlich für dumm, Kindchen, weil ich so weltfremd wirke, aber wer Tag und Nacht über Jahrzehnte nur in der Firma war, der kriegt auch nichts mit von der Welt.«

»Natürlich halte ich Sie nicht für dumm, Hedy«, sage ich.

Da wird die Hummersuppe gebracht.

Himmel! Himmel! Nachdem ich einmal geschluckt habe, schlucke ich zum zweiten Mal, und ruckzuck ist die Suppe weg. So was Göttliches habe ich lange nicht gegessen. Dazu selbstgebackenes Weißbrot. Diese Kruste! Meine Geschmacksnerven jubilieren. Wer hätte das gedacht!

»Also, was ist nun mit New York?« Auch Hedy schmeckt es.

Ich erzähle ihr ein bisschen von der Fifth Avenue und vom Hudson River, sage, dass die Freiheitsstatue wirklich imposant sei und dass ich die Twin Towers noch gesehen hätte.

»Und was haben Sie in der Zeit so getrieben?«

»Ich hatte immer irgendwelche Jobs. Mal hab ich gekellnert, dann hab ich geputzt, und ich hab in einem Museum an der Kasse gesessen.«

»Und das wollten Sie mir nicht erzählen? Hm, hm, hm. Hatten Sie denn da auch einen Freund?«

»Ja, klar«, antworte ich.

»Und nicht nur einen?«

»Nein, nicht nur einen.«

Der Ober kommt, fragt, ob wir zufrieden waren, und macht sich ans Abräumen.

Hedy lehnt sich ein Stück zurück. »Hatten Sie viel Sex da in New York?«

Also … geht's noch?

Der Ober lässt sich nichts anmerken, er zieht nur ein bisschen die Augenbrauen hoch.

Hedy ist das egal. Mir ist ja schon aufgefallen, dass sie die Distanz nicht so gepachtet hat. Wenn man warm mit ihr wird, ist sie sehr direkt, fast kindlich direkt. Mich würde mal interessieren, wie oft sie schon damit angeeckt ist.

Der Ober verschwindet mit den Tellern. Ich zerkrümele ein Stück Weißbrot, als wolle ich damit Tauben füttern.

»Ja, schon«, sage ich dann und denke zum ersten Mal seit langem wieder an diese wirklich geile Zeit.

»Wie viele Männer hatten Sie denn?«

Nun reicht es. Dennoch antworte ich.

»Keine Ahnung. Vielleicht zehn.«

Hedys Augen glitzern. »Und hatten Sie immer gute Orgasmen?«

So. Genug. Ich werde nicht antworten. Sie muss lernen, dass solche Fragen zu weit gehen.

»Meistens schon.«

»Also waren das alles scharfe Kerle?« Aufmunternd sieht sie mich an.

»Meistens schon.«

»Sagen Sie doch nicht dauernd dasselbe. Waren auch ein paar Luschen dabei?«

»Ja, ich erinnere mich an einen, der hatte ein paar Probleme …«

»Mit der Erektion?«

Also, wie kann man nur so laut über solche intimen Dinge sprechen! Es sind zwar nur wenige Leute hier, aber die gucken schon.

Dieser Jimmy damals hatte tatsächlich Probleme mit der Erektion, tat aber so, als sei es meine Schuld. »You are not hot enough für me«, meinte er. Ganz schön frech. Das war auf irgendeiner Party von irgendeinem reichen Fuzzi, auf die mich eine Freundin … wie hieß sie nur? … mitgenommen hatte. Sie hatte ein Faible für reiche Männer, und weil sie sehr gut aussah und sich ständig in den entsprechenden Bars und Clubs herumtrieb, lernte sie auch ständig welche kennen. Ich arbeitete in einer dieser Bars, und so hatten sie … wie hieß sie bloß? … und ich uns kennengelernt. Diese Zeit ist so schrecklich weit weg. Ich habe zu niemandem von damals noch Kontakt. Aber plötzlich weiß ich wieder, wie es in dieser Bar gerochen hat. Eine Mischung aus Zigarettenrauch, Menschenausdünstung und Parfüm – und guter Laune. Wie es ihr wohl geht, also nicht der Bar, sondern dieser Freundin? Wann haben wir uns zum letzten Mal gesprochen? Ich habe mich ja insgesamt so abgekapselt. Außer Nupsi, den Ärzten und den Leuten im Wartezimmer sehe ich niemanden mehr. Weil ich es nicht will. »Ich habe ein schlechtes Gewissen, wenn ich sage, dass es mir gutgeht«, hat mir eine Bekannte gesagt. Ich könnte natürlich Kontakte wieder aufleben lassen, aber wofür? Außerdem ist das alles anstrengend, und ich bin ja oft so schrecklich müde.

»Ja, da lag einiges im Argen«, antworte ich Hedy auf ihre Frage – und denke: ›Was sie kann, kann ich auch‹, und setze hinzu: »Dafür hab ich dann aber mit seinem Freund die ganze Nacht gevögelt, bis die Schwarte krachte.«

Doch Hedy scheint das nicht zu schockieren. »Richtig so, richtig so«, sagt sie nur. »Ach, da kommt ja das Essen.«

Ich glaube, der Ober würde sich am liebsten zu uns setzen, um bloß nichts zu verpassen. Ein anderer Kellner kommt und kredenzt den Wein. Ich werde gefragt, ob ich zum Fisch nicht doch einen leichten Weißwein möchte, aber ich sage nein, weil ich nicht alles durcheinandertrinken will. Fast habe ich den Eindruck, der Ober sei pikiert, aber der Rotwein schmeckt zu meiner leckeren Seezunge ganz hervorragend. Ich wundere mich, dass ich noch mehr essen kann, doch ich habe Appetit und fühle mich richtig gut. Hoffentlich kommt nachher nicht das böse Erwachen und ich kann die ganze Nacht nicht schlafen, weil ich Magenschmerzen bekomme und mich übergeben muss. Doch darüber will ich mir gerade gar keine Gedanken machen. Ich finde diesen Tag skurril, aber sehr nett. Und Hedy ist schon unglaublich. Dieser Wandel!

Sie ist furchtbar neugierig. Also erzähle ich ihr von meinen vielen Bettgeschichten und erinnere mich dabei tatsächlich an Männer, die ich längst vergessen hatte. Warum auch immer erzähle ich ihr dann auch, dass ich mit einem der Männer ein paarmal in einem Swingerclub war.

»Gehört habe ich davon schon mal«, sagt Hedy. »Man schaut ja fern. Aber dass ich mal jemanden kennenlernen würde, der dort war, also das hätte ich nicht gedacht. Wie war das so?«

»Nun ja, jeder vögelt mit jedem. Querbeet. Wenn man das will«, sage ich.

»Und wenn man nicht will?«

Herrje. »Na, dann lässt man es.«

»Dann kann man aber auch gleich zu Hause bleiben.«

Da hat sie recht.

»Und Sie haben das auch getan?«

»Ja. Klar.«

»Und? Wie war es?«

»Es passte zu der Zeit«, sage ich. »Damals kamen diese Clubs gerade auf, und es war fast spießig, keinen zu besuchen.«

Hedy beugt sich vor. »Haben Sie es auch gleichzeitig mit mehreren Männern … getan?«

»Auch.«

»Und?«

»Es war gut.« Mir ist das Gespräch nun wieder etwas unangenehm, wobei ich zugeben muss, dass ich mich langsam an ihre direkte Art gewöhne.

»*Wie* haben Sie es getan?«

»Na ja, wie man das halt so macht.«

»Also oral und vaginal?«

»Pst. Ja.«

»Ich hatte ja nur zwei Männer«, sagt Hedy. »Arthur und Viktor.«

»Das ist wenig«, muss ich zugeben und bin froh, dass sie mich nicht weiter nach dem Club ausfragt.

»Ich hätte Gelegenheiten gehabt«, sagt sie. »Was glauben Sie, was in der Hamburger Gesellschaft so abgeht. Da treibt es jeder mit jedem, aber man bleibt eben unter sich. Viele Männer haben mir das angeboten. Aber ich hatte an Sex irgendwie gar kein wirkliches Interesse mehr. Komisch. Viktor auch nicht. Aber vielleicht ist er ja fremdgegangen, wer weiß das schon. Glaube ich aber nicht, für ihn zählte ja nur die Firma.«

»Das ist leider oft so«, sage ich. »Tja, und was hat er letztendlich davon gehabt …«

»Nichts.« Hedy seufzt. »Oralverkehr hatte ich auch nie. Das kann einen schon belasten.«

»Das fällt Ihnen aber spät ein«, nun unterdrücke ich ein Grinsen.

»Besser spät als nie. Nun, man kann es jetzt nicht mehr ändern.«

Dann will Hedy wissen, wo auf der Welt ich schon gewesen sei – ein sehr viel unverfänglicheres Thema, Gott sei Dank. Ich erzähle ihr, dass ich ein Volontariat bei einem Zeitschriftenverlag gemacht habe, dann Reisejournalistin geworden bin und dadurch eigentlich überall war. Sie fragt, was ich besonders schön gefunden hätte, und ich antworte, dass mir die Bretagne unglaublich gut gefalle.

»Nicht die Südsee?«, fragt sie verwundert.

»Ich verstehe gar nicht, warum man automatisch die warmen Ziele am schönsten finden muss«, sage ich. »Ich liebe die Bretagne. Die Bretagne ist eine Zicke, sie macht, was sie will. Und lässt sich meistens von der Wettervorhersage nichts sagen. Sie ist rau und sanft zugleich, und sie zeigt einem, wie klein man eigentlich ist. Wer einmal bei Sturm am Pointe du Raz gestanden und auf die reißende Strömung des Atlantiks geschaut hat, der weiß, wovon ich spreche.«

Hedy schneidet Mangold klein und sieht mich mit leuchtenden Augen an. »Das haben Sie aber schön gesagt, Kindchen. Und Pointe du Raz hört sich geheimnisvoll an.«

»Das ist eine über siebzig Meter hohe Klippe, wenn man da steht, wird man fast weggepustet. Manchmal ist es da auch neblig, dann ist es gruselig, gerade im Winter. Ich war ein paarmal im Winter dort, es gibt fast nichts Schöneres, und ich war auf jedem Kontinent, in vielen, vielen Ländern. Ja, zum Glück hab ich viel von der Welt gesehen«, sage ich. »Und habe das noch finanziert bekommen. Viel verdient hab ich allerdings nie, und heutzutage wird Reisejournalismus immer schlechter bezahlt.«

»Alles wird schlechter bezahlt, nur Politiker nicht, und die *sollte* man mal schlechter bezahlen«, sagt Hedy, und jetzt verstehe ich, dass ihre Augen leuchten, weil sie einen kleinen Schwips hat. »Ich hätte das alles auch gern erlebt«, sagt sie. »Wissen Sie was?« Sie beugt sich ein Stück zu mir rüber. »Ich hätte auch so gern mal Drogen probiert!«

»Aha.« Danke, dass sie wenigstens bei diesem Thema leiser ist.

Nun lehnt sie sich wieder zurück. »Im Fernsehen hat mal einer gesagt, das Gefühl, das man durch einen Joint bekommt, sei so was von geil. *Geil*, hat er gesagt! Er meinte, man würde das am Hauptbahnhof bekommen, das Zeug. Ich war dann mal am Bahnhof und wollte einen Joint kaufen, aber ich habe niemanden gefunden, der mir einen geben wollte.« Als wäre sie deswegen immer noch sauer, säbelt sie entschieden ein großes Stück Fleisch ab.

Ich muss mir Hedy vorstellen, wie sie in Kostüm und mit Hut im Stechschritt durch den Hamburger Hauptbahnhof marschiert und wahllos Leute wegen eines Joints anspricht. In manchen Dingen scheint sie eher naiv zu sein. Wahrscheinlich wird man wirklich so, wenn man jahrzehntelang nur in einer Firma hockt und noch nicht mal nach Paris zum Einkaufen fliegt.

»Warum wollten Sie denn unbedingt einen Joint rauchen?«, frage ich sie. Meine Seezunge ist fast aufgegessen. Lecker, lecker, lecker ist die. Auch die Beilage. Also dieser Reis!

»Weil ich wenigstens hin und wieder mal so was wie ein Glücksgefühl brauchte.«

»Aber ich denke, Sie und Viktor waren so glücklich.«

»Das habe ich so nie gesagt.« Sie isst eifrig weiter.

Jetzt wird es interessant. »Ach. Was haben Sie denn dann die ganze Zeit erzählt? Dass sein teurer Füller noch auf dem Schreibtisch liegt und seine Kleidung noch nicht weggebracht wurde und dass er noch ein langes Leben und gute Jahre verdient hätte und was weiß ich.«

»Viktor war ja auch ein guter Mann«, sagt Hedy. »Aber ich gebe zu, dass ich mir mehr Wärme und Gemeinsamkeiten erhofft hatte. Es fing ja schon mit dem Champagner an. Er mochte ja lieber Heidsieck, aber das sagte ich bereits.«

»Also ganz ehrlich, Hedy, man misst doch eine Beziehung nicht an der Champagnervorliebe!«

Hedy ist fertig mit dem Essen, legt ihr Besteck ordentlich zusammen und tupft mit einer Stoffserviette ihren Mund ab.

»Das war ja auch nicht alles. Doch, doch, Viktor war ein guter Mann, wirklich. Aber er war auch sehr besitzergreifend. Dass er zum Beispiel nicht wollte, dass ich weiter Rennen fahre, wissen Sie? Und er wollte auch nie, dass ich ein schnelles Auto besitze. Meistens habe ich mich dann sowieso vom Chauffeur herumkutschieren lassen. Dessert?«

»Ja.« Keine Ahnung, was mit mir los ist oder besser gesagt mit meinem Magen. »Ich nehme auch gern noch Wein.«

»Am besten lasse ich eine zweite Flasche entkorken«, sagt Hedy. »Der Wein muss atmen. Nicht dass wir nachher auf dem Trockenen sitzen.«

Von mir aus. Der Kellner wird herbeigewinkt, und Hedy bestellt irgendein Dessert mit Schokolade, weil ich das essen *müsse*, sie schwört mir, ich würde sterben, wenn ich das esse. Ja, da hat sie wohl recht. Aber ich sage nichts.

Dann werden die Teller abgeräumt, und wir sitzen da mit unseren Weingläsern. Es scheint viel Zeit vergangen zu sein, denn das Restaurant hat sich für den Abend gefüllt, und gutgekleidete, reiche, wohlerzogene Menschen sitzen nun hier, studieren die Menükarten, unterhalten sich dezent und stoßen an. Ich bin mir sicher, die Kette, die die Frau am Nebentisch trägt, hat so viel gekostet wie ein Reihenendhaus in einem guten Stadtteil.

»Also, ich habe auch Drogen probiert«, erzähle ich. »Jetzt nicht so ganz schlimme, aber einige. Eine Zeitlang fand ich das super, aber dann hab ich gemerkt, dass es gefährlich sein kann, wenn man es übertreibt, also hab ich es gelassen.«

»Drogen und Männer. Ein Wahnsinn.« Hedy ist gierig. »Ich möchte noch mehr wissen. Waren Sie auch kriminell?«

»Pscht, bitte nicht so laut. Nein, war ich nicht.«

»Sind Sie nirgendwo eingebrochen?«

»Doch, nachts ins Schwimmbad.«

»Sehen Sie, noch nicht mal so etwas hatte ich. Ich hätte bloß runter in unser Schwimmbad gehen müssen. Ich war immer so brav. Wegen Viktor. Eigentlich war mein Mann ein Spießer.«

Jemand räuspert sich und wir schauen auf.

»Ich traue meinen Augen kaum«, hören wir eine tiefe Stimme. »Guten Abend, Hedwig.« Ein Mann im dunklen Anzug, der aber so was von maßgeschneidert ist, steht vor uns. Er nickt mir zu und wendet sich dann an Hedy. »Wie lange es her ist! Wie geht es dir, meine Liebe?«

»Ach, Johann, wie soll es mir schon gehen?«, fragt sie. »Ein Tag ist wie der andere. Und dir?«

»Nun, die Geschäfte gehen gut, ich kann nicht klagen. Du musst uns mal wieder besuchen. Mariella würde sich freuen.«

»Ich habe keine Enkelkinder, Johann«, sagt Hedy. »Und wenn ich mit Mariella zusammen bin, habe ich immer das Gefühl, ich würde meine eigene Enkeltochter besuchen.« Johann wird rot. »Eine Enkeltochter, die künstliche Fingernägel erstrebenswert findet und Körbchengröße Dreifach-D. Ich finde das alles lächerlich«, sagt Hedy.

»Also … Hedy«, setzt Johann an. Er sieht völlig verdutzt aus, sagt nichts mehr und zieht von dannen. An seinem Tisch sitzen zwei weitere Männer, und man redet über uns. Die drei Herren schauen ständig zu uns rüber. Johann zuckt verwirrt mit den Schultern.

»Was ist denn so schlimm an seiner Enkeltochter?«, frage ich.

»Mariella ist nicht seine Enkeltochter. Mariella ist seine *Frau*. Johann ist so alt wie ich, und als er sie kennengelernt hat, war sie achtzehn! Jetzt ist sie zweiundzwanzig. Noch Fragen? Mariella hat in einem Antiquitätengeschäft gearbeitet, wo Johann einen Tisch gekauft hat. Und so kam eins zum anderen. Wenn man sich Mariellas Oberweite anschaut, kann man verstehen, dass manch ein Kerl sich vergisst. Allerdings wurde von Johann auch noch nachgeholfen beziehungsweise von einem guten Chirurgen. Mariella hat sich Kochsalzlösung spritzen lassen, kann man das glauben? Sie nennt Johann ›Jean‹, und er lässt es sich gefallen. Johann hat seine Schlupflider richten und eine Haartransplantation machen lassen. Schlecht gemacht, man sieht es. Das haben die bei diesem Fußballtrainer, bei diesem Klopp, besser hingekriegt. Johann ist so peinlich. Meine Güte, soll er sich halt eine junge Geliebte nehmen, das tun sie doch irgendwann alle, zumindest die, die eine abkriegen, und das sind meistens die mit viel Geld. Welche Frau würde sich denn sonst mit einem Mann einlassen, den man an seine Blutdrucktabletten erinnern und mit dem man irgendwann über das nächste Rollatormodell sprechen muss. Wie gesagt, sollen sie alle machen. Aber verlässt man deswegen seine Frau? Die einem jahrelang den Rücken freigehalten und dafür gesorgt hat, dass man Karriere macht? Inge ist nämlich diejenige, die aus einer angesehenen Familie kommt, da wurden Johann sämtliche Türen geöffnet. Drei Kinder haben sie, sechs Enkel. Und dann kam Mariella. Sie ist so dumm, dass man ein Schnitzel auf ihr braten könnte, ohne dass sie es merkt. Johann erfüllt wirklich jedes Klischee. Jetzt hat er sich auch noch eine Harley Davidson gekauft, auf der die beiden immer herumsausen. Und er überschüttet Mariella mit Schmuck und teuren Kleidern. Aber es gibt ja Menschen, an denen sieht alles billig aus, weil sie einfach billig sind.«

»Und was ist mit Inge?«

»Die wohnt jetzt auf Sylt. Sie hatten da schon immer ein Haus, und sie hat ihre Koffer gepackt. Ich habe sie ewig nicht gesehen. Sie hat hier komplett ihre Zelte abgebrochen und will mit Hamburg und den ganzen Leuten nichts mehr zu tun haben. Wie sie und Johann das finanziell geregelt haben, weiß ich nicht. Tatsache ist aber, dass Mariella bei Johann im Haus wohnt. Ich wollte ihm immer schon mal sagen, wie lächerlich ich das alles finde. Das hätte ich früher nie gemacht, aber jetzt hab ich es endlich mal getan. Wie gut das tut! Auch dass ich mal wieder im ›Jacob‹ bin. Ich war ja ewig nicht mehr hier.«

»Vielleicht liebt er Mariella ja wirklich«, überlege ich.

»Obenrum, ja.« Hedy senkt ihre Stimme. »Und untenrum vielleicht auch.«

»Und sie ihn.« Die Möglichkeit besteht immerhin.

»Sein Geld, ja. Kindchen, diese Mariella hat die Allgemeinbildung einer Rübe! Als ich dort mal eingeladen war, kam die Sprache auf Obama, und wissen Sie, was Mariella sagte? Sie sagte: ›Obama? Die hat doch in *Vom Winde verweht* mitgespielt.‹ Das hat sie gesagt. Erkennen Sie den Fehler?«

»Ich bin ja nicht blöd.« Was denkt sie denn von mir?

Aber Hedy lässt nicht locker: »Wen meinte sie?«

Nun werde ich auch mal lauter: »Hedy, ich weiß, wen sie meinte.«

»Sagen Sie es. Ich musste vorhin auch ›Das ist ein Hospiz‹ sagen.«

»Scarlett *O'Hara* ist in dem Film, nicht *Obama.*«

»Richtig.« Hedy freut sich.

»Ich sagte doch, dass ich es weiß.« Am liebsten würde ich mit der Hand auf den Tisch schlagen, aber das ist ja so vornehm hier.

»Ha! Da kommt Mariella!« Hedy deutet mit spitzem Zeigefinger auf den Eingang, und ich muss zugeben, dass sie recht hat. Mariella hat von allem viel zu viel. Ob Oberweite oder Schmuck. Sie sagt: »Hiiiiiiii, mein Mann is' hier« zum Ober, und der betrachtet sie zwar höflich, aber man merkt, dass er denkt, sie sei in einem Puff besser aufgehoben. Mariella trägt komplett Rosa, inklusive rosa Lidschatten.

»Sieht sie nicht aus wie ein Schweinchen?«, fragt Hedy, und ich nicke, weil es schlicht die Wahrheit ist.

Die Herren an Johanns Tisch stehen auf und glotzen auf Mariellas riesige Oberweite.

»Man könnte meinen, die Kerle hätten noch nie Brüste gesehen«, sagt Hedy.

Mariella genießt ihren Auftritt und wirft ihre blond – immerhin nicht rosa – gefärbten Haare zurück und lacht. Es soll wahrscheinlich perlend klingen, aber ihr Lachen hört sich an, als hätte man einer Bordellbesitzerin eine Zote erzählt.

»Ach, letztendlich kann es mir auch egal sein.« Hedy wechselt das Thema. »Wollen wir nicht irgendwo hinfahren und Drogen kaufen?«

»Hedy, bitte!« Ich muss wieder grinsen.

»Ich würde so gern etwas Verrücktes tun. Ach, was ist denn bloß los mit mir! Oder wir brechen irgendwo ein und klauen Unterwäsche oder so.«

»Das ist kriminell.«

»Ja und? Na, Ihnen kann es doch egal sein.« Sie kichert.

»Bis so ein Prozess beginnt, das dauert. Wissen Sie, was ich meine?«

»Ich bin ja nicht blöd«, sage ich wieder.

»Oder wir lassen Luft aus abgestellten Fahrrädern. Das wollte ich auch schon immer mal machen.«

Ein verwegener Gedanke, wirklich.

»Hedy, ich ...« Mein Handy klingelt, und die Anwesenden schauen verschnupft zu uns rüber. Hier ist es offenbar nicht gern gesehen, dass man telefoniert. Ist ja auch richtig. »Ich muss da mal rangehen.«

Hedy überlegt weiter, während ich mit dem Telefon nach draußen gehe.

»Wo steckst du denn?«, fragt Nupsi. »Wolltest du mich nicht anrufen, nachdem du beim Bestatter warst?«

»Entschuldige, Nupsi. Es ging nicht. Also, ich hab nicht mehr dran gedacht. Ich war im Anschluss noch auf dem Friedhof und hab mein Grab angeschaut, und dann hab ich eine verrückte Frau kennengelernt, die Furzkissen herstellt, und mit der sitze ich jetzt in einem tollen Restaurant an der Elbe und esse und trinke Sherry und Champagner und Rotwein. Die Frau will Drogen, und vielleicht brechen wir noch irgendwo ein, jedenfalls geht es mir sehr gut, und wir haben einen schönen Abend.«

»Du bist ja völlig irre«, sagt Nupsi am anderen Ende. »Sind das Nebenwirkungen irgendwelcher Medikamente?«

»Nein«, antworte ich, und als ich fortfahre, wird es mir erst richtig bewusst: »Ich habe seit langer Zeit mal wieder das Gefühl, dass mein Leben schön ist.«

5

Wir trinken weiter Wein und unterhalten uns. Ich finde es herrlich, dass ich immer beschwipster werde. Das hatte ich so lange nicht. Nupsi geht heute Abend auf eine Vernissage, hat sie erzählt. Sie hat noch zweimal nachgefragt, ob es mir auch wirklich gutgeht, ich habe es ihr beteuern müssen – und mir geht's ja auch wirklich gut.

»Sie wollten sich doch noch diese Unterlagen von dem Bestatter anschauen«, sagt Hedy dann. »Holen Sie die mal raus.«

»Das muss doch jetzt nicht sein.«

»Doch. Ich kann mich dann auch gleich mal informieren. Ich brauche ja irgendwann auch einen Sarg. Was meinen Sie, nehmen wir gleich zwei? Dann gibt's vielleicht Prozente, hahaha.«

»Die Idee ist wirklich nicht schlecht«, sage ich. »Ich frage mal.«

»Das war ein Scherz.«

»Wenn's um Geld geht, mache ich keine Scherze mehr. Das wird alles schon teuer genug. Wenn ich bei meinem Sarg hundert Euro sparen kann, hilft mir das schon weiter.«

Hedy schaut mich über ihre Lesebrille an. »Was soll das heißen?«

Das Dessert kommt, und der Ober platziert die Teller zwischen die Sarg- und Vorsorgeflyer. Ich bekomme ein Araguani-Schokoladentörtchen, was auch immer das ist, es sei aber lecker, sagt Hedy, und sie selbst hat sich weiße Opalys-Schokolade mit Lemoncress bestellt. Mir läuft schon wieder das Wasser im Mund zusammen, und ich nehme den ersten Löffel, um wieder mal zu merken, dass gute Schokolade besser als ein Orgasmus ist. Na ja, fast. Oder genauso gut. Es ist lange her. Also das mit dem Orgasmus.

»Das heißt, dass ich nicht so viel Geld habe wie Sie und darauf achten muss. Und so ein Sarg ist teuer. Ich weiß ja nicht, was Sie wollen, aber wenn wir uns auf sehr schlichte einigen, kann ich Herrn Dinkelgärtner oder seine Auszubildende gleich morgen anrufen und fragen.«

»Wie sieht denn so ein schlichter Sarg aus und womit muss man da rechnen?«

Ich suche im Flyer nach einem Kiefernholzsarg. »Zweihundertfünfzig Euro«, sage ich.

Hedy nimmt den Flyer und begutachtet den Sarg. »Das ist ja wohl das Letzte. So was kommt überhaupt nicht in Frage.«

»Warum nicht? Ich bekomme es doch sowieso nicht mehr mit.«

»Also wirklich, das sieht ja aus wie Sperrholz! Und das ist ganz billiger Stoff da drin.«

»Deswegen ist der Sarg ja auch billig.«

»Das ist kein Sarg, das ist eine Frechheit. Außerdem sieht er sehr unbequem aus.« Hedy blättert durch den Flyer. »Hier, dieser ist schön. Mahagoni und ach, Seidenauspolsterung. Da legt man sich doch gern rein.«

»Können Sie bitte etwas leiser sprechen, Hedy. Mir ist das unangenehm.«

Hedy winkt den Ober mit dem Wein herbei, und der füllt ihr Glas.

»Was denn? Über den Tod zu sprechen? Wir liegen alle irgendwann in der Kiste, der eine früher, der andere später.« Sie dreht sich um. »Nicht wahr, Johann, wir alle müssen sterben. Und andere erben, haha!« Sie schüttelt den Kopf. »Mariella freut sich nämlich, wenn er den Löffel abgibt. Dann kann sie endlich offiziell ihren Lover präsentieren.«

Ich seufze, will es aber doch wissen. »Weiß Johann davon?«

»Klar. Aber der macht nichts. Ich nehme an, er kann auch

nicht mehr so gut, Sie wissen schon, Kindchen. Also, was kostet der Mahagonisarg?«

»Dreitausendzweihundert Euro. Das ist ein kleiner Unterschied.«

»Den nehmen wir.«

»Den nehmen wir natürlich *nicht.*«

»Das können Sie schon mir überlassen, welchen Sarg wir nehmen.«

»Ich glaub, es geht los.« Nun werde ich sauer. Hedy ist mir ein wenig zu übereifrig. Immerhin muss ich das entscheiden.

»Ich schenke Ihnen den Sarg.« Sie stutzt, runzelt die Stirn und sagt: »Also ich hätte nie gedacht, dass ich mal so einen Satz sagen würde.«

»Und wissen Sie was, ich hätte auch nie gedacht, dass zu mir mal jemand so einen Satz sagt.« Ich bin gerührt. Aber das kann ich doch nicht annehmen.

»Der Sarg ist wirklich schön. Die anderen gefallen Ihnen doch auch nicht. Oder wollen Sie in einem Motivsarg liegen?«

Hedy deutet auf Särge mit Fotos von Segelbooten, Pianos und Sonnenuntergängen. Auf einem Sarg befinden sich wegfliegende Möwen, auf einem weiteren bilden zwei Schwäne mit ihren Hälsen ein Herz. Dann gibt es Särge für Berufsgruppen: auf einem ist eine Säge abgebildet – falls man Schreiner war –, auf einem anderen eine Kochmütze, und dann gibt es doch tatsächlich einen mit einem Skalpell.

»Unfassbar«, sagt Hedy. »Soll ich dann auf meinen Sarg ein Furzkissen aufmalen lassen oder was?«

»Es gibt ja auch noch einen Mittelweg«, erkläre ich. »Hier, der helle ist doch schön.«

»Nein, es wird der Mahagonisarg«, sagt Hedy bestimmt. Sie zermürbt mich. »Ich schenke Ihnen den Sarg zum Geburtstag. Und Geburtstagsgeschenke abzulehnen ist sehr unhöflich.«

Jetzt hat sie mich.

»Na gut«, sage ich. Es ist ja auch wirklich nett von ihr.

»Und was ist das hier mit dieser Sterbevorsorge?«, will sie nun wissen.

Ich lese ihr vor: »*Sie wählen bereits heute Ihre künftige Grabstätte. Alle Gebühren und Preise sind beim Abschluss der Vorsorge zu bezahlen.*«

»Die spinnen wohl«, sagt Hedy. »Und was passiert dann wirklich mit dem Geld? Sie können es ja nicht mehr kontrollieren.«

»*Im Falle künftiger Gebühren- oder Preiserhöhungen entstehen keine Leistungsminderungen oder Nachforderungen*«, lese ich weiter.

»An wen wollen die denn auch Nachforderungen stellen«, sagt Hedy. »Sie sind ja dann tot. Also so was! Die denken auch, die Menschen sind dumm.«

»*Wir garantieren, dass Sie das von Ihnen ausgewählte Grab erhalten und alle vereinbarten Leistungen erbracht werden.*«

»Was sollen sie denn auch sonst schreiben? Halunken.«

»Ich bin ja noch nicht fertig. Hier steht noch der Punkt ›Sicherheit‹: *Alle Beiträge werden treuhänderisch und sicher angelegt. Das Unternehmen Hamburger Friedhöfe ist eine Anstalt öffentlichen Rechts im Eigentum der Stadt Hamburg, die nicht insolvent werden kann.*« Ich schaue hoch. »Das ist doch eine gute Sache.«

»Trotzdem weiß man nicht, was letztendlich passiert. Wenn es um Geld geht, erzählen die einem viel, wenn der Tag lang ist.«

Ich lese weiter vor, ohne zu merken, dass das ein Fehler ist: »*Es ist auch möglich, eine Vorsorge für zwei Personen abzuschließen, dann …*«

Hedy hebt den Zeigefinger. »*So* wird ein Schuh draus. Das machen wir! Dann kann *ich* alles kontrollieren.«

»Das ist nicht nötig, das machen die ja.«

»Und falls sie pleitegehen?«

»Das können sie ja nicht.«

»Ja, das sagen die jetzt. Aber was ist in fünf oder zehn Jahren? Dann sieht Ihr Grab vielleicht aus wie bei Hempels unterm Sofa.

Wenn Unkraut einmal anfängt zu wachsen, hat man kaum noch eine Chance. Nein, ich werde das alles im Blick behalten. Solange es noch geht. Irgendwann liege ich ja auch da unten.«

Gegen Hedy habe ich keine Chance. »Ich muss sowieso mal fragen, was das alles kostet. Und was die Zukunft betrifft, also auch Ihre, wenn Sie dann auch da liegen, da frage ich Nupsi, ob sie sich kümmert.«

»Ein guter Plan. Dann klären wir das morgen. Das wird aber nicht über diesen Herrn Dinkelgärtner geregelt, denn der zumindest kann ja wirklich pleitegehen. Wir fahren direkt zum Friedhof. Die bieten das ja schließlich an. Dieser Herr Dinkelgärtner soll die Beerdigung ausrichten, und den schönen Sarg schauen wir uns auch an, hoffentlich hat er ihn vorrätig. Welchen Blumenschmuck wollen Sie in der Kirche?«

Hedy ist nicht zu bremsen. Aber eigentlich ist es ja auch schön, dass sie sich so interessiert. Mit wem soll ich diese Dinge sonst bereden? Nupsi ist wirklich tapfer, aber wenn es zu konkret wird, ist es doch manchmal zu viel für sie.

»Ich bin nicht in der Kirche, ich will einen freien Grabredner. Oder Nupsi soll was sagen.«

»Sehr sympathisch.«

»Dann wird es auch billiger.«

Nun wird Hedy ernst: »Ist Geld wirklich so ein großes Thema bei Ihnen, Kindchen?«

»Ja, natürlich. Ich habe immer ganz gut, ab und zu auch sehr gut verdient, aber ich habe auch viel auf den Kopf gehauen. Als ich krank wurde, habe ich meine Lebensversicherung aufgelöst, weil ich ja im Krankenhaus und in der Reha war und nicht so viel arbeiten konnte. Ich habe …« Oh, das ist ein Thema, über das ich überhaupt nicht gern spreche. »Ich habe auch noch versucht, einen Kredit zu bekommen. Weil ich ja laufende Kosten hatte.«

»Haben Sie denn kein Krankengeld bekommen?«

»Doch, aber das hat nicht ausgereicht. Ich wollte einfach diesen Druck loswerden, den ich dauernd hatte, also den finanziellen, und wollte deshalb einen Kredit, nur für zwei Jahre. Damals war noch gar nicht klar, wie es weitergeht mit der Krankheit. Ich habe einfach nicht damit gerechnet, dass ich sterben muss, ich hab damit einfach nicht gerechnet. Es war nicht geplant.«

»Natürlich nicht«, sagt Hedy und schweigt einen Moment. »Und wie ging es dann weiter mit dem Kredit?« Sie kratzt die Dessertreste von ihrem Teller. »Erzählen Sie doch mal.«

»Na gut.« Ich erzähle es ihr. Warum auch nicht. »Ich kann mich noch genau an diesen Tag erinnern. Es war ein Mittwoch, es war frühmorgens schon heiß, und um zehn Uhr …«

… hatte ich damals einen Termin bei meiner Hausbank. Die wollten natürlich vorab alle möglichen Unterlagen sehen; mein Einkommen war da ja schon geringer, ich war nicht festangestellt, und Eigentum zur Sicherheit hatte ich auch nicht. In der Bank hatten sie irgendwie herausgefunden, dass ich krank war, was ich aber am Tage des Termins nicht wusste. Ich nehme an, eine Nachbarin hat etwas erzählt, Frau Rausch, die kennt jemanden, der dort arbeitet. Man weiß ja, wie schnell solche Geschichten die Runde machen.

Ich werde nie vergessen, wie ich da saß in der Bank, und mein Berater, dieser Herr Klein, dauernd nur »Hm, hm, hm« machte und dabei so mit dem Kopf ruckte, wie Männer das tun, deren Hemden am Hals zu eng sitzen.

»Tja, Frau Sperberfels«, er hatte meinen Namen noch nie so richtig hinbekommen oder wollte es einfach nicht, keine Ahnung. »Da kommt ja einiges zusammen bei Ihnen.«

»Wieso?«, fragte ich.

»Der letzte Einkommensteuerbescheid ist ja, um es mal mild auszudrücken, bescheiden. Woran liegt das?«

»Die Auftragslage ist nicht immer gleich«, antwortete ich demütig. »Bald sieht es bestimmt schon wieder ganz anders aus.«

»Sie haben keine Sicherheiten.«

»Aber meine Arbeitskraft.«

»Die ja allerdings, wie man an dem letzten Bescheid sieht, nicht so richtig beansprucht wird.«

»Es ist doch nur für kurze Zeit.« Mein Auto konnte ich ihm nicht anbieten, die alte Rübe war nicht wirklich viel wert.

»Hm, hm, hm …«

Und dann ging er weg und holte den Filialleiter, Thies Jensen. Der wohnt auch in Eppendorf, hat eine dünne Frau und Zwillingssöhne – ich sehe sie alle manchmal auf dem Markt. Die Jungen haben halblange Haare, die sie immer mit einer affektierten Bewegung zurückstreichen. Die Klamotten natürlich nur vom Feinsten. Einer von den beiden – ich weiß leider nicht, ob Max-Henry oder Carl-Erasmus –, stand mal vor mir im Supermarkt und bezahlte irgendetwas, und dabei fielen ihm Münzen runter. Es waren Eurostücke. Er glotzte einfach nur den davonrollenden Münzen nach, und ich sagte: »Willst du die nicht aufheben?« Und das Kerlchen antwortete: »Äh, sorry, ich bück mich nicht für Münzen.« Das hat er gesagt – ein Zehnjähriger.

Das regt Hedy auf: »Wer den Pfennig nicht ehrt, ist den Taler nicht wert. Was für ein kleiner Rotzlöffel! Dem gehört aber mal so richtig der Hintern versohlt.«

Der Vater, also Herr Jensen, ist auch so, der Apfel fällt ja nicht weit vom Stamm. Wäre ich eine Reedersgattin, würde er wahrscheinlich einen Diener vor mir machen, aber ich bin ja nur eine kleine Reisejournalistin und passe nicht in sein Idealbild, auch wenn ich Sperber zu Lindenfels heiße. Eigentlich, so fällt mir gerade auf, haben mich die Mitarbeiter dieser Bank immer von oben herab behandelt. Warum ist mir das denn vorher nie aufgefallen? Wahrscheinlich weil ich Besseres zu tun hatte, als über Mitarbeitersympathien nachzudenken.

Thies Jensen kam damals also auf mich zu. »Frau Sperber. Was kann ich für Sie tun?«

Das wusste er natürlich ganz genau, trotzdem leierte ich noch mal alles herunter, während er Platz nahm und so tat, als würde er konzentriert zuhören. Er stellte Fragen und wollte wissen, was ich denn für Aufträge erwartete, und ich erzählte, dass ich das momentan nicht wisse, es sei gerade nicht so viel los, aber das werde sich ändern, und selbstverständlich würde ich die Kreditraten pünktlich und zuverlässig zahlen – so wie mich ja meine Hausbank über die Jahre kennengelernt habe, ich sei schon sehr lange dort Kundin. Genau wie ich ja auch die beiden Kredite zurückgezahlt hätte, die meine nette Hausbank mir in den vergangenen zwanzig Jahren gewährt habe, da sei nie irgendetwas gewesen.

Und dann fragte Herr Jensen: »Wie sieht es denn gesundheitlich bei Ihnen aus?«

Das war natürlich ein wunder Punkt, und ich wusste nicht, wie ich darauf reagieren sollte. Einerseits war ich immer ehrlich gewesen, andererseits hatte ich natürlich Angst, dass Herr Jensen ablehnen würde, wenn ich ihm die Wahrheit sagte.

Also sagte ich die Halbwahrheit, nämlich dass es mir im Moment nicht sooo gutgehe, ich aber auf dem Weg der Besserung sei.

»So, so«, sagte Herr Jensen. »Was haben Sie denn?«

Ich sagte: »Darüber möchte ich nicht sprechen. Es ist aber nichts wirklich Schlimmes.«

»So, so«, sagte Herr Jensen und lehnte sich in dem ergonomischen Drehstuhl zurück, um dann die Füße auf den Tisch zu legen, was ich unmöglich fand.

»Nichts Schlimmes. Auf dem Weg der Besserung. Aha.«

Ich wurde rot. Ich fühlte mich ertappt.

»Da binden Sie uns ja einen ganz schönen Bären auf, Frau Sperber. Ich bin ja kein Arzt, aber ich glaube, wenn jemand an Lungenkrebs erkrankt ist und schon eine Chemotherapie hinter sich hat und operiert wurde und was weiß ich, ist das sehr wohl etwas Ernstes. Geben Sie mir da recht?«

Ich saß da wie eine kleine Sünderin. Damals trug ich noch die Perücke, und weil ich schwitzte, juckte meine Kopfhaut.

»Ja, das ist dann schon ernst«, sagte ich.

»Und Sie glauben, Sie kriegen von unserer Bank einen Kredit? Sie haben *Lungenkrebs*, Frau Sperber, und das heißt, dass man nicht weiß, wie das weitergeht, ob es überhaupt weitergeht und wie es endet. Ich weiß, wovon ich spreche, die Mutter eines guten Freundes hatte Lungenkrebs, und erst war es auch gar nicht schlimm, aber dann ging es ganz schnell bergab, und kein halbes Jahr später war sie tot.«

Ich schluckte und versuchte, die Tränen zu unterdrücken. Ich weine wirklich nicht oft, aber ich fühlte mich in diesen Sekunden so gedemütigt wie noch nie vorher in meinem Leben.

»Das mit dem Krebs ist ja die eine Sache«, sagte Herr Jensen und stand auf. »Aber dass Sie auch noch versuchen, die Bank zu betrügen, das ist die andere.«

»Ich möchte niemanden betrügen!«, beteuerte ich.

»Was ist das denn dann, was Sie versucht haben? Sie haben mich und den Kollegen Klein angelogen.«

»Ich ... das ist, weil ich vorübergehend Geld ...«

»Nein, Frau Sperber. Da kommen wir nicht ins Geschäft.«

Weil ich so durch den Wind war, sagte ich: »Aber das können Sie doch nicht machen.«

Herr Jensen zog eine Augenbraue hoch. »Aber und ob ich das machen kann. Und falls Sie jetzt zum Anwalt rennen und gegen uns vorgehen wollen – Sie brauchen da gar nicht den Kopf zu schütteln, das gab es alles schon –, kann ich Ihnen gleich sagen: Es ist immer noch die Sache der Bank, wem Sie einen Kredit gibt.« Er machte eine Pause und beugte sich herunter zu mir, die ich dasaß und meine Handtasche festhielt und auf die Unterlagen starrte. »Nehmen Sie es nicht persönlich, Frau Sperber. Das hier ist eben eine Geschäftsbeziehung, wir sind nicht die Wohlfahrt.«

Mein Mund war trocken. Ich stand auch auf. Meine Knie waren wackelig. Ich dachte die ganze Zeit nur: ›Ich muss zu einer anderen Bank oder zu anderen Banken. Aber was ist, wenn das da überall so ist?‹

Weil ich leider immer höflich bin, sagte ich noch »Vielen Dank trotzdem«. Wahrscheinlich würde ich mich auch bei einem Serienkiller, der mich als nächstes Opfer ausgesucht hat, bedanken. Herr Jensen gab mir nicht die Hand; bestimmt hatte er Angst, sich anzustecken. Frierend verließ ich die Bank und fror noch mehr, als ich an diesem heißen Julitag draußen in der glühenden Sonne stand.

Hedy sitzt da mit offenem Mund. »Das hat er nicht gesagt, das hat er alles nicht gesagt.«

»Doch.« Mittlerweile ist das »Jacob« vollbesetzt. Leute stoßen mit Weingläsern an, leichtes Klirren ertönt, Menüs werden gebracht, leises Stimmengemurmel und hier und da verhaltenes Gelächter. Hier ist man nicht laut. Hier geht die Crème de la Crème zum Lunchen oder Dinieren. Nur die Superreichen. Ich gehöre hier gar nicht hin. Aber der Wein schmeckt sehr gut.

»Was ist das denn für ein UNMENSCH!«, zetert Hedy los. »Wie kann man denn so mit einer KRANKEN FRAU sprechen!«

Natürlich drehen sich alle nach ihr um.

»Ist alles in Ordnung, Hedwig?«, fragt ein Mann von Johanns Tisch, der plötzlich vor uns steht. Er schaut indigniert.

»Halt bloß den MUND, Rupert!«, sagt Hedy böse. »Du bist auch so ein Banker. So ein gewissenloser!«

»Ähem«, macht Rupert.

»Ja, mach nur ähem. Die tun alle so, als würden Sie einem einen Gefallen tun mit ihren Krediten«, Hedy knallt ihr Weinglas auf den Tisch. »Das sind Verbrecher. Nicht alle, aber viele! Du brauchst gar nicht so zu gucken, Rupert. Du gehörst auch zu denen, die so tun. Aber weißt du noch, wie wir die Anfrage zurückgezogen haben damals, als du uns erst hast zappeln lassen? Drei Millionen waren es, das weiß ich noch. Und da kamst du angekrochen, nachdem die Konkurrenz uns ein besseres, viel besseres Angebot gemacht hat.« Sie wendet sich wieder zu mir. »So. Genug jetzt. Ich kann diese überpflegten Herren nicht mehr sehen. Feuchtigkeitscreme hin oder her, manche übertreiben. Rupert benutzt sogar Klarlack für die Nägel. Als wäre er ein Homo.« Sie sagt wirklich *Homo*.

Rupert schaut betroffen auf seine Fingernägel und verschränkt die Hände dann hinter dem Rücken, dann geht er zurück zu seinem Tisch. Er sieht Herrn Jensen ähnlich.

»Die Rechnung, bitte.« Der Ober nickt. »Ich muss unbedingt an die frische Luft«, sagt Hedy. »Das nimmt mich mental zu sehr mit. Mein Kopf! Manchmal hämmert es einfach. Furchtbar. Das ist das Alter. Wie geht es Ihnen, Kindchen? Hat Sie das Erzählen sehr belastet?«

»Ach nein, es geht schon«, sage ich. »Nur manchmal kommt es eben hoch. Es sind ja auch nicht alle Menschen schlecht, vielleicht erinnere ich mich auch nur an die doofen. Ich glaube noch nicht mal, dass dieser Herr Jensen es wirklich böse gemeint hat. Er hat halt für die Bank gesprochen.«

»Also, Sie haben auch wirklich für alles Verständnis. Wie Sie das schon wieder sagen. Als würde Sie das überhaupt nicht tangieren. Mag sein, dass dieser Mann für die Bank gesprochen hat, das ist auch sein gutes Recht. Trotzdem«, sagt Hedy. »Es gibt so etwas wie eine gute Kinderstube. So ein Ton einer kranken Frau gegenüber ist infam.«

»Ja, mag sein.« Ich bin ein bisschen matt und auch müde von dem opulenten Mahl und dem Wein. »Es ist einfach so, dass ich nicht mehr so viel Zeit habe. Diesen Herrn Jensen mochte ich noch nie, und er war grundsätzlich immer sehr herablassend zu mir. Und ich dachte immer: ›Später, später, irgendwann später geigst du ihm mal die Meinung oder schmeißt ihm einfach so eine Buttercremetorte in die Visage. Und verschmierst dann alles auf dem schicken Sakko.‹ Und ich dachte all die Jahre, später kann ich immer noch ein Kind kriegen, mir den Busen vergrößern lassen oder George Clooney auflauern, um ihm zu sagen, dass ich ihn für einen selbstverliebten Horst halte.« Nun bricht es aus mir heraus. »Und dann gibt es noch so eine aufgeblasene

Sachbearbeiterin bei der Krankenversicherung, das ist die, die zu mir gesagt hat, dass Sterben keine Krankheit sei. Der würde ich so gern auf die Zwölf hauen, also, ich bin ja nicht gewalttätig, ich meine das auch nicht so, obwohl, vielleicht meine ich es doch so. Aber jetzt weiß ich definitiv, dass ich nur noch drei Monate habe. Überhaupt: *Später*, *später*, alles wollte ich immer *später* machen. Es ist ja zum Glück nicht so, dass ich nichts erlebt habe, zum Glück, ich bin viel gereist, ich habe gut gelebt, ja, ja, ich hatte viel Sex, und ich habe so gelebt, als gäbe es kein Morgen mehr – ich meine das *Später* nach der Diagnose meiner Krankheit. Ich hatte so viel damit zu tun, gesund zu werden, und es war alles umsonst. Vier Jahre habe ich mich gequält, hatte Hoffnung, dann wieder keine. Und ich habe mich irgendwann damit abgefunden, dass es so ist, wie es ist. Sie wundern sich darüber, dass ich so bin, wie ich bin, aber irgendwann wird man antriebslos. Was sind schon neunzig Tage, auch wenn sich kein Arzt festlegt? Dann kann man es doch auch gleich bleiben lassen.« Ich schiebe mein Glas auf dem Tisch hin und her. »Drei verdammte Monate sind es nur noch. Vielleicht zwei Tage mehr oder drei Wochen weniger. Dann liege ich in meinem Geburtstagsgeschenk aus Mahagoni. Ich meine, wenn wenigstens irgendwas noch Sinn hätte. Wenn ich nur Lust dazu hätte, noch schöne Dinge zu tun. Aber ich arbeite bloß die nötigen Punkte ab. Es kommt mir so vor, als würde ich einfach nur warten. Ich fühle mich so ähnlich wie dieses Lamm auf der Schlachtbank. Die können ja auch nicht abhauen. Eigentlich, wenn man es genau nimmt, hocke ich in einem Schlachthaus. Ich könnte es natürlich noch mal verlassen, aber wofür?«

Der Ober kommt und bringt die Rechnung. Hedy sagt gar nichts, zahlt mit Karte, und dann gehen wir. Sie hakt mich unter, während wir schweigend zu meinem Auto laufen. Sicher will sie mich nun nach Hause fahren. Mir graut vor der leeren Wohnung und der Einsamkeit. Ich will damit nicht sagen, dass meine Wohnung nicht schön ist. Das ist sie. Ich habe viele Sachen von meinen Eltern, die bei meiner Tante eingelagert waren, und liebe meinen wackeligen Küchentisch aus Weichholz. Ich habe einige Dinge von meinen Reisen mitgebracht, ich war auf Flohmärkten und natürlich bei Ikea. Auf meinem kleinen Balkon wachsen frische Kräuter in Töpfen, ich habe ein Windspiel und ein schönes breites Sofa und einige nette Teppiche. In meinem Schlafzimmer steht ein Boxspring-Bett, das habe ich mir vor fünf Jahren gegönnt. Es ist wunderbar. Ich konnte ewig drinliegen. Doch jetzt, nach der verdammten endgültigen Diagnose, schlafe ich nicht mehr gern. Das hat nichts mit dem Bett zu tun, ich schlafe einfach insgesamt nicht mehr gern. Ich habe Nupsi schon gesagt, dass sie sich alles aus der Wohnung nehmen soll, was sie möchte, und den Rest verkaufen. Nupsi hat bei solchen Aussagen von mir entweder Tränen in den Augen oder sagt barsch, ich würde spinnen.

Natürlich könnte ich sie jetzt anrufen, aber ich weiß ja, dass sie heute Abend mit ihrem schwulen Freund Hänschen auf der Vernissage ist. Nupsi hofft, dort Clemens zu treffen, mit dem sie vor ein paar Monaten einen One-Night-Stand hatte und der sich danach »ganz sicher« bei ihr melden wollte. Leider hat er ihr eine falsche Handynummer gegeben. Hänschen meinte, wenn es stimme, dass dieser Clemens in der Kunstbranche tätig sei, wäre er heute Abend dort. Nupsi sagt, sie müsse den Typen unbedingt noch mal treffen, weil sie ihm das Passende sagen will. Sie wird sich ja morgen bei mir melden.

»Ich fahre«, sagt Hedy. »Es ist ja nicht weit.«

»O doch«, sage ich. »Bis nach Eppendorf ist es ja nicht um die Ecke.«

Hedy schaut mich fassungslos an. »Sie glauben ja wohl nicht, dass ich Sie jetzt allein lasse, Kindchen. O nein, wir fahren zu mir nach Hause. Nur die Straße entlang. Da ruhen Sie sich erst mal aus, und dann besprechen wir gemeinsam die weiteren Schritte.«

»Welche Schritte?«

»Das sehen wir dann. Eins nach dem anderen.«

»Wenn Sie meinen.«

»Hören Sie auf mit dieser Resignation, das ist ja so furchtbar. Treten Sie doch mal um sich. Schreien Sie! Seien Sie wütend, machen Sie von mir aus irgendwas kaputt!« Sie kommt näher. »Los, schlagen Sie mich, los, los, los!«

»Natürlich nicht, ich schlage Sie doch nicht. Ich denke einfach nur darüber nach, was ich alles *später* machen …«

Hedy kneift die Augen zusammen. »Sie stehen da wie ein geprügelter Hund, Kindchen. Sie suhlen sich richtig in Ihrer Diagnose, nicht? Sie laufen ja fast über vor Selbstmitleid. Dabei könnten Sie es sich doch so schön machen in der Zeit, die Ihnen noch bleibt. Aber Sie genießen ja Ihre Jammerlappigkeit. Herrje, lassen Sie sich doch nicht so hängen. Anderen geht es auch schlecht, denken Sie mal an mich! Ich bin eine arme, alte Frau, die …«

Jetzt reicht es.

Der Zorn schießt in mir hoch wie eine Stichflamme

JETZT REICHT ES. ABER SO WAS VON!

Ich deute mit dem Autoschlüssel auf Hedy wie mit einer Waffe.

»Sagen Sie mal, Frau Bentham, was maßen Sie sich an, so mit mir zu reden? Sie sind gesund, Sie haben, wenn auch nicht fünfzig, aber, wenn alles gut läuft, doch noch einige Jahre vor sich. Sie hatten nie finanzielle Probleme. Sie können sich einen Mahagonisarg leisten und eine bombastische Trauerfeier. Sie rennen zum Friseur und zur Maniküre und ach der Garten, wie schlimm, und das Personaaaal. Ich weiß ja nicht, wie es gekommen ist, aber vor ein paar Stunden noch haben Sie wie eine verbitterte Krähe auf der Friedhofsbank neben mir gesessen, und jetzt, wo ich offenbar wie ein mentaler Jungbrunnen auf Sie wirke – warum eigentlich? Weil Ihnen klargeworden ist, dass es Menschen gibt, denen es tatsächlich schlechtgeht? Oder weil Sie denken, dass da jemand krank ist, und Sie können die Chefin raushängen lassen oder wie oder was? Ich sag Ihnen mal was, Hedy, Sie können mich mal! Aber wie Sie mich können! Ich bin hier nicht Ihr Pausenclown, der Ihnen in der Zeit, die ihm noch bleibt, das Leben versüßt wie eine Gesellschafterin. Dass das mal klar ist: ICH BIN NICHT DER DEPP HIER IN DIESEM SZENARIO! Und jetzt gehen Sie DIE STRASSE ENTLANG und dann IN IHR HAUS! Ein schönes Leben noch!«

Atemlos stehe ich da. Ich habe lange nicht mehr geschrien. Wann habe ich eigentlich zuletzt geschrien? Ach, als ich mit dem Fuß gegen den Kaktus getreten habe.

Hedy steht vor mir und lächelt mit glitzernden Augen. Dann ballt sie die Hand zur Faust und reckt sie gen Himmel.

»JAA!«, ruft sie. »Genau das habe ich mit meinen Worten erreichen wollen! Endlich werden Sie mal wütend. Endlich kreischen Sie mal rum! Herrlich ist das! Und richtig! Und wissen Sie was: Ab sofort wird nicht mehr gehadert. Das halten wir beide auch keine drei Monate aus. Es wird gelebt, solange es noch geht. SPÄTER HAT NÄMLICH LÄNGST BEGONNEN!«

6

»Danke, Frau Friedrichs.« Hedy nickt der Frau in Schwarzweiß zu und reicht ihr ihre Kostümjacke und den Hut.

Ich behalte meine Jacke an, mir ist kalt. Dieses Schreien hat mich ausgelaugt. Ich zittere. Frau Friedrichs glotzt mich an wie eine Erscheinung.

»Bitte sagen Sie Frau Groß, dass sie einen guten Tee aufbrühen soll, damit meine junge Freundin hier nicht mehr friert.«

»Es geht schon«, sage ich und schaue mich in der imposanten Eingangshalle um. Hier ist anscheinend alles aus Marmor und Gold, an den Wänden hängen Riesenbilder: Kriegsszenen mit Pferden und Reitern in Ritterrüstung, ein Ölgemälde mit einer Riesenfamilie drauf, die alle diese Basedow'schen Glupschaugen haben – die Kinder sitzen auf einem Bärenfell und halten sich an dem Kopf des Tiers fest –, dazu zwei Stillleben und zwei hübsche Landschaftsbilder. Eins gefällt mir besonders gut: Es zeigt einen Teich mit Seerosen darauf. Wunderschön. Etwas weiter rechts hängt ein Bild, auf dem eine Eisenbahnbrücke zu sehen ist, unter der gerade zwei Segelboote durchfahren, und zwei Männer stehen am Ufer und betrachten sie. Es hat wundervolle Farben. Ich mag das Bild.

Hedy kommt näher. »Viktor hat Kunst gesammelt wie andere Menschen Bierdeckel«, sagt sie. »Er hat nur geackert, hat sich alles selbst erarbeitet, die Firma aufgebaut, an der Börse spekuliert. Er hatte ein Händchen für Geld. Und dann noch die Firma. Die lief ja ganz hervorragend, ich erzählte Ihnen ja davon. Viktor hat Kunst gekauft und verkauft und wieder gekauft und verkauft, es war sein Hobby. Seitdem er tot ist, hängen die Bilder hier nun herum. Eigentlich schade, dass sie niemand sieht. Ich kann nicht mit Kunst handeln, ich hätte immer Angst, dass man mich übers Ohr haut.«

»Das Bild hier ist wirklich toll.«

»Finden Sie? Ich habe mich immer gefragt, was an einer Eisenbahnbrücke reizvoll sein soll, aber Viktor hat das anders gesehen. Es ist ein Monet, wie das mit den Seerosen auch. Es heißt ›Le Pont du chemin de fer à Argenteuil‹, also ›Die Eisenbahnbrücke von Argenteuil‹. Und das da«, sie deutet auf eine Leinwand mit vielen bunten Klecksen, »ist ein Kandinsky. Der war, glaube ich, auch teuer.«

Ich starre Hedy fassungslos an. »Sie wollen mir gerade sagen, dass das Originale sind?«

»Ja, sicher«, sagt Hedy. »Glauben Sie, dass Viktor ein Mann war, der sich mit Lithographien zufriedengab?«

Von Nupsi weiß ich ungefähr, wie viel Geld solche Bilder wert sein können. Es gibt Verrückte, die zahlen so horrende Summen, das kann man sich gar nicht vorstellen.

»Aber da ist ja gar nichts gesichert, die hängen da ja einfach so.«

Hedy zuckt mit den Schultern. »Ja.«

Gut, das muss sie wissen.

Das Haus ist der Hammer, jedenfalls das, was ich von ihm sehe, während ich Hedy durch die Halle folge. Die weißlackierten Flügeltüren stehen offen, und ich schaue von der Halle aus in die unvermeidliche Bibliothek, die wohl jedes Haus in einer solchen Größe hat. Ich sehe ein Zimmer mit einem Riesenflügel drin und eins, das ganz in Pastell gehalten ist, so wie die Küchen in den fünfziger Jahren angemalt waren: helles Rosa, Pistazie, Vanille und Babyblau. Von der Halle führt eine riesige Treppe nach oben, und natürlich hängt von der Decke ein Kronleuchter, der mir bitte nicht auf den Kopf fallen soll. Die Treppe ist ebenfalls aus Marmor und in der Mitte mit dunkelgrünem Teppich und goldenen Stangen zum Halten ausgelegt.

Hedy führt mich einen Raum und deutet auf ein Sofa, das aus der Rokokozeit stammen muss.

»Nehmen Sie Platz, Kindchen. Das hier ist mein persönliches Reich, das habe ich ganz alleine eingerichtet«, sagt sie.

Ich schaue mich um. Das Zimmer sieht aus wie ein etwas zu groß geratenes Puppenhaus. Überall Blümchen und glänzendes Holz und Gold und Rüschen und Sprossenfenster und seidene Teppiche und Ölgemälde mit schönen Blumen und bunte Kronleuchter.

»Das ist Muranoglas«, lässt Hedy mich wissen, als sie meinen Blick bemerkt. »Ist Ihnen noch kalt? Sollen wir den Kamin anmachen?«

Kamine gibt es in jedem Raum. Der hier ist reich verziert. Das muss Jugendstil sein.

»Das wäre schön.« Wie lange habe ich an keinem Kaminfeuer mehr gesessen.

Da kommt die Angestellte mit dem Tee.

»Wir hätten gern ein Feuerchen«, sagt Hedy, und Frau Friedrichs nickt und macht sich ans Werk.

Ich könnte das nicht, ich würde selbst Feuer machen. Das ist auch so eine dumme Eigenschaft von mir. Immer denke ich, dass ich alles selbst machen muss. Aber Hedy zum Beispiel bezahlt ja die Leute dafür, und würde sie es selbst machen, würden sie nichts verdienen. Ich hatte mal eine Putzhilfe und ständig ein schlechtes Gewissen, weil sie geputzt hat, während ich am Rechner saß und meine Texte schrieb. Ich dachte immer: ›Sie denkt jetzt bestimmt, dass ich das auch selbst machen könnte.‹ Was natürlich nicht stimmte, denn sie war froh, diesen Job zu haben. Sie kam gern zu mir. Aber so bin ich nun mal.

Dann brennt das Feuerchen. Mittlerweile ist es dunkel, und ich sehe hinaus in den Garten, der raffiniert beleuchtet ist. Er ist leicht abschüssig, und unten glitzert die Elbe. Gegenüber leuchtet das Airbus-Gelände.

»Der Garten macht wirklich viel Arbeit.«

Jetzt fängt Hedy wieder an! Ich verdrehe die Augen, sie bemerkt es und schweigt.

»Benötigen Sie noch etwas, gnädige Frau?«

»Nein, danke.« Die Angestellte geht. Sie wirkt immer noch irritiert.

Hedy gießt uns Tee ein, und ich nehme zwei Stück Kandis und etwas Sahne. Friesisch. Lecker. So einen Tee habe ich zum letzten Mal auf Sylt getrunken. Ich war mit Nupsi dort, wir wohnten im Landhaus Stricker. Es war so schön, Herbst war es. Ich war schon krank, hatte eine Chemo hinter mir und sollte mich erholen. In welchem Jahr war das? Ich hab's vergessen.

Mein Telefon klingelt wieder.

»Ich muss noch mal kurz ran. Das ist noch mal Nupsi«, erkläre ich Hedy, und die nickt, während sie eine teuer aussehende Porzellankeksdose öffnet und einige Gebäckstücke auf Tellerchen verteilt. Es sieht aus, als würde sie gleich Puppen damit füttern wollen.

»Ich wollte nur noch mal fragen, ob es dir *wirklich* gutgeht«, sagt Nupsi. »Versteh mich nicht falsch, aber ich mache mir schon Sorgen. Über eine Woche lang schleichst du wie ein Gespenst durch die Gegend, was ja auch verständlich ist, du isst und trinkst nichts, willst niemanden sehen und fängst an, wie ein General alles zu organisieren, willst mich nicht teilhaben lassen. Und dann lernst du auf dem Friedhof eine Frau kennen, die Furzkissen herstellt, die Drogen kaufen und einbrechen will, und du kannst essen und trinkst Alkohol … und na ja, da dachte ich eben, vielleicht sollte ich mich noch mal melden, um zu fragen, ob wirklich alles in Ordnung ist oder ob du vielleicht mittlerweile einen Anwalt brauchst.«

Im Hintergrund höre ich Stimmen und Musik. »Bist du auf der Vernissage?«

»Ja. Nun sag schon.«

»Mir geht es gut, ehrlich. Die Frau heißt Hedy Bentham, wir sind gerade in ihrem Haus in der Elbchaussee, die Hausnummer hab ich vergessen. Sie hat einen tollen Garten, der geht zur Elbe runter, das sieht super aus, wenn der Mond auf der Elbe glitzert. Du, Nupsi, mir geht's wirklich gut. Es ist alles fein im Moment.«

»Hedy Bentham. Elbchaussee. Und da bist du sicher?«

»Ja. Schreib dir den Namen ruhig auf. Falls ich abgestochen irgendwo gefunden werde, kannst du der Polizei die Adresse geben.«

»Diese Hedy Bentham war nicht zufällig mit einem Viktor Bentham verheiratet?«

»Hä? Woher weißt du das denn?«

»Warte mal …« Es wird leiser, dann höre ich bei Nupsi eine Tür schlagen. »Du bist also gerade bei Hedy Bentham zu Hause?«

»Ja. Ihr Mann hieß in der Tat Viktor. Ich habe die Grabstätte neben seiner gekauft und war deswegen ja vorhin auf dem Friedhof. Da war Hedy auch, sie hat Viktor besucht. Mein Grab wird dir gefallen, Nupsi. Es liegt neben einem Baum. Ich habe schon mit dem Friedhofsgärtner gesprochen, er soll Rosen pflanzen, das musst du dann wirklich überprüfen. Hedy Bentham überlegt, dass wir uns morgen gemeinsam Särge kaufen, vielleicht gibt's Rabatt … aber wieso weißt du das von Viktor, sag mal, spionierst du mir nach?«

»Wie bitte? Natürlich spioniere ich dir nicht nach! Es ist nur so, dass Hedy, also eigentlich heißt sie Hedwig, Bentham, eine der größten privaten Kunstsammlungen Deutschlands zu Hause hat. Seit dem Tod ihres Mannes hat sie sich aus der Gesellschaft zurückgezogen und lebt sehr isoliert. Sie gilt als introvertiert und eigenbrötlerisch.«

»Also, das kann ich jetzt nicht unterschreiben. Aber das mit der Kunstsammlung wusste ich auch nicht, obwohl hier …«

»Wie denn auch? Du interessierst dich ja nicht für die Kunstszene.«

»Das stimmt. Ich bin eben ein Banause. Sag es nur: Leonor ist ein Kunstbanause. Mach mich nur nieder.«

»Unsinn, so war das doch gar nicht gemeint.«

»Ich bin nun mal nicht so gestrickt, dass ich mich stundenlang vor ein Bild stelle, auf das ein Irrer einen lila Punkt gemalt und nebendran noch eine tote Fliege aufgeklebt hat.«

»Das war ein herausragender Künstler! Die Welt hätte noch viel von ihm gehört. Leider hat er sich ja wegen seiner Depressionen umgebracht.«

»Hätte ich auch, diese Werke ziehen einen runter.«

»Es ist ja nicht schlimm, dass du keinen guten Geschmack hast. Wenn ich allein an den Abend denke, an dem du dich auf Kolomino Patotosta gesetzt hast …«

Himmel! Nupsi hatte mich zu einer Galerie-Eröffnung in der Stadt mitgenommen, ich weiß nicht mehr, warum ich mitgegangen bin, ach doch, ja, ein Ex von mir, Till, hatte Schluss gemacht, ich war ziemlich fertig und nur am Heulen, Nupsi zwang mich, sie zu begleiten. Ich war vom vielen Weinen so erschöpft, dass ich mich noch während der ersten Ansprache auf ein Sofa habe fallen lassen. Damals war ich gewichtsmäßig noch sehr gut dabei, und den Schrei, den man hörte, werde ich nie vergessen. Ich hatte mich nämlich auf den Künstler selbst gesetzt, der mit Acrylfarben angemalt nackt auf dem Boden kniete und damit seine Demut vor der Kunst ausdrücken wollte. Er wollte auch nicht erkannt werden, weil nicht er wichtig sei, sondern das, was er erschaffen hätte. Ich war damals sogar in der Zeitung, und Nupsi hat sich schrecklich aufgeregt. Andererseits, so sage ich immer: Eine bessere Werbung hätten sie für die Eröffnung und die Werke von diesem gestörten Kolomino nie bekommen. Also hätte man mir eigentlich dankbar sein müssen.

Hedy schaut mich nun fragend an und deutet auf den Tee, der langsam erkaltet. Es ist ja auch unhöflich, im Beisein von anderen so lange zu telefonieren.

»Das wirst du mir nie verzeihen, ich weiß«, sage ich. »Du, Nupsi, ich muss mal auflegen. Frau Bentham und ich wollen Tee trinken.«

»Ach, sind wir jetzt hanseatisch? Hör mal, ich muss dir unbedingt noch was erzählen!«

»Morgen, okay?«

»Bitte!«

»Morgen, Nupsi, ich bin echt unhöflich gerade.« Entschuldigend sehe ich zu Frau Bentham, aber die lächelt nur. »Meine Freundin will mir unbedingt noch was erzählen«, sage ich leise zu ihr, und sie nickt.

»Also was?«, frage ich Nupsi.

»Das geht nicht am Telefon.«

»Muss es aber, ich sitze hier gerade so gemütlich. Wenn es so wichtig ist, dann musst du es mir jetzt sagen.«

»Was ist es denn?«, fragt nun auch Hedy.

»Frau Bentham will auch wissen, was du zu sagen hast.«

»Nicht am Telefon«, sagt Nupsi.

»Sie will es nicht am Telefon sagen«, erkläre ich Hedy, die nun sehr neugierig ist.

»Dann soll Ihre Freundin herkommen«, sagt sie. »Wenn das so wichtig ist. Tee ist genug da. Gebäck auch. Und Wein, falls wir uns später getränkemäßig umentscheiden sollten.«

»Du sollst herkommen«, sage ich zu Nupsi.

»Zu Frau Bentham?«

»Ja.«

»In ihr Haus in die Elbchaussee?« Sie schnappatmet.

»Ja.«

»Das glaube ich erst, wenn ich da bin. Aber du ahnst gar nicht, wie sehr ich gehofft habe, dass dieser Satz fällt! Ich muss hier noch einen Moment Smalltalk halten, dann düse ich los. Ich bin in spätestens einer Stunde da! Bei. Hedwig. Bentham.«

»Das ist sehr nett von Ihnen, Hedy«, sage ich, nachdem ich aufgelegt habe. »Immerhin kennen Sie Nupsi ja gar nicht.«

»Ach, Sie kenne ich ja auch nicht, wenn man es genau nimmt. Außerdem möchte ich gern Ihre beste Freundin kennenlernen, und sie ist doch Ihre beste Freundin, oder?«

Ich nicke. Plötzlich habe ich einen Kloß im Hals.

»Leider werde ich sie nicht mehr lange haben. Nupsi ist die tollste Freundin, die man sich wünschen kann. Ich bin glücklich und sehr dankbar, dass es sie gibt. Unsere Freundschaft wurde nie in Frage gestellt, auch wenn wir uns manchmal wirklich gezofft haben. Wir kennen uns so lange. Wie das so ist, hatten wir uns mal aus den Augen verloren, als ich in der Weltgeschichte rumgegondelt bin, aber wir haben uns immer wiedergefunden, und jedes Mal war es so, als sei keinerlei Zeit vergangen. Seit vielen Jahren sehen wir uns eigentlich täglich. Sie hat mich auch oft auf Reisen begleitet. Wir haben alles miteinander durchgestanden, auch Liebeskummer und solche Dinge. Nupsi, sie heißt eigentlich Ninette Nups, war eine Zeitlang ganz schön abgehoben, als sie reich verheiratet war. Und dann ging es ihr gar nicht gut, das war das andere Extrem. Wir waren aber immer zusammen. Wenn nicht physisch, dann aber doch mental. Wir wollten zusammen alt werden, so blöd sich das jetzt anhört. Wir wollten auch gemeinsam ein Kind kriegen, also nicht dass wir lesbisch wären, wir wollten unsere Schwangerschaften timen, aber das hat auch nicht geklappt. Also nicht gemeinsam, sondern zur gleichen Zeit schwanger werden. Aber wir sind beide nie schwanger geworden, verstehen Sie?«

»Ich bin ja nicht schwer von Begriff, was gibt es denn da nicht zu verstehen«, sagt Frau Bentham.

»Ja, so war das. Hat nicht geklappt. Wir wären beide gegenseitig tolle Patentanten geworden.«

»Und Mütter.«

»Das auch.«

»Ich wäre auch gern Mutter geworden«, sagt Frau Bentham. »Dann wäre ich jetzt vielleicht schon Großmutter. Stellen Sie sich mal vor, Sie wären meine Tochter und hätten selbst Kinder. Ich wäre Oma.«

»Es wäre sogar möglich, dass Sie schon Uroma wären«, sage ich.

»Wie alt man doch schon ist! Ach, das wäre schön gewesen!« Frau Bentham nimmt ihre Teetasse und lehnt sich zurück. Sie lächelt mich an. »Das ist ein so netter Abend, und das war ein sehr schöner Tag. Wissen Sie was, Kindchen, ich freue mich sehr, dass ich Sie heute getroffen habe. Ich hätte Sie gern früher kennengelernt.«

Das geht mir genauso, wenn ich ehrlich bin. »Das finde ich auch. Mir gefällt er auch sehr, der Tag. Und ich freue mich auch über unser Kennenlernen.«

»Wobei ich mich immer noch darüber ärgere, dass meine Wimperntusche nicht verlaufen ist«, sagt Frau Bentham. »Das war für mich so, als wären meine Empfindungen gar nicht ehrlich gewesen.«

»Ich glaube Ihnen aber, dass sie ehrlich waren.«

»Danke, Kindchen. Wie geht es Ihnen? Brauchen Sie noch etwas?«

»Nein, im Moment nicht, es geht mir gut. Mir ist auch nicht mehr kalt. Ich esse einen Keks.«

»Sie können Kekse essen, bis Sie platzen. Frau Groß, das ist unsere Köchin – also unter uns gesagt, brauche ich die gar nicht mehr, eine Köchin für eine Person ist ja übertrieben, früher, als Viktor noch lebte, hatten wir viele Gäste, aber ich will ja niemanden mehr sehen von dieser verlogenen Bagage –, jedenfalls backt Frau Groß grandios. Warten Sie mal, in der Vorweihnachtszeit macht sie Trüffel und Zimtsterne und allerlei andere süße Sachen. Da achten wir aber mal eine Zeitlang nicht auf unsere Figuren, was? Ich selbst esse so was ja nicht, ich ernähre mich hauptsächlich von Rohkost. Deshalb ist Frau Groß oft traurig. Sie kocht doch so gern. Sie kann uns Weihnachten ein grandioses Menü zaubern.«

»Ach, Hedy, an Weihnachten bin ich doch aber vielleicht schon tot.«

Abrupt beugt sie sich nach vorn und knallt die Tasse auf die Untertasse. »Vielleicht, vielleicht, vielleicht. Vielleicht aber auch nicht! Wissen Sie was? Frau Groß fängt morgen an. Für uns beginnt die Vorweihnachtszeit *jetzt*! Und nun will ich nichts mehr darüber hören.«

»Gut. Dann freue ich mich auf die Trüffel.«

»Zartbitter oder weiße Schokolade oder Vollmilch?«

Mir läuft schon wieder das Wasser im Mund zusammen. »Alles.«

»So gefällt mir das.« Hedy lehnt sich wieder nach hinten. »Es wird noch einen Moment dauern, bis Ihre Nupsi zu uns stößt. Ich freue mich darauf, sie kennenzulernen. War sie auch bei Ihnen, als man Ihnen sagte, dass der Kampf verloren ist?«

Ich nicke. Das Feuer knistert im Kamin.

»Mögen Sie darüber sprechen?«

Ich denke kurz nach. Möchte ich? Ja, ich möchte. Und erzähle.

Es war vor zehn Tagen. Es war warm, so ein richtiger Altweibersommertag. Die letzten Monate waren absolut okay verlaufen. Die Jahre davor hatte ich ja das ganze Programm durchlaufen, das mir einerseits half und mich andererseits auch schwächte, weil Bestrahlungen und Chemo nicht das sind, womit man seine Freizeit verbringen will. Ich hatte auf die Ärzte gehört, mein Leben umgestellt, rauchte nicht mehr und versuchte, positiv zu denken. Neun Monate nach der OP wurden wie gesagt bei mir Lebermetastasen festgestellt, aber auch die bekam man einigermaßen in den Griff, um das jetzt mal verkürzt darzustellen. Doch vor kurzem dann gab es neue Metastasen, und die Medikamente, die ich nahm, erzielten nicht die gewünschte Wirkung. Ich war oft schlapp, es war, als würde dieser verdammte Krebs die Lebensenergie aus mir rausziehen.

Und dann dieses Arztgespräch vor zehn Tagen. Mein wichtigster behandelnder Arzt, Dr. Rosenbach, saß hinter seinem riesigen Schreibtisch so wie damals Professor Brinkmann in der Schwarzwaldklinik, und schaute mich und Nupsi, die mitgekommen war, an.

»Ich habe ja in der Vergangenheit mehrfach gesagt, dass der Verlauf zeigen wird, in welche Richtung wir gehen.«

Das hatte er oft gesagt, ja. Seine Kollegen auch.

»Und? In welche Richtung gehen wir?«, fragte Nupsi.

Dr. Rosenbach verzog keine Miene. »In keine gute.«

»Was heißt das?«, fragte ich emotionslos. Ich hatte keine Lust auf Geschwätz. »Heißt das, dass ich sterben muss?«

Der Arzt schien froh darüber zu sein, dass er die Worte nicht aussprechen musste. »Ja, das heißt es.«

»Wann?«, fragte ich und wurde unruhig. Tausend lange Listen mit Punkten darauf schwirrten mir durch den Kopf. »Wann also? Was ist zu tun?«

Nupsi streichelte meinen Arm. »Jetzt warte doch mal, Leonor. Hör dem Arzt doch mal zu.«

»Ich will Fakten«, sagte ich. »Und kein Drumherumgerede. Ich will auch nicht so einen Quatsch hören, dass es Seelsorger gibt, die mich begleiten. Ich will genau wissen, was auf mich zukommt. Sagen Sie mir das jetzt. Ich will vorbereitet sein.«

Es mag seltsam klingen, aber fast war ich froh, dass es nun endlich eine Diagnose gab, die feststand. Das ständige Warten darauf, ob sich etwas veränderte, ob Verbesserung oder Verschlechterung eintraf, hatte mich grundlegend zermürbt.

»Wir werden natürlich versuchen, Ihre Lebensqualität weitestgehend zu erhalten«, sagte Dr. Rosenbach. »Es gibt gute Medikamente. Ich rate Ihnen nur, Ihre Angelegenheiten zu ordnen. Damit will ich nicht sagen, dass Sie es bald nicht mehr können, aber es kann sein, dass Ihr Zustand sich schneller als gedacht verschlechtert, und dann ist es besser, alles geregelt zu haben, was geregelt werden muss.«

»Wie lange habe ich noch?«

»Jetzt warte doch mal«, sagte Nupsi.

»Nein. Wie lange?«

»Wir legen uns da ungern fest, denn manchmal tritt doch noch Besserung ein, der Patient erholt sich wieder und man gewinnt

Tage oder Monate. Deswegen können Sie jetzt von mir keine definitive Zahl hören.«

Damit würde ich mich nicht abspeisen lassen. Ich wollte Klarheit. »Wie lange? Sagen Sie es mir. Bitte.«

Dr. Rosenbach schluckte und sah mir dann fest in die Augen. »Vielleicht noch drei Monate, vielleicht ein klein wenig mehr, eher etwas weniger. Es ist von Patient zu Patient unterschiedlich. Das sind rein statistische Angaben. Jeder Mensch ist anders.«

»Drei Monate also.« Neunzig Tage maximal. Ich war wie betäubt, aber meine Gedanken ratterten. »Dann muss ich als Erstes meine Wohnung kündigen. Da hab ich doch drei Monate Kündigungsfrist. Dann ist das schon mal geregelt.«

Nupsi sagte nichts mehr.

Höflich dankte ich Dr. Rosenbach, und der sagte noch, er würde die Röntgenbilder et cetera auch an die Kollegen geben, aber um ehrlich zu sein, habe er schon mit drei anderen Kollegen gesprochen, und die Meinung sei einhellig. Tja. Er gab mir eine dicke Mappe mit Arztbriefen und Bestätigungen und Unterlagen und Ernährungstipps und was weiß ich. Ernährungstipps. Was brauchte ich denn jetzt noch Ernährungstipps? Ich würde ganz sicher jetzt nicht damit anfangen. Ich hätte die Ernährungstipps in die nächste Mülltonne geworfen, aber Nupsi wollte unbedingt noch in einen Bioladen und Tomaten kaufen, weil sie mal irgendwo gelesen hatte, dass man bei Krebs Tomaten essen soll. Ich wollte aber keine Tomaten.

Nupsi sagte dauernd: »Tomaten sind gut, lass uns Tomaten kaufen«, und irgendwann blieb ich stehen und brüllte sie an, dass sie jetzt mit den verdammten Tomaten aufhören solle, die Leute schauten schon. Nupsi fing an zu weinen. Es tat mir so leid, und ihr auch. Wir stützten uns gegenseitig. Ich konnte das alles nicht wirklich glauben, und dennoch war es mir völlig klar und bewusst.

Nupsi ging mit mir nach Hause, und ich begann sofort aufzuschreiben, was alles zu erledigen war. Die größte Sorge machte mir komischerweise die Tatsache, dass meine Wohnung renoviert übergeben werden muss, wie sollte ich das denn schaffen? Aber Nupsi sagte, darüber solle ich mir keine Gedanken machen, sondern erst mal runterkommen.

Ich sagte: »Runterkommen? Sag mal, was denkst du dir denn?«

»Du übertreibst es gerade, Leonor. Lass uns die Dinge doch in Ruhe angehen. Du hast einen Schock.«

»Ich habe keinen Schock, ich muss sterben«, antwortete ich. »Und du sagst, ich soll runterkommen und nicht übertreiben! Hast du eigentlich auch nur ansatzweise eine Ahnung, was das bedeutet? Ich, Leonor Sperber, werde wahrscheinlich an Weihnachten nicht mehr am Leben sein.«

Nupsi war völlig hilflos. »Was hat denn das mit Weihnachten zu tun?«

»Wir haben Weihnachten immer zusammen gefeiert, und ab jetzt bist du alleine«, sagte ich. »Gut, vielleicht bin ich Weihnachten noch am Leben, aber es kann auch sein, dass ich dann nicht mehr ansprechbar bin, weil die Lage sich rapide verschlechtert hat.«

Und Nupsi fing wieder an zu weinen. Ich saß nur da und überlegte, wie ich bloß alles hinkriegen sollte.

Ich blicke Hedy an. »Irgendwann hab ich Nupsi nach Hause geschickt, obwohl sie unbedingt bei mir bleiben wollte. Aber ich wollte allein sein. Ich hab Nupsi noch gefragt, ob ich *sie* denn allein lassen könnte, und Nupsi sagte, ich sei gestört, so was zu fragen, dann sagte sie, es täte ihr leid, sie wollte so was nicht zu mir sagen, und mir schwirrte der Kopf. Verstehen Sie, ich wollte einfach nur meine Ruhe.«

Hedy nickt. »Das verstehe ich gut.«

»Ja, und dann habe ich die ganze Nacht lang dagesessen und überlegt. Ich habe meine Finanzen sortiert und nach Friedhöfen gegoogelt, ich habe meine Kündigung geschrieben und mir vorgenommen, erst mal niemandem zu sagen, wie es mir geht. Ich machte mir Notizen: Konto klären, zum Bestatter gehen und so weiter. Ich brauchte Abläufe. Und ich wollte nicht schlafen, am liebsten hätte ich überhaupt nie mehr geschlafen, wer um alles in der Welt will denn noch schlafen, wenn er gesagt bekommt, dass sein Leben nur noch aus ein paar Wochen besteht? Ja, so war das. Nupsi kam am nächsten Tag wieder. Mit frischem Brot und Nutella. Wir saßen da und schmierten uns Brote, das ist so eine Tradition, das hab ich früher mit meinem Bruder auch gemacht. Brot, Butter, Salz, Nutella. Nupsi und ich führen diese Tradition fort. Das hat mir eigentlich immer geholfen, wir machten das, wenn Entscheidungen anstanden. Diese Minuten, die wir immer geschwiegen und die Brote gegessen haben, waren wunderschön. Ich konnte diesmal nicht so viel essen, solche Phasen habe ich ja. Aber es tat gut. Na ja, und dann habe ich angefangen, die Dinge abzuarbeiten. Heute war ich ja dann beim Bestatter und habe auf dem Friedhof eine verbitterte, selbstmitleidige Frau kennengelernt, die mir einen Sarg zum Geburtstag schenken will.«

Hedy lächelt. »Es wäre mir lieber, wenn es etwas anderes wäre, aber wir wollen realistisch sein. Dieses Geschenk ist vernünftig.«

»Jedenfalls will ich irgendwann, wenn es nicht mehr geht, ins Hospiz. Und ich möchte, dass Nupsi am Schluss bei mir ist.« Ich sehe Hedy an. »Und wenn Sie an diesem Tag nichts Besseres vorhaben, sind Sie herzlich eingeladen. Den Weg zum Hospiz kennen Sie ja.«

Hedy schaut mich nur an. Und dann klingelt es an der Tür, und sie steht auf, um den Besuch in Empfang zu nehmen. Sie geht in die Halle, und dann steht Nupsi da. Wie immer sieht sie klasse aus; für die Vernissage hat sie sich in ein kleines Schwarzes geworfen. Sie fällt fast in Ohnmacht, als sie die Monets und den Kandinsky und die anderen Bilder sieht.

»Sie haben das Bild *wirklich*«, sagt sie atemlos. »Man hat es ja gemunkelt, aber so wirklich gewusst hat es niemand. Es hieß, Sie hätten nach dem Tod Ihres Mannes niemanden mehr ins Haus gelassen.«

»Das stimmt. Und auf die Verschwiegenheit meiner Angestellten kann ich mich verlassen«, sagt Hedy.

Ich stutze: Viktor ist seit fünf Jahren tot. Bin ich etwa der erste Mensch außer ihren Angestellten, der seitdem dieses Haus betreten hat? Hat Frau Friedrichs deswegen vorhin so erstaunt geguckt?

»›Die Eisenbahnbrücke von Argenteuil‹«, sagt Nupsi. »Das Bild wurde im Jahr 2008 für über 26 Millionen Euro von jemandem ersteigert, der unbekannt bleiben wollte.«

»Ja, das war Viktor«, sagt Hedy. »Es war das letzte Bild, das er gekauft hat. Es stand lange im Keller, erst nach seinem Tod habe ich es hochgeholt, die Wände in der Halle waren mir zu nackt. Kurz vorher hatte er noch etwas verkauft, und es hingen keine Bilder mehr da. Aber dann musste er ja ins Krankenhaus.«

»Das tut mir sehr leid mit Ihrem Mann«, sagt Nupsi und schaut wieder auf das Bild. »Ich hätte es auch hochgeholt«, sagt sie. »Meine Güte. Sie müssen sehr stolz darauf sein.«

»Stolz? Nein. Ich finde es gar nicht sooo schön. Die Blumenbilder gefallen mir besser. Oder das da.« Sie deutet auf ein anderes.

Nupsi bekommt Schnappatmung. »Ein Miró.«

»Sie kennen sich aus?«, fragt Hedy.

Nupsi nickt, dann sieht sie mich da sitzen. »Aber deswegen bin ich ja nicht hier. Danke, liebe Frau Bentham, dass Sie sich so nett um Leonor gekümmert haben. Ich hab zwar noch nicht ganz kapiert, wie das jetzt wirklich zustande gekommen ist, aber egal. Leonor geht es gut, das ist die Hauptsache.«

»Tee?«

»Gern.«

»Du und Tee?«, frage ich, nachdem sie mich umarmt hat. »Was ist denn mit dir los?«

Nupsi sieht mich ein bisschen schuldbewusst an. »Ich bin schwanger!«

7

Ich glotze sie an und bin sprachlos.

»Ja, so was!«, ruft Frau Bentham. »Vorhin haben wir noch darüber gesprochen!« Irritiert schaut Nupsi sie an.

»Ich habe Hedy erzählt, dass wir mal gemeinsam schwanger werden wollten«, erkläre ich völlig verdattert. »Aber jetzt bist du es.« Ich weiß wirklich nicht, was ich sagen soll. Die Gedanken wirbeln in meinem Kopf durcheinander.

Nupsi lächelt zögerlich. »Du erinnerst dich, der One-Night-Stand, von dem ich dir erzählt habe? Clemens.«

»Clemens? Aber der … War er auf der Vernissage?«, frage ich.

»Nein«, sagt Nupsi. »Aber seine Frau.«

Frau Bentham kichert. »Ja, ja, so sind sie, die Männer. Ach ja, ich will gar nicht wissen, was Viktor alles angestellt hat. Ich sagte mir immer, was ich nicht weiß, macht mich nicht heiß. Und nun sind Sie schwanger, also so was Schönes! Ein Kind gibt einem so viel zurück.«

»Das können Sie ja gar nicht wissen, Hedy.« Ich würde Hedy am liebsten schütteln – kann sie nicht mal die Klappe halten? Ich muss hier gerade mit einer sehr neuen Situation fertigwerden und weiß noch nicht, wie. Sie scheint überhaupt nicht zu begreifen, was das für mich bedeutet, wie ich mich fühle, was das mit mir macht. Ich muss atmen und meine Gedanken sortieren. Ja, das muss ich. Nur einen Moment, bitte.

Nupsi sieht Hedy an. »Ich brauche ja auch keinen Mann. Ich kann mein Kind alleine großziehen.«

»Seit wann weißt du es, und warum erfahre ich es erst jetzt?«, unterbreche ich sie.

»Seit … heute Morgen«, druckst Nupsi herum. »Aber ganz sicher erst seit halb sieben.«

»Und warum hast du mich denn nicht angerufen?«

»Hab ich doch. Ich wollte es nur nicht am Telefon sagen.«

»Nupsi! Wenn du es seit heute Morgen weißt …«

»Heute Morgen hab ich den ersten Test gemacht.« Nupsi holt eine durchsichtige Plastiktüte aus ihrer Umhängetasche. »Schau mal.« Es befinden sich ungefähr fünfzig Teststreifen darin. »Alle haben zwei rosa Striche. Ich habe quasi alle zwanzig Minuten einen Test gemacht.«

»Konnten Sie denn so oft auf Toilette?«, fragt Hedy praktisch denkend.

»Klar. Ich habe viel getrunken. Das schwächt ja das Ergebnis, aber wenn jemand nach drei Litern Wasser immer noch ein positives Ergebnis hat, dann ist es, glaub ich, eindeutig.«

»Das dürfte stimmen«, sagt Hedy. »Also Tee, ja?«

»Gern.«

Hedy steht auf und geht Richtung Küche, um Frau Groß Bescheid zu sagen.

Nupsi sieht mich an. »Leonor«, sagt sie. »Ich weiß, das ist jetzt ganz furchtbar für dich. Ich wollte es dir erst gar nicht sagen, weil … weil du es vielleicht gar nicht mehr mitbekommen hättest, aber das konnte ich nicht, verstehst du?«

»Nicht mehr mitbekommen …« Sie hat recht, manche Frauen nehmen ja kaum zu – ich hätte sterben können, ohne es zu wissen.

»Ja, aber du hast doch ein Recht darauf, das zu erfahren.«

»Ja. Nein. Weiß nicht.«

»Bitte sei mir nicht böse.« Nupsi nimmt meine Hand. »Bitte.«

Ich runzle die Stirn. »Ich bin dir doch nicht böse. Es ist … schön. Und traurig. Gleichzeitig. Um ehrlich zu sein, es ist ein schrecklicher Zeitpunkt. Wenn das Kind schon da, wäre es besser.«

Nupsi nickt. »Habe ich auch gedacht. Aber es ist nun so, wie es ist … und vielleicht … vielleicht hast du ja noch ein bisschen

Zeit, vielleicht nicht nur noch die drei Monate! Ich muss ja jetzt sowieso erst mal zum Arzt und genau herausfinden, in der wievielten Woche ich bin. Aber … ich freue mich so, Leonor, ich freue mich so. Trotz allem.«

Ich schlucke. »Ich freue mich doch auch. Es ist alles nur ein bisschen viel auf einmal.« Und dann kann ich nicht anders. Plötzlich bricht alles aus mir heraus, und ich fange an zu heulen und zu heulen und zu heulen und zu heulen.

»Leonor!«, ruft Nupsi. »Es tut mir leid, es tut mir so leid! Aber ich musste es dir doch sagen!«

»Lassen Sie sie.« Hedy ist mittlerweile zurückgekommen und hält Nupsi, die mich umarmen will, zurück. »Es ist gut so. Das ist schon lange überfällig.«

Ich stehe auf, gehe in Richtung Terrasse und reiße die Tür auf. Dann renne ich in den Garten, lasse mich einfach ins Gras fallen und weine weiter.

23 Uhr

Ich habe mich wieder beruhigt. Nachdem irgendwann keine Tränen mehr kamen, habe ich mich dazu gezwungen, wieder in meine »Ich kann es nicht ändern, man muss die Dinge pragmatisch sehen«-Haltung zurückzukehren; da fühle ich mich sicher. Die Emotionen strengen mich auch viel zu sehr an. Außerdem lenkten mich Ameisenbisse von meiner Trauer darüber ab, niemals Patentante von Nupsis Kind werden zu können. Ich werde es nie sehen. Wir wollten zusammen schwanger werden. Patentanten werden. Nichts wird so sein.

Natürlich freue ich mich für Nupsi, mit 46 Jahren Mutter zu werden, das ist ja fast schon ein Wunder. Nupsi hatte den Gedanken längst aufgegeben. Wahrscheinlich hat sie deshalb auch bei dem One-Night-Stand nicht verhütet. Aber ich bin auch sehr traurig. Wütend. Hilflos. Verzweifelt. Doch ich versuche, mich nicht davon überwältigen zu lassen.

Wir sitzen hier, das Feuer ist niedergebrannt, und wir trinken immer noch Tee. Die Angestellten haben sich bereits verabschiedet und sind zu Bett gegangen. Auch ich bin müde.

Ich habe Nupsi gesagt, dass ich mich wirklich für sie freue, und Nupsi freut sich so sehr darüber. Hedy freut sich auch, da sie ja nie ein Kind hatte. Ich merke, dass ich eifersüchtig bin, weil Hedy das Kind kennenlernen wird und ich nicht, aber ich behalte es für mich. Wir reden nicht mehr davon, und auch nicht vom Krebs. Ich habe die beiden darum gebeten, diese Themen für heute sein zu lassen.

Nupsi und ich haben Hedy stattdessen von unseren gemeinsamen Erlebnissen und Reisen erzählt, und Hedy hat alles in sich aufgesogen wie ein Schwamm.

»Ich war nirgendwo«, sagte sie. »Ich bin neidisch. Immer war ich nur hier.«

»Das verstehe ich gar nicht«, erklärte Nupsi. »Sie hatten doch wirklich alle Möglichkeiten. Also, wenn ich mir dieses Haus hier anschaue und die Bilder und die Skulpturen und auch sonst alles, das hat doch alles ein Vermögen gekostet. Das heißt, Sie haben Geld im Überfluss – und ich meine wirklich im Überfluss.«

»Das ist richtig.« Hedy nickte.

»Warum um alles in der Welt sind Sie und Ihr Mann denn dann nicht die Hälfte vom Jahr herumgereist? Warum haben Sie sich nicht Gott weiß wo Häuser gekauft und dort Ferien gemacht? Sie hätten es tun können. Aber Sie haben es nicht getan. Sie hätten eine so schöne Zeit mit Ihrem Viktor haben können! Sie hatten und haben doch Geschäftsführer.«

»Das wollte Viktor nicht«, erklärte Hedy.

»Ja, ist es denn nur wichtig, was der Mann will?«

»Früher war das anders«, sagte Hedy. »Da hatte eine Frau noch nicht so viel zu sagen. Ich bin jetzt fünfundsiebzig. Viktor und ich haben geheiratet, als ich zwanzig war. Das war also vor fünfundfünfzig Jahren. Viktor ist übrigens am Tag unserer Goldenen Hochzeit gestorben.«

»O mein Gott, wie schrecklich«, sagten Nupsi und ich im Chor. »Das war bestimmt nicht leicht für Sie.«

»Och«, sagte Hedy. »Um ganz ehrlich zu sein, war ich gar nicht so furchtbar traurig.«

»Aber auf dem Friedhof haben Sie gesagt, dass Sie ihm noch viele schöne Jahre gegönnt hätten«, warf ich ein.

»Hätte ich ja auch«, erklärte mir Hedy. »Er war ja kein schlechter Mann. Aber eben nicht der richtige Mann für mich. Ich habe ihn damals aus Trotz geheiratet. Das war 1961. Phil Hill hatte die Formel-1-Weltmeisterschaft gewonnen.«

»Hedy wollte mal Rennfahrerin werden«, sagte ich zu Nupsi, die dauernd ihren Bauch streichelte, als wäre sie kurz vor der Niederkunft.

»Als ich Viktor kennenlernte, das war in einem Tanzcafé auf der Reeperbahn, ich war mit Freundinnen unterwegs, da war ich todunglücklich. Weil Arthur, meine erste große Liebe, eine andere heiraten musste.«

»Das klingt ja wie im Mittelalter«, sagte ich.

»1961 war das noch so. Sie hieß Rebecca zu Allensberg, kam aus Lübeck und war sehr hochnäsig. Und Arthurs Familie war auch sehr reich, diese ganze Mischpoke bestand ja nur aus Reedern und Bankern und Kaufleuten, furchtbar, wenn nur auf so was geachtet wird, na ja, und jedenfalls hat Arthur mich quasi sitzengelassen. Obwohl«, nun begann sie, sich aufzuregen, »obwohl ich schon einen Verlobungsring von ihm am Finger hatte! Was natürlich heimlich geschehen war. Wissen Sie, ich komme aus einfachen Verhältnissen. Meine Eltern hatten, als wir nach Hamburg gezogen sind, eine Imbissbude auf dem Kiez. Unsere Currywurst war der absolute Hit. Es war eine echte, mit Curry in der Wurst, nicht nur einfach obendrauf. Ich hab nach der Schule dort gearbeitet, eine Ausbildung war damals nicht drin. Eines Abends lernte ich dann Arthur kennen. Er war mit seinen Freunden und seinem Bruder Paul unterwegs. Den Rest kann man sich denken.« Sie lächelte traurig. »Alles war heimlich, heimlich, heimlich. Oft war der Bruder dabei und hat aufgepasst, dass wir ungestört sein konnten. Ich mochte Paul, ein feiner Kerl. Ich war ja ein einfaches Mädchen, ich hatte nichts vorzuweisen, ich war ja in den Augen seiner Eltern ein Nichts, ein Kind der Straße, ich war ...«

»Hedy«, sagte ich warnend. »Nicht wieder die Selbstmitleidsnummer.«

»Schon gut, schon gut. Man wird ja wohl noch ein bisschen leiden dürfen. Nicht nur Ihnen geht es schlecht, Kindchen. Jedenfalls hat er mich sitzengelassen, um Rebecca zu heiraten. Obwohl er mit mir verlobt war. Es war entsetzlich.«

»Das heißt, Arthur hat sich einfach nicht mehr gemeldet?« Nupsi war ganz gebannt.

»Doch, doch. Wir haben uns eines Abends getroffen, und da hat er es mir gesagt. Ich war natürlich am Boden zerstört. Und dann, als ob das etwas genützt hätte, hat er mir noch die Lieblingsohrringe seiner Urgroßmutter geschenkt. Ist es denn zu glauben? Ohrringe anstelle seiner Liebe! Eine Liebe, die ein Leben dauern sollte. Ich habe die Ohrringe noch, ach, an die hundert Mal wollte ich sie verkaufen, aber dann dachte ich immer, vielleicht treffen wir uns ja irgendwann wieder, und dann wird alles gut. Also habe ich sie behalten. Ich trage sie auch noch.«

»Und?«, fragte Nupsi.

»Wir haben uns nie wiedergesehen. Von seiner Hochzeit habe ich noch in der Zeitung gelesen, das war vielleicht eine pompöse Angelegenheit! Aber das war es dann. Sie sind weggezogen, wie man hörte, erst nach Lübeck, später nach Bremen, dann nach München und dann ins Ausland. So war das, ja. Nun, was will man machen.« Sie blickte hinaus in ihren illuminierten Garten. Die Buchsbäume sind angestrahlt. Einer davon ist in Form eines springenden Gepards geschnitten, was irgendwie bedrohlich wirkt. »Und genau da, als ich so todtraurig war, trat Viktor in mein Leben. Wir waren uns sehr ähnlich. Er war ehrgeizig und träumte vom großen Geld, und ich wollte auch etwas aus meinem Leben machen. Und ich wollte natürlich, dass Arthur erfuhr, dass ich glücklich verheiratet bin, das habe ich ihm später dann auch zutragen lassen.«

»Hätte ich auch gemacht«, sagte Nupsi.

»Leider habe ich zu spät gemerkt, dass Viktor, nun, sagen wir mal, ziemlich herrisch und egoistisch war. Er hat mich nicht schlecht behandelt, das nicht, aber er hat schon sein Ding durchgezogen. Er war in vielerlei Hinsicht rücksichtslos. Ich, die Frau an seiner Seite, hatte zu funktionieren.«

»Hedy wollte ja mal Rennfahrerin werden«, wiederholte ich.

»Das habe ich mir gemerkt, du musst es nicht ständig sagen. Ich bin ja nicht schwangerschaftsdement oder so«, sagte Nupsi.

Wir mussten beide grinsen, Hedys blumige Erzählung hatte uns abgelenkt.

»Also, meine Wünsche musste ich als Erstes an den Nagel hängen«, sagte Hedy traurig. »Dabei fahre ich so gern schnell. Aber meistens werde ich ja auch chauffiert. Eigentlich …«, sie dachte kurz nach. »Eigentlich bin ich seitdem nie wieder schnell gefahren. Bis heute.« Sie nickte. »Ja, ja, ich habe immer Rücksicht genommen und mir nichts gegönnt. Ich hatte alles und doch nichts – nein, ich jammere nicht, Kindchen, ich stelle schlicht fest. Ich hab nichts erlebt in meinem Leben, ich hab es nicht so wie Sie mal krachen lassen, habe keine Dinge getan, die man heute bereuen oder über die man lachen würde. Ja, ich weiß, was Sie jetzt denken, sie jammert auf hohem Niveau. Ach, ich würde ja so gern etwas machen, beginnen, mit irgendetwas, aber mit wem denn? Ich habe keine Bridgerunde und fahre nicht zum Golfen mit meinen Freundinnen nach Mallorca. Und alleine mag ich nicht.«

»Haben Sie Arthur denn schon mal gegoogelt?«, wollte Nupsi wissen.

»Nein, ich mag diesen Internetkram nicht. Ich wusste ja noch nicht mal, dass wir hier Internet haben. In der Firma wohl, das ist klar, aber hier zu Hause, das war mir neu. Das habe ich erst nach Viktors Tod erfahren. Er hat das wohl benutzt.«

Nupsi holte ihr Smartphone raus. »Wie heißt Arthur denn mit Nachnamen?«

»Von Steininger.«

»Oh, adelig«, sagte Nupsi ehrfürchtig.

»Hallo? Ich bin auch adelig«, sagte ich.

»Ja, aber anders.« Nupsi fing an zu googeln. »Hier gibt es ein paar Einträge«, sagte sie. »Aber die sind ganz alt. Hier ist ein eingescannter Zeitungsbericht, da geht es um ein Firmenjubiläum in München.«

»Ja, da hat er doch gewohnt.« Hedy nickte.

»Der Artikel ist aber echt alt, der ist von 1970.«

»Kann ja sein«, sagte Hedy. »Ach, ich habe keine Ahnung, was er jetzt macht.« Ihre Stimme klang wehmütig

»Sonst findet man nichts über ihn«, erklärte Nupsi, googelte aber weiter. »Man könnte alte Bekannte fragen.«

Hedy setzte sich auf. »Das könnte ich natürlich tun. Vielleicht finde ich ihn, dann kann ich ihn mal anrufen.«

»Darauf hätten Sie aber auch selbst kommen können.« Nupsi verdrehte die Augen.

»Ich kann das halt nicht so gut mit dem Internet«, verteidigte sich Hedy.

»Aber dafür hätten Sie doch gar nicht …« Nupsi gab es auf. »Wir können ja morgen mal jemanden anrufen.«

»Gut« Hedy nickte traurig. »Aber viel Hoffnung habe ich da nicht.«

Das war der Punkt, an dem ich einfach zu müde wurde. Nun will ich wirklich ins Bett und stehe auf.

»Ich muss jetzt mal gehen, Hedy. Ich muss schlafen.«

Eigentlich ärgert es mich, dass ich müde bin. Schlafen kann ich bald lange genug.

Aber es war ein langer Tag, die Termine, die ganzen neuen Eindrücke, der Alkohol. Ein Wunder, dass ich überhaupt so lange durchgehalten habe.

Hedy schaut auf. Sie sieht fast panisch aus. »Sie wollen nach Hause?«, fragt sie entsetzt.

»Ja, äh, sicher, was denn sonst.« Fragend schaue ich sie an.

Nupsi steht nun auch auf.

»Das geht nicht«, sagt Hedy. »Sie können mich doch in meiner Verfassung nicht alleine lassen. Um Himmels willen, nein, bitte bleiben Sie beide hier!«

8

Eine Viertelstunde später haben Nupsi und ich flauschige Flanellpyjamas an, die Hedy mal Viktor geschenkt hatte, aber der wollte sie nicht anziehen, weil er Pyjamas unmännlich fand. Wir haben uns von Hedy überreden lassen, bei ihr zu übernachten. Sie hat uns die Gästezimmer im oberen Stockwerk gezeigt, und das sind keine Zimmer, sondern eigentlich Suiten, man kommt sich vor wie in einem Luxushotel. Seidentapete, natürlich Kronleuchter, Parkett, darauf schicke Teppiche und jeweils Balkone mit Blick auf die Elbe. Wir haben sogar eigene Badezimmer, und ich muss nicht extra betonen, dass es hier Wannen mit Löwenfüßen gibt – mit vergoldeten Tatzen, um dem Ganzen die Krone aufzusetzen.

Nupsi ist mit den neuen Tatsachen immer noch überfordert: 1. Sie ist schwanger, 2. Ich habe emotionale Ausbrüche, 3. Sie befindet sich in Hedy Benthams Haus, zu Gast bei der Frau, die seit dem Tod ihres Mannes quasi unsichtbar geworden war. Deren Mann einer der größten Kunstsammler Deutschlands, wenn nicht Europas, war. Den man bekniet hatte, eine eigene Stiftung oder Galerie oder beides zu gründen. Und dann auch noch das Bild mit der Eisenbahnbrücke! Plus die Tatsache, dass Hedwig Bentham sie, Nupsi, einfach so in ihr Haus eingeladen hat, wo doch jeder in der Szene sagte, sie wolle niemanden sehen und sei seltsam. Und dann lerne ich Hedy einfach so kennen und esse und trinke mit ihr und auch noch Champagner.

Also so etwas.

Wir sitzen alle auf Nupsis Bett, fast ist es wie bei einer Pyjamaparty.

Hedy hat sich an der Tatsache festgebissen, dass sie fünfundsiebzig ist und nichts erlebt hat. »Sie können froh sein, dass Sie gelebt haben, Kindchen. Ach, das hätte ich auch machen sollen. Warum habe ich immer getan, was Viktor gesagt hat?« Sie schüttelt den Kopf. »Dauernd gehe ich zu seinem Grab und erzähle ihm, was ich so gemacht habe, weil er das früher auch immer wissen wollte. Das muss man sich mal vorstellen. Man könnte meinen, ich sollte nach fünf Jahren Besseres zu tun haben.«

»Das habe ich Ihnen ja am Grab schon gesagt.« Ich nicke bekräftigend.

»Und recht haben Sie.« Hedy steht auf. »Wissen Sie was? Ich wollte immer Kinder, aber Viktor nicht. Der Vorschlag mit diesen Patenschaften in Indien kam von ihm. Damit will ich nicht sagen, dass es eine schlechte Idee war, aber das hätte man doch zusätzlich machen können. Nein, Viktor hat gesagt, Kinder würden ihn verrückt machen, das Geschrei und die Sorgen und wenn eines davon in die Drogenszene geraten würde … Über so etwas hat er sich Gedanken gemacht. Apropos Drogen, nie, nie, nie hab ich Drogen genommen. Nie.«

»Also, das ist auch nicht unbedingt erstrebenswert«, sagt Nupsi und verzieht kurz ihr Gesicht. »Au.«

»Was ist?«

»Keine Ahnung. Vielleicht Senkwehen.«

Ich verdrehe die Augen. Und muss dann grinsen. Typisch Nupsi. Immer übertreiben. Auf einmal durchströmt mich ein warmes Gefühl – das Leben, die Welt wird weitergehen. Das ist schön. Wenn auch ohne mich. Nun steigen schon wieder Trauer und Wut in mir auf, aber ich drücke sie schnell weg.

Hedy hat gar nicht zugehört. »Vorhin, als ich Ihren Wagen gefahren habe, Kindchen, da habe ich zum ersten Mal wieder das Feuer von früher gespürt. Ich weiß gar nicht, wie lange ich nicht mehr hinterm Steuer gesessen habe.«

»Dann fahren Sie doch Auto. Sie haben doch bestimmt eins«, meint Nupsi.

»Eins?«, fragt Hedy mit hochgezogenen Augenbrauen. »Drei Autos stehen auf diesem Grundstück! Aber die sind alle nicht mein Ding. Wer braucht denn einen Bentley oder einen Mercedes? Ich möchte Porsche fahren. Ach, ach, ach, was hätte ich alles erleben können.«

»Ich habe eine Idee«, sage ich. Die Wut scheint sich in Energie gewandelt zu haben. »Wir fahren morgen in ein Autohaus und kaufen einen Porsche für Sie!«

Hedy schaut mich an. Verwundert, aber gleichzeitig auch angetan. »Einfach so?« Sie steht auf und starrt aus dem Fenster. »Einfach so. Das machen wir!«

»Und dann zeigen Sie mal, was Sie können!«, sage ich.

Hedy klatscht in die Hände und sieht so glücklich aus wie ein unterernährtes Model, das nach jahrzehntelangem Verzicht kurzkettige Kohlenhydrate zu sich nehmen darf. »Das wird ein Fest«, sagt sie fröhlich. »Und wir feiern es zusammen!«

Ich sehe sie an, und mir wird wieder warm ums Herz. Sie sieht so ehrlich glücklich aus, dass es körperlich spürbar ist.

Endlich gehen wir dann alle in unsere Betten. Die vielen widersprüchlichen Gefühle lassen mich nicht schlafen, obwohl ich wirklich erschöpft bin. Nachdem ich die halbe Nacht wach gelegen und mich in dem Riesenbett hin- und hergewälzt habe, stehe ich auf und gehe auf den Balkon. Auf der anderen Flussseite, wird gearbeitet, alles ist hell beleuchtet. Die Elbe fließt lautlos vor sich hin, man hört nur die Geräusche der Maschinen und das Klappern von Metall. Im Garten unter mir flitzt ein Tier entlang. In den Bäumen raschelt es. Ich bin hellwach, an Schlaf ist nicht zu denken. Plötzlich, mit einem Mal, kommt mir eine Idee. Natürlich ist es »eigentlich nicht richtig, so was in meinem Zustand zu machen«, aber das ist mir herzlich gleichgültig.

Ich gehe zurück ins Zimmer, ziehe mich an und verlasse den Raum, schleiche die Treppe hinunter und gehe in den kleinen Salon. Dort öffne ich die Tür zur Terrasse, laufe durch den Garten und stehe dann vor einem hohen, schmiedeeisernen Zaun, über den ich in der Hoffnung klettere, keine Alarmanlage auszulösen – zum Glück passiert das auch nicht. Dann noch über eine kleine Mauer, und schon stehe ich auf dem Stück Sandstrand an der Elbe. Ich gehe weiter Richtung Fluss. Dann ziehe ich meine Schuhe aus und laufe ein Stück durchs Wasser.

Der Mond, der eben noch voll zu sehen war – wie oft werde ich noch Vollmond sehen? –, verschwindet hinter einer Wolke. Und dann, als ob er neue Kraft getankt hätte, kommt er hervor und strahlt mit einer Intensität, die ich früher bei Vollmond nie wahrgenommen habe.

Ich fange an zu laufen, immer schneller, spüre den nassen Sand unter meinen Füßen, das Wasser platscht, und ich renne und renne, wie ich lange nicht gerannt bin, ich renne, bis ich nicht mehr kann, und dann bleibe ich außer Atem stehen und schaue wieder hoch zum Mond. Es kommt mir vor, als würde er mich anschauen, ernst und verständnisvoll. So wie ein Vater, der sich geduldig anhört, was seine Tochter ihm Wichtiges zu sagen hat.

Ich muss an Papa und Mama und Stefan denken und daran, dass es, wenn ich tot bin, unsere Familie nicht mehr gibt und ich nichts hinterlasse, was an uns erinnert, außer meinen Reisegeschichten, unter denen mein Name steht, und alte, mit Honig gefüllte Gläser. Dass niemand mehr unseren Namen trägt und dass in fünfundzwanzig Jahren auch mein Grab weg sein wird, so wie die Gräber von Mama, Papa und Stefan.

»Ich will nicht sterben«, sage ich zum Mond. Er antwortet nicht, aber ich habe das Gefühl, er fordert mich still zum Weiterreden auf und signalisiert mir, dass er mir zuhören wird.

»Das ist doch gemein«, sage ich. »Ich habe doch nichts Schlimmes gemacht. Vier Jahre quäle ich mich jetzt mit diesem Mist herum. Für nichts. Für nichts, nichts, nichts.« Ich stehe immer noch im Wasser, meine Füße werden langsam kalt, aber es ist eine gute Kälte. Sie lässt mich spüren, dass ich noch, *noch* lebe.

Ich stehe da, atme ein und aus und dann, auf einmal, öffne ich den Mund und schreie. Ich schreie und schreie und schreie und schreie. Ich beschimpfe den Krebs. »Du Arsch, verpiss dich aus meinem Leben, geh weg! Ich hasse dich, ich hasse dich! Ich will dich nicht in mir haben!« Ich bücke mich, nehme herumliegende Steine und schmeiße sie ins Wasser. Der Krebs wird dadurch zwar nicht getroffen, aber ich muss das tun. Dann schlage ich mit der flachen Hand auf meinen Brustkorb ein. »Geh weg, geh weg!« Es ist sinnlos, was ich tue, das weiß ich auch, aber ich kann nicht anders. Ich muss nicht weinen dabei, das habe ich vorhin im Garten schon getan, der Punkt ist bereits abgehakt.

»Ich will leben, weißt du, ich bin noch nicht mal fünfzig, ich hätte noch viele Jahre gehabt, gesunde Jahre, na ja, halbwegs gesunde, denn vielleicht hätte ich nicht aufgehört zu rauchen, aber trotzdem!«, brülle ich. »Ich hätte Nupsis Schwangerschaft bis zum Schluss mitbekommen, wäre bei der Geburt dabei gewesen und hätte vielleicht sogar angefangen zu stricken und zu nähen, und ich wäre zum Biohof gefahren, um nur gutes Obst und Gemüse für das Kind zu kaufen, und ich hätte es mit auf Reisen genommen und ich hätte mich gekümmert, weil ich ja die Patentante gewesen wäre. Und was hab ich jetzt? Bald einen verdammten Mahagonisarg, den ich mir noch nicht mal selbst leisten kann, ich bekomme ihn zum Geburtstag geschenkt, ja, so ist das. Und was der absolute Hohn ist: Ich habe schon Altersflecken auf den Handrücken, dabei werde ich gar nicht alt, ich würde alles dafür geben, irgendwann verschrumpelte Hände zu haben, und von mir aus wackle ich dann auch mit dem Kopf und sitze mit Nupsi auf einer Parkbank, und wir füttern Enten. Ich sag dir was, du Mistkerl, was hältst du von einer Abmachung: Du lässt mich ab sofort in Ruhe, und ich werde dich nicht mehr beschimpfen. Nimm deine Sachen und geh!« Ich hole Luft. »Nein, es ist falsch, ich darf dich nicht anmeckern, dann wirst du sauer, nein, ich muss nett zu dir sein, damit du eine gute Phase hast. Kannst du dich verdammt nochmal nicht einfach zur Ruhe setzen und mich nicht umbringen? Ich möchte doch noch so viel machen, ich möchte mehr als nur noch zwei- oder dreimal den Vollmond sehen, ich möchte so gern alt werden, bitte lass mich alt werden. Sei doch *ein Mal* ein guter Typ, und zwar einer von denen, die man nicht mehr wiedersieht, aber die man nie vergisst und an die man mit Dankbarkeit zurückdenkt. Ich verspreche es dir! Hoch und heilig! Aber bitte geh jetzt. GEH! Bitte, bitte geh! Für immer! Lass mich doch in Frieden leben!«

Der Schmerz kommt mit voller Wucht. Ich japse nach Luft und lasse mich nach hinten in den Sand fallen. Ich halte meinen Bauch, es ist ein Gefühl, als ob tausend Nadeln darin herumstechen. In meinem Kopf brennt es. In meiner Lunge brennt es. Danke, du Arsch! Vielen Dank auch!

»Kindchen, was machen Sie denn für Sachen?«

Ich schaue auf und blicke in Hedys Augen. Sie trägt einen Morgenrock und hält eine Decke in der Hand. »Sie holen sich ja den Tod!«

Da ist es wieder. Ist es nicht eigentlich sehr lustig, wie sich diese Sprüche anhören, wenn man sie wörtlich nimmt? Wenn jemand nicht mehr aufhören kann zu lachen: »Ich sterbe gleich.« Bei einer peinlichen Situation: »Ich wäre am liebsten tot umgefallen.« Wie oft habe ich so was früher gesagt. Wie oft.

»Nein, Hedy, das hab ich längst«, sage ich und bin trotz allem dankbar für die Decke, die sie nun sachte über mich legt. Meine Jeans ist zwar komplett durchweicht, weil der Sand nass ist, aber egal.

Hedy setzt sich zu mir, ich lege meinen Kopf in ihren Schoß, und sie streichelt mein Haar.

So sitzen wir da und schauen in den Himmel.

Und dann geht langsam die Sonne auf.

9

Dienstag, 27. September, 10 Uhr

Nupsi hat gleich ganz früh heute Morgen mit meinem Arzt, dem Dr. Rosenbach, gesprochen, und der hat gesagt, sie solle sofort vorbeikommen und Rezepte abholen. Das hat sie auch gemacht, dann war sie in der Apotheke, und nun ist sie wieder hier. Sie hat noch ein bisschen Zeit, denn sie muss erst mittags in der Galerie sein.

Nach der Tabletteneinnahme ging es mir bald besser. Ich war in der Badewanne und trage frische Sachen von Viktor, weil mir Hedys Sachen zu groß sind; ich bin gerade mal 1,65 m, sie fast 1,80 m, wie sie stolz erzählt. Sie hätte auch modeln können, aber Viktor … Ich weiß zwar nicht, warum Frau Friedrichs mir Sachen aus den achtziger Jahren herausgelegt hat, aber es ist auch egal. Und so sitze ich da in einem rosa Lacoste-Hemd, einem Karopullover von Benetton, einer unsäglichen Bundfaltenhose und Burlington-Söckchen. Zum Glück sind meine Schuhe trocken, sonst hätte Frau Friedrichs mich möglicherweise noch gezwungen, Collegeschuhe mit Troddeln anzuziehen, vielleicht sogar bordeauxfarbene. Ich muss an meinen Bruder denken. Exakt solche Klamotten hat er auch getragen. Jetzt brauche ich nur noch so einen asymmetrischen Bob und muss den Kopf schräg halten, dann bin ich Stefan in Reinkultur – ein richtiger Popper.

Ach, Stefan …

Frau Groß hat ein opulentes Frühstück aufgetischt, aber ich kann nur wenig essen. Geschlafen habe ich letzte Nacht ja so gut wie nicht, und nun nage ich an einem Stück Toast herum. Hedy isst nur Obst. Wahrscheinlich hat sie ihr Leben lang morgens nur Obst gegessen, weil Viktor das so wollte. Ich habe mein Leben lang gefrühstückt wie ein Kaiser und würde das auch jetzt gern tun, aber mein Magen lässt das im Augenblick leider nicht zu. Wahrscheinlich habe ich gestern zu viel in mich reingestopft. Weil nur Nupsi richtig frühstückt und obwohl sie Riesenmengen vertilgt, so wie eigentlich immer, ist der gedeckte Tisch im Prinzip überflüssig. Es ist fast ein Büfett. Rührei, sechs Sorten Aufschnitt, Tatar, Käse in allen Variationen, Krabbensalat, Quark und Marmeladen sowie Brötchen und eine Menge Schokocroissants bleiben liegen. Seufzend sehe ich die Sachen an.

Hedy wiederum sieht mich fragend an. »Ist alles in Ordnung?«

»Nein.«

Hedy ist sofort besorgt. »Was ist denn?«

»Ich hasse dieses ›Ist alles in Ordnung?‹. Es ist nie alles, wirklich alles in Ordnung«, erkläre ich ihr. »Immer, wenn jemand fragt, ob alles in Ordnung ist, habe ich das Gefühl, er will unbedingt ein Ja hören, damit er so eine Art Absolution bekommt. Alles in Ordnung? Alles? Prima, puh, da muss ich mich nicht weiter kümmern.«

»Es war nicht böse gemeint, Kindchen.«

»Das weiß ich, Hedy. Entschuldigung.« Warum bin ich so giftig? Hedy ist doch wirklich rührend.

»Ich weiß, was du gerade gedacht hast«, sagt Nupsi, die ein Croissant mit Marmelade beschmiert und zwar so dick, dass sie eigentlich Marmelade mit Croissant isst und nicht umgekehrt.

Ich sehe sie an. »Ich weiß. Ach, Mann. Ich hab nie geglaubt, mal so dünn zu sein und nichts essen zu können«, sage ich. »Mensch, was war ich mal fett! Weißt du noch?«

Nupsi nickt. »Klar.«

»Dafür wirst du bald dick«, sage ich.

»Das ist *ganz* was anderes.«

»Ist es nicht. Du wirst dick.«

Wir sehen uns an und wissen beide, wie traurig wir darüber sind, dass ich Nupsis Gewichtszunahme nicht wirklich mitbekommen werde. Ein bisschen was davon vielleicht.

Vielleicht.

»Ach, Kinder, ach, Kinder«, sagt Hedy. »Nicht streiten.«

»Wir streiten nicht«, erkläre ich.

»Wir lieben uns«, nickt Nupsi, und wir essen weiter.

Das Schlucken fällt mir schwer, aber ich zwinge mich, die Scheibe Toast zu essen, dazu trinke ich Tee.

Hedy fragt Nupsi nach dem Vater des Kindes, neugierig wie immer. »Und Sie kennen diesen Mann gar nicht richtig?«

»Nein.« Nupsi grinst. »Wir hatten einfach nur Sex. Und das auch nur einmal. Na ja, genau genommen dreimal. Er war sehr ausdauernd.«

»Ich weiß gar nicht, ob Frau Bentham das hören will«, weise ich Nupsi zurecht.

»Hedy«, korrigiert Hedy. »Nennen Sie mich auch Hedy, meine Liebe«, sagt sie zu Nupsi.

»Oh, wie schön, danke«, sagt Nupsi. »Ich heiße Ninette.«

»Da ist Nupsi aber doch besser«, sagt Hedy und nippt an ihrem Tee. »Ninette klingt ja wie eine Prostituierte.«

»Also wirklich, das bin ich nicht«, erklärt Nupsi.

»Das habe ich auch nicht *gesagt*«, lächelt Hedy. »Der Name hört sich nur so an. Andererseits, wenn Sie mit einem Fremden Verkehr hatten, ist das ja so was Ähnliches.«

»Ich habe ja kein Geld genommen«, Nupsi nimmt es gelassen.

»Das hättest du vielleicht mal tun sollen, was ist denn überhaupt mit Unterhaltszahlungen?«, frage ich.

»Das wird sich schon alles finden. Viel schwieriger finde ich, dass wir beide, also du und ich, mein Kind nicht zusammen großziehen werden«, sagt Nupsi.

Ein paar Momente schweigen wir alle, und ich habe Angst, dass wir gleich zusammen anfangen zu heulen. Keine Theatralik bitte. Davon hatte ich letzte Nacht genug.

Zum Glück bricht Hedy das Schweigen mit einer sachlichen Aussage: »Viel wichtiger ist, dass alles komplikationslos verläuft. Immerhin sind Sie 46 und eine Spätgebärende.«

»Eine *sehr* Spätgebärende«, werfe ich ein. »Du musst unbedingt zum Arzt.«

»Natürlich muss ich zum Arzt, was redet ihr denn da? Sehe ich aus wie eine Frau, die nicht zu den Vorsorgeuntersuchungen geht?«, fragt Nupsi. »Ich krieg das schon alles hin. Und dazu brauche ich, wie gesagt, keinen Mann.«

»Darum geht es nicht, aber dem Kind steht ja Unterhalt zu«, meint Hedy.

»Das stimmt«, sage ich. »Wir werden uns darum kümmern.«

»Leonor, du kümmerst dich um gar nichts. Du erholst dich jetzt erst mal«, bekomme ich von meiner Freundin erklärt.

»Ich glaube, ich höre nicht richtig. Erholen kann ich mich in ein paar Monaten, und nächstes Jahr um diese Zeit könnt ihr mal an mich denken, da erhole ich mich nämlich immer noch. Und dann wünscht ihr euch vielleicht, ich wäre hier, um mich *nicht* zu erholen.« Das kam schon wieder giftig heraus.

»Es tut mir leid«, sagt Nupsi. »Du weißt, dass ich es nicht böse meine.«

»Ich auch nicht. Mir tut es leid.«

»Wir wollen nicht streiten«, sagt Hedy, die an einem Stück Melone knabbert.

Ich habe nie verstanden, warum Menschen Melone essen. Also einfach so Melone. Ohne Schinken. Ohne alles. Melone schmeckt doch wie pelziges Wasser. Wie Wasser, das zu lange in einer Plastiktonne in der Sonne gestanden hat und auf dem sich schon so grüner Schlier gebildet hat. Melone macht auch nicht satt. »Oh, ich nehme ein schönes Stück Melone.« Dieser Satz ist genau so dämlich wie: »Oh, ich esse einen schönen Salat.« Warum ist ein Salat eigentlich *schön*? Und warum geht man *schön* essen? Kann man nicht einfach essen gehen? Manchmal habe ich Momente, an denen mir die überflüssigsten Dinge durch den Kopf schwirren. Es gibt Worte und Phrasen, die kann ich einfach nicht mehr hören. *Zeitnah* und *Frauenquote*. *Asap* und *Am Ende des Tages*. Aber am schlimmsten: *Ich bin da ganz bei dir.*

Egal. »Seid ihr fertig?«, frage ich. Ich habe keine Lust, den Tag an einem Frühstückstisch zu vertrödeln, zumal zwei von uns ja eigentlich gar nichts essen. Es ist wirklich schade um das Rührei. Hoffentlich hat von den Angestellten jemand Appetit. Ich hasse es, Essen wegzuwerfen.

Nupsi schaut auf die Uhr. »Also, ich muss gleich los.«

»Gut. Und Sie und ich, Hedy, wir überlegen jetzt mal, wen wir wegen Arthur anrufen können, und dann fahren wir einen Porsche kaufen.«

Hedy springt auf. »Sind Sie auch wirklich fit genug?«, fragt sie freudestrahlend, und ich nicke. Die Medikamente wirken gut. Die Schmerzsadisten sind gerade gnädig.

Eine Stunde später beendet Hedy zum x-ten Mal ein Gespräch mit einem alten Bekannten von Arthur. Kein einziges Telefonat hat uns wirklich weitergebracht. Obwohl Hedy sogar Arthurs Frau ausfindig gemacht hat, diese Rebecca. Hedy tat so, als würde es um ein Klassentreffen gehen, und Rebecca berichtete bereitwillig, dass sie mit Arthur ins Ausland gegangen sei, von München erst nach Italien und dann nach Spanien und später nach Afrika, weil der Beruf sie dahin verschlagen habe. Irgendwann habe Arthur Depressionen bekommen, habe Medikamente nehmen müssen und sei in diversen Kliniken gewesen, bevor er wieder heimgekommen sei. Und irgendwann, in einer Nacht- und Nebelaktion, sei er einfach verschwunden. »Als ich wegen meiner Bandscheibe im Krankenhaus war«, erzählte Rebecca Hedy. Vielleicht ist Arthur ja mit Sven verwandt – die Möglichkeit liegt irgendwie nahe, wenn ich so an meinen Ex denke. Einfach weg war er. Aber darüber will ich jetzt nicht weiter nachdenken. Kinder hätten sie keine, erzählte Rebecca Hedy. Sie habe nichts mehr gehört von Arthur, und niemand, wirklich niemand, wisse, wohin er gegangen sei. Noch nicht mal sein Bruder Paul. Und die beiden seien ja wirklich ein Herz und eine Seele gewesen. Aber wie gesagt, niemand wisse etwas. Die Polizei hätten sie auch eingeschaltet, aber bei Erwachsenen ermittelten die einfach nicht groß.

Auch im Internet habe ich nichts weiter über ihn gefunden. Das Netz vergisst ja nichts, aber Arthur scheint wirklich wie vom Erdboden verschluckt zu sein. Der Nachname ›von Steininger‹ ist ja selten, wenn es etwas gäbe, hätten wir es finden müssen.

»Wie schade«, sagt Hedy, die sich ihrer Wehmut offensichtlich nicht wieder hingeben will. »Aber vielleicht soll es so sein. Lassen Sie uns nicht weiter drüber nachdenken – jetzt kaufen wir mir erst einmal einen schönen Flitzer!«

Der nette Verkäufer im Porsche-Zentrum sieht aus, als hätte er in eine Steckdose gegriffen. Seine Haare stehen ihm vor Aufregung zu Berge, und er zittert. Es ist wohl lange her, dass hier jemand einfach so hereingekommen ist und ohne großes Trara schlicht und ergreifend ein Auto kaufen wollte. Außerdem scheint mein Outfit ihn zu verwirren. Einen Popper hat er wohl noch nie im echten Leben gesehen, dafür ist er zu jung.

»Und das ist das beste und edelste Modell von den 911ern, das Sie hierhaben?«, frage ich.

Der Verkäufer nickt und krächzt: »Ja. Ein 911er Turbo S Cabrio.«

»Sieht doch gut aus.« Ich schaue zu Hedy, und die nickt, während sie um den Wagen herumgeht.

Er steht aufgebockt im Ausstellungsraum und sieht so aus, wie ein Porsche Cabrio eben aussieht. Einfach schön.

»Einen Panamera hätte ich auch im Angebot.« Dem Verkäufer stehen Schweißperlen auf der Stirn.

»Nein, den kenne ich nicht, die gab es früher noch nicht«, sagt Hedy. »Ich möchte einen 911er.« Sie inspiziert den Wagen von allen Seiten und kommt nun in Fahrt: »PS?«

»560«, antwortet der junge Mann prompt – er kennt sich aus.

»Beschleunigungsdauer von 0 auf 100?«

»3,2 Sekunden.«

»Und sonst so?«

Der Verkäufer faselt nun etwas von der Lichtanlage, den Bremsen, dem Antrieb, den Airbags, den Sitzen, Carbon und was weiß ich.

Dann fragt Hedy: »Was kostet er?«

»Das ist unser bestausgestattetes Modell«, erklärt der Mann schwitzend.

»Ja. Aber das war nicht die Frage. Die Frage war, was er kostet.«

»Ich ... also ... da muss ich erst mal nachschauen.« Er saust davon.

Hedy lächelt. »Das ist mal ein Fahrzeug.« Sie sagt wirklich *Fahrzeug*.

Da kommt der Mann zurück. »Also, so wie er dasteht, kostet er 241 562 Euro.«

Ich falle fast tot um. »Waaas?«

»Aber selbstverständlich kommen wir Ihnen da im Preis entge–«

»Ich nehme den Wagen«, unterbricht ihn Hedy.

»Wie bitte?«, fragt der Verkäufer, und nun stehen ihm die Haare derartig zu Berge, dass ich Angst habe, er wird gleich von ihnen hoch in die Luft gezogen.

»Das ist nicht schwer zu verstehen«, sagt Hedy. »Ich. Kaufe. Das. Auto. Jetzt.«

»Aber ... das geht doch nicht ... warten Sie bitte mal ... das können Sie doch nicht machen.« Der Verkäufer hyperventiliert nun.

»Warum denn nicht?«, frage ich. Hedy hat das Geld ja, da muss ich mich über den Preis ja eigentlich nicht aufregen.

Der Verkäufer gestikuliert herum. »Weil das nicht *geht*«, sagt er dann.

»Was sind Sie denn für ein Geschäftsmann?«, fragt Hedy. »Sie sind doch hier, um Autos zu verkaufen, oder?«

»Ja sicher, ja sicher. Aber wir werden doch extra für Verkaufsgespräche geschult und wie weit wir mit den Rabatten runtergehen können. Für direkte Verkäufe ohne Verhandeln werden wir nicht geschult. Das ist Neuland für mich. Damit komme ich nicht klar. Ich brauche ein Glas Wasser.«

»Hoffentlich sind Sie *dafür* geschult worden«, sage ich und muss grinsen.

Der Mann rennt in sein Büro.

Eine Viertelstunde später sind wir endlich fertig. Der Verkäufer hat noch seinen Chef geholt, und der Chef dachte erst, wir seien von der Versteckten Kamera. Der Chef wollte uns das Auto dann auch nicht ohne Rabattverhandlung verkaufen, doch schließlich kam in Hedy wieder die durchsetzungsfähige Chefin zum Vorschein, und sie schlug auf den Tresen. »Jetzt ist Schluss. Sie verkaufen mir jetzt auf der Stelle das Auto, oder ich gehe!«

Sie zahlt mit einer ihrer Kreditkarten. Ich habe noch nie so viele Kreditkarten auf einem Haufen gesehen und wusste gar nicht, dass es Karten von Firmen wie Centurion und UBS gibt. Man muss noch nicht mal bei der Hotline anrufen, um zu fragen, ob die Karte auch gedeckt ist, das sehen die beiden Männer im System. Dann wird noch mit Hedys Versicherung telefoniert, und die beiden Männer werden sich auch um die Zulassung kümmern, sie werden sich um alles kümmern. Sie werden einfach nicht damit fertig, dass sie Hedy keinen Nachlass geben durften – als wir das Autohaus verlassen, höre ich sie noch von Endpreisen murmeln und dass man angebotene Rabatte doch auch annehmen müsse und, und, und.

Dann stehen wir draußen. Es ist wieder ein schöner Tag.

Hedy hakt sich bei mir unter. »Wollen wir irgendwo einen Kaffee trinken oder einen Tee oder ein Wasser oder etwas anderes?«

Sie sieht so aus, als könnte sie schon wieder Alkohol vertragen. Ich dagegen erst mal nicht.

Der nette Chauffeur, Herr Adalbert, der Nupsi an der Galerie abgesetzt und uns zum Autohaus gefahren hat, fährt uns nun an die Alster. Hedy dachte, sie könnte den Porsche gleich mitnehmen, was aber aus abwicklungstechnischen Gründen nicht ging. Der Azubi muss ihn auch noch mal aussaugen, und man wird sich bei Hedy melden, aber so was von *asap*. Argh. Wir suchen uns einen Tisch auf der Terrasse eines Cafés.

Hedy sagt: »Ich fühle mich so wunderbar, Kindchen. Ich danke Ihnen!« Sie ist guter Dinge und hält ihr Gesicht in die Sonne.

Die Bedienung kommt, und wir bestellen.

»Hören Sie mal, Hedy«, sage ich dann. »Ich habe eine Idee. Wir kennen uns zwar noch nicht mal vierundzwanzig Stunden, aber ich möchte Ihnen einen Vorschlag machen.«

Ihre Augen werden groß. »Welchen?«

»Die Sache ist doch die: Ich habe sehr viel erlebt in meinem Leben. Sie haben nicht viel erlebt. Wenn man es genau nimmt, haben Sie gar nichts erlebt, wenn man mal davon absieht, dass Sie unterschiedliche Furzkissengeräusche kennen. Ich hab's krachen lassen, ich weiß, wie das geht. Sie haben gesagt, Sie würden gern was erleben, aber Sie wissen nicht, wie. Und alleine, das haben Sie gesagt, haben Sie keine Lust. Also: Was halten Sie davon, wenn wir gemeinsam losziehen und so richtig die Sau rauslassen? Solange es noch geht. Was meinen Sie? Wir beide. Ich zeige Ihnen, wie man so richtig lebt. Aber so richtig, richtig.«

Sie starrt mich an. »Himmel, Kindchen. Himmel, Kindchen.« Dann rückt sie mit ihrem Stuhl so weit nach vorn, dass sie mich umarmen kann. Und dann kommen die Getränke.

»Die Idee kam mir ganz plötzlich«, sage ich, nachdem Hedy sich beruhigt hat. »Ich dachte, warum eigentlich nicht? Seit gestern geht es mir bis auf den kleinen Aussetzer am Strand wirklich gut, was vielleicht daran liegt, dass ich so abgelenkt bin. Die Medikamente wirken gut, und ich fühle mich wohl, das liegt auch an Ihnen, ich kann es einfach nicht anders beschreiben. Na ja, und dann dachte ich: Ich werde nicht mehr lange da sein, aber für Sie ist es ein Anfang. Sie machen weiter, auch wenn ich tot bin, und manchmal kommen Sie zu meinem Grab, setzen sich auf unsere

Bank und erzählen mir, was Sie so erlebt haben. Und das wird dann mehr sein als das, was Sie Viktor erzählt haben. Für Klempner und Zahnarzt wird dann kaum noch Zeit bleiben. Man muss nur einen Anfang machen.«

»Aber …«, Hedy ist ganz durcheinander. »Was machen wir denn alles, wo sollen wir denn anfangen, ich weiß gar nicht, was ich eigentlich alles will … ach, sollen wir eine Liste machen?«

»Um Gottes willen.« Ich schüttele den Kopf. »Listen machen immer nur todkranke Leute in Romanen. Nein, wir entscheiden jeden Tag neu, was wir tun. Ganz spontan. Vielleicht haben Sie ja auch manchmal einfach Lust, gar nichts zu tun.«

»Gar nichts? Ich hab die letzten fünf Jahre gar nichts getan«, regt Hedy sich auf. »Nein, nein.« Sie winkt der Bedienung. »Champagner!« Dann wendet sie sich wieder mir zu. »Und ich weiß auch schon, womit wir anfangen. Das wird ein Spaß!«

Da bin ich mir nicht so sicher, denke ich, nachdem Hedy mir gesagt hat, was sie meint. Aber jetzt komme ich aus der Nummer nicht mehr raus.

Wir stoßen dann erst mal an, ich wehre mich nicht.

Und was soll ich sagen: Schmeckt schon wieder.

Zwei Dinge wollen wir noch erledigen, bevor die Sause losgeht. Deshalb chauffiert Herr Adalbert uns nun erst einmal zu Herrn Dinkelgärtner. Wir wollen die Sache mit dem Sarg besprechen. Ich bin übrigens noch nie Bentley gefahren und finde es eher langweilig. Das Auto ist irgendwie behäbig. Vielleicht liegt es aber auch daran, dass Herr Adalbert nicht so gut fährt. Er würgt an jeder Ampel den Motor ab und sagt: »Ui«, und dann, wenn der Wagen wieder angesprungen ist: »Braves Mädchen.«

Herr Dinkelgärtner katzbuckelt vor Hedy, also so hat er vor mir nicht gekatzbuckelt, aber das liegt bestimmt daran, dass Hedy wie eine Grande Dame auftritt und mit ihren Kreditkarten wedelt. Wir gehen ins angrenzende Lager, wo uns die hochwertigen Särge gezeigt werden. Es gebe auch Auslaufmodelle, erklärt uns eine noch immer verheulte Viola, aber Hedy sagt, das komme überhaupt nicht in Frage, und Herr Dinkelgärtner schaut Viola böse an. Das fehlte noch, ein Auslaufmodell! Der Sarg aus dem Prospekt ist auch dabei, aber Hedy entscheidet sich spontan für einen anderen, sehr aufwendigen, und Herr Dinkelgärtner lobt sie für ihren guten Geschmack.

»Dieser Sarg wurde halt extra angefertigt«, sagt er. »Für einen kranken Mann, aber dann stellte sich raus, dass das eine Fehldiagnose war, und der Sarg wurde nicht gebraucht. Vorläufig zumindest, der Mann ist gesund wie ein Fisch im Wasser. Also habe ich ihn wieder zurückgenommen, ich bin ja kein Unmensch.«

Es ist doch nicht zu fassen. Aber inzwischen bin ich ja an Herrn Dinkelgärtners Gerede gewöhnt und verdrehe nicht mal die Augen.

Hedy scheint es ohnehin nichts auszumachen, sie sagt: »Dieser Sarg entspricht genau meinen Vorstellungen. Der ist es.«

Sie ist begeistert, dass alles mit Seide ausgelegt ist, und ich warte nur darauf, dass ich mich reinlegen soll, um zu prüfen, ob auch alles bequem ist und das Kissen die richtige Höhe hat, aber wenigstens hier agiert sie mal einigermaßen normal.

Dann gehen wir weiter und suchen einen weiteren Sarg aus, den für Hedy, denn Herr Dinkelgärtner ist tatsächlich bereit, uns Prozente zu geben. Diesmal lässt sich Hedy auf einen Rabatt ein – das hätte sie mal lieber beim Porsche machen sollen, aber letztendlich muss sie selbst wissen, was sie tut. Für sich wählt sie einen schlichten Sarg mit der Begründung, dass man das Geld lieber für etwas Sinnvolles ausgeben solle, aber Seide muss es auch bei ihr sein, Baumwolle oder Polyester kommen aber so was von gar nicht in Frage.

Dann wird mit Herrn Dinkelgärtner über die Grabstätte diskutiert. Hedy möchte ein Familiengrab. Ich frage, wofür, weil sie ja gar keine Familie hat. Hedy sagt: »Na, für uns«, und dann kauft sie das Feld zwischen meinem und Viktors Grab, so dass alle drei zu einer einzigen, großen Grabstelle werden können. Sie möchte dann später neben mir liegen, sagt sie. Also ich solle in die Mitte, weil sie nicht neben Viktor liegen wolle, weil Viktor ein Despot gewesen sei, das fällt ihr gerade auf. Ein Despot, ein Despot, ein Despot war er. Herr Dinkelgärtner nickt. Dann will Hedy einen Grabstein aussuchen, und Herr Dinkelgärtner sagt, wir sollen ihm folgen, er habe nämlich einige wirklich schöne Muster in einem angrenzenden Lager. Wir entscheiden uns ziemlich schnell für einen aus anthrazitfarbenem Marmor; die Inschrift soll schlicht gehalten werden. Einfach nur die Namen und die Geburts- und Todesdaten. Kein Kreuz oder so einen Firlefanz, das mag Hedy nicht, und mir ist es egal. Mit auf den Stein von Viktor will sie nicht. Nicht mehr!

Ich seufze, sage aber nichts.

Herr Dinkelgärtner nickt dauernd, macht sich Notizen und meint: »So sind halt die Menschen.« Auch er wird sich um alles kümmern und sich *halt asap* melden. Jetzt seufze ich nicht mal mehr.

Herr Adalbert bringt uns danach zum Ohlsdorfer Friedhof, wo wir noch das Thema Vorsorge regeln wollen. Wir haben zwar keinen Termin, aber das ist Hedy egal.

»Ich will leben! Ich will nicht noch einen Termin bei dieser Vorsorgestelle machen, die sollen froh sein, wenn sie an mir Geld verdienen. Wenn ich da anrufe, bekomme ich vielleicht einen Termin in drei Wochen, nein, nicht mit mir, in drei Wochen sind wir vielleicht in Übersee.« Sie sagt wirklich *Übersee.* »Was für ein aufregender Tag, Himmel, mein Kopf, mein Kopf! Ich muss dringend eine Tablette nehmen, ach, egal, egal.« Sie blinzelt und greift sich an die Schläfen. »Alt werden ist nicht schön, Kindchen. Manchmal ist mir schwindelig.«

»Ach, ich fände alt werden schon schön.« Also wirklich.

Betreten sieht sie mich an. »Was bin ich für ein Dummkopf. Entschuldigen Sie bitte!«

»Schon gut.«

»Dann wären wir für zwei Personen für fünfundzwanzig Jahre – und ich möchte betonen, dass die Laufzeit erst dann beginnt, wenn auch die zweite Person verstorben ist – inclusive Auswahl der Grabstätte …«

»Nein, die Grabstätte haben wir schon gekauft, da müssen Sie mit dem Bestatter sprechen, das muss dann auf Sie übertragen werden«, sagt Hedy, und D. Weitzel – sein Vorname steht leider nicht auf dem Schildchen an der Tür – holt seufzend seinen Taschenrechner aus einer Schublade.

»Eigentlich geht das nicht.«

»Ach, eigentlich geht doch alles.« Hedy lächelt.

»Ich rechne da nachher noch mal in Ruhe rum. Also, dann ist noch mit drin: Feierhalle, Feier, Kapelle, Beisetzung natürlich.« D. Weitzel nickt selbstgefällig.

»Was ist mit Blumen?«, frage ich.

»Oh, da nehmen Sie am besten Begonien«, sagt D. Weitzel. »Begonien nehmen Sie da. Begonien sind gut.«

»Warum?«, fragt Hedy.

»Mit Begonien sind Sie auf der sicheren Seite. Hübsch, nicht anfällig und recht günstig. Da sind Sie im Jahr pro Grabstätte mit 280 Euro dabei.«

»Ich mag keine Begonien«, sage ich. »Ich habe schon mit dem einen Gärtner gesprochen, Herrn Hansen, er soll Rosen pflanzen.«

»Bitte, bitte«, sagt D. Weitzel und zuckt mit den Schultern. »Dann eben keine Begonien. Aber wie gesagt, da wären Sie dann auf der sicheren Seite. Viele nehmen Begonien. Die sind sehr beliebt, die sind nicht anspruchsvoll.«

»Nein, Rosen.«

»Ich will auch Rosen«, sagt Hedy. »Eierschalenfarbene.«

»Und ich nehme rot und rosa, das passt dann gut zusammen«, sage ich.

»Aber Begonien sind weniger anfällig«, sagt D. Weitzel, nun schon etwas genervt.

Ich nehme an, wir stören den normalen Ablauf. Sonst lässt sich wahrscheinlich jeder Horst Begonien aufschwätzen, und D. Weitzel ist am Umsatz beteiligt. Aber sind Rosen nicht viel teurer? Egal, das ist nicht meine Sache.

»Das ist uns gleichgültig. Wir mögen keine Begonien, das sind Friedhofsblumen«, sagt Hedy.

»Nein, das sind eigentlich Chrysanthemen«, bekommen wir von D. Weitzel erklärt, aber unser Entschluss steht fest.

D. Weitzel wird wie gesagt noch herumrechnen, aber »alles in allem liegen wir dann bei insgesamt ungefähr 5415 Euro«, sagt er.

»Wieso denn ungefähr? 5415 Euro ist doch eine exakte Zahl«, sage ich.

Nun ist D. Weitzel endgültig genervt. »Dann halt ungefähr fünfeinhalbtausend Euro.«

Ich finde das sehr happig, zumal ja noch die Blumen dazukommen, und Begonien sind ja nicht so teuer wie die Rosen. Aber da wird er auch noch mal rumrechnen, der D. Weitzel. Und dann anrufen. Ich gebe ihm meine Nummer. Hedy will wissen, bis wann, und er möge sich beeilen, denn wir seien schon seeehr bald im Ausland. Das haben Hedy und ich zwar noch nicht besprochen, aber bitte.

Dann verlassen wir D. Weitzel, damit er rumrechnen kann.

»So«, sagt Hedy auf dem Weg zum Parkplatz. »Wie geht es Ihnen? Und wenn ich das frage, meine ich es immer ernst, damit Sie das wissen, Kindchen. Das ist keine Floskel.«

»Mir geht es gut«, sage ich. »Wirklich.« Ich bin froh, dass wir das nun erledigt haben, es erleichtert mich sehr.

»Das ist gut«, sagt Hedy.

Herr Adalbert chauffiert uns dann zu mir nach Hause, wobei er den Bentley viermal abwürgt. Ich schaffe die Treppen in den vierten Stock recht gut und fange an, meine Sachen zusammenzupacken. Ich packe alles Mögliche ein, Dinge für Sommer und Winter, weil ich nicht weiß, wohin die Reise gehen wird. Ich nehme auch alle alten Medikamente und Arztbriefe mit, die hier noch herumliegen. Der Rest ist ja schon bei Hedy, ich habe die Mappe, die ich mit ins Hospiz genommen hatte, bei ihr gelassen. Dann bitte ich meine Nachbarin, die liebe Frau Haltermann, meine Blumen zu gießen und nach der Post zu schauen und mich anzurufen, wenn etwas Wichtiges ist, die Nummer hat sie ja.

Herr Adalbert kommt herauf und hilft mir, die Taschen nach unten zu wuchten. Er verfrachtet sie in den Kofferraum und erzählt mir stolz, dass er das Auto im Leerlauf nicht abgewürgt hat, woraufhin ich ihm gratulierend auf die Schulter klopfe.

Ich rufe kurz bei Nupsi an und informiere sie darüber, was Hedy und ich vorhaben.

»Mich wundert gar nichts mehr«, sagt sie.

Und dann lachen wir.

TEIL II

10

21 Uhr

»Ich wusste gar nicht, dass diese Art Restaurants auch unter der Woche geöffnet haben«, sagt Hedy und blickt interessiert in der Gegend herum, soweit das mit ihrer Maske möglich ist. Zufälligerweise ist hier heute eine Mottoparty und für einen Dienstagabend erstaunlich viel los. Hedy trägt ein enges rotes Lackkleid und hat eine dieser Masken auf, die die Leute beim Karneval in Venedig tragen. Ich trage keine Maske. Erstens habe ich Angst vor Masken, ich finde die gruselig und habe immer das Gefühl, sie schauen einen an, obwohl sie gar keine Augen haben, sondern Löcher, und zweitens kann es mir ganz egal sein, ob mich jemand erkennt. Ich kann immer noch behaupten, ich würde hier recherchieren für irgendeine Reisegeschichte, obwohl wir gar keine Reise gemacht haben, sondern nur in ein Industriegebiet gefahren sind. Hier befindet sich zwischen einem großen Bürogebäude und einer Fabrik für Baufahrzeuge ein Flachdachhaus – klein und geduckt, als ob es die beiden anderen Gebäude auf Abstand halten müsse. Es beherbergt den Club »Lusthaus«.

Hedy hat mir keine Ruhe gelassen, sie wollte unbedingt einmal in ein solches »Etablissement«. Ich hatte auf meinem Smartphone nach Swingerclubs gegoogelt und war auch fündig geworden. Bevor Herr Adalbert uns hierhergefahren hat, waren wir noch in einer entsprechenden Boutique einkaufen. »Außerdem möchte ich mal wieder einen nackten Mann sehen«, rechtfertigte Hedy ihr Vorhaben.

Herr Adalbert war mittlerweile völlig überfordert mit der ganzen Situation: »Jahrelang war hier kein Besuch, Frau Sperber, und jetzt hat die gnädige Frau gesagt, Sie wohnen hier, und sie will mit Ihnen vielleicht wegfahren, aber sie kennt Sie doch gar nicht, und dann die andere Frau, Ihre Freundin, die so komisch die teuren Bilder angeschaut hat, also ich weiß nicht. Und jetzt hat Frau Bentham ein Auto gekauft, aber sie ist so lange nicht gefahren, und ich hab sie auch so lange nicht gefahren, die Lebensmittel werden ja geliefert, und die Autos stehen seit Jahren in der Garage, ich selbst fahre immer mit dem Rad, das hält fit, und jetzt soll ich Sie auch noch in zwielichtige Gegenden fahren, mir wird das zu viel.«

»Aber schauen Sie sich doch Frau Bentham mal an«, sagte ich. »So gut sah sie bestimmt lange nicht aus.«

»Das stimmt«, musste Herr Adalbert zugeben.

Als Hedy das Lackkleid anprobierte, meinte die ungefähr 20-jährige Verkäuferin: »Also, Sie haben aber auch eine Figur, da kann man ja neidisch werden!«

Sie hatte recht. Hedy muss sich nicht verstecken.

»Ich habe immer auf meine Figur geachtet«, sagte Hedy geschmeichelt. »Wenig Kohlenhydrate. Wenig Alkohol. Viel Obst und Gemüse. Das wird sich jetzt ändern. Ich werde Frau Groß verbieten, Melone auf den Tisch zu bringen!« Danke. »Gestern im ›Jacob‹ habe ich nach langer Zeit einmal wieder gemerkt, dass Essen etwas ganz Wunderbares ist. Heute Morgen habe ich mich noch zurückgehalten, aber dazu habe ich jetzt erst mal keine Lust mehr.«

»Dann passen Sie aber bald nicht mehr in diese Größe«, wurde Hedy von der Verkäuferin informiert.

»Ich brauche das Kleid sowieso nur heute Abend, und bis dahin werde ich kaum zunehmen.«

»Das stimmt«, sagte die Verkäuferin und fuhr mit der Zunge über ihr Unterlippenpiercing.

Ich selbst entschied mich für Rock und Oberteil, beides zwar recht eng, aber schlicht und schwarz. Ich wollte nicht wie eine Nutte in diesen Swingerclub einlaufen. An Hedy sieht ihr Lackkleid aus wie ein Designerstück. Aber wahrscheinlich ist es bei ihr wie mit Nupsi: Sie kann alles tragen, und immer sieht es gut aus. Bei mir ist das leider nicht so. Was habe ich mir früher alles aufschwätzen lassen! Einmal so einen blöden rosa Poncho mit langen Troddeln – und dann sagte ein Kind, das neben mir an der Ampel stand: »Schau mal Mama, die Frau da hat ein Euter an.«

Herr Adalbert hat gesagt, dass er vorn an der Ecke auf uns warten werde und fuhr davon. Heute Abend hat er den Mercedes genommen, ein Riesengeschoss. Anders als den Bentley nennt Herr Adalbert das Auto nicht »braves Mädchen«, sondern »Mistkarre«. »Ich komme mit der Automatik nicht klar«, behauptete er und brachte es tatsächlich fertig, den Mercedes an der Ampel abzuwürgen, genau wie den Bentley, trotz Automatikgetriebe. Keine Ahnung, wie er das bewerkstelligt. Man muss ihn beinahe dafür bewundern.

Im Swingerclub ist heute jedenfalls Mottoparty, weil die Besitzerin Geburtstag hat. Sie will mit Stamm- und neuen Gästen feiern, und da sie Karneval so mag und so gern mal nach Venedig möchte, weil das ja die Stadt der Liebe sei, hat sie sich diese Veranstaltung ausgedacht. Scheint eine nette Besitzerin zu sein, die mitdenkt.

»Ach, was für ein schöner Tag das war und was für ein schöner Abend es ist«, sagt Hedy nun. »Ich bin gar nicht müde. Normalerweise gehe ich sehr früh zu Bett, aber seit gestern ist irgendwie alles anders. Und wissen Sie was? Jetzt trinke ich mal ein gutes Bier. Viktor wollte nie, dass ich Bier trinke, er fand das vulgär für eine Frau, aber ich finde, eine richtige Frau sollte auch mal ein Weib sein und Bier trinken, jawohl!«

Sie trinkt dann Bier, ich bleibe bei Apfelsaftschorle, mein Magen ist gerade nicht so gut drauf. Aber natürlich will ich Hedy den

Abend nicht verderben, und ich werde sie auch nicht maßregeln, warum auch, soll sie trinken! Man lebt nur einmal, fürwahr!

»Hallöööschen«, sagt da ein Mann.

Hallöchen. Wann hat das denn zum letzten Mal jemand zu mir gesagt? Ich drehe mich um. Vor uns steht ein grauhaariger, gut im Futter stehender Mann und zeigt seine etwas zu weißen Zähne. Er trägt eine Zorro-Maske, nein, ich lüge nicht.

Jetzt sagt er: »Isch bin dä Rainer«, und zwar in diesem unverkennbaren Kölner Singsang.

Ich erwarte fast, dass er anfängt, »Mer losse d'r Dom en Kölle« zu singen, doch er steht einfach nur da und starrt unter seinem Zorro-Ding Hedy an.

»Hallöööschen, die Damen!«, ruft er jetzt noch lauter.

Ich warte darauf, dass Hedy ihn nun nonchalant wegwinkt, aber sie toppt mal wieder alles und ruft: »Hallöchen, Popöchen!«, und dann: »Ach wie schön! Ein Landsmann! Oder?«

Während Rainer nickt und dann röhrend anfängt zu lachen, frage ich: »Landsmann? Ich denke, Ihre Eltern hatten eine Currywurstbude auf dem Kiez?«

»Ja, aber davor haben wir in Köln gelebt. Und Sie sind doch aus Köln?«

»Hahaha. *Sie.* Hahaha.« Der Rheinländer wiehert immer noch. »Hee sät mer doch nit *Sie*«, bekommen wir erklärt.

Hedy fragt: »Wollen Sie … *willst du* dich nicht zu uns setzen?«, und ignoriert meinen stechenden Blick

Der Rheinländer sagt: »Danke, isch ston leever, isch möch noch wat sin«, und wiehert weiter.

Er scheint in Hedys Alter zu sein, und mir schwant Fürchterliches. Die beiden fangen an, sich zu unterhalten, und ich denke, dass es besser ist, nun von Apfelschorle auf Wein umzusteigen. Fahren muss ich ja nicht mehr, Herr Adalbert wartet ja an der Ecke. Rainer jammert darüber, dass es hier kein Kölsch gibt, und Hedy kichert wie ein junges Mädchen, das gerade sein erstes Rendezvous hat.

Ich sehe mich um und stelle fest, dass es irgendwie bizarr aussieht, wie die Menschen auf der kleinen Tanzfläche halbnackt mit den aufgesetzten Masken tanzen.

»Na«, sagt die Frau hinterm Tresen, »noch was zu trinken?«

Ich ordere Wein.

»Hier« – sie reicht mir eine Maske, die an einen Troll erinnert –, »nehmen Sie die mal und setzen Sie sie auf. Wenn Sie die Einzige hier ohne Maske sind, ist das doch blöd.«

»Ich möchte aber kei–«, fange ich an, um dann der Frau die Maske panisch aus der Hand zu reißen und sie über meine Augen zu fummeln, denen ich gerade nicht mehr traue: Da steht nämlich jemand, den ich kenne. Er hält seine Maske in der Hand, weil ihm gerade der Gummizug gerissen ist. Was für ein wunderbarer Zufall!

Bin ich froh, dass ich mein Smartphone dabeihabe. Damit kann man nämlich super Fotos machen. Es darf nur keiner mitkriegen. Um Hedy muss ich mich nicht weiter kümmern, die ist selig mit Rainer, und die beiden kommen sich sichtlich näher. Ich gönne Hedy diese Freude und begebe mich auf die Tanzfläche. Da wollen wir doch mal schauen, was wir da machen können.

23 Uhr 30

»Oh, oh, oh.« Hedy setzt sich atemlos neben mich an die Bar. Ihre Wangen sind rot, ihr Kleid ist nur halbherzig geschlossen. »Ist es denn die Möglichkeit, Kindchen? Ich hatte Verkehr.« Sie sagt wirklich *Verkehr*.

»Das freut mich«, sage ich. »Ich ja nicht.«

»Wieso tragen Sie denn jetzt doch eine Maske? Ach, egal. Das tut mir aber leid. Warum denn nicht? Sie sind doch eine attraktive Frau in den besten Jahren, oh, Sie müssen auch Sex haben!« Sie gickelt. »Rainer kannte sogar das Sperma in der Tube aus unserem Sortiment«, erzählt sie. »Er sagt, so was würde auf Geburtstagen immer gut ankommen. Haha! Kommen! *Kommen!*«

Ich hätte gar nicht gedacht, dass Hedy eine Freundin des doch sehr flachen Witzes ist. »Warum *kommt* das denn gut?«, frage ich nun und ernte eine neue Lachsalve.

Hedy wischt sich die Tränen aus dem Gesicht. »Na ist doch witzig, Sperma in der Tube zu verschenken.«

»Nein. Das ist doch eigentlich eine Gemeinheit«, sage ich. »Es heißt doch im Klartext, dass man dem, dem man das Sperma in der Tube schenkt, nicht mehr zutraut, dass er selbst noch genügend davon produziert.«

Hedy wird ärgerlich. »So ein Unfug! Das ist doch einfach ein *Witz*geschenk. Und meistens bekommen es Frauen geschenkt.«

»Wie peinlich – dann heißt es doch wohl, dass man es *ihrem* Mann nicht zutraut, dass er noch genügend Sperma produziert.« So einfach lasse ich Hedy nicht vom Haken. »Außerdem: Was ist daran witzig – also an Sperma in der Tube?«

»Weil es ein Scherzartikel ist.« Hedy winkt ab. »Offenbar sind Sie gerade nicht so gut drauf.«

»O doch«, sage ich. »Und wie gut ich drauf bin! Während Sie mit Rainer oben Sperma in der Tube thematisiert haben, bin ich hier unten tätig geworden. Und wissen Sie, wen ich getroffen habe?«

»Nein«, sagt Hedy. »Woher sollte ich das wissen? Ich kenne normalerweise keine Menschen, die einen solch verruchten Höllenschlund aufsuchen.« Sie sagt tatsächlich *verruchter Höllenschlund*, aber egal.

»Thies Jensen«, sage ich und weiß, dass meine Augen glitzern.

Hedy begreift nicht. »Wer ist das? Müsste ich ihn kennen?«

»Ich habe Ihnen doch von ihm erzählt: der Filialleiter meiner Bank, der mir keinen Kredit gegeben hat und mich behandelt hat wie …«

»Wie Dreck! Himmel! Dieser Mann ist hier?«, schreit Hedy.

»RUHE!«, schreie ich zurück, und sie presst die Lippen zusammen.

»Ich habe Fotos gemacht«, wispere ich.

Wie gut, dass ich überall mein iPhone dabeihabe, falls mal etwas ist und ich schnell einen Arzt brauche. Im Club ist Fotografieren logischerweise verboten, aber glücklicherweise mögen sie hier diese glitzernden Discokugeln, und da fiel mein Blitz nicht sonderlich auf.

»Aber in einem Swingerclub kann man doch Sex haben, das ist ja kein Freudenhaus hier. Es ist doch normal, dachte ich.«

Eben war es noch ein Höllenschlund. So kann sich die Wahrnehmung ändern.

»Wäre Herr Jensen mit seiner Frau hier, wäre das natürlich nicht schlimm, wobei das auch genial wäre. Die Vorstellung, dass auf dem Eppendorfer Isemarkt Fotos gezeigt werden, wie Herr und Frau Jensen sich dem gepflegten Gruppensex widmen, hat was. Aber er ist ohne sie hier. Dafür mit zwei anderen Frauen.«

»Mit Huren?«

Wie kommt Hedy denn jetzt auf Huren? Eben hat sie doch gesagt, dass das hier kein Puff ist. Sie scheint durcheinander zu sein. Die Aufregung scheint sie mitzunehmen und ihr gleichzeitig sehr zu gefallen, denn sie hat rote Wangen und leuchtende Augen. Vielleicht sind das aber auch noch Nachwirkungen vom Verkehr mit Hallöchen Popöchen.

»Keine Huren, nein. Die eine kenne ich von der Bank. Sie ist seine Stellvertreterin. Die andere kenne ich nicht, aber das ist egal. Ich habe die drei in allen möglichen Situationen hier auf diesem Telefon! Sogar einen kleinen Film hab ich gedreht, und ja, ich habe darauf geachtet, dass Thies Jensen ganz hervorragend zu erkennen ist.«

»Oh«, macht Hedy. »Ich beginne zu verstehen. Der unbescholtene Ehemann und angesehene Filialleiter. Ha! Wo ist er?«

»Schon gegangen«, sage ich.

»Dem hätte ich gern die Fotos unter die Nase gehalten«, erklärt Hedy.

»Das werden wir auch tun. Aber nicht hier. Ich muss mir noch was überlegen.«

»Oh, Kindchen, das müssen Sie nicht.« Hedy steht auf und

zieht ihr Kleid glatt. »Mir ist schon etwas eingefallen. Und jetzt entschuldigen Sie mich, Rainer wartet. Haben Sie doch auch ein wenig Spaß. Ach, das Leben ist schön.«

Sie tänzelt aus dem Raum, und ich bleibe sitzen. Was soll ich nun machen? Hier wie eine vertrocknete Gouvernante hocken bleiben und eine Kette aus nicht vorhandenen Gänseblümchen flechten? Mich betrinken? Ein bisschen zu Eros Ramazzotti tanzen? Oder der Frau hinter dem Tresen meine Hilfe anbieten? Ein kurzer Anflug von Müdigkeit kommt herangerauscht, und ich gähne. Die Leute springen auf der Tanzfläche und auch sonst überall herum, tanzen, lachen, flirten, betatschen sich, haben alle miteinander gute Laune und denken nicht an den Tod. Warum, frage ich mich, hat die Natur es nicht so eingerichtet, dass man gleichzeitig mit seinem Todesurteil Alzheimer bekommt? Dann würde ich überhaupt nicht darüber nachdenken. Das Leben, stelle ich fest, ist nicht gerade einfach. Eigentlich ist es ein andauernder Kampf. Man muss sich überall durchsetzen, was leisten, sonst wird nichts aus einem. Wenn man Glück hat, wächst man in einem stabilen Elternhaus auf, wenn nicht, muss man sehen, wie man klarkommt. Dann hat man den ersten Liebeskummer, dann den zweiten, man wird von Freundinnen und Freunden enttäuscht, vielleicht auch bestohlen und verraten und Träume zerplatzen. Irgendwann kommt vielleicht doch der Richtige und man heiratet oder zieht zumindest zusammen, dann trennt man sich und was weiß ich. Und dann, wenn man so richtig die Arschkarte gezogen hat, geht es einem so wie mir. Exitus mit fünfzig.

Eigentlich, denke ich, könnte ich meinen Körper der Medizin zur Verfügung stellen. Dann hat das wenigstens noch etwas Gutes für andere. Ich habe mal im Universitätsklinikum Eppendorf für einen Artikel recherchiert und durfte in der Rechtsmedizin hospitieren. Erst dachte ich, ich falle um, aber dann sind nur die beiden hochnäsigen Medizinstudenten umgekippt, obwohl sie mir vorher versichert hatten, dass ihnen der Anblick von wächserner Haut und glitschigen Innereien nichts ausmache. Gut, mir ist eine Leber aus der Hand geglitten und auf den Boden geklatscht, das Geräusch war nicht schön – und wer schon einmal versucht hat, eine menschliche Leber von einem gekachelten Boden aufzuheben, weiß, wie lange das dauern kann. Jedenfalls ist die Idee nicht schlecht. Wie meine Lunge wohl aussieht und ob die Ärzte damit etwas anfangen können? Vielleicht wird ja in meiner Lunge was entdeckt, was die Forschung voranbringt. Dann gehe ich in die Geschichte ein. Das wäre doch gut. Meine gesunden Organe können sie dann auch verwen–

»Hallo, ich bin Rüdiger. Lust zu vögeln?«

Ich blicke auf. Neben mir lehnt ein gutaussehender, dunkelhaariger Mann an der Bar und lächelt mich an.

Entgeistert starre ich ihn an, aber dann fällt es mir wieder ein. Natürlich. Das ist hier ja ein Swingerclub.

Und dann beschließe ich: Wo mich dieser Rüdiger jetzt schon so abrupt aus meinen Gedanken gerissen hat, kann ich eigentlich auch gleich gar nicht mehr nachdenken.

Dass ich darauf nicht schon früher gekommen bin.

»Ge*kommen*! Hahaaa!«, würde Hedy jetzt brüllen.

11

Mittwoch, 28. September, 10 Uhr

»Oha, oha, oha, mein Schädel«, klagt Hedy, während Frau Groß ihr Kaffee eingießt. »Bitte, meine Beste, bringen Sie mir zwei Tabletten, ach je, so gehämmert hat es lange nicht.« Frau Groß verlässt eiligst den Raum. »Haben Sie auch so einen Kopf, Kindchen?«

»Nein«, sage ich. »Ich habe nur zwei Wein und ansonsten Apfelschorle getrunken. Davon kann man ja schlecht betrunken werden.«

»Also ich hatte ja wieder richtig einen sitzen«, sagt Hedy stolz. »Ach, danke, Frau Groß, die Tabletten, das ging ja fix. Nein danke, heute keine Melone. Ich möchte gar keine Melone mehr. Ich möchte ein Omelett mit Ahornsirup und knusprigem Speck.«

»Wie bitte?« Frau Groß glaubt es nicht.

»Genau. Und ich will eine Schokolade mit Sahne. Mit *viel* Sahne. Und dann möchte ich eine Laugenbrezel mit Hausmacher Leberwurst, ein Croissant mit Pflaumenmus, und dann sehen wir weiter.«

»Fürs Omelett haben wir sicher alles da, für das andere schicke ich Herrn Adalbert eben los.« Frau Groß huscht wieder aus dem Raum. Ich nehme an, sie muss das alles erst mal verarbeiten.

»Riechen Sie das?«, fragt Hedy.

»Was?«

»Wie es im Haus duftet. Nach Nuss und Mandelkern.« Sie sagt wirklich *Mandelkern*. Wer sagt denn das bitte heute noch?

Ich hebe den Kopf und schnuppere. »Ja, ein bisschen nach … Plätzchen?«

»Exakt«, nickt Hedy. »Ich habe Frau Groß gebeten, mit der

Weihnachtsbäckerei anzufangen. Im Supermarkt stehen ja auch schon die Nikoläuse herum, was spricht also gegen Zimtsterne und Husarenkrapferl?«

»Nichts.«

»Eben.«

Gierig trinkt Hedy das Wasser mit den aufgelösten Kopfschmerztabletten. »Also dass ich auf meine alten Tage noch mal einen Kater habe, darauf wäre ich im Leben nicht gekommen«, erklärt sie stolz und zwinkert mir zu. »Wir hatten einen netten Abend, oder?«

»O ja.«

Rüdiger, mit dem ich keine Gänseblümchenkette flechten, sondern mit dem ich vögeln wollte, bekam letztendlich zwar keinen hoch, erzählte mir aber seine Lebensgeschichte. Er ist Ampelanlagenbauer, 43 Jahre alt, verheiratet und findet es unmöglich, dass einzelne Herren in dem Club die höchsten Eintrittspreise zahlen müssen. Und am Wochenende sei es noch mal mehr. Gestern Abend 35 Euro, wochenends 55 Euro, das sei doch frech. Für Paare sei es günstiger, und Frauen allein müssten gar nichts bezahlen.

»Warum nimmst du deine Frau denn nicht mit hierher?«, fragte ich ihn.

»Wir führen eine offene Beziehung«, lautete die Antwort, die mir nicht wirklich einleuchtete, aber ich wollte es auch gar nicht genauer wissen.

Dann erzählte Rüdiger mir noch, dass er, weil sein Pudel überfahren worden sei – ein harter Schlag! –, momentan Erektionsstörungen habe. Das hatte ich allerdings auch so bemerkt.

Ich saß also mit Rüdiger da und hörte ihm zu, bis Hedy zurückkam, was dauerte. Rüdiger meinte zum Abschied, ich sei eine echt Nette und er würde mich wirklich gern wiedersehen, und ich habe ihm eine falsche Handynummer gegeben.

Ganz ehrlich: Dass ich in einem Swingerclub war und keinen Sex hatte, finde ich ziemlich peinlich. Und fast schon gemein. War ja klar, dass ausgerechnet ich an einen Typen gerate, der

Erektionsprobleme wegen seines toten Hundes hat. Warum sollte ich auch an einem meiner letzten Tage noch mal einen vaginalen Orgasmus erleben, beschert von einem echten Mann? Hätte Nupsi Krebs im Endstadium, würden die Männer wahrscheinlich Schlange bei ihr stehen. Ich wurde nur gefragt, ob man dann mein Auto haben könnte.

Obwohl ich keinen Kater habe, geht es mir heute Morgen nicht gut. Ich habe ein taubes Gefühl in den Beinen, es kribbelt in den Armen, und hin und wieder habe ich das Gefühl, nicht so gut atmen zu können. Immer wenn ich dieses Gefühl habe, verspanne ich mich und kann dann noch schlechter atmen, deswegen versuche ich nun, ganz ruhig zu bleiben. Was mir auch zum Glück gelingt. Und plötzlich bekomme ich Heißhunger auf Melone.

Ich muss nicht ganz dicht sein.

Während Hedy kurze Zeit später ihr Omelett verdrückt und dabei stöhnt wie ein Löwe, der gerade einen Kaffernbüffel vertilgt, klingelt es, und dann steht der Verkäufer mit den abstehenden Haaren vor uns und sagt verzweifelt, das Auto sei nun bereit. Neben ihm steht der verschwitzte Azubi, der den Porsche gestern ja noch mal aussaugen musste. Er durfte ihn herfahren, erzählt der Verkäufer, und sei nun zu nichts mehr in der Lage, weil er Angst gehabt habe, einen Unfall zu bauen. Er selbst bietet noch mal Prozente an, aber Hedy schaut ihn nur giftig an, und dann sagt er nichts mehr. Hedy muss noch gefühlte fünfzig Dokumente unterschreiben, dann bekommt sie die Schlüssel ausgehändigt, und wir gehen alle hinaus und winken dem Verkäufer und dem Azubi nach, die in einem Firmenwagen davondüsen, mit dem der Verkäufer dem Azubi hinterhergefahren war. Herr Adalbert sagt: »Auf diesen Wagen freue ich mich. Endlich mal was Handfestes!«, doch Hedy sieht ihn hoheitsvoll an und sagt: »Diesen Wagen fährt nur eine Person: ich selbst.« Worauf Herr Adalbert erst enttäuscht, aber dann doch auch irgendwie erleichtert wirkt.

Dann ruft Nupsi an. Sie war beim Frauenarzt und alles sei in Ordnung. Natürlich sei das eine Risikoschwangerschaft, habe der

Arzt gesagt, und sie müsse öfter als andere Schwangere in die Praxis gekommen, aber Nupsi sei gesund und wohlauf, momentan gebe es keine Probleme und es müssten auch keine kommen, sie solle den Teufel jetzt mal nicht an die Wand malen.

»Das hat er gesagt«, erzählt Nupsi. »Ich sagte: ›Ich male den Teufel doch gar nicht an die Wand, ich habe doch nur gefragt‹, und der Arzt meinte: ›Alle über vierzig malen den Teufel an die Wand und regen sich auf über nichts. Jetzt beruhigen Sie sich doch mal!‹«

»Was ist denn das für ein Arzt?«, frage ich.

»Na, mein Frauenarzt«, sagt Nupsi, die manchmal ein bisschen auf dem Schlauch steht, wie man gerade mal wieder merkt.

Ich seufze. »Hör mal«, sage ich. »Ich habe was beschlossen. Ich werde nicht warten, bis ich nicht mehr laufen oder atmen kann. Ich werde nicht herumhocken und auf das Ende warten.«

»Was willst du damit sagen?«, fragt Nupsi. Sie klingt leicht panisch. »Willst du dich etwa umbringen?«

»Nein«, sage ich. »Ganz sicher nicht. Im Gegenteil. Ich will die Zeit ausnutzen. Ich werde mit Hedy die Sau rauslassen.«

»Äh … wie meinst du das?«

»Das weiß ich noch nicht im Detail. Wir wollen alles machen, worauf wir Lust haben. Hedy ist von dem Vorschlag ganz begeistert.«

»Leonor«, sagt Nupsi. »Jetzt warte mal. Das muss doch erst mit deinem behandelnden Arzt besprochen werden. Wenn du einfach so *die Sau rauslässt*, wie du es vorhast, und ich weiß, wie es ist, wenn du die Sau rauslässt, dann überanstrengst du dich, und dann …«

»… falle ich irgendwann tot um, ja«, erkläre ich. »So ein Ende ist immer noch besser als herumzusitzen, zu hadern, zu warten. Dann habe ich mich eben überanstrengt. Verstehst du das denn nicht?«

»Natürlich verstehe ich das. Ich würde es mich wahrscheinlich nur nicht trauen«, sagt Nupsi, und jetzt liegt Bewunderung in ihrer Stimme. »Außerdem möchte ich dich so lange wie möglich behalten«, sagt sie dann leiser. »Aber du hast recht. Du hast völlig recht!«

»Wie gut, dass wir uns nicht später kennengelernt haben, dann wäre es nämlich zu kalt, um das Verdeck runterzumachen!«, kreischt Hedy.

»Das würde ein echter Hamburger nie sagen.«

»Ich *bin* eine echte Hamburgerin, aber was würde ein echter Hamburger nie sagen?«

»Dass es zu kalt ist, um offen zu fahren.«

»Da haben Sie recht. Ein Hamburger würde ja auch nie sagen, dass der Sommer viel zu kühl ist.«

»Oder dass die Queen Mary II zu selten hierherkommt.«

Hedy bekommt Spaß an diesem Dialog. Sie denkt nach. »Oder dass er sich gut vorstellen könnte, in Bremen oder Hannover zu wohnen.«

»Genau. Oder dass im Elbtunnel heute alle Röhren offen waren.«

Hedy hat ihre alte Ledermütze aus der Rennfahrerzeit hervorgekramt und sieht aus wie Meryl Streep in »Jenseits von Afrika«, wenn die in dem Flugzeug hinter Denys Finch Hatton sitzt. Dazu trägt sie die klassische Wayfarer von Ray-Ban und sogar richtige, vielbenutzte Autofahrhandschuhe.

Ich selbst trage nichts von alledem, sondern hänge so tief im Sitz des Porsches, dass ich kaum rausgucken kann, weil ich ja nicht die Größte bin. Zum Glück habe ich einen warmen Pullover angezogen und eine Windjacke mit Kapuze. Zum Glück habe ich ja nun meine eigene Kleidung von daheim und musste die Achtziger-Sachen nicht mehr anziehen.

Herr Adalbert tat beleidigt, hat unserer Abfahrt nicht beigewohnt, sondern sitzt nun in der Garage bei den anderen Autos und schmollt.

»Ist das ein Auto, oder ist das ein Auto?«, fragt Hedy und sieht mich beifallheischend an. Kein Wort davon, dass das ja *meine* Idee war mit dem Kauf.

»Ja, ja.«

»Los, sagen Sie es, Kindchen. *Das* ist ein Auto.«

»Das ist ein Auto.«

»Nein, *das* ist ein Auto!«

Ich sage es, sonst heißt es gleich wieder, dass sie auch »Das ist ein Hospiz« sagen musste, wenn auch ohne Betonung.

Frau Groß und Frau Friedrichs haben uns, warum auch immer, mit weißen Taschentüchern hinterhergewinkt, und Hedy saust nun von dannen, die Elbchaussee entlang.

»Hier sind nur fünfzig erlaubt«, wage ich einzuwerfen. »Die könnten hier blitzen.«

»Ja, ich weiß. Was habt ihr nur alle mit dem Blitzen? Sagt Herr Adalbert auch immer. Er hat schreckliche Angst vor Verkehrskontrollen. Ich bin noch nie geblitzt und kontrolliert worden.«

»Wann sind Sie denn zum letzten Mal selbst gefahren?« Wahrscheinlich ist es dreißig Jahre her.

»Das muss … Moment, ja, das war, muss so 1986 gewesen sein.« Hab ich es nicht gesagt? Habe. Ich. Es. Nicht. Gesagt.

»Ich habe ein paarmal Leute angefahren, einmal sogar eine Reisegruppe, ja Himmel, man schaut doch, bevor man über die Straße geht, oder nicht? Was steht man mit Stadtplänen da in der Gegend rum? Und die Geschwindigkeitsbegrenzung ist eben auch nicht mein Freund. Dabei fahre ich sehr vorausschauend, sehen Sie, bleibe ich an der roten Ampel stehen oder nicht?«

»Das ist aber normal, dass man bei Rot hält.«

»Sie sind ja spießig.«

»Nein«, sage ich. »Ich möchte nur nicht, dass Sie mich umbringen.«

Hedy schaut mich an. Und dann müssen wir, obwohl es makaber ist, anfangen zu lachen.

»Dieser Tag ist wunderbar«, ruft sie. »Und wir werden ihn zu einem noch wunderbareren machen.«

»Aha. Und wie?«

»Ganz einfach. Wir fahren jetzt zu Ihrer Bank! Ich habe eine, wie ich finde, großartige Idee. Diese Bankheinis gehören nämlich fast alle in einen Sack gesteckt, und dann nichts wie draufhauen. Ach, ist das herrlich! Haben Sie Ihr Handy dabei?«

»Ja. Achtung!«, schreie ich, weil Hedy es mit dem Abstand zu dem Laster vor uns recht locker nimmt.

»Ja, ja, da sitzt bestimmt ein Mann drin, der kann das ab. Nein, nun schauen Sie doch mal, was auf dem Laster steht. Ist das ein witziger Spruch!«

Es ist der Werbespruch eines Gartenhüttenherstellers, der schon seit einiger Zeit im Internet die Runde macht:

Ist Ihre zu klein, zu alt, zu hässlich?
Dann brauchen Sie uns!
Wir legen Ihre Alte flach
und nageln Ihre Neue!

Hedy kennt ihn aber noch nicht und kriegt sich kaum ein über diese Doppeldeutigkeit. Mir scheint, sie entdeckt langsam ihre schlüpfrige und doch recht einfach gestrickte Seite. Ich finde solche Sprüche eigentlich total blöde, wobei ich zugeben muss, dass der hier mal kreativer ist als andere. Die Sonne scheint, und mir geht es gut, bis mein Telefon klingelt. Ich erkenne die Nummer der Praxis von Dr. Rosenbach.

»Hallo?«

»Frau Sperber? Hier ist Dr. Rosenbach.«

»Ja, das sehe ich an der Nummer. Hallo.«

»Frau Nups hat mich noch mal kontaktiert«, sagt Dr. Rosenbach. »Sie sagte, dass Sie ›die Sau rauslassen wollen‹, wie sie sich ausdrückte. Mit einer Dame, die Sie kaum kennen.«

»Das ist richtig«, antworte ich.

»Frau Nups meinte, ich sollte mich doch einmal bei Ihnen melden.«

Es ist ja ganz reizend von Nupsi, dass sie so um mich besorgt ist, aber ich bin wirklich kein kleines Kind und im Vollbesitz meiner geistigen Kräfte, insofern nervt es mich, dass sie hier die Initiative ergriffen hat. Wahrscheinlich soll Dr. Rosenbach mich von meinem Plan abbringen, aber das lasse ich auf keinen Fall zu.

»Das tun Sie ja gerade, Dr. Rosenbach«, sage ich.

»Was haben Sie denn so vor?«, fragt er.

Ha. Wusste ich es doch.

»Ach, keine Ahnung. Vielleicht ein paar Leuten auf die Zwölf hauen, die es verdient haben, vielleicht fliegen wir auch in die Karibik, gestern waren wir in einem Swingerclub, und einen Porsche haben wir auch schon gekauft.«

»Ich hörte davon. Ein 911er. Neuestes Modell.« Dr. Rosenbach scheint neidisch zu sein.

»Ja, wir freuen uns auch sehr. ACHTUNG!«

Hedy tritt abrupt auf die Bremse.

»Was ist?«, fragt Dr. Rosenbach.

»Nichts. Es wäre nur beinahe jemand totgefahren worden.«

»Ach, Sie fahren gerade in dem neuen Porsche?« Neid.

»Ja. *Fahren* ist allerdings untertrieben.«

»Wunderbar, ganz wunderbar. Also, Frau Sperber zu Lindenfels. Da haben Sie ja einiges vor, und es ist meine Pflicht …«

So. Genug.

»Dr. Rosenbach«, unterbreche ich ihn. »Nein, nein und nochmals nein. Ich werde nicht vernünftig sein. Ich werde mich jetzt nicht nach Hause fahren lassen, um mich da gesund zu ernähren, und ich werde nicht zu irgendwelchen Untersuchungen kommen, und ich werde nichts mehr regeln, nur noch das Allernötigste. Und ich werde auch keine Tomaten essen.«

»Tomaten?«

»Egal. Jedenfalls werde ich das alles nicht tun.«

»Das ist …«

»Unverantwortlich, ich weiß, ich mache es aber trotzdem.«

»Was ich sagen wollte: Das ist großartig. Ja. Lassen Sie es ruhig krachen. Aber so richtig mit Wucht. Ich bin stolz auf Sie!«

Huch. Das hätte ich nun nicht erwartet. Der vernünftige Doktor Rosenbach ist stolz darauf, dass ich aus der Norm falle und nicht gottesfürchtig darauf warte, bis der Tod mich von meinem Leid erlöst? Er ermuntert mich ja sogar noch. Wie schön!

»Danke schön«, sage ich konsterniert.

»Sie machen alles richtig«, sagt er. »Nur eins noch: Ich weiß nicht, ob Sie wissen, dass ich für ein halbes Jahr nach Afrika gehe.«

»Sie hatten irgendwann davon erzählt.« Irgendwas mit »Ärzte ohne Grenzen«. Ich habe nicht richtig zugehört, weil ich ja eigentlich nichts damit zu tun hatte.

»Die Sache ist die, dass … also, Sie haben ja auch die Telefonnummern der Kollegen, nicht wahr?«

»Ja, hab ich.« Jetzt weiß ich, was er will.

»Wenn es also nicht mehr geht, rufen Sie sie an«, erklärt er, und ich nicke mechanisch.

»Tja«, sagt Dr. Rosenbach. »Dann bleibt mir nur, mich von Ihnen zu verabschieden. Ich würde Ihnen gern alles Gute wünschen, aber ich weiß ja, dass das nicht die richtigen Worte sind. Ich wünsche Ihnen eine wunderbare restliche Zeit, die wünsche ich Ihnen von Herzen. Ich finde es großartig, was Sie vorhaben. Machen Sie das, machen Sie das alles! Es wäre aber wahrscheinlich besser, vorsorglich stärkere Medikamente zu haben. Wegen der Reise, die Sie vielleicht machen. Sie brauchen dann auch einen Arztbrief, sonst glaubt man Ihnen vielleicht nicht, dass Sie starke Medikamente beziehungsweise Opiate oder Morphium brauchen. Ich sage meinem Kollegen, dem Doktor Wagner, Bescheid. Da waren Sie auch schon mal. Rufen Sie ihn bitte an, wenn es so weit ist.«

»Danke sehr.« Ich habe einen Kloß im Hals und muss schlucken.

»Gut«, sagt er. »Und dann wünsche ich Ihnen natürlich auch alles Gute für Ihre letzte Reise.«

»Vielen Dank, Dr. Rosenbach. Passen Sie auf sich auf.«

»Sie auch.«

Dann ist er weg, und ich drücke den Aus-Knopf meines Handys und schaue schweigend geradeaus.

Der Laster ist weg. Hedy muss ihn überholt haben.

»Was war denn?«, fragt Hedy nun, während der Porsche alles gibt.

»Mein Arzt hat sich von mir verabschiedet«, sage ich und schlucke wieder.

»Er sich von Ihnen, Kindchen? Wieso das denn? Ein Arzt muss doch bis zuletzt da sein!« Sie regt sich schon wieder auf.

»Er geht nach Afrika. Für längere Zeit. Er wird erst zurückkommen, wenn ich aller Wahrscheinlichkeit nach schon tot sein werde.«

»Also so was«, murrt Hedy. »Diese Ärzte. Dauernd machen sie Urlaub. Das sollte gesetzlich verboten werden. Wozu sind sie Ärzte geworden, wenn sie für die Patienten …«

Ich höre gar nicht mehr hin und hänge meinen Gedanken nach. Wenn bloß die Traurigkeit nicht wäre, die mich manchmal überkommt. Dann wäre alles leichter.

12

»Bentham.«

Die Kopfschmerztabletten scheinen gewirkt zu haben. Hedy sieht nicht mehr aus wie jemand, der einen Kater hat, sondern wie eine Frau, die Bankgeschäfte erledigen will. Sie ist wieder wie aus dem Ei gepellt. Heute trägt sie ein karamellfarbenes Kleid, eine in Beigetönen karierte Chanel-Jacke darüber und dazu Ringe und Ketten und Ohrringe, alle mit grünen Steinen. Ich musste sie nur daran erinnern, die enganliegende Lederkappe abzunehmen, die ihrer Frisur ein wenig geschadet hat. Aber eine Hedy Bentham hat in ihrer Handtasche auch eine Schildpattbürste und Haarspray.

Sie hat mir immer noch nicht gesagt, was genau sie vorhat. Die Frau am Schalter sagt von oben herab: »Ich kann Herrn Jensen nicht so einfach holen, wenn Sie keinen Termin haben.«

»Ich sagte, mein Name ist Bentham.«

»Ja, das habe ich verstanden.« Die Frau hinterm Schalter ist furchtbar aufgetakelt. Sie ist dünn, hat schmale Lippen, und ihre Haare sind zu einem Dutt frisiert. Weil sie höchstens dreißig ist, verstehe ich nicht, wie man da einen Dutt tragen kann. Ich mag die Frau nicht. Wenn man es genau nimmt, mag ich diese ganze Bank nicht. Die sind mir hier alle zu überheblich. Wieso ist mir das denn früher nicht aufgefallen?, frage ich mich einmal mehr. Wahrscheinlich, weil ich durchs Leben gerast bin und mir über so etwas nie Gedanken gemacht habe. Ist ja auch verständlich. Es hat ja im Grunde genommen mit der Bank immer alles geklappt, weil es keine Schwierigkeiten mit mir gab. Mir fällt ein Spruch von Vera Drombusch ein – manch einer wird sich noch an die Achtziger-Jahre-Serie »Diese Drombuschs« mit Witta Pohl und

Günter Strack erinnern –, die nach dem Tod ihres Mannes in der Bank steht, wo man ihr den Geldhahn zudrehen will: »Ihre Bank ist die beste Versicherung gegen den Regen, solange die Sonne scheint.«

»Holen Sie jetzt Herrn Jensen«, fordert Hedy erneut.

»Nein«, sagt die Frau kühl.

»Meine Beste«, sagt Hedy nun. Eigentlich hasse ich es, wenn jemand »meine Beste« sagt. »Ich weiß ja nicht, wie sehr Sie an Ihrer Stellung hier hängen, aber ich an Ihrer Stelle würde jetzt einfach mal meinen Namen in Ihrem System suchen.«

Die Frau lächelt arrogant. Was meint Hedy denn mit dem Namen im System? Hoffentlich wird sie nicht altersmerkwürdig.

In diesem Moment läuft Thies Jensen hinter ihr vorbei, im Schlepptau zwei Mitarbeiter. Er blickt arrogant um sich wie immer, und mir schnürt sich schon wieder der Hals zu, weil ich an seine gemeinen Worte denken muss.

Jetzt sieht er mich und kommt näher, mustert mich von Kopf bis Fuß und grinst von oben herab.

»Das ist Frau Bertram«, sagt die Angestellte. »Sie will Sie ohne einen Termin sprechen.« Sie klingt genervt.

»Ach.« Thies Jensen schaut indigniert von Hedy zu mir. »Haben Sie jetzt schon Unterstützung mitgebracht, Frau … wie war noch Ihr Name?«

Hedy atmet zischend ein. Sie ist wütend, das merke ich.

»Ich ziehe es vor, unter vier Augen mit Ihnen zu sprechen, Herr … ich kenne Sie gar nicht.«

»Da haben wir was gemeinsam. Und meine Zeit ist begrenzt. Lassen Sie sich einen Termin geben und sagen Sie bitte, um was es geht. Vorher ist da nichts zu machen.« Sein gegeltes Haar glänzt im Deckenlicht.

Da kommt mein Sachbearbeiter Herr Klein um die Ecke und schlägt die Hände über dem Kopf zusammen.

»Ja, Frau Bentham!«, ruft er, als er Hedy sieht. »Dass ich das noch erleben darf! Wie lange ist es her, wie lange ist es her?«

Die beiden scheinen sich zu kennen. Was ist denn hier los? Und die Leute gucken schon.

»Oh, Jahre ist es her, lieber Herr Klein«, sagt Hedy, und er beugt sich über den Schalter, um ihr die Hand zu küssen. Weil Herr Klein tatsächlich sehr klein ist, muss er hochhüpfen, was irgendwie niedlich aussieht.

Mir wird plötzlich schwindelig und heiß, meine Kehle ist trocken, und mein Magen brennt. Nein, nein. Jetzt nicht, ihr verdammten Metastasen. Ihr lasst mich jetzt schön in Ruhe, bis ich Zeit für euch habe. Das hier ist viel zu interessant.

Zum ersten Mal tut der Krebs, was ich will. Unglaublich!

»Bentham? Ich denke Bertram«, sagt Thies Jensen verwirrt, und Herr Klein dreht sich zu ihm um.

»Nein, nein, das ist unsere Frau Hedwig Bentham. Langjährige Kundin. Ihre ganzen Konten hat sie hier bei unserer Bank. Private und geschäftliche. Haha! Alle.«

Jetzt kapier ich es endlich. Hedy ist hier auch Kundin. Warum hat sie mir das denn nicht gesagt? Aber eigentlich hätte ich darauf auch selbst kommen können. Logisch, dass Herr Jensen Hedy nicht kennt, wenn über all die Jahre ihre Geschäftsführer die Bankgeschäfte geregelt haben.

»Ach, Frau Bentham, wie schön, dass ich Sie mal wieder sehe. Ich freue mich wirklich. Ich habe natürlich damals gehört, dass Ihr Mann … ach, schlimm.«

»Schon gut, Herr Klein, vielen Dank«, sagt Hedy hoheitsvoll und wendet sich dann wieder Herrn Jensen zu.

Mittlerweile sind einige Kunden näher gekommen und lauschen, tun dabei aber natürlich ganz unbeteiligt.

»Nun, Frau Bentham, das ist ja eine ganz andere Situation«, erklärt sich Herr Jensen. »Also, das ist mir unsagbar peinlich, selbstredend weiß ich, wen ich vor mir habe, eine unserer besten Kundinnen.«

»Wenn nicht *die* beste«, freut sich Herr Klein.

»Sie sind hier der Filialleiter?«, fragt Hedy interessiert, und

Thies Jensen nickt ehrfürchtig und unsympathisch. Es fehlt nur noch, dass er »zu Ihren Diensten« sagt.

Hedy räuspert sich. »Sie sind also das Quarkgesicht« – sie sagt wirklich *Quarkgesicht* –, »das meine nette Freundin hier so unmenschlich behandelt hat, obwohl sie sehr krank ist.«

»Äh, nein, ich …«

»Das war keine Frage«, unterbricht ihn Hedy. »Sondern eine Feststellung. Wissen Sie, Herr Jensen, ich mag keine Menschen, die andere schlecht behandeln, ich mag das gar nicht. Und mit Menschen wie Ihnen möchte ich keine Geschäfte machen.« Sie holt Unterlagen aus Ihrer Tasche hervor. »Ich löse meine bestehenden Konten bei Ihnen auf. In den nächsten Tagen werden meine Geschäftsführer sich mit Ihnen in Verbindung setzen, um alles zu regeln. Den Vorstand werde ich selbst informieren.«

»Momomoment mal«, krächzt Herr Jensen. »Das … das können Sie doch nicht machen. So einfach geht das nicht.« Er hat Angst, das sieht man, und er sieht seine Felle davonschwimmen.

Ist ja auch nicht ohne, wenn plötzlich wichtige Einnahmequellen flöten gehen. Ich weiß ja nicht, um wie viel Geld es geht, aber dem wächsernen Gesichtsausdruck von Thies Jensen nach zu urteilen geht es nicht um eins fünfzig und auch nicht um sechs fünfundsiebzig.

»Und ob das geht«, sagt Hedy. »Diese Dame hier hat Krebs, und wurde von diesem Mann da«, sie schaut in die Runde und deutet mit spitzem Zeigefinger auf Jensen, »unglaublich herablassend und arrogant behandelt. Er sagte ihr ohne einen Funken Feingefühl, einer Krebskranken würde er kein Überbrückungsdarlehen geben, und hat sie einfach fortgeschickt.«

Murmeln breitet sich aus.

»Hedy, bitte«, sage ich.

»Ja was denn?« Nun wird sie laut. »Sie glauben doch nicht, dass ich mein Geld jemandem überlasse, der Sie als Betrügerin bezeichnet, nur weil Sie nicht gleich erzählt haben, dass Sie krank sind. Wo gibt es denn so was? Sie sollten es nicht persönlich nehmen, das sei eine Geschäftsbeziehung und Sie seien hier nicht bei der Wohlfahrt. Diese Worte hat er benutzt. Sie regelrecht beschimpft, eine kranke Frau! Aus der Bank gejagt hat er Sie wie einen räudigen Hund! Hinausgetreten hat er sie, getreten!«

Nun übertreibt sie. Aber die Situation hat was. Um uns herum fallen Worte wie »Unmensch«, »bin fassungslos«, »wie schrecklich«.

»Das war so ni–«, will sich Herr Jensen rechtfertigen, aber das interessiert Hedy nicht.

»Frau Sperber verlangt unverzüglich eine Entschuldigung«, erklärt sie ihm. »Und zwar eine aufrichtige. Von Herzen kommend – ach, obwohl, das ist bei Ihnen wahrscheinlich gar nicht möglich.«

»Doch, doch«, sagt Herr Jensen, der mittlerweile auf den Flachbildschirm vor sich schaut. Herr Klein hat irgendetwas in die Tastatur getippt, ich nehme an, er hat die Konten aufgerufen, um die es geht, denn Herrn Jensens Gesicht wird nun grünlich gelb. So ein bisschen wie ein Bananen-Grünkohl-Smoothie.

»Selbstverständlich entschuldige ich mich.« Herr Jensen reicht mir die Hand, aber ich nehme sie nicht. Ich will keinen körperlichen Kontakt zu diesem Mann. Ich. Will. Es. nicht.

»Aufrichtig«, fordert Hedy vehement.

»Aufrichtig. Es tut mir sehr, sehr leid. Ich wünschte, ich könnte alles rückgängig machen, und selbstredend habe ich nichts von dem so gemeint«, sagt Herr Jensen nun voller Pathos. »Bitte verzeihen Sie mir.« Flehend schaut er mich an.

Ich bin ja ein netter Mensch. Echt jetzt. Aber was habe ich davon, diesem Kerl zu verzeihen? Komme ich dann in den Himmel? Und der meint das doch im Leben nicht ernst.

»Nö«, sage ich nüchtern.

»Das ist jetzt aber dumm«, sagt Hedy zu Thies Jensen. »Ich glaube, Sie können sich eine von diesen Kisten suchen, in die die gefeuerten Angestellten in den amerikanischen Filmen immer ihre persönlichen Sachen legen, bevor sie gehen müssen. Wo gibt es die eigentlich zu kaufen?«

Herr Jensen räuspert sich. »Aber, aber ... das ist doch alles ein Missverständnis, das lässt sich doch alles klären. Wir sind doch hier ein ehrbares Haus, wir ...«

»Jetzt muss ich wirklich schmunzeln«, sagt Hedy, während sie auf eine Mitarbeiterin deutet, die gerade hinzukommt. »Ein ehrbares Haus. So wie das ›Lusthaus‹, ja?« Sie blickt wieder in die ganze Runde. »Das ist ein Swingerclub, den dieser Filialleiter frequentiert. Unter anderem mit dieser Mitarbeiterin hier. Und noch einem anderen Flittchen.« Sie sagt wirklich *Flittchen*, das habe ich ja ewig nicht gehört.

Ein Raunen geht durch die Schalterhalle.

Herr Klein grunzt fassungslos. »*Sie* gehen in einen *Swingerclub*?«

»Unfug«, sagt Herr Jensen. Seine Mitarbeiterin ist knallrot geworden.

Hedy erklärt stolz: »O doch. Sie haben einen flotten Dreier gemacht und es sonst wo getrieben!«

»Es genügt«, flüstere ich, weil ich Angst habe, dass Herr Jensen uns sonst wegen übler Nachrede anzeigt. Er ist krebsrot im Gesicht.

Die Mitarbeiterin geht in die Offensive: »Ach, wirklich?«, sagt sie zu Hedy, »woher wissen *Sie* das denn? Dann müssen *Sie* ja auch da gewesen sein. In Ihrem Alter – wie peinlich ist das denn?«

Hedy strafft ihre Schultern. Ihr ist die Situation leider kein bisschen peinlich, während ich in den Erdboden versinken könnte vor Scham. Rachegedanken sind ja gut und schön, aber die Rache selbst ist letztendlich gar nicht schön. Niemandem geht es wirklich gut dabei. Hedy regt sich auf, mir ist es peinlich, die anderen werden vorgeführt.

»Natürlich war ich da«, sagt Hedy nun mit stolzgeschwellter Brust. »Ich musste doch den Gerüchten nachgehen. Und sichergehen, dass es moralisch vertretbar ist, meine Geschäftsbeziehungen zu dieser Bank zu beenden. Dass es richtig ist, einen Filialleiter zu stürzen«, – sie sagt wirklich *stürzen* –, »und ihm immensen Schaden zuzufügen. Das alles muss doch gut durchdacht sein. Auf Gerede gebe ich nicht viel. Immerhin …«, sie macht eine Kunstpause, »… geht es um ein Teilvermögen von insgesamt 75 Millionen Euro.«

Sie sagt wirklich *Teilvermögen*.

Eine Viertelstunde später habe ich meinen gewünschten Überbrückungskredit, obwohl ich eigentlich gar keinen mehr möchte. Hedy aber besteht auf eine hohe Summe, und Herr Jensen nickt dauernd nur und nickt noch mehr und unterschreibt letztlich alles, nachdem Hedy mir mein Telefon aus der Hand gerissen und ihm die sehr eindeutigen Fotos gezeigt hat.

Meinem Konto wird ein Betrag gutgeschrieben, den ich nicht abzahlen könnte, selbst wenn ich noch hundert Jahre leben würde. Im Gegenzug wird sich Hedy noch mal alles überlegen. Ich glaube, wenn ich zu Herrn Jensen sagen würde, er solle meine Füße waschen, massieren und salben, er würde es tun. Herr Jensen fragt tausendmal, wie es mir denn »jetzt so geht«, und ich sage, dass ich in ein paar Wochen tot bin, und alle lachen, nein, Herr Klein johlt kehlig auf wie ein Wolf, dem ein Schneepflug über die Pfoten fährt, weil das ist ja eine witzige Frau, die Frau Sperberfels, oder? Auf die Idee, dass das stimmen könnte, kommt niemand.

»Ich weiß doch, dass Sie den Kredit zurückzahlen, Frau Sperberfels, das war damals doch alles ein ganz dummes, dummes Missverständnis.«

Alle: »Hahahahaha!«

Das Unangenehme wird verdrängt, keiner will sich damit auseinandersetzen. Es ist ja oft so, dass man das so macht. Was später kommt, wird man dann schon sehen, und überhaupt ist es ja erst mal für den Moment einfacher so.

»Ha! Ich habe mich lange nicht so gut gefühlt!!! Wo fahren wir jetzt hin?«, fragt Hedy. »In jedem Fall auf die Autobahn, dann geht's aber los, das wird ein Spaß!«

Unter Ehrerbietungen hat man uns aus der Bank eskortiert. Wir waren etwas essen und Kaffee trinken, und dann wollte Hedy mir unbedingt einen Hut und ein schönes Kleid kaufen. Ich fragte sie, wofür.

»Für den Sarg«, sagte sie.

»Das ist ja nun wirklich Quatsch.«

»Ich lasse Sie nicht in Jeans da liegen«, meinte sie. »Das gehört sich nicht. Außerdem ist der Sarg neu, da braucht man auch neue Kleidung.«

»Gewaschene Kleidung geht auch.«

»Nein.«

Hedy kann man manchmal einfach nicht widersprechen. Sie hat eine Art, nein zu sagen, dass man einfach still ist und sie machen lässt. Ist ja auch lieb von ihr. Also waren wir im Alsterhaus, und ich habe nun ein schönes cremefarbenes Kleid und einen dazu passenden Hut, alles im Zwanziger-Jahre-Stil, den mag Hedy.

»Sie sind so schlank und rank«, sagte die Verkäuferin zu mir. Die hätte mich mal vor der Erkrankung sehen sollen. Da hätte ich keine Luft mehr bekommen, wenn ich bloß auf der Rolltreppe *gestanden* hätte.

Neugierig fragte sie: »Ist das Outfit vielleicht für Ihre standesamtliche Trauung?«

»Nicht ganz«, sage ich.

»Aber für einen besonderen Tag?«, fragt die nette Frau.

»Das schon, ja.«

»Ach, wie schön. Dann sind Sie bestimmt die Hübscheste von allen. Wenn Sie danach mal wieder hier sind, müssen Sie mir unbedingt davon erzählen.«

Ich hatte schon den Mund geöffnet, um etwas zu entgegnen, aber Hedy unterbrach mich: »Manchmal ist Reden Silber, und

Schweigen ist Gold.« Sie sagte das so, als würde sie natürlich NIE einen unpassenden Spruch bringen.

»Ich hätte die Konten wirklich aufgelöst«, sagt Hedy nun. »Das waren nicht nur platte Worte, Kindchen.« Sie drückt schon wieder aufs Gas.

»Hätte ich auch niemals gedacht, Hedy. Das hätte mich enttäuscht.«

»Wer weiß«, sinniert sie. »Vielleicht löse ich doch noch alles auf. So ein Unsympath, dieser Herr Jensen. Die Fotos behalten wir vorsichtshalber.«

»Und das Geld brauche ich gar nicht.«

»Doch«, sagt Hedy. »Das spenden Sie dem Hospiz. Das bekommt der nette Herr Jensen nicht wieder zurück in den Hintern geschoben.«

Hm, das ist mal ein Plan!

Dann kommt die Auffahrt zur A7, und wir düsen Richtung Norden. Obwohl der Porsche hinten so ein Windschott hat, habe ich das Gefühl, dass meine Gesichtshaut Wellen schlägt und gleich wegfliegt. Hedy juchzt voller Freude über dieses Auto wie ein kleines Kind. Und auch ich verspüre ein wohliges Gefühl wie lange nicht. Ich lasse mich in einem schicken Auto durch die Gegend kutschieren, habe eine nette ältere Freundin gefunden, und sogar mein Arzt findet gut, was ich tue. Besser geht's im Moment nicht.

Ist es nicht komisch – am Montagvormittag habe ich Hedy noch nicht gekannt, und zwei Tage später habe ich einen Kredit, habe mit ihr ein Auto gekauft, Nupsi ist schwanger, eine Köchin backt Weihnachtsplätzchen für mich, wir waren in einem Swingerclub, in dem ich keinen Sex hatte, weil ein Ampelanlagenbauer wegen seines toten Pudels keinen hochbekam, und ich bin irgendwie zufrieden.

Merkwürdig, wie schnell sich ein Leben ändern kann.

Hedy tritt weiter aufs Gaspedal. Die Sonne geht langsam unter und taucht den Himmel in ein rotgoldenes Licht. Es ist warm und weich, eines dieser typischen Septemberlichte. Ich schalte das Autoradio ein. Ein Stück von den Toten Hosen läuft, das ich liebe, ich habe es lange nicht gehört und stelle das Radio so laut, dass uns die Trommelfelle platzen würden, wenn wir das Verdeck geschlossen hätten.

Und während wir mit fast 250 km/h über die A7 brettern, singt Campino über das, was ich, die ich neben der grinsenden Hedy sitze und sie anschaue, gerade fühle: *Mit dir hab ich dieses Gefühl, dass wir heut Nacht unsterblich sind …*

»Das ist aber schön!«, brüllt Hedy.

»Ja«, sage ich, während Campino weiter davon singt, dass er mit mir auf einer vollen Fahrbahn stehen oder auf einem Dachfirst balancieren könnte und uns trotzdem nichts passieren würde, denn er habe nur mit mir das Gefühl der Unsterblichkeit. Ach.

Über Hedys Wange laufen zwei Tränen.

Ich hebe eine Hand und wische sie ihr ab.

»Ist nur der Fahrtwind«, sagt sie.

»Bei mir auch.«

Hedy räuspert und sammelt sich. In die Musik mischen sich nun andere Takte, die ich gar nicht kenne. Irgendwie monoton, es passt gar nicht zusammen und wird lauter.

Und dann fährt ein anderer Porsche neben uns, und wir wollen schon winken, aber da sehen wir das Blaulicht.

Der Tag hätte so schön theatralisch enden können.

13

»Natürlich haben Sie Krebs, das ist doch klar«, sagt Herr Laurenz und nickt, während er eine Biene verscheucht. »Selbstverständlich haben Sie nur noch eine begrenzte Anzahl Lebenstage vor sich.«

Sein Kollege grinst und beißt in ein mit Schnittkäse belegtes Mohnbrötchen. Die Polizei hat uns die Kelle gezeigt und ist vor uns hergefahren, bis ein Parkplatz kam, und auf dem stehen wir nun. Hedy wollte den Beamten erst nicht folgen, weil sie das »nicht einsieht«, aber ich konnte sie davon überzeugen, dass es ein Fehler wäre, es nicht zu tun. Und so stehen wir hier vor den beiden Porsches und diskutieren.

»Deswegen sind Sie auch so schnell gefahren, wahrscheinlich weil Sie dachten, dass das ja jetzt auch egal ist.« Beide Polizisten lachen nun wiehernd.

Herr Laurenz sagt: »Das ist ja hier wie in dem Film da aus Frankreich, ›Ziemlich beste Freunde‹. Da rast der eine auch wie ein Geistesgestörter, und sie reden sich dann insofern raus, als dass der andere so tut, als würde er einen Krampfanfall bekommen, und rumsabbert.«

Muss ein unglaublich ästhetischer, atmosphärisch dichter Film sein.

»Ich kann Ihnen das leider nicht beweisen«, sage ich. »Weil ich keinen Ausschlag habe oder so.«

»Sie ist es nämlich, die Krebs hat«, erklärt Hedy. »Außerdem kann man mal fünfe gerade sein lassen«, regt sie sich auf. »Ich bin eine alte Frau. Ich darf mich nicht aufregen. Wollen Sie, dass ich einem Schlaganfall erliege?«

»Nein, aber ich will Ihren Führerschein vor mir liegen sehen«, sagt Herr Laurenz, während er immer noch die Biene verscheucht.

»Na hören Sie mal, warum denn?«

»Sie sind mit 244 Stundenkilometern durch eine Baustellenzone gebrettert, in der 80 erlaubt sind«, erklärt der Kollege kauend. »Und das bei den Kurven, das muss man auch erst mal schaffen.« Er wiehert wieder, und ich sehe nun Mohnkörner in seinen Zahnzwischenräumen, was mich nervös macht. »Also, den Führerschein bitte.«

»Nein«, sagt Hedy.

»Hedy«, sage ich.

»Nein«, sagt sie. »Sie bekommen ihn nicht.«

»Hedy«, sage ich.

»Haben Sie was getrunken?«, fragt Herr Laurenz, die Biene jagend.

»Ich bin Alkoholikerin«, sagt Hedy. »Wenn ich nichts trinke, fange ich an zu zittern, und dann bin ich eine wirkliche Verkehrsgefährdung.«

»Hedy«, sage ich automatisch.

»Das ist *nicht mehr* lustig«, sagt Herr Laurenz. »Ich entziehe Ihnen hiermit die Fahrerlaubnis und werde alles dafür tun, dass Sie sie nicht zurückerhalten.«

»Das machen Sie mal«, sagt Hedy. »Sie sind ja bloß neidisch auf mein Auto.«

»Ich fahre auch einen Porsche«, sagt Herr Laurenz böse.

»Einen Porsche, der von meinen Steuergeldern bezahlt wurde«, beschwert sich Hedy. »Aber was fahren Sie privat? Oft sehe ich das den Leuten an der Nase an.«

»Was fahre ich denn?« Nun ist Herr Laurenz auf Krawall gebürstet.

»Fahrrad«, sagt Hedy böse.

»Ihre Personalien bitte«, sagt der Kollege wütend.

»Ich gebe Ihnen meinen Führerschein trotzdem nicht«, bekommt er erklärt. »Und nun? Wollen Sie zwei Frauen, eine alte schlaganfallgefährdete und eine krebskranke, nun schlagen und überwältigen?«

Die beiden sehen so aus, als ob sie tatsächlich nicht wüssten, was sie nun tun sollen. Und die Biene ist immer noch da.

»Natürlich nicht«, sagt Herr Laurenz. »Aber ich muss Sie nun wirklich um die Herausgabe bitten.«

»Um Herausgabe bitten, das haben Sie aber schön gesagt«, freut sich Hedy. »Und ich muss Ihnen sagen, ich freue mich, dass ich in eine Verkehrskontrolle geraten bin. Es ist nämlich lange her.«

»Wie lange denn?«, fragt der Polizist.

»Es war 1986«, erklärt Hedy. »Als mir der Führerschein abgenommen wurde.«

Das darf ja wohl nicht wahr sein!

»Das darf ja wohl nicht wahr sein«, sagt Hedy böse. »Was hat der da alles gefaselt, ›normalerweise nur drei Monate Fahrverbot, 600 Euro Strafe und zwei Punkte in Flensburg‹ – wie denn? Ich habe doch gar keinen Führerschein. Wie soll denn das gehen? Und dann hat er gesagt, bei mir wäre der Fall aber drastischer. Der ist wohl nicht bei Sinnen.«

»Sie waren auch nicht gerade kooperativ«, erkläre ich ihr, während ich die Ausfahrt nehme. Ich fahre nun, und ich möchte jetzt einfach nur runter von der Autobahn.

»Und mit *normalerweise* meinte er, wenn Sie einen Führerschein hätten. So ist es was anderes.«

»Der Mann, der Angst vor der Biene hatte, hat gesagt, ich könne auch ins Gefängnis kommen. Weiß der überhaupt, was er spricht? Wie mich das aufregt?«

»Hedy, er hat recht. Sie sind ohne Führerschein gefahren.«

Ich fahre eine Landstraße entlang. Es dämmert. Ich habe keine Ahnung, wo wir sind, nur dass es irgendwo in Schleswig-Holstein sein muss. Hier gibt es Pferdekoppeln, Kühe weiden, und ab und zu sieht man ein einzelnes Haus.

»Da kriegt man drei Monate den Lappen weggenommen oder so. Das hat er ja gesagt. Das weiß ich doch.«

»Nein. Bei Ihnen ist es eben *nicht* so. Das ist bei zu schnellem Fahren so. Deswegen haben Sie ihn ja auch vor dreißig Jahren abgenommen bekommen.« Die Diskussion nervt mich langsam. Hedy ist uneinsichtig und beleidigt. Aber wenigstens haben die Polizisten uns wegfahren lassen und glücklicherweise das Fahrzeug nicht beschlagnahmt.

»Der Mann mit der Biene hat gesagt, er würde dafür sorgen, dass ich zu dieser psychologischen Untersuchung muss. Da gehe ich aber nicht hin. Ich mache keinen Idiotentest. Da kriegt man Fangfragen gestellt, darüber habe ich mal in der Zeitung gelesen. Die wollen auch wissen, ob man eine Sehhilfe benötigt.«

»Das ist doch keine Fangfrage.«

»Doch. Eigentlich wollen sie was ganz anderes wissen, oder sie wollen, dass man darauf aggressiv antwortet. Was geht die denn meine Sehschärfe an?«

»Viel. Sehr viel. Und wenn sich herausstellt, dass Sie da hinmüssen und Sie gehen nicht, kriegen Sie auch Ihren Führerschein nicht wieder. So einfach ist das.«

»Das ist mir egal. Der Porsche ist neu, der muss eingefahren werden.«

Und so weiter und so weiter. Ich fahre und fahre. Langsam bekomme ich Hunger, worüber ich mich sehr freue.

Es hat sich herausgestellt, dass Hedy so viele Punkte in Flensburg hat, dass die, würden sie auf die Anwohner einer Kleinstadt verteilt, immer noch dafür sorgen würden, dass dort niemand jemals wieder Auto fahren darf, und wenn er hundert wird. Hedy wurde angeraten, einen Anwalt zu kontaktieren, denn schon bald würde etwas Schriftliches eintrudeln, eine Vorladung und weiß der Geier was sonst alles. Zum Glück habe ich einen gültigen Führerschein, den ich natürlich vorzeigen musste. Hedy hat die ganze Zeit gemeckert und behauptet, das sei alles unmöglich und Schikane und frauenfeindlich.

»Ich habe so gehofft, dass der eine von der Biene gestochen wird«, sagt sie nun. »Aber nein. Die Biene musste natürlich fortfliegen.«

»Das ist doch völlig gleichgültig.«

»Mir nicht. Und unser schöner Ausflug wurde jäh unterbrochen. Ich wollte eigentlich mit Ihnen an die Ostsee fahren.«

»Das können wir doch immer noch.«

»Nein. Eigentlich ist es da ja auch langweilig, und wir wollten etwas erleben. Ein Fischbrötchen können wir überall essen. Die Ostsee hat noch nicht mal Gezeiten, da ist es an der Nordsee aufregender.«

Genau. (»Ich habe Krebs im Endstadium und will es noch mal so richtig krachen lassen. Deswegen fahre ich an die Nordsee. Da gibt es Gezeiten. Das wird der Hammer. Dann kann ich mit der Gewissheit sterben, alles, wirklich alles erlebt zu haben.«)

»Sie wollten mir doch zeigen, wie man einen draufmacht. Also. Was machen wir? Ich will die Nacht zum Tag machen. Mit Ihnen!«

Mit wem auch sonst? Kein Mensch würde sich freiwillig in Hedys Klauen begeben, sobald er sie auch nur ansatzweise kennengelernt hätte. Aber immer mit der Ruhe. Ich biege in einen Feldweg ab und halte unter einer Linde an, um mal durchzuatmen.

»Ich muss mich mal ausruhen, Hedy«, sage ich, weil mir plötzlich schwindelig geworden ist. »Ich brauche eine kleine Pause.«

»Sollen wir den Sitz nach hinten klappen?«, fragt sie besorgt. »Oder wollen Sie sich lang auf die Kühlerhaube legen?«

»Nein, ich will einfach nur hier sitzen bleiben und mal kurz nichts sagen und, wenn es geht, auch nichts hören. Ruhe brauche ich. Ruhe. Stille, verstehen Sie?«

Hedys Stimme wird schrill. Sie ist nicht die Schnellste, was Transferleistungen angeht. »Brauchen Sie Medizin? Nun sagen Sie schon, reden Sie mit mir!«

»Nein, Hedy. Nur kurz Ruhe. Wie ich es gesagt habe.«

»Ja, was ist denn? Was haben Sie denn, Kindchen?«

»Ich habe Krebs, Hedy. Und gerade lässt er mich mal wieder wissen, dass er an mich denkt.«

Ich atme ein und aus. Vielleicht sollte ich mir wirklich vorsichtshalber Opiate besorgen, falls es schlimmer wird. Ich habe nur die Tabletten von Dr. Rosenbach, wer weiß, wie lange die noch genügen. Aber bekommt man einfach so Opiate ausgehändigt? Vielleicht sollte ich Dr. Rosenbach doch noch mal anrufen, solange er noch da ist, oder gleich den Kollegen, die Nummern hab ich ja alle eingespeichert. Aber ich will eigentlich nicht. Dann sagt der andere Arzt womöglich, das, was ich da mache, sei unverantwortlich – wem gegenüber eigentlich? – und bli, bla, blubb.

»Ach, Kindchen, ich bin ja eine Eule«, sagt Hedy. »Das hatte ich ganz vergessen. Das tut mir sooo leid. Machen Sie doch das Fenster runter, wegen der frischen Luft.«

»Das Verdeck ist doch offen. Hedy, lassen Sie mich doch bitte mal in Ruhe. Gehen Sie ein wenig spazieren, die Landschaft ist doch hübsch hier.«

»Warum soll ich denn hier in dieser Einöde spazieren gehen? Wohin denn? Nein, ich bleibe hier bei Ihnen, damit Sie Ablenkung haben.«

Genau das will ich ja gerade nicht. Ich schließe die Augen. Alles dreht sich. Verdammter Mist. Muss der Tag so enden? Letzte Nacht war es schon mies, als der Keulenschlag kam an der Elbe. Aber kann er mich nicht mal heute in Ruhe lassen, dieser Mistkerl. Ich muss ja auch noch fahren.

Hedy plappert und plappert und erzählt mir von einer Mitarbeiterin in der Firma, die Angst vor Treppen hatte und gerichtlich durchsetzen wollte, dass in der Firma ein Fahrstuhl eingebaut würde, aber da habe sich Viktor wiederum durchgesetzt. Dann erzählt sie, dass sie mal eine Dauerwelle gehabt habe und dass sie immer noch sehr an Arthur denken müsse, was er wohl so treibt?

Ich denke, dass ich sie gerne zu Arthur verfrachten würde, wo immer er auch ist.

Ich atme ein und aus und ein und aus, und dann brülle ich: »Halten Sie die Klappe jetzt!«, und Hedy erschrickt so, dass sie tatsächlich still ist.

Nach zehn Minuten geht es mir besser, aber ich bin immer noch sehr schlapp.

»Wir fahren jetzt weiter«, sage ich trotzdem zu Hedy, die aber ein Taxi rufen will oder einen Abschleppdienst, weil sie mich in meinem Zustand nicht hinters Steuer lassen will, obwohl ich schon hinterm Steuer sitze.

Nun steige ich erst mal aus und gehe ein paar Schritte, wankend, aber es geht, es geht, es geht. Ein entgegenkommender Wagen hält auf der gegenüberliegenden Straßenseite. Ein Mann in meinem Alter lässt das Fenster runter.

»Geht es Ihnen gut?«, fragt er.

Ich nicke, sage aber dennoch: »Nein, nicht so.«

Er steigt aus, kommt zu mir herüber und fragt: »Kann ich etwas für Sie tun?«

Ich sehe ihn an, er ist größer als ich und sieht stark aus. Er hat graue Schläfen und breite Schultern, er trägt Jeans und Hemd und wirkt sportlich.

»Ich habe Durst«, sage ich, weil ich gerade merke, dass ich wirklich Durst habe.

Der Mann geht zu seinem Wagen zurück, holt eine Flasche Wasser und gibt sie mir. Ich bin ihm wirklich dankbar.

»Haben Sie sich verfahren?«, fragt der Mann.

»Nein, nein«, sage ich und nehme einen Schluck aus der Flasche.

»Möchten Sie sich vielleicht setzen?«

»Nein, danke. Ich will ein wenig herumlaufen. Es geht schon wieder.«

»Kommen Sie, ich stütze Sie. Sie sind ja ganz blass. Haken Sie sich bei mir unter.«

Ich mache, was er sagt, und wir gehen den Feldweg entlang. Währenddessen sitzt Hedy im Porsche und schmollt.

»Ich habe mich noch gar nicht vorgestellt«, sagt der Mann, der sehr gut riecht. Nach einem feinen Aftershave und nach Harz. Nach Stärke und Kerl – ich glaube, er kann Holz hacken, ohne danebenzuschlagen –, trotzdem unaufdringlich. Ich blicke ihn an, und mir wird warm ums Herz. Er hat so schöne braune Augen. Himmel, ist mir schwindlig.

»Mein Name ist Hendrik Larmann.«

»Ich bin Leonor.«

Er ist mir sympathisch. Und mir ist schlecht.

Ich glaube, dass Hendrik Larmann mich auch vor einem Grizzly beschützen würde, wenn ich in Gefahr wäre.

»Guten Tag.« Plötzlich steht Hedy neben uns.

»Das ist Hendrik«, sage ich schwach, »und das Hedy.«

»Guten Tag«, Hendrik reicht Hedy die Hand, und die nimmt und schüttelt sie. »Angenehm.«

Ich schaue Hendrik wieder an und finde ihn noch sympathischer. Und noch sympathischer. Ich habe das Gefühl, auf einer Wellenlänge mit ihm zu sein, obwohl ich ihn überhaupt und gar nicht kenne. Und automatisch geht in mir alles auf Abwehr. Ich mache dicht, weil ich meine aufkeimenden Gefühle unter Kontrolle behalten möchte. Angenommen, ich würde Hendrik Larmann besser kennenlernen und ihm dann von meiner Krankheit erzählen, würde er sich vielleicht umdrehen, ins Auto setzen und fortfahren. Weil ihn das zu sehr mitnähme. So wie damals Sven, über den ich eigentlich nicht sprechen will. Ich habe die Sache mit Sven komplett verdrängt. Aber gerade kommt es wieder hoch. Verdammt. Aber eigentlich auch logisch, dass ich jetzt gerade dran denke.

Sven hatte ich während einer Pressereise nach Salzburg kennengelernt. Es ging um irgendeinen neuen Reiseveranstalter, der äußerst interessante Pauschalen anbot und das alles zu einem Hammerpreis. Ein paar Journalisten wurden eingeladen, unter anderem eben ich, und ich flog für drei Tage nach Salzburg und durchlief einmal komplett das Buchungspaket. Es war wirklich schön. Schon am ersten Abend, wir waren in einem netten Restaurant in der Altstadt, lernte ich Sven kennen, was nicht besonders schwierig war, denn er war auch Journalist, und wir saßen alle zusammen. Sven arbeitete freiberuflich für ein Gourmet-Magazin und musste sich durch die ganze Speisekarte futtern. Er teilte seine Desserts mit mir, Salzburger Nockerln, Topfenpalatschinken und Kaiserschmarren, ich dachte, ich platze, und Alkohol floss natürlich auch in Strömen, wie das eben so ist. Sven wohnte in Bremen, war aber öfter bei seinem Verlag in Hamburg und kam dann bei einem Freund unter.

Wir verstanden uns gleich prima. Ich wertete es als gutes Zeichen, dass er wie ich Fernsehserien mochte, wenn auch andere als ich. Er rauchte ebenfalls wie ein Schlot, und wegen des Nichtrauchergesetzes, das in Österreich gerade in Kraft getreten war, standen wir die meiste Zeit draußen an einem Bistrotisch vor dem Restaurant unter einem Sonnenschirm. Dass es anfing zu regnen und wir deswegen glücklicherweise enger zusammenrücken mussten, weil noch mehr Raucher unter den Schirm wollten, war natürlich großartig.

Und klar sind wir im Bett gelandet. Der Sex mit Sven war super, ich kam voll auf meine Kosten, er auch, und so kam es, dass wir die restliche Zeit in Salzburg miteinander verbrachten. Wir verstanden uns immer besser, nicht nur im Bett. Mit Sven konnte man sich wunderbar unterhalten, er war klug, witzig, konnte über sich selbst lachen, und – das war mit am Wichtigsten für mich –, er redete nicht ununterbrochen nur von sich. Solche Menschen könnte ich schütteln. Aber Sven war anders. Er war lustig, er hatte blonde verwuschelte Haare, er trug grundsätzlich nur 501 von Levi's und hatte eine abgeschrabbelte Lederjacke, die mal seinem Vater gehört hatte. Er war wie ein großer Junge, unternehmungslustig, ehrlich, impulsiv. Er lachte gern, er genoss das Leben. »Heut ist heut und morgen ist morgen« war einer seiner Lieblingssätze. Sven hatte wie ich die Eltern früh verloren, er war Einzelkind und hatte sich allein durchschlagen müssen.

Um es auf den Punkt zu bringen: Es war perfekt.

Eine lose Beziehung begann, Sven kam öfter nach Hamburg, als er gemusst hätte, und wohnte dann bei mir; arbeiten können freie Journalisten ja heutzutage überall, wo es WLAN gibt. Wir verstanden uns gut, gingen uns nicht auf die Nerven, und so ganz langsam dachte ich: Da könnte was Festes draus werden. Ein paar Wochen später war Sven wieder bei mir, und ohne dass wir groß drüber gesprochen hätten, blieb er und blieb und blieb, und ich fand es klasse. Ich fand es sogar gut, seine Wäsche zu waschen. Nupsi mochte ihn auch, meine anderen Freunde fanden ihn ebenfalls sympathisch. Irgendwann wurden wir schon automatisch in einem Atemzug genannt – »Kommen Leonor und Sven auch?« Wir lachten zusammen und kochten, wir gingen aus oder machten uns gemütliche Fernsehabende, wir luden Freunde ein und mieteten zu acht eine Finca auf Mallorca. Es passte einfach alles. Sven kündigte seine Bremer Wohnung und zog in eine Wohnung, die direkt neben meiner lag. Meine war für zwei Personen zu klein, und natürlich hätten wir eine größere für uns beide suchen können, aber ich mochte meine Wohnung, ich mag die Straße und den Stadtteil, auch wenn hier viele arrogante Schnepfen herumlaufen. Sven und ich sahen es als Wink des Schicksals, dass die Wohnung neben mir frei wurde. Vielleicht war es ja auch gar nicht so schlecht mit den getrennten Wohnungen, falls man wirklich mal seine Ruhe haben wollte oder konzentriert arbeiten musste. Und so machten wir es dann. Es begannen Monate des Glücks, wir wuchsen fester zusammen, Sven war in meinem Freundeskreis komplett integriert. Wir beide waren eine Einheit.

Und wir schmiedeten Zukunftspläne.

An einem Sonntag im Mai, wir waren mit Freunden an die Alster geradelt und picknickten auf großen karierten Decken, tranken Weißwein und grillten, da nahm Sven mich zur Seite und präsentierte mir einen wundervollen Ring. Einen schmalen Goldreif mit einem großen roten Stein. Und er fragte mich, ob ich ihn heiraten wolle. Natürlich sagte ich ja, und natürlich bekamen die anderen es dann auch mit. Wir wechselten in die »Alsterperle«, ein vom Klohäuschen zum kleinen Gastronomiepavillon umgebautes winziges Restaurant, in dem es im Winter Suppe und Glühwein und im Sommer Brezeln, Grillwürste, Kuchen und Wein gibt. Wir feierten an diesem Samstag bis spät in die Nacht. Um vier Uhr waren wir zu Hause und hatten großartigen Sex.

Ich war nun eine verlobte Frau, die einem Mann ihr Heiratsversprechen gegeben hatte. Zum ersten Mal.

Wir planten ein Fest im Winter, weil ich gern eine Winterbraut sein wollte. Im Dezember wollte ich heiraten, weil da eine Chance auf Schnee bestand – in Hamburg ist das mit dem Schnee nicht so einfach wie in der Schweiz. Sven war einverstanden. Und so begann ich, zusammen mit Nupsi zu planen. Gästeliste, welche Einladungskarten, welches Kleid. Wir beschlossen, ein Schiff am Hafen zu mieten, planten das Menü und rauchten dabei bergeweise Zigaretten. So gingen die Monate ins Land. Ich war glücklich und würde bald verheiratet sein.

Dann kam der Herbst, und der verdammte Husten fing an. Er ging und ging nicht weg und wurde immer schlimmer. Ich war beim Arzt, es hieß, das sei eine Bronchitis. So ging das eine ganze Zeitlang. Dann war Sven auf einer Pressereise im Elsass. Ich hustete immer mehr und machte mir noch immer wenig Gedanken darüber, denn ich rannte ja auch oft ohne Schal herum, aber dann wurde es noch schlimmer, und ich ging wieder zum Arzt. Der überwies mich an einen Pneumologen, und ein Röntgenbild wurde erstellt, weil ich zugegeben hatte, mindestens zwei große Packungen Zigaretten am Tag zu verqualmen.

Das war der Tag, an dem ich durch die Gegend irrte, bis Nupsi mich auflas.

»Du musst es Sven sagen«, sagte sie, als wir damals in dieser Bar saßen, und ich nickte.

»Ja, aber doch nicht am Telefon.«

Zwei Tage später kam Sven zurück. Es war der zweite Oktober, mein Geburtstag. Während Svens Abwesenheit hatte ich mich eigentlich um die Torte kümmern und mit Nupsi noch mal alles durchgehen wollen. Das Kleid war schon ausgesucht. Ein Traum in Creme. Schlicht, aber mit eingewebten Rosen und kleinen Perlen. Ich hatte der Frau im Brautmodenladen in die Hand versprechen müssen, bis zu meinem großen Tag nicht zu- und nicht abzunehmen. Eigentlich hatte ich während Svens Reise noch mal hingewollt, da noch irgendetwas geändert werden musste, aber in den letzten Tagen hatte ich mich dann natürlich um gar nichts mehr gekümmert, weil ich unter Schock stand, was ja irgendwie verständlich ist.

Ich weiß es noch wie heute. Ich weiß es, als wäre es gestern passiert. Ich weiß noch genau, wie ich an der Wohnungstür stand und Sven freudestrahlend mit seiner Reisetasche die Treppe hochkam. Eigentlich hätte ich Champagner kaltstellen und etwas gekocht haben sollen und ihn mit allen möglichen Infos zu unserer bevorstehenden Hochzeit versorgen müssen. Ich weiß, dass er sich darauf gefreut hatte. Aber natürlich war ich in einer ganz anderen Stimmung als er. Nupsi hatte ich schwören lassen, dass sie ihn nicht anrufen würde im Elsass, und sie hatte sich daran gehalten.

Dann stand Sven vor mir, ließ die Reisetasche fallen und breitete die Arme aus. Und ich fing an zu heulen.

14
Hamburg, 20 Uhr

»Also, Kindchen, ich bin ehrlich. Ich weiß nicht, ob das die beste Idee ist«, sagt Hedy, während wir über den Kiez Richtung Parkhaus fahren.

»Was ist daran schlimm?«, frage ich.

»Sie können doch nicht einfach einen fremden Mann mitnehmen.«

»Tu ich doch gar nicht. Er fährt doch mit seinem eigenen Auto.«

Hendrik ist direkt hinter uns. Ich weiß nicht, was mich geritten hat, aber ich habe ihn gefragt, ob er nicht mit uns den Abend verbringen will. Ich habe Lust auf einen Abend mit ihm, deswegen. Natürlich serviere ich deshalb Hedy nicht ab, aber es ist ja nicht schlimm, wenn noch jemand bei uns ist. Außerdem lenkt mich das alles von meiner Wut auf Sven ab, an den ich leider immer noch denken muss. Warum also nicht einen netten Abend mit einem attraktiven und fürsorglichen Mann verbringen? Wenn ich mit Hedy zusammen bin, komme ich ja anscheinend öfter mal auf spontane Ideen.

Für Hedy habe ich noch eine Überraschung. Bevor wir losgefahren sind, habe ich deswegen noch schnell einen Anruf gemacht – ich habe behauptet, dringend mal zu müssen, und bin hinter ein Gebüsch gegangen, wo ich rasch telefonieren konnte.

Jetzt fahre ich ins Parkhaus am Spielbudenplatz; Hendrik fährt mir hinterher.

»Ich würde ja wirklich gern den Abend mit Ihnen verbringen, herzlich gern sogar«, sagte er auf meine Frage. »Allerdings habe ich schon eine Verabredung mit einem Freund, und es wäre unhöflich, so kurzfristig abzusagen.« Er sei ja auf dem Weg zur Autobahn gewesen, zurück nach Hamburg. Nach einem Besuch bei seinen Eltern, die einen Bauernhof besäßen. »Ich versuche, einmal pro Woche hinzufahren«, erzählte er.

Hendrik betreibt ein Antiquariat in der Innenstadt, das er von seinem Opa übernommen hat. »Es wäre ein Jammer gewesen, es zu schließen. Reich wird man damit nicht, aber es läuft ganz gut. Und dann habe ich ja noch den Pensionsstall.« Den hat ihm eine Tante übertragen. Zwölf Pferde stehen da am Hamburger Stadtrand; es gibt eine Reithalle, Koppeln und ein Dressurviereck sowie einen Springplatz. Hendrik pendelt zwischen Antiquariat und Stall, was manchmal nervig sei, aber er bringe es nicht übers Herz, die beiden quasi geerbten Unternehmen abzugeben.

Jedenfalls sagte ich: »Natürlich, es wäre wirklich unhöflich, jetzt noch abzusagen.« Es gefiel mir, dass er so zuverlässig zu sein schien, aber schade war es trotzdem.

Hendrik erschien mir unschlüssig.

»Aber schön wäre es ja schon«, sagte ich aus einem Impuls heraus, und er lächelte mich an.

»Also gut. Ich rufe meinen Freund an.«

Zum Glück war der gar nicht sauer.

»Ich möchte gern auf den Kiez«, schlug ich dann vor. Da sollte nämlich die Überraschung stattfinden, was ich natürlich nicht verriet.

Die Vorstellung, auf den Kiez zu fahren, fand Hedy natürlich ganz herrlich, und Hendrik hatte auch nichts dagegen einzuwenden. Mir ging es inzwischen wieder besser, aber ich fuhr trotzdem vorsichtig, und wir zuckelten langsam vor Hendrik her.

»Morgen fahre *ich* wieder«, meckerte Hedy. »Sie sind viel zu lahm. Jetzt geben Sie doch mal Gas.«

»Auf dieser Landstraße sind nur 80 erlaubt.«

»Diese Bürokratie geht mir wirklich auf die Nerven. Hier ist doch gar nichts los. Das ist doch reine Schikane. Das machen die doch nur, damit sie blitzen können und Steuergelder in die Kassen kommen. Aber nicht mit mir. Morgen werde ich …«

Und so weiter und so weiter. Ich ließ Hedy reden und lächelte – ich freute mich auf den Abend.

Nun gehen wir alle drei die Reeperbahn entlang. Diese Straße wirkt bei Tageslicht wie eine abgehalfterte Hafennutte und bei Nacht so, als habe die Hafennutte aber so richtig dick und fett Make-up und Lippenstift und Sünde aufgelegt. Alles leuchtet, die Menschen drängen sich in Scharen auf dem Kiez, und die Koberer stehen vor den Puffs und Strip-Bars und locken die männliche Kundschaft herein. Die Leuchtreklamen versprechen einem eigentlich nichts als Sex, und samstags ist ab Mitternacht kein Durchkommen mehr. In Kneipen wie dem »Silbersack« und der »Ritze« versacken die Leute, es wird gesoffen, getanzt und gevögelt, und das alles bis zum frühen Morgen. Dann bewegen sich die Übriggebliebenen torkelnd zum Fischmarkt und verschlingen erst mal ein salziges Matjesbrötchen. Der Kiez hat was. Auch wenn es heutzutage manchmal gefährlich ist, sich dort herumzutreiben, hat er etwas Ehrliches an sich. Das gefällt mir.

Hendrik scheint sich auch wohlzufühlen. »Gehen wir irgendwo ein Bier trinken?«

»Klar«, sage ich. »Gleich.«

Und dann stehen wir vor der Herbertstraße.

»Da dürfen wir aber nicht rein«, sagt Hedy. »Weil wir Frauen sind, wissen Sie das nicht, Kindchen. Diese Wand hier heißt für uns Frauen: Halt, nicht weiter! Hinter dieser Wand sitzen nämlich Huren hinter Scheiben und locken die Männer an.« Sie kollabiert fast vor Stolz über ihr Wissen. »Wenn eine Frau in die Herbertstraße geht, bekommt sie von den dort arbeitenden Damen das Gesicht zerkratzt, oder sie kippen ihr eimerweise Urin über den Kopf«, erzählt sie wichtig.

»Ich hab auch gar nicht vor, da reinzugehen«, sage ich.

»Ach. Na ja.« Hedy scheint fast enttäuscht und beobachtet die

Leute, während Hendrik noch mal sagt, dass er Lust auf ein Bier hätte.

»Hier laufen ja Gestalten rum«, sagt Hedy und deutet auf einen Mann in Lederkleidung, der aus der Kneipe direkt neben der Herbertstraße kommt.

Groß, stark, mürrisch, tätowiert und mit geballten Fäusten geht er auf uns zu und bleibt direkt vor uns stehen.

Hedy weicht zurück. »Ein Mörder«, wispert sie. »Ein Mörder.«

Aber der Mann, der jetzt die Arme ausbreitet und mich angrinst, ist kein Mörder.

Es ist Lolli.

Lolli und ich haben uns in einer psychosomatischen Klinik in der Nähe von Plön kennengelernt. Ich war damals wegen meiner Panikattacken und Depressionen dort – so etwas bekommt man schon mal, wenn man Krebs hat – und Lolli wegen seiner Essstörung. Man wusste nicht viel von ihm, nur dass er aus Hamburg-Wilhelmsburg kam und dort »hinterm Deich« seinen Geschäften nachging. Was für Geschäfte es waren, blieb unklar, aber man nahm an, dass es nichts mit Einzelhandel oder etwas Sozialem zu tun hatte. In der Klinik hatten alle Patienten, und ich glaube auch einige Therapeuten, Angst vor Lolli. Er suchte keinen Kontakt zu irgendjemandem, und es traute sich auch niemand, ihn zu fragen, ob er abends bei einem Hagebuttentee Uno mitspielen wolle. Und so saß Lolli, der damals über 200 Kilo wog und ziemlich furchteinflößend wirkte, allein da und brummte vor sich hin. Nur während der Mahlzeiten hatte er Gesellschaft: Es gab eine Esssüchtigengruppe, die saßen separiert, weil sie nicht mitkriegen sollten, dass alle anderen Salate mit Mayo und Butterbrote mit Leberwurst oder Spaghetti Bolognese in sich reinstopften. Am anderen Ende des Saales saß die Magersuchtgruppe, weil die ja gerade Mayo und Leberwurst und Bolognesesoßen essen *sollten*. Wir anderen saßen irgendwo dazwischen.

Die Klinik liegt direkt an einem See, und der Sage nach lebte in diesem See seit ein paar Jahren eine ziemlich gefährliche, ausgesetzte Schnappschildkröte. Hin und wieder wurde die Schildkröte gesehen und einmal auch fast gefangen. Aber eben nur fast. Sie wurde natürlich in den Gerüchten immer größer, und als einmal ein Kind behauptete, die Schnappschildkröte habe es fressen wollen, bildeten sich Antischnappschildkröteninitiativen, die Jagd auf das Tier machten. Aber es wurde nie gefangen.

Dem adipösen Lolli wurde aufgetragen, täglich spazieren zu gehen und die Strecke langsam zu steigern. Durch die verminderte Kalorienzufuhr hatte Lolli gleich in der ersten Woche knapp acht Kilo abgenommen, was man aber nicht sah. Er wurde immer schlechter gelaunt, weil er ständig hungrig war, aber er wollte durchhalten, so sagte man.

Eines Abends war ich nach dem Essen ebenfalls am See unterwegs und sah Lolli: Er lag wie ein Käfer auf dem Rücken am Ufer im seichten Wasser und kam nicht mehr allein hoch. Und neben ihm saß die Schnappschildkröte und lauerte. Lolli war, so erzählte er mir später, vor Entsetzen wie gelähmt. Er sei umgeknickt und auf den Rücken gefallen, und ohne mein Vorbeikommen wäre er ganz sicher entweder von der Schnappschildkröte gebissen worden oder über Nacht erfroren. Es wurde ja nicht kontrolliert, ob jemand in seinem Zimmer war. Ich verjagte die Schildkröte mit einem Stock – sie war wirklich riesig und hatte einen widerlichen Kopf und eklige Zähne –, und dann wuchtete ich Lolli hoch, was eine Viertelstunde dauerte. Lolli war nass und fror, und ich stützte ihn, so gut ich konnte. Damals sagte Lolli zu mir: »Wenn du mal massive Probleme hast und unbürokratische Hilfe brauchst, ruf mich an. Ich regle das dann.« »Ach«, antwortete ich, »ich glaub nicht, dass ich das brauche.« Lolli schaute mich an: »Es kann immer was sein«, und ich versprach ihm, mich zu melden, wenn etwas sei, was er unbürokratisch regeln müsste.

Lolli wurde dann integriert und spielte abends mit uns Uno und Fang den Spitz. Als er die Klinik verließ, hatte er zwanzig

Kilo abgenommen. Zum Abschied schenkte er mir eine Schnappschildkröte aus Glas, die es am See in einer Glasbläserei zu kaufen gab. Wir blieben in Kontakt, mal mehr, mal weniger. Aber ich weiß, dass ein Anruf genügt, und Lolli steht auf der Matte. Er ist jetzt Teilhaber an einigen Kiezkneipen. Früher war er mal verheiratet, seine Ex fordert horrende Unterhaltssummen für drei Kinder; ich habe ihm schon mehrfach Geld geliehen. Hin und wieder hat er eine Freundin, aber nie lange. Wir hatten nie etwas miteinander, Lolli ist wie ein Bruder für mich. Wir haben schon Nächte durchgesoffen und sind mit seinem kleinen Boot raus auf die Elbe gefahren und haben dort Rum getrunken, bis die Sonne aufging, und dabei Weltverbesserergespräche geführt. Wir waren auch ein paarmal mit dem Boot mehrere Tage unterwegs auf der Nordsee, haben gewartet, bis das Niedrigwasser kam und das Boot auf dem Meeresboden aufsetzte, und dann sind wir im Schlick herumgelaufen und haben uns gegenseitig mit Matsch beworfen. Ich habe für uns auf dem kleinen Spirituskocher wahre Wundermenüs gezaubert, und wir haben mehr Wein getrunken, als uns guttat. Wir sahen Seehunde, und manchmal leuchtete das Meer grün und blau, es war wie ein Wunder. Ich fand das sehr romantisch. Lolli, der es nicht so mit der Romantik hat, klärte mich über das Meeresleuchten auf: Es würde durch Mikroorganismen erzeugt, die die Fähigkeit hätten, kurzzeitig körpereigene Leuchtstoffe herzustellen. Dieses Phänomen, auch »Biolumineszenz« genannt, kenne man von Glühwürmchen; am häufigsten trete es allerdings bei Meereslebewesen auf, vor allem bei vielen Bewohnern der Tiefsee. Ich wollte das aber gar nicht so begründet haben, ich wollte in meiner Rotweinlaune lieber denken, dass meine Familie mir vom Himmel aus Lichter ins Meer schickte. Ach, mit dem Boot rausfahren und segeln und trockenfallen und Wein trinken und mit Matsch um sich werfen und Sonnenaufgänge, das wird mir auch fehlen, aber wie mir das fehlen wird! Vielleicht kann ich ja dann vom Himmel aus Lolli ein bisschen Meeresleuchten schicken, und möglicherweise kapiert er, wenn er ins Wasser schaut, dass ich es bin, keine Mikroorganismen. Jedenfalls ist es wirklich schade, dass ich das und so vieles mehr nicht mehr haben werde. Ich kann Lolli noch nicht mal bitten, noch mal mit mir rauszufahren, denn sein Boot steht momentan in irgendeiner Halle, weil etwas kaputt ist, was bei dem schon älteren Ding häufiger mal vorkommt.

Lolli ist wirklich ein guter Kerl. Mittlerweile sieht er aus wie ein Athlet. Er besteht quasi aus Muskeln, boxt sich dreimal pro Woche mit anderen Verrückten das Hirn aus dem Schädel und läuft Marathon. Er erzählt gern, dass sein Körperfettanteil unter 5 % liege. Lolli kannte die Nutella-Bande, die vor langer Zeit auf dem Kiez agil war, er kannte Neger-Kalle, Karate-Tommy und wie sie alle hießen. Karate-Tommy ist vor nicht allzu langer Zeit gestorben, da war Lolli auf der Beerdigung, das sei sehr, sehr traurig gewesen, hat er erzählt.

Lolli zu kennen ist nicht das Schlechteste. Einmal hatte mich ein Handwerker übers Ohr gehauen. Ich erinnerte mich an Lollis Worte – »Es kann immer was sein« –, und rief ihn an. Lolli regelte die Sache unbürokratisch und auf seine Weise. Ich bekam mein Geld zurück und noch eine Entschädigung für die Aufregung. Lolli wollte allerdings kein Geld von mir. Das sei eine Ehrenschuld, sagte er, immerhin wäre er ohne mich wahrscheinlich durch die Bisse der Schnappschildkröte verblutet. Ein anderes Mal ging es um eine Nachbarin, die immer meine abonnierten Zeitschriften klaute und mich anschnauzte, wenn ich etwas sagte. Auch hier sorgte Lolli für Ordnung und wollte auch dafür kein Geld, denn ohne mich hätte er wahrscheinlich auch keine Augen mehr, weil die Schnappschildkröte die gefressen hätte.

Ich habe ihm nie etwas von meiner Erkrankung erzählt, da ich Angst hatte, dass er dann den Ärzten aufs Maul haut, weil die mich nicht gesund kriegen. Oder ständig vorbeikommt und Suppe kocht, denn er hat eine sehr liebe Ader. Raue Schale, weicher Kern trifft bei Lolli zu, auch wenn er es mit der Romantik an sich nicht so hat. Auf ihn ist Verlass.

Nun lasse ich mich in seine Arme fallen. »Lolli«, sage ich. »Das sind Hedy und Hendrik.«

»Aha«, sagt Lolli.

»Wir wollen heute den geilsten Abend unseres Lebens erleben. Dazu brauchen wir gute Drogen. Hast du welche?«

Hendrik sieht irritiert, aber nicht abgeneigt aus, und Hedy klatscht in die Hände. »Das ist mal ein Wort«, sagt sie.

Lolli grinst. »Könnt ihr haben. Aber wie ihr das haben könnt!«

Und dann hakt Lolli mich unter, und wir ziehen alle vier los.

»Also dann«, sagt Hendrik fröhlich. »Ich habe Durst.«

Ich hätte nie gedacht, dass ich mich einmal freiwillig auf die Bühne einer Karaoke-Bar stellen und Liedtexte wie Heidi Brühls »Wir werden nie mehr auseinandergeh'n, wir werden immer zueinandersteh'n« oder Howard Carpendales »Deine Spuren im Sand« so singen würde, dass 98 Prozent der Anwesenden sich entsetzt die Ohren zuhalten und ein Verlassen der Lokalität in Erwägung ziehen. Der Auftritt in einer solchen Bar gehört zu den Dingen, die ich nie im Leben tun wollte. Dazu gehören auch noch: Extensions, ein Besuch des Ballermanns, im Zuge dessen man womöglich auch noch Jürgen Drews trifft, und im Dschungelcamp mitmachen – wobei die Gefahr, dass ich jemals dazu eingeladen worden wäre, relativ gering war, weil ich ja noch nicht mal ein Z-Promi bin. Wenn die Karaoke-Bar das Einzige ist, was ich von alldem doch mache, stehe ich eigentlich noch ganz gut da.

Nachdem ich fertig bin, wirken die Gäste erleichtert. Niemand traut sich zu applaudieren, weil man Angst hat, das vermute ich zumindest, ich könnte es als Ansporn nehmen, eine Zugabe zu geben.

Hedy ist außer sich. Ihre Frisur ist keine mehr, da sie sich schon vor mir verausgabt hat. Das so sorgfältig aufgetragene Make-up ist verlaufen, der Lippenstift verschmiert, weil sie mit allen möglichen Leuten Brüderschaft getrunken hat, natürlich auch mit Lolli, der sie fest in seine Arme geschlossen und herumgewirbelt hat.

»Das ist das Leben!«, kreischt sie dauernd und ordert eine weitere Runde Getränke. Wenn man sie nicht kennt, würde man nicht glauben, dass sie über siebzig ist.

Hedy tanzt mit Lolli zu Musik aus den Fünfzigern und findet das ganz wunderbar, und ich sitze mit Hendrik in einer halbwegs ruhigen Ecke und trinke mein x-tes Bier. Ich weiß, dass ich morgen wegen des Alkoholkonsums büßen werde, aber es ist mir egal.

Lolli hat uns hierhergebracht, weil Hedy unbedingt singen wollte und »noch nie« in einer Karaoke-Bar war. Dieses »noch nie« von Hedy ist ja nun nichts Neues mehr; es gibt so viel, was sie noch nie gemacht hat. Ständig zwinkert sie Lolli zu, und dann schreit sie, dass er nicht glauben solle, er würde davonkommen, er habe ihr, Hedy, nämlich noch etwas versprochen. Etwas, wovon gute Menschen in den Himmel und schlechte in die Hölle kämen! Noch besteht sie nicht auf das Einlösen, denn nun singt sie mit einem jungen Mann diese Schnulze von Udo Jürgens und seiner Tochter Jenny, in der es darum geht, dass der Vater seiner Tochter Liebe ohne Leiden wünscht. Der Refrain besteht aus »Dudududududu-dudu-dudududududu-dudu« und macht mich ganz kirre. Ich habe sowieso nie verstanden, was die Mehrheit der deutschen Frauen dazu bewegt, bei diesem Mann loszukreischen, bloß weil er noch niemals in New York oder auf Hawaii war, keine zerrissenen Jeans und dafür weiße Bademäntel trug und über Sahne, lästernde Nachbarn und Wein sang. Bei Letzterem tanzen und schunkeln heute noch alle mit und üben sich zu später Stunde im erst langsamen, dann schnelleren Sirtaki, was aber immer dazu führt, dass ein Tänzer, rechts und links eingehakt, wegen zu viel Biergenuss nach hinten umkippt und alle ins Straucheln bringt. Hedy würde wunderbar in eine solche Tanzgruppe passen. Und mit Lolli hat sie einen wunderbaren Tanzpartner gefunden.

Ich muss mich unbedingt etwas ausruhen, aber ich will Hendrik nicht sagen, dass ich ein bisschen schlapp bin. Dann würde er bestimmt nachfragen; vielleicht ist er jemand, der so lange bohrt, bis man ihm die Wahrheit sagt, und das will ich nicht. Also ihm die Wahrheit sagen. Wozu auch? Nächstes Jahr um diese Zeit bin ich schon lange nicht mehr da, und ich kann ihm ja schlecht sagen, dass wir uns auf dem Friedhof treffen können. Andererseits kann ich jetzt nicht zu reserviert zu Hendrik sein, denn immerhin hat er wegen mir bei seinem Freund abgesagt und verbringt nun den Abend mit einer Wildfremden.

»Ich hole uns noch was zu trinken«, schlägt er nun vor, und ich nicke. Während er zum Tresen geht, muss ich wieder an Sven denken. Die Sache mit ihm sitzt doch tief. Ich glaube, selbst wenn ich nicht sterben müsste, könnte ich nicht locker mit Hendrik umgehen. In mir wohnt die Angst, dass so etwas wie mit Sven noch einmal passieren könnte.

Da kommt Hendrik mit den Gläsern und lächelt mich an. Auf einmal bin ich so schrecklich traurig. Ein Außenstehender würde meinen, dass wir ein Paar sind, das einen Abend in der Kneipe zusammen verbringt. An Krankheit würde niemand denken, wenn er uns so sieht. Daran, dass ich bald sterben muss. Und dass Hendrik das nicht weiß und auch nicht wissen wird. Würde er genauso reagieren wie Sven? Nein. Das glaube ich nicht. Aber bei Sven habe ich es auch nicht gedacht.

»Wollen wir nicht endlich du zueinander sagen?«, fragt Hendrik nun.

»Klar, warum denn nicht?« Wir stoßen an und trinken.

»Du siehst plötzlich so traurig aus«, sagt Hendrik.

»Echt? Ich bin nur ein bisschen müde. Geht gleich vorbei.« Würde er so reagieren wie Sven?

Hendrik runzelt die Stirn. »Irgendwas ist doch.« Als ob er mich kennen würde.

Ich hole Luft.

Und dann will ich es wissen: Ich erzähle ihm von Sven. Aber ich sage, dass es einer Freundin von mir so gegangen sei. Und erinnere mich an den gewissen Tag, den zweiten Oktober, als Sven freudestrahlend vor mir stand und die Arme ausbreitete.

»Endlich!«, rief er. »Komm her, komm her, da bin ich wieder, die Liebe deines Lebens!« Er sagte manchmal gern solche theatralischen Sätze, und oft musste ich drüber lachen. So was wie: »Nun ist das Mahl bereitet, lasse es dir munden«, wenn er Spaghetti mit Tomatensoße gekocht hatte. Er war schon ein heiterer Geselle, der gute Sven. Und ich hatte angefangen zu heulen, stand da wie vom Donner gerührt.

Sven ließ die Arme sinken und fragte verwirrt: »Was ist denn los?«

»Ich habe Lungenkrebs«, sagte ich.

Sven wurde blass.

Die nächsten Stunden erlebte ich wie einen Albtraum.

Sven war völlig durcheinander.

»Das gibt's doch gar nicht, das kann doch nicht sein. Bist du sicher, warst du beim Arzt?«

Was sagte er denn da? »Woher sollte ich das denn sonst wissen?«, frage ich ihn.

»Und wie geht es jetzt weiter?«

»Das wird sich zeigen. Es ist wohl sehr schlimm. Wahrscheinlich bekomme ich Bestrahlungen oder muss eine Chemotherapie machen, aber ich weiß es noch nicht. Der Arzt hat gesagt, er muss sich Gedanken machen.«

»Musst du … sterben?«, fragte Sven entsetzt.

»Erst mal nicht«, sagte ich. »Also, ich hoffe nicht.« Wieder liefen mir die Tränen. »Ich habe solche Angst.«

Sven fuhr sich nur durch die Haare. »O Mann, o Mann.«

Wir saßen da auf dem Sofa, und er stand auf.

»Ich muss mal raus an die Luft und das alles sacken lassen. Das ist ein bisschen viel.«

Er ging zur Tür und ließ mich allein da sitzen. Ich hatte Kopfweh, war durcheinander und voller Zukunftsängste. Ich wusste ja nicht, was auf mich zukommen würde.

Dann kam Sven zurück. Und fragte trocken: »Wie machen wir das denn mit der Hochzeit?«

»Das hat er nicht wirklich gefragt«, sagt Hendrik und starrt mich fassungslos an.

»Doch«, nicke ich. »Du kannst dir nicht vorstellen, was da in meiner Freundin vorgegangen ist.«

Unruhig war Sven damals vor mir auf- und abgetigert.

»Ich meine, das kostet ja alles viel Geld«, sagte er. »Und vielleicht, also vielleicht ... geht's dir dann gar nicht gut, und wir müssen kurzfristig absagen, und dann kann man nichts mehr stornieren.«

Mir wurde kalt. »Was ... was willst du denn damit sagen?«

»Man muss das Ganze auch mal pragmatisch sehen«, sagte Sven. »Ach, ich bin echt durcheinander. Kannst du denn überhaupt noch arbeiten?«

Es drehte sich alles. »Ja, sicher. Also vorläufig. Also ja.« Das war doch jetzt nicht wichtig!

»Puh«, sagte Sven. »Die Miete muss ja trotzdem bezahlt werden. Alleine wuppe ich das nicht.«

Das hörte ich zum Glück nur halb. »Der Arzt war schrecklich«, brach es aus mir heraus. »Nupsi hat aber schon einen neuen gefunden, bei dem habe ich nächste Woche einen Termin. Kommst du da mit hin?« Meine Stimme klang kläglich und fast flehend, worüber ich mich ärgerte.

»Puh.« Sven fuhr sich wieder durch die Haare und dachte stirnrunzelnd nach. »Ich glaub, das pack ich nicht«, sagte er dann. »Mir wird in Arztpraxen und Krankenhäusern immer schlecht, da ist so ein komischer Geruch. Aber frag doch Nupsi, die kommt doch sicher mit.«

Ich dachte, ich höre nicht richtig. Aber das tat ich leider doch. Ich flüchtete mich ins Bett. An diesem Abend nahm ich eine Tablette, weil ich sonst gar nicht hätte schlafen können.

Am nächsten Morgen war Sven schweigsam. Er frühstückte und verließ die Wohnung. Mir fiel auf, dass er mir am Tag zuvor gar nichts zum Geburtstag geschenkt hatte. Von unterwegs rief er mich an und sagte, er sei bei seinem Freund Max. Er müsse erst mal runterkommen und mit jemandem über alles reden. Ich sagte, dass ich das verstünde, obwohl ich es überhaupt nicht verstand. Dann rief ich Nupsi an, und die kam sofort zu mir. Sie regte sich furchtbar auf.

»Das hätte ich nie von Sven gedacht!«, sagte sie. »Heißt es nicht ›in guten wie in schlechten Zeiten‹?«

»Wir sind ja noch nicht verheiratet.« Und würden es vielleicht nie sein.

»Das ist doch egal«, sagte Nupsi. »Das macht man doch nicht! Hat der Mann denn keine Ehre im Leib?«

Sven kam am nächsten Tag wieder. Er sah schlecht aus. Viel schlechter als ich, die ich wirkte wie der Tod auf Latschen.

»Es tut mir so leid«, sagte ich dauernd. »Dass dich das alles so mitnimmt, das tut mir wirklich so leid.«

»Schon okay«, meinte Sven.

»Kann ich irgendwas für dich tun?«, fragte ich ihn. »Soll ich dir was Leckeres kochen?«

»Das wäre schön«, sagte er. »Bei Max gab's nur Tiefkühlpizza. Ich leg mich aufs Sofa.«

»Wollen wir nicht mal weiterziehen?« Hedy steht vor uns.

»Was?«, frage ich, aus meinen Gedanken gerissen. »Wohin denn?«

»Na, Ihr Lolli hat doch noch was Gutes für uns«, klärt Hedy uns zwinkernd auf. Himmel, warum ist sie nicht ein bisschen dezenter?

Da kommt Lolli. »Von mir aus können wir.«

»Gleich«, sagt Hendrik und gibt Lolli mit einer leichten Kopfbewegung ein Zeichen. »Tanzt ihr doch noch eine Runde. Ich will nur noch mein Bier austrinken.«

Lolli versteht und zieht Hedy auf die Tanzfläche, was sie sich gackernd gefallen lässt.

Ermunternd sieht Hendrik mich an, und ich erzähle weiter.

Nupsi kam mit mir zu dem neuen Arzt. Wieder wurde ein Röntgenbild gemacht. Dann stand definitiv fest, dass ich einen Tumor im rechten Lungenoberlappen hatte. Das war nicht so gut. Genau genommen war es entsetzlich. Nupsi saß kalkweiß neben mir. Sie hatte die ganzen Tage gehofft, dass der doofe Arzt sich geirrt hätte, so etwas kommt ja vor, wie man weiß. Aber er hatte sich nicht geirrt. Nupsi sagte: »Vielleicht sind Röntgenbilder vertauscht worden«, aber auch das war nicht möglich, weil ich die erste Patientin des Tages war. Nupsi ließ den Arzt schwören, dass es die richtigen Bilder seien. Der gute Herr Dr. Rosenbach hat einiges mit ihr mitmachen müssen. Die anderen Ärzte, zu denen sie mich im Laufe der Zeit schleppte, auch. Aber so ist meine Nupsi.

»Was heißt denn das genau?«, fragte ich dann.

»Wir müssen operieren und dann hoffen«, sagte Dr. Rosenbach. »Hoffen, dass sich keine Metastasen bilden.«

»Ich habe sofort aufgehört zu rauchen«, sagte ich zu ihm. »Das ist doch gut, oder?«

»Aufhören ist immer gut«, nickte Dr. Rosenbach. »Ihre Lunge sieht überhaupt nicht gut aus. Wie viel haben Sie denn geraucht?«

Ich sagte ihm die Wahrheit. »Seit ich siebzehn war, mindestens zwei Packungen am Tag. Als es die Big-Packs gab, waren es zwei davon. Also rauche ich seit 28 Jahren.«

»Das habe ich auch schon ausgerechnet«, sagte Nupsi. »Das sind über 20 000 Packungen.«

»Das ist sehr viel«, sagte Dr. Rosenbach sachlich. Zum Glück sage er nicht etwas wie ›selbst schuld‹, obwohl ich glaube, dass er es dachte.

Wir besprachen den weiteren Ablauf – wann, wie, wo ich operiert werden sollte. Im Universitätsklinikum Eppendorf sollte ich unters Messer. Die seien da sehr gut, sagte Dr. Rosenbach. Der Leiter der Pneumologie sei hervorragend, den würde er persönlich kennen. Da sei ich bestens aufgehoben. Er würde dort anrufen und um einen schnellen OP-Termin bitten. Denn es müsse so bald wie möglich operiert werden.

»Und dann?«, fragt Hendrik. »Ist denn alles gut verlaufen? Und wie hat der Verlobte deiner Freundin reagiert, dieser Mistkerl?«

Nupsi und ich fuhren nach Hause, und ich musste mich erst mal hinlegen, weil ich so schwach war, dass ich kaum gehen konnte. Der Schock saß zu tief. Die Gewissheit zu haben, dass es wirklich Lungenkrebs war, hatte mir den Boden unter den Füßen weggezogen.

Sven war auch da. Er arbeitete gerade an seiner Elsass-Geschichte. Nupsi erklärte ihm die Sachlage, und er glotzte uns dabei nur regungslos an.

»Dann sagen wir die Hochzeit aber wirklich ab«, war sein erster Satz, nachdem ihm klargeworden war, dass es wirklich nicht gut um mich stand. »Wer weiß, wie es dir nach der OP geht.«

Ich sagte gar nichts.

»Wenn das dein einziges Problem ist, tust du mir wirklich leid«, erklärte Nupsi ihm wütend.

Sven schaute sie gar nicht an. »Ich geh mal um den Block«, sagte er nur. »Ich brauch frische Luft.«

»Ich fasse es nicht.« Nupsi schüttelte dauernd nur den Kopf. »Sag mal, das gibt es doch nicht. Der hat sie doch nicht alle!«

Ich sagte gar nichts. Ich lag nur da.

Bis Sven zurückkam.

»Sei mir nicht böse, Leonor, aber ich pack jetzt ein paar Sachen und übernachte noch mal bei Max. Ich muss hier mal raus. Das zieht mich zu sehr runter.«

Ich sagte immer noch nichts.

»Deine Frau muss operiert werden! Sie hat *Lungenkrebs*. Es

geht ihr hundeelend, und du willst *zu Max*?« Nupsi schrie jetzt fast. »Was bist du denn für eine gottverdammte Nullnummer!«

»Sorry, das ist dann eben so.« Sven blieb völlig emotionslos und ging ins Schlafzimmer, um zu packen.

Fünf Tage lang meldete er sich nicht. Ging nicht an sein Handy. Antwortete nicht auf meine SMS und WhatsApp-Nachrichten. Aber ich sah, dass er sie gelesen hatte, es gibt ja diese Häkchen.

Nupsi rief bei Max an, er möge Sven bitten, sich bei mir zu melden. Ich bekam einen Nervenzusammenbruch, musste starke Beruhigungsmittel nehmen. Ich weinte die ganze Zeit, während Nupsi mit Dr. Rosenbach und dem Arzt im Krankenhaus telefonierte und Termine ausmachte. Max sagte, er wüsste auch nicht, was mit Sven los sei, er wolle nicht über mich reden. Wie es mir denn gehe, ach, nicht gut, das sei ja schrecklich.

Dann stand der OP-Termin fest. Nupsi war die ganze Zeit bei mir. Abends saßen wir zu Hause am Küchentisch, und ich schrieb auf, was im schlimmsten Fall alles erledigt werden sollte. Man musste ja auch an so profane Dinge wie Post und Blumengießen denken. Und wir wussten ja nicht, was mit Sven war. Am nächsten Morgen fuhren wir ins Krankenhaus. Von Sven immer noch keine Nachricht. Nach der Aufnahme fuhr Nupsi noch mal in die Wohnung, weil irgendwelche Unterlagen fehlten, und da traf sie auf Sven, der gerade seine Sachen packte.

»Sag Leonor, es tut mir leid«, sagte er.

»Du mieses Schwein«, antwortete Nupsi und knallte ihm eine. Er wehrte sich nicht.

Ich habe nie wieder etwas von Sven gehört. Er fragte noch nicht mal, wie die OP verlaufen war. Irgendjemand hat mir erzählt, er würde jetzt auf Mallorca leben, sei verheiratet und habe ein Kind, aber das war mir dann auch scheißegal.

»Ich kann nicht verstehen, dass Menschen so sein können«, sagt Hendrik. Wir trinken beide Bier und schweigen. Dann räuspert er sich. »Das tut mir sehr leid für dich. Wirklich.«

Ich sehe ihn an und will ihm sagen, dass es ja gar nicht um mich geht. Aber dann möchte ich nicht lügen. Hendrik hat alles durchschaut, natürlich. Er ist wirklich feinfühlig. »Danke«, sage ich nur.

»Und?«, fragt er. »Wie ist denn der Stand der Dinge?«

»Noch ungefähr drei Monate.« Ich leere mein Glas und vermeide es, ihn anzuschauen. Ein unglücklicher Zeitpunkt für ein Kennenlernen. Besonders wenn man bedenkt, dass ich, seitdem ich Hendrik getroffen habe, das Gefühl nicht loswerde, dass aus uns etwas hätte werden können.

Hendrik starrt auf die Tischplatte. Ich glaube, er hat Tränen in den Augen. Aber das kann natürlich auch an der Beleuchtung liegen.

Von der Tanzfläche winken uns Lolli und Hedy, dass wir nun wirklich weiterziehen sollen.

»Kommst du mit?«, frage ich Hendrik, aber er schüttelt den Kopf.

»Nein, ich glaube nicht. Ich … keine Ahnung, ich würde natürlich gern mitkommen, aber andererseits auch nicht. Ich würde gern mit dir zusammen sein, aber nicht so. Anders. Ich würde dich gern besser kennenlernen, und ich will hier nicht einen auf lustig machen. Das kann ich nicht, so leid es mir tut. Aber morgen. Morgen würde ich dich gern wiedersehen.« Er schaut mich mit großen Augen an.

Ich schüttele den Kopf. »Nein.« Stark sein jetzt, stark sein.

»Warum denn nicht?«

»Weil es sinnlos ist. Du solltest deine Zeit nicht mit jemandem vergeuden, der bald nicht mehr da sein wird«, versuche ich ihm zu erklären, obwohl ich am liebsten in seine Arme fallen würde. Stattdessen sage ich: »Ich würde mich dabei nicht gut fühlen. Ich würde dich mit einer Situation belasten und dich in etwas mit reinziehen, mit dem du wahrscheinlich gar nicht umgehen kannst. Ich glaube, es wäre etwas anderes gewesen, wenn wir uns früher kennengelernt hätten. Verstehst du, was ich meine?« Hendrik sieht mich nur an. »Das wäre doch viel zu viel für dich. Stell dir mal vor, wir lernen uns näher kennen und merken, dass da was ist zwischen uns. Und jeder Tag, der vergeht, bringt mich näher an den Tod. Und an jedem Tag verlieben wir uns vielleicht mehr ineinander. Das wäre doch grausam. Nein.« Ich rede jetzt mit Nachdruck und möchte auf gar keinen Fall sentimental werden. »Nein, Hendrik. Ich möchte dich nicht wiedersehen. Das will ich uns beiden nicht antun.«

Hendrik steht da und nickt. Dann kommt er näher und streicht mir übers Haar. »Gut, Leonor. Es ist gut. Ich … würde dir jetzt gern alles Gute wünschen, aber das würde nur seltsam klingen. Oder zynisch. Also dann … ich gehe. Ich hoffe, dass du noch eine schöne Zeit hast. Mit ihr vielleicht«, er schaut zu Hedy, die eifrig mit Lolli über irgendwas diskutiert. »Und überhaupt.« Er atmet tief ein. »Ich würde so gern noch ganz viel sagen, aber ich weiß gar nicht, wo ich anfangen soll. Es ist alles so durcheinander.«

»Siehst du«, sage ich. »Und es würde noch viel schlimmer werden. Deshalb.«

Hendrik schaut mich noch einmal an. Dann nickt er, dreht sich um und verlässt die Kneipe. Und ich stehe da und muss mich unendlich beherrschen, um ihm nicht nachzulaufen und ihn festzuhalten. Ich weiß nicht, ob ich das alles noch lange ertragen kann. Ich bin wirklich kein furchtbar emotionaler Mensch, jedenfalls nicht häufig, aber das hier bringt mich an meine Grenzen. Verdammte Wahrheit! Meine Füße kribbeln. Sie wollen losrennen, und ich will es auch, ihm so gern hinterherlaufen, ihn festhalten und ihm so vieles sagen, aber wofür? Eine – und wenn auch lose – Beziehung mit Hendrik anzufangen, wäre wirklich sinnlos und auch nicht fair ihm gegenüber, selbst wenn er es so wollte. Nein, nein, nein.

Es ist besser so. Es ist besser so. Also bleibe ich in der Bar und tue nichts. Ich muss noch nicht mal die Befürchtung haben, dass Hendrik mich suchen und finden könnte, denn er kennt ja nur meinen Vornamen. Gut, er könnte die Hospize und Krankenhäuser abklappern, aber die dürfen ja nichts sagen. Hedys Nachnamen kennt er auch nicht und Lolli wird nichts sagen, sollte Hendrik ihn ausfindig machen, das stecke ich Lolli auch gleich und der nickt.

»Wo ist denn der nette junge Mann?«, fragt Hedy.

»Er musste gehen«, sage ich. »Da wollte ich ihn nicht länger aufhalten.«

»Ach«, sagt Hedy. »Ich mochte ihn. Ich glaube, das war ein guter Mann.«

Das glaube ich nicht, ich weiß es. Ich bin so schrecklich vernünftig und froh, dass Hedy nicht anfängt zu fragen, warum und wieso ich ihn nicht gebeten habe zu bleiben. Es wäre total sinnlos. Ich werde auch Nupsi nichts von Hendrik erzählen. Nupsi würde vielleicht noch denken, das »solle so sein« und mich zwingen, Hendrik zu suchen, was ich auf keinen Fall tun werde. Der arme Mann soll seine Zeit besser verbringen als bei mir irgendwann in naher Zukunft am Krankenbett.

15

Zusammen mit Lolli und Hedy verlasse ich die Bar. Die Luft ist rein und frisch, und ich bin todmüde. *Tod*müde, ha-ha-ha.

»Und nun?«, fragt Lolli unternehmungsfroh. Er hat Hendrik zwar ein bisschen verwundert nachgeschaut und mich mit einer erhobenen Augenbraue angeblickt, aber nichts weiter gesagt. »Ihr sagt mir jetzt nicht, dass ihr k. o. seid! So jung kommen wir nicht mehr zusammen!«

»Müde? Schlafen können wir noch, wenn wir unter der Erde liegen, nicht wahr, Kindchen?«

Hedy scheint in einen Jungbrunnen gefallen zu sein, ich habe keine Energie, mich zu wehren, und so lasse ich mich von den beiden weiter in den »Silbersack« ziehen. Es ist eine meiner Lieblingskneipen auf dem Kiez. Bis vor ein paar Jahren wurde sie von der guten alten Erna betrieben, die dann aber leider verstarb. Niemand wollte die Kneipe weiterführen, auch nicht Ernas Kinder, doch die Leute sind Amok gelaufen und haben Initiativen zum Erhalt des »Silbersacks« gegründet. Die Kneipe wurde dann verkauft und zum Glück von einem neuen Pächter weitergeführt; es wäre wirklich ein Jammer gewesen. Der »Silbersack« ist herrlich; hier wurde noch nie renoviert. Es gibt immer noch den alten Terrazzoboden, die alten Holzstühle, die maritimen Wandmalereien und die karierten Vorhänge, die Erna einmal pro Woche in die Reinigung brachte.

Hier sind wir nun, Lolli holt Bier, und Hedy ist aufgeregt wie sonst was.

»Himmel!«, ruft sie. »Wie oft war ich mit Arthur hier! Da mussten wir keine Angst haben, gesehen zu werden. Die feine

Gesellschaft war ja in Blankenese unterwegs, auf den Kiez ging man nicht. Hier auf dieser Bank haben Arthur und ich immer gesessen, Kindchen, und haben Bier getrunken. Paul, sein Bruder, war auch oft dabei, er hat darauf geachtet, dass wir ungestört blieben. Der ›Silbersack‹ hatte gerade erst aufgemacht. Einmal«, sie kichert, »haben wir uns sogar ein Hotelzimmer genommen. Oh, Arthur war ein wundervoller Liebhaber. Und die Liebe meines Lebens. Jetzt, wo ich hier an diesem Tisch stehe, fällt mir wieder so viel ein. Wir haben zusammen gelacht und so gute Gespräche geführt. Wir waren Seelenverwandte. Aber es sollte nicht sein, es durfte nicht sein. Früher war das eben so.« Sie streicht über die Tischplatte, dann setzt sie sich auf die Bank. »Ach, ach«, sagt sie wehmütig. »Wie lange ist das her?« Sie schaut mich an.

»Das weiß ich nicht.«

»Es war 1958, und du warst siebzehn Jahre alt«, sagt da jemand, und ich drehe mich erschrocken um.

Hedy blickt auf. »Bitte?«, fragt sie.

»Hedwig«, sagt der Mann. »Bist du es wirklich?«

»Nun, ich glaube schon.« Hedy weiß immer noch nicht, wer vor ihr steht.

»Ich bin's, Paul.« Der Mann grinst. »Da kommt man nach über fünfzig Jahren nach Hamburg zurück, und wen trifft man am ersten Abend? Die große Liebe des kleinen Bruders!«

Hedy steht auf und schlägt die Hände vor dem Mund zusammen.

»Paul? Bist du es tatsächlich?«

Der Mann breitet die Arme aus. »Die Ohrringe kenne ich – sie sind von unserer Großmutter! Natürlich bin ich es! Ein paar Jährchen älter, aber immer noch ganz der Alte.«

Und nun fängt Hedy an zu schluchzen und umarmt ihn.

Da kommt Lolli mit den Gläsern, und wir setzen uns alle auf die Bänke, auf denen Hedy und Arthur sich immer gegenübergesessen haben. Ich bin froh über die Ablenkung, so muss ich nicht mehr an Hendrik denken. Und an Sven.

»Arthurs Ehe mit Rebecca war gar nicht gut«, erzählt Paul. »Die beiden passten einfach nicht zusammen. Sie hatten keine Gemeinsamkeiten. Arthur stürzte sich in die Arbeit. Er war fast nie zu Hause, nur in der Werft. Er machte das gut, unser Vater war zufrieden, auch mit mir. Ich hab die Geschäfte im Ausland betreut, wir beide, also Arthur und ich, haben die Reederei gut am Laufen gehalten und uns vergrößert. Mittlerweile ist alles verkauft, wir haben ja keine Kinder. Wir haben gut gelebt.«

»Bist du denn auch verheiratet?«, will Hedy wissen.

»Meine Frau ist vor einem Jahr gestorben. Ich habe mitbekommen, dass du damals auch geheiratet hast. Immer habe ich zu Arthur gesagt, er solle sich einmal bei dir melden, aber er hat es nie getan, weil er sich so schäbig fühlte. Du hast es ja richtig zu etwas gebracht, Hedwig, meine Hochachtung! Nach dem Tod meiner Frau habe ich die Dinge in New York geregelt und bin nun endgültig zurück in Hamburg. Und da treffe ich dich. Ist es denn zu fassen?«

»Das ist wirklich wundervoll.« Hedy ist ganz durcheinander. »Aber sag«, nun sieht sie ängstlich aus. »Was ist mit Arthur? Ich bin ehrlich, Paul, gerade heute habe ich mit seiner Frau gesprochen, meine nette Freundin hier meinte, ich sollte doch mal nach ihm suchen. Vielleicht ist ja alles Schicksal, und wir sollen uns hier treffen, es kann ja sein. Seine Frau sagte, Arthur sei verschwunden, einfach weg, und niemand wüsste, wo er sich befindet, ob er überhaupt noch lebt. Sie sagte, auch du nicht. Stimmt das?«

»Ja und nein.«

»Was denn nun?«

»Ich sagte, ja *und* nein. Ich weiß, dass er lebt. Wir haben nicht mehr so viel Kontakt, er ist oft unterwegs, aber wir haben letzte Woche telefoniert. Er hat sich einen anderen Namen gegeben. Den sagt er mir aber nicht. Was ich nicht genau weiß, ist, *wo* er lebt.« Paul wird rot. »Das heißt also, ich weiß es schon, aber andererseits eben auch nicht. Arthur will nicht, dass Rebecca es erfährt. Diese Furie würde sofort hinfahren und ihn zwingen zurückzukommen.«

»Was? Was? Was?«, ruft Hedy nun. »Ihr habt telefoniert? Das habt ihr wirklich? Oh, mein Kopf, mein Kopf. Ich kriege noch einen Schlaganfall. Wo ist er denn, wo ist er denn?«

»Das weiß ich eben nicht, obwohl ich es weiß.«

»JA, was denn nun? REDE DOCH!«, ruft Hedy kreischend.

»Äh … das ist ein bisschen problematisch«, sagt Paul und wirkt, als sei ihm etwas sehr unangenehm. »Also, wir skypen …«

»Davon hab ich gehört, da kann man die Leute doch sehen, das ist wie ein Telefon ohne Hörer!«, ruft Hedy.

»Lass mich doch mal ausreden. Also, die Sache ist die, dass er mir schon ein paarmal gesagt hat, wo er lebt. Es ist aber so, dass ich eigentlich schon seit Jahren ein Hörgerät brauche. Ich war aber zu eitel dafür. Als ich dann aber ein paarmal von Autos, Bussen und Motorrädern, die ich nicht gehört habe, fast umgefahren wurde, hab ich mich doch um eins gekümmert. Jetzt habe ich seit drei Tagen ein Hörgerät. Und, äh … ich habe eben in den Telefonaten, also bei diesem Skypen, nicht so viel verstanden.«

»Das ist doch nicht zu fassen. Das heißt, du weißt also gar nicht, wo genau er ist?«, will Hedy wissen.

Paul nickt.

»Alles umsonst!« Hedy schreit nun. »Und ich dachte, das Schicksal meint es mal gut mit mir!«

»Moment mal.« Ich wende mich Paul zu. »Wenn Sie skypen, sehen Sie sich da?«

Er nickt. »Ja, diese Funktion ist immer an.«

»Aha. Und was sehen Sie da so?« Mein Recherche-Instinkt ist angesprungen. Vielleicht kann man ja anhand der Umgebung etwas ausmachen.

»Na ja, er scheint irgendwo in einer warmen Gegend zu sein. Manchmal nimmt er seinen Laptop nämlich mit in ein Café, und da er sitzt draußen. Da sind definitiv Palmen, und das Meer sieht man auch. Arthur trägt immer T-Shirts. Und es gibt viele dunkelhäutige Menschen. Er hat Angst, dass Rebecca durchdreht, wenn sie seinen Aufenthaltsort erfährt. Die Ehe war die reinste Hölle, sage ich euch, und ich erspare dir die Details, Hedwig. Aber das gönnt man seinem ärgsten Feind nicht. Arthur hat einmal vor lauter Kummer Kopfläuse bekommen.«

Ich wusste bislang nicht, dass man vor Kummer Läuse bekommen kann, sage aber nichts.

»Deshalb kann ich verstehen, dass er abgehauen ist. Er hat Geld abgezweigt, das hat er geschickt gemacht. Aber keine Sorge, Rebecca lebt weiterhin auf großem Fuß, so ein Strolch ist mein Bruder nicht. Er hat mir erzählt, dass er unter seinem neuen Namen ein Hotel betreibt. Mit zwei anderen Leuten. Das scheint gut zu laufen. Leider weiß ich den Namen des Hotels nicht und auch nicht den von Arthur. Es ist ein Kreuz.«

»Was weißt du denn überhaupt, Paul, kannst du mir das sagen? WAS weißt du?«

»Es tut mir leid, es tut mir leid, Hedy. Das Hörgerät!«, sagt Paul verzweifelt.

»Aber er hat Ihnen gesagt, *wo* er ist«, hake ich nach.

Paul nickt wieder. »Aber ich habe es doch nicht verstanden.«

»Haben Sie denn irgendetwas verstanden, irgendwelche Silben vielleicht?«

Paul denkt nach. »Es hörte sich wie Ullabatulla an oder so etwas. Und einmal sagte er: ›Paul, ich fahre jetzt zum Bloho‹, oder so ähnlich. Der Sonnenuntergang sei da so schön, und dazu die Tempelgesänge. ›Du kannst dir nicht vorstellen, wie toll das aussieht, wenn dann noch das Wasser die Felsen hochklatscht‹, hat er gesagt. ›Dazu ein Lein, und der Tag ist mein Freund.‹ Keine Ahnung, was er damit meinte. Ein andermal war da so ein Lärm, so ein Motorbrummen, da fragte ich, was das sei, und Arthur meinte, das sei ein Kuckuck, aber das kann ja nun nicht sein.«

»Ullabatulla? Bloho? Lein? Kuckuck?«, fragt Lolli. »Was soll das denn sein?«

»Wenn ich das wüsste, wäre ich weiter. Aber ich habe nirgendwo etwas über Bloho und Lein und Kuckucks gefunden, was mich weitergebracht hätte.«

»Wir könnten ihn doch einfach anrufen«, sagt Hedy aufgeregt.

»Das geht nicht, wir sprechen immer an festen Tagen. Und das nächste Mal erst wieder in drei Monaten. In der Zwischenzeit ist sein Gerät auch immer aus.«

»In drei Monaten!«, ruft Hedy. »Warum denn?«

»Er macht eine lange Reise mit Freunden.«

»Diese drei Monate verfolgen mich nun, seitdem ich Sie kenne, Kindchen«, sagt Hedy zu mir, und keiner außer mir versteht, was sie meint. »Kann man ihm denn keine Nachricht schicken?«

»Er hat es halt nicht so mit dem Internet«, erklärt Paul, und ich muss kurz an Herrn Dinkelgärtner denken und an die Auszubildende mit dem Pferd, hoffentlich hat es jetzt seine neuen Hufeisen. Ich denke nach. *Ullabatulla. Lein. Kuckuck* und *Bloho*. Bei mir klingelt's irgendwo. Mir liegen die richtigen Bedeutungen dieser Worte auf der Zunge. Sie ergeben Sinn. Ich muss nur drauf kommen. Verflixt nochmal. Denk nach. Denk nach!

»So lange kann ich nicht warten!«, ruft derweil Hedy und schaut mich an. »Allein schon wegen Ihnen, Kindchen. Sie sollen das doch alles miterleben«, flüstert sie in mein Ohr.

»Ach je, wenn ich das gewusst hätte, dann hätte ich mich doch schon vorher um ein Hörgerät gekümmert«, sagt Paul traurig.

Und dann hab ich es. Bingo! Mein Gedächtnis hat mich nicht im Stich gelassen.

»Ich glaube, ich weiß, wo er ist.«

Alle schauen mich an. »WAS?«, fragen sie dann laut.

»Ich glaube, ich weiß, wo er ist«, wiederhole ich mich aufgeregt. »Er ist in Sri Lanka. Genauer gesagt in *Unawatuna*, das ist an der Südküste. Da gibt es einen berühmten Felsen, der heißt *Blow Hole*. Es hört sich gruselig an, wenn da durch ein Loch in der Felswand das Wasser einschießt und wieder abfließt, als ob ein Mann kehlig von unten ruft. Das Wasser vom Indischen

Ozean klatscht die Felswand hoch und spritzt die Leute nass. Ganz früher dachte man, ein böser Geist würde aus dem Loch zu einem sprechen. Gerade zum Sonnenuntergang gehen viele dahin, es ist eine Attraktion. In der Nähe gibt es einen Tempel, in dem zu dieser Zeit gesungen wird. Und dann trinkt Arthur *Lion Beer*, das gibt es in Sri Lanka. Und mit Kuckuck meint er wahrscheinlich ein *Tuktuk* – das sind so dreirädrige Fahrzeuge. Es ist lebensgefährlich, als Tourist selbst mit ihnen zu fahren, man lässt das besser einen Einheimischen machen.« Ich nicke. »Ullabatulla ist Unawatuna. Bloho ist Blow Hole. Lein ist Lion, Kuckuck ist Tuktuk. Arthur ist in Sri Lanka. Ich bin mehr als sicher. In Unawatuna. Ich war vor ein paar Jahren mal da, für eine Reisegeschichte.«

Hedy sieht aus, als würde sie jeden Moment umkippen. »O Kindchen, sind Sie sicher?«

»Na ja, hundertprozentig nicht. Aber es passt irgendwie alles«, sage ich. »Und dass da Palmen sind, wo er ist, passt ja auch. Es könnte also sein.«

»Na dann ist es ja doch nicht schlimm, dass ich kein Hörgerät hatte«, sagt Paul. »Jetzt wissen wir es ja. Wer konnte das alles denn ahnen?«

»Es ist auf jeden Fall einen Versuch wert«, sagt Hedy aufgeregt. »Wir fliegen nach Sri Lanka! Am besten sofort.«

»Halt«, sage ich. »Arthur ist doch für drei Monate unterwegs.«

»Wenn ich weiß, dass er es ist, fliege ich später noch mal hin – aber ich brauche erst mal Gewissheit! Und die kriege ich nur, wenn ich vor Ort bin. In diesem Hotel wird sich ja wohl herausfinden lassen, ob es wirklich Arthur ist oder nicht. Und dann können die Leute ihn vielleicht ja erreichen. Irgendetwas wird schon zu machen sein. Keinesfalls wird gewartet! Das wäre ja noch schöner, das kriegen Sie ja dann alles nicht mehr mit, Kindchen.« Den letzten Satz sagt sie leise, damit niemand blöde Fragen stellt.

Hedy hat gute Laune, und das freut mich für sie. Paul findet ihren Plan auch gut, will aber lieber erst mal nicht mitkommen. Wir verabreden, in Kontakt zu bleiben, dann verabschiedet sich Paul von uns. Hedy bestellt uns noch etwas zu trinken. Lolli ist zwar ein bisschen angesäuert, weil jetzt doch keiner seine Drogen will, beruhigt sich aber dann wieder. Es gibt schließlich Wichtigeres. Ich bin mal wieder angeschickert, so wie alle.

»Gleich nachher kümmern wir uns um einen Flug«, sagt Hedy.

»Ach je, das wird schön, das wird schön. Immer wollte ich ja fliegen, immer. Und auch mal Riesenrad fahren und so schnelle Gerätschaften, in denen man auf dem Jahrmarkt herumgewirbelt wird. Hier gibt es doch diesen Vergnügungspark. Ob der noch offen hat?«

»Der Hamburger Dom«, sagt Lolli. »Der hat erst wieder im November geöffnet. Weißt du noch, Leonor, wie wir einmal völlig bekifft mit der Looping-Bahn gefahren sind? Oder mit dieser Frisbee-Schaukel? Und mit den ganzen anderen Gerätschaften? Meine Fresse, hatten wir einen Spaß!«

»Klar weiß ich das noch«, sage ich und muss lachen. »Dir war danach total schlecht. Du hast dauernd gesagt, dass du gleich kotzen musst, und ich hab dich geärgert und gesagt, das sei unmännlich.«

»Ich war stinksauer«, lacht Lolli. »Das müssen wir unbedingt mal wieder machen. Im November bin ich nicht da, ich fahr mit nem Kumpel nach Kuba. Sonne tanken. Aber der Frühjahrsdom gehört uns, da hauen wir mal richtig auf die Kacke.« Er legt den Arm um mich und drückt mich an sich.

Plötzlich werde ich so traurig wie lange nicht. Die Traurigkeit legt sich wie ein Mantel über mich, und die gute Laune, die ich fast den ganzen Abend hatte – von Hendriks Abschied jetzt mal abgesehen –, ist verschwunden. Schlagartig wird mir bewusst, dass ich den Frühling höchstwahrscheinlich, ach was, ganz sicher, nicht mehr erleben werde. Oktober, November, eventuell noch Dezember. Die Ärzte haben ja gesagt, dass mir eher weniger Zeit bleibt. Und das war's dann. Mir schießen die Tränen in die Augen, weil ich schon wieder daran denken muss, dass es unter der Erde bitterkalt ist. Und ich dann in einem Sarg liegen werde und es ganz dunkel sein wird. Nirgendwo wird ein Licht brennen wie damals in meinem Kinderzimmer, damit ich keine Angst haben muss und beruhigt einschlafen kann.

Plötzlich wirft Hedy sich in meine Arme. »Ach, Kindchen, ach Kindchen. Ich weiß, was Sie denken. Der nächste Jahrmarkt wird ohne Sie stattfinden.« Auch sie beginnt zu weinen. »Aber ich werde Sie ganz oft besuchen kommen, das verspreche ich. Und ihn hier, den Lolli, den nehme ich mit. Dann setzen wir uns auf die Bank und unterhalten uns mit Ihnen.«

Ich hole ein Tempo aus meiner Tasche und schnäuze mich lautstark.

»Was reden Sie denn da für ein wirres Zeug?«, fragt Lolli. »Ich hab Ihnen doch gar nichts gegeben.«

»Es ist schon gut, ich erkläre es dir später«, sage ich, weil ich unter gar keinen Umständen möchte, dass …

»Aber Leonor wird doch bald sterben!«, ruft Hedy, und einige »Silbersack«-Besucher ducken sich, vielleicht weil sie eine Schießerei vermuten.

Lolli runzelt die Stirn und ballt die Fäuste. »Was? Wirst du bedroht? Von wem? Sag mir den Namen, ich schlag ihn zum Krüppel!«

»Vielen Dank, Hedy«, sage ich böse. Es muss doch nicht sein, dass Lolli sich jetzt auch noch aufregt.

»Ja, was denn, was denn, es ist doch die Wahrheit.« Sie schluchzt.

»Es ist gar nichts, Lolli«, erkläre ich ihm ganz ruhig. »Frau Bentham ist ein bisschen senil. Sie bringt Dinge durcheinander.«

Lollis Augen sind Schlitze. »Ich glaube dir kein Wort. Du lügst. Ich merke, wenn mich jemand belügt. Und du lügst wie gedruckt.« Er kommt näher. »Sofort sagst du mir die Wahrheit.«

»Sie hat Lungenkrebs, das Kindchen ist bald tot. Ich hab ihr einen Sarg geschenkt«, jammert Hedy. »Nur noch drei Monate, wenn's hochkommt, eher weniger, das haben die ganzen Spezialisten gesagt, und wir waren im Hospiz bei Frau Himmelreich, das war gar nicht schön. Davor haben wir uns auf dem Friedhof kennengelernt und man wollte uns Begonien andrehen, aber nicht mit uns, nicht wahr, nicht wahr, und dann hat sie gesagt, sie zeigt mir das Leben, weil ich mich dauernd nur um die blöden Furzkissen und Sperma in der Tube gekümmert habe, das ist doch auch kein Lebensinhalt. Und was soll ich denn alleine mit dem Porsche, das macht ja gar keinen Spaß, das ist doch alles sinnlos, aber ich habe ja sowieso keinen Führerschein, was soll's, und ich wollte noch so viel mit ihr erleben, ach je, ach je!« Sie holt Luft.

Lolli ist kreidebleich. »Du hast Krebs?« Er schaut mich mit tellergroßen Augen an.

»Ja.« Was soll ich sonst sagen.

»Lungenkrebs? Und dir bleiben nur noch ein paar Monate?«

»Vielleicht auch nur noch Wochen. Wie man's nimmt.« Wieder werde ich traurig. Es ist schwieriger, es auszusprechen, als es zu denken.

»Scheiße«, sagt Lolli und bringt die Sache damit auf den Punkt.

Dann beginnt er, auf und ab zu gehen und nachzudenken. »Was für eine Kacke!«, brüllt er. »Was für eine Kacke!« Dann kommt er zurück. »Was kann man denn da machen?«

»Nichts mehr«, sage ich schlicht.

»Aber du kannst dich doch operieren lassen.«

»Alles schon geschehen.«

»Wie jetzt? Wann denn?«

»Ich hab es dir nie gesagt«, erkläre ich. »Ich hab dir immer erzählt, ich sei auf Reisen, und das mit der Perücke hat sowieso niemand mitbekommen.«

»Doch«, erinnert Lolli sich. »Einmal ging es dir über Wochen schlecht. Du musstest dauernd kotzen und hast mir erzählt, du hättest eine Lebensmittelvergiftung.«

»Das war während einer Chemo.« Ich nicke. Bevor er fragen

kann, warum ich ihm nichts davon erzählt habe, sage ich: »Ich wollte es dir nicht sagen, weil es sowieso nichts genützt hätte.«

»Ich hätte …«, sagt Lolli und schweigt dann. Möglicherweise wird ihm klar, dass hier Fäuste und gute Kontakte zum Kiez nicht wirklich hätten weiterhelfen können. »Und nun?«, fragt er fast ängstlich.

»Eine weitere OP ist sinnlos. Wirklich, du musst jetzt nicht auch noch was von Spezialisten erzählen. Glaub es mir bitte einfach.«

»Was für eine Kacke!«, wiederholt er und streicht mir dabei lieb übers Haar.

»Schon gut, Lolli. Ich versuche, die restliche Zeit so angenehm wie möglich zu verbringen. Hedy und ich machen lustige Dinge. Wir fahren ja zum Beispiel nach Sri Lanka, da müssen ja noch Flüge gebucht werden. Du siehst, ich bin beschäftigt und leide nicht blöd vor mich hin. Nur manchmal bin ich ein bisschen traurig.«

»Ein bisschen traurig«, wiederholt Lolli wütend. »Du solltest rumschreien, aber doch nicht hin und wieder ein bisschen traurig sein.«

»Es ist aber so. Ich bin zum Beispiel traurig darüber, dass wir nicht mehr auf den Frühjahrsdom gehen werden und dass wir nie wieder zusammen segeln können.« Das ist wirklich schade. Aber in unserem letzten Telefonat hatte Lolli mir ja erzählt, dass er das Boot aus dem Wasser in die Halle hatte bringen müssen, weil irgendwas mit dem Rumpf war, und das würde dauern und das würde natürlich auch wieder kosten. Es war immer so schön auf dem alten Holzboot. Lolli hat es einem Kumpel abgekauft und an den Wochenenden restauriert. Er hat das Boot »Düsseldorfer Tabelle« getauft, was so gar nicht zu dem hundert Jahre alten Schiff passt, aber zu Lollis damaliger finanzieller Situation. »Meine Ex will mich zerstören«, klagte er über Jahre, weil die sich immer auf den Kindesunterhalt bezog, der aus der Düsseldorfer Tabelle hervorging. Noch schlimmer war allerdings, dass er seine Kinder nie sehen durfte. Jedenfalls bin ich traurig, dass ich nicht mehr mit ihm segeln gehen kann.

»Wieso?«, fragt Lolli. »Wieso nicht segeln?«

»Weil die ›Düsseldorfer Tabelle‹ doch kaputt ist«, sage ich.

»Was ist das denn?«, will Hedy wissen.

»Mein Boot«, sagt Lolli mit stolzgeschwellter Brust. »Und von wegen nicht mehr segeln. Das Mädchen liegt seit gestern wieder im Wasser. Auf geht's!«

Ich schaue auf die Uhr. Kurz vor drei Uhr morgens. Sehr spät oder sehr früh, je nachdem, wie man es sieht. Aber es ist mir egal. Ich bin froh, dass Lolli diesen Vorschlag gemacht hat. Ich bin todmüde, aber auch das ist mir egal. Wahrscheinlich wird es mir so richtig schlechtgehen, wenn ich irgendwann mal wieder zur Ruhe komme, aber das ist mir ebenfalls egal. Wie sagten die doch bei dem Dinner auf der Titanic: »Weil jeder Tag zählt!«

16

»Mein Kopf, mein Kopf«, sagt Hedy. »Wohin soll das nur führen? Das ist das neue Leben, das ich führe, seitdem wir uns kennen. Das ist mein Körper nicht gewöhnt. Das wird es sein. Das ist es. Ach, da ist ja der Hafen. Da sind wir schon. Nein, die vielen Boote! Wie das Wasser glitzert! Warum hatten Viktor und ich eigentlich kein Boot? Mir fällt nämlich gerade ein, dass ich auch immer segeln wollte. Aber Viktor wollte nicht, was wollte Viktor eigentlich außer blöden Bildern? Und ganz ehrlich, Kindchen, ich weiß nicht, was Ihre Nupsi an diesem Bild mit der Eisenbahnbrücke findet. Ich …«

Lolli bleibt abrupt stehen. »Jetzt reicht es mal«, sagt er barsch. »Das ist mir zu viel Gequatsche. Auf dem Boot brauche ich so ein Gequassel gleich gar nicht. Da will ich meine Ruhe haben. Und die Fahrt mit Leonor genießen. Wenn Sie nicht die Klappe halten, bis ich Ihnen sage, dass Sie sie wieder aufmachen können, bleiben Sie an Land.«

Hedy presst die Lippen aufeinander und schweigt beleidigt.

Ich muss grinsen, während wir den Steg entlanggehen. Da liegt sie, die »Düsseldorfer Tabelle«, und schaukelt leicht hin und her.

Zum Glück liegt das Boot längsseits am Steg, sonst wäre das Drama mit Hedy noch größer geworden. Sie tut so, als sei das Schiff neunzig Meter entfernt, und behauptet, unter gar keinen Umständen an Bord klettern zu können.

»Wollen Sie, dass ich ausrutsche, junger Mann, und mir die Beine breche? Wollen Sie, dass ich einen Oberschenkelhalsbruch riskiere? Daran sterben alte Menschen grundsätzlich. Wollen Sie, dass ich eine neue Hüfte brauche, weil ich unglücklich stürze? Ist es das, was Sie wollen?«

Ich möchte gar nicht wissen, was los gewesen wäre, wenn die »Düsseldorfer Tabelle« mit dem Bug am Steg gelegen und Hedy über den Bugkorb hätte klettern müssen. Ganz Hamburg wäre wach geworden.

Irgendwann hebt Lolli Hedy einfach hoch und wirft sie fast über die Reling. Sie jammert: »Mein Fuß, mein Fuß!«

Lolli verdreht die Augen, schließt den Niedergang auf und holt Decken für alle, weil der Wind gleich doch recht kühl werden wird.

»Wie hältst du das denn bitte aus?«, fragt er mich leise, nachdem er die Decken verteilt, den Motor an- und die Leinen losgemacht hat und das Boot aus dem Hafen steuert. Ich habe die Fender gelöst und verstaut und stehe nun neben ihm.

»Ach, es ist gar nicht so schlimm«, antworte ich und kuschle mich in die Wolle. »Im Augenblick ist sie ja still, ich glaube sie hat Angst vor dir. Außerdem – wenn man nur noch eine begrenzte Anzahl von Tagen zur Verfügung hat, ist man nicht mehr so wählerisch, glaub mir. Und sie ist ein lieber Mensch. Sie hat vom Leben nicht so viel gehabt. Jetzt blüht sie auf, weil sie endlich mal was erlebt.«

»Außer Sperma in der Tube?«

»Ja, sie hatte mit ihrem egomanen Mann eine Firma für Scherzartikel.«

»Wie lustig.« Er sieht mich an. »Mensch, Leonor«, sagt er, und ich gehe zu ihm an die Pinne, schmiege mich in seinen Arm und merke, dass ich mich tatsächlich entspanne.

Hedy sitzt da und schweigt und schaut herum. An Land ist alles erleuchtet. Wir fahren an den Museumsschiffen »Rickmer Rickmers« und der »Cap San Diego« vorbei, die ruhig daliegen und ein bisschen wirken, als würden sie die Ruhe genießen, bevor am nächsten Morgen erneut die Touristen auf ihnen herumklettern. Bei der Werft Blohm & Voss wird gearbeitet wie immer, an den Landungsbrücken ist nicht viel los, und dann fahren wir an den schönen Villen vorbei, die direkt an der Elbe gebaut wurden, und irgendwann schreit Hedy natürlich: »Da ist mein Haus, da ist mein Haus!«, aber dann ist sie wieder ruhig.

Kurze Zeit später übernehme ich die Pinne und steuere das Boot in den Wind, damit Lolli die Segel setzen kann, und natürlich macht Hedy, die sich mittlerweile auch eingewickelt hat, erst einmal »Huch, huch!«, als das Boot dann schiefer liegt. Dann rauscht die »Düsseldorfer Tabelle« die Elbe entlang, ich atme tief durch, und mir fällt ein, dass ich noch nicht eine Ibuprofen gebraucht habe. Nicht eine!

Vielleicht, vielleicht, vielleicht, ach, vielleicht wird doch noch alles gut. Plötzlich habe ich wieder Hoffnung, und das macht mich irgendwie froh, obwohl ich tief im Innern weiß, dass es natürlich Quatsch ist.

Aber vielleicht. Vielleicht. Vielleicht.

Manchmal geschehen ja Wunder.

Lolli sieht mich an. »Ist das nicht schön?«

Ich nicke. Es ist *wunderschön*. Ich halte meine Nase in den Wind.

Vielleicht. Vielleicht. Vielleicht.

Und so fahren wir weiter, weiter, weiter.

Irgendwann sagt Lolli: »Hier werfen wir den Anker.«

»Wo sind wir?«

»Zwischen Hahnöfersand und Neßsand«, sagt er. »Am Mühlenberger Loch.«

»Die kleine Halbinsel. Hier waren wir doch schon mal.«

»Klar, da hatten wir einen tollen Sonnenaufgang.«

»Ja, ich erinnere mich.«

»Ich habe noch nie einen Sonnenaufgang auf einem Schiff erlebt«, beklagt Hedy sich. »Gerecht ist das nicht.«

»Deswegen sind wir ja hier«, sagt Lolli. »Um einen zu sehen.«

»Ach«, sagt Hedy und freut sich.

Ganz, ganz langsam dämmert es. Ein paar Möwen fliegen herum, das Boot dreht sich um den Anker. Lolli geht nach unten, um Kaffee zu kochen, und ich bleibe mit Hedy hier oben.

»Das ist vielleicht schön, Kindchen«, sagt sie beinahe ehrfürchtig. Sie hat recht. Es ist zwar nicht alles ruhig, man hört die Geräusche der Maschinen in der Werft und die von Airbus, man hört von weither Autogeräusche und man hört Vögel, es raschelt, es gluckert, der Wind rauscht. Lolli bringt den Kaffee. Wir sitzen alle nebeneinander und schauen auf die Elbe, es wird heller und heller, und da kommt die Sonne hervor und geht langsam über der Stadt auf. Es ist so schön, dass ich heulen könnte, wenn ich es nicht schon täte. Hedy und Lolli und ich sitzen dicht aneinandergeschmiegt da, ich in der Mitte, und da kommen jeweils zwei freie Hände von rechts und links und legen sich über meine. So sitzen wir da und schweigen zusammen, während die Sonne höher und höher steigt, und ich hoffe und hoffe und hoffe, dass doch noch alles gut wird, während ich weiß, weiß, weiß, dass das gar nicht möglich ist.

Aber vielleicht. Vielleicht.

Ich sehe Lolli und Hedy an. »Ich möchte, dass ihr einmal im Jahr hier rausfahrt, und zwar immer an diesem Datum im September, und hier ein Glas Wein oder einen Kaffee oder was auch immer auf mich trinkt. Das wünsche ich mir.«

Hedy nickt, und Lolli sagt nichts, ich weiß auch, warum. Sein Gesicht sagt mir alles.

17

Donnerstag, 29. September

Wir fahren zurück. Es ist nun ganz hell, der Tag wird sonnig, und ich bin jetzt wieder ganz pragmatisch gestimmt, da ja eine Reise geplant werden muss. Nach Sri Lanka.

»Soll ich nicht doch besser mitkommen?«, fragt Lolli zum neunten Mal. »Ich meine, zwei Frauen alleine da bei diesen Wilden, das geht vielleicht nicht gut.«

»So ein Unfug«, wiegelt Hedy ab. »Das sind doch da bestimmt keine Wilden, oder, Kindchen?«

»Natürlich nicht. Was denkst du denn, Lolli? Dass das Kannibalen sind?«

»Man liest ja so viel«, sagt Lolli. »Also ich würde mich besser fühlen, wenn …«

Auf gar keinen Fall schleppe ich Lolli mit nach Sri Lanka. Er würde mir alles verbieten und dauernd in einer Habachtstellung darauf lauern, ob ich gleich umkippe oder Medikamente brauche. Apropos: Ich brauche Opiate. Dr. Rosenbach hat es gesagt. Dr. Wagner muss angerufen werden.

»Aber vielleicht ist es doch …«, fängt Lolli wieder an, und da habe ich eine grandiose Idee.

»In Sri Lanka gibt es Schnappschildkröten«, behaupte ich, und er wird weiß wie eine Wand. »Nein!«

»Doch. Dagegen ist die Schildkröte aus Plön ein winziger Lachsack. Die Schnappschildkröten in Sri Lanka sind von der Größe her vergleichbar mit Salzwasserkrokodilen«, lüge ich weiter, auch weil ich weiß, dass Lolli das Internet hasst wie die Pest und sich weigert, ein Smartphone anzuschaffen. Er bezeichnet sich gern als »old school«, weil er den Begriff so toll findet. Jedenfalls hat der harte Lolli wenig Ahnung davon, was Google ist. Er kauft sich jeden Morgen die *Bild* und das *Hamburger Abendblatt* und sagt, er brauche das Rascheln von Papier, wenn er Zeitung liest.

»Du lügst doch. Ich sehe doch, dass du lügst.«

»Sie haben sichelartige Zähne«, gebe ich ihm zur Antwort. »Mit Widerhaken. Und die Zähne wachsen immer wieder nach, wie bei Haien. Aber der Biss eines Weißen Hais ist nichts gegen den Biss einer singhalesischen Schnappschildkröte.« Lolli hält sich die Ohren zu. »Sie treten übrigens in Rudeln auf und suchen sich ihr Opfer danach aus, wie viel Angst das Opfer ausstrahlt. Die riechen das richtig. Und sie bevorzugen durchtrainierte Männer. Dann umkreisen sie das Opfer und machen sich erst mal einen Spaß draus, es zappeln zu lassen, bis es dann zum schrecklichen Ende kommt. Das geht dann folgendermaßen …«

Das wäre erledigt.

»Sag jetzt nichts«, bitte ich Nupsi später, nachdem ich ihr am Telefon von unserem Plan erzählt habe. »Komm lieber vorbei, Hedy möchte dich um was bitten.«

»Ich sage doch gar nichts«, verteidigt sich Nupsi. »Nie würde ich es wagen. Aber um was will sie mich bitten?«

»Es geht irgendwie um die Bilder.«

»Ich komme sofort!«, ruft Nupsi aufgeregt.

»Lass mich erst noch ein paar Sachen erledigen und komm am Nachmittag, okay?«

»Okay.«

Hedy und ich haben gerade ein spätes Frühstück hinter uns, nachdem wir uns noch ein bisschen hingelegt hatten. Wir haben Weihnachtstrüffel inhaliert – Frau Groß ist süchtig nach den Sätzen: »So wunderbare Trüffel habe ich noch nie gegessen!« und »Diese Zimtsterne sind keine Zimtsterne, sondern eine Offenbarung!« –, und Hedy hat sich auch sonst wieder den Magen vollgeschlagen. Es gab sogar Nutella. Frau Groß hat ganze Arbeit geleistet. Sie hat auch Meraner Nüsse und Bethmännchen gemacht. Ich habe begeistert alles in mich reingestopft; mein Appetit scheint komplett wiederhergestellt zu sein.

Während ich einen Zimtstern kaue, keimt in mir wieder Hoffnung auf: Vielleicht trägt ja die ganze neue Situation tatsächlich dazu bei, dass es mir bessergeht. Vielleicht bekommt der Krebs einen Schreck, weil auf einmal alles anders ist. Es könnte ja sein, ich werde es beobachten. Am liebsten würde ich gar nicht an den Krebs denken, aber er ist nun mal da, und ich kann ihn nicht ignorieren. Deswegen können wir auch nicht heute fliegen, weil ich mich ja noch um die Medikamente, den Arztbrief und so weiter kümmern muss. Außerdem müssen die Flüge noch gebucht werden. Hedy hat mir drei Kreditkarten hingelegt und meinte, ich solle mich bedienen.

Ich setze mich also an die Buchung, und wir haben Glück: Übermorgen sind zwei Plätze frei, fast schon die letzten. Von Hamburg nach Frankfurt und von dort über Nacht nach Colombo. Als Hedy, die schon mit Packen angefangen hat, herunterkommt, um sich ein Wasser zu holen, erzähle ich es ihr. Ich habe ein schlechtes Gewissen, denn die Flüge sind sehr teuer, da wir so kurzfristig buchen.

»Was kosten denn die Tickets?«, will sie wissen.

»Eins kostet 800 Euro«, sage ich schuldbewusst. »Aber es sind die letzten, die frei sind, deswegen. Wenn man lange vorher bucht, dann ist es meistens billiger. Dafür sind die Plätze neben dem Notausgang, da haben wir mehr Beinfreiheit.«

»Wieso Beinfreiheit?«

»Wenn man so lange sitzen muss, der Flug dauert zehn Stunden, dann will man …«

»Aber da *liegt* man doch. Das weiß ich doch von unseren Angestellten. Wenn die geflogen sind, haben sie immer gelegen.«

»Nicht automatisch. Nur in der Business Class.«

»Sie wollen mir wohl nicht sagen, dass Sie zweite Klasse buchen wollen?«

»Doch, natürlich.«

»Sie sind wohl verrückt geworden! Habe ich Geld, oder habe ich Geld? Jahrzehntelang sind andere geflogen, und ich habe hier gehockt, während meine Angestellten quer durch die Weltgeschichte gebraust sind und dabei gelegen haben. Nichts da. Wir fliegen, wie es sich für eine Geschäftsfrau mit ihrer todkranken Gesellschafterin gehört: Buchen Sie Business Class! Hoffentlich ist noch etwas frei. Himmel, ich habe schon wieder Kopfschmerzen. Diese ganze Aufregung macht mich wahnsinnig. Hoffentlich sind wir noch rechtzeitig! Nicht dass Arthur schon unterwegs ist. Und wir müssen Paul unbedingt was aus Sri Lanka mitbringen, der gute Kerl, durch ihn habe ich Arthur ja überhaupt wiedergefunden.«

»Noch haben wir ihn nicht gefunden.«

»Es muss klappen, es *muss* klappen.« Hedy schwirrt schon wieder davon, und ich protestiere nicht weiter. Warum nicht mal Business fliegen, wenn sie es so möchte? Das wird bestimmt hundertmal angenehmer sein, als sich in der Economy im Sitz zusammenzufalten.

Nach dem Buchen telefoniere ich mit dem Bezirksamt. Hedy braucht ja einen vorläufigen Reisepass; glücklicherweise kann der sofort ausgestellt werden. Dann rufe ich diesen Dr. Wagner an, den Dr. Rosenbach informiert hat – und wir fahren direkt los, um das mit dem Pass und den Medikamenten zu erledigen. Ich bekomme von Dr. Wagner den Arztbrief, in dem steht, dass ich morphin- und was-weiß-ich-haltige Medikamente mit mir führen kann, und auf dem Heimweg bestellen wir in der Apotheke die Medikamente; sie sollen am Nachmittag da sein. Auf gar keinen Fall darf ich die Unterlagen vergessen: Mit Drogen ist in Sri Lanka nämlich nicht zu spaßen. Das fehlte noch, dass Hedy und ich bei dieser schwülen Hitze dort in ein vermodertes Gefängnis gesteckt werden und Ratten uns annagen, während wir schlafen. Von den Kopfläusen will ich gar nicht sprechen. Die bekommt man da bestimmt, und zwar nicht nur vor Kummer wie Paul.

Hedy ist sehr aufgeregt und kontrolliert ungefähr tausendmal unsere Unterlagen. »Wir brauchen ja Ausweise und den ganzen anderen Kladderadatsch«, erklärt sie und sortiert ständig alles neu, damit es »übersichtlich geordnet und leicht zu finden ist«.

Aus Spaß habe ich mich übrigens auf die Waage gestellt, und völlig verdattert festgestellt, dass ich fast zwei Kilo zugenommen habe. Das könnte, *könnte* ein gutes Zeichen sein. Überhaupt geht es mir zunehmend besser. Wahrscheinlich ist es nur die Aufregung und die Tatsache, dass ich nicht dauernd an die Krankheit denke und daran, dass ich bald sterben werde. Meine Tage sind gezählt, aber ich werde sie nicht mehr zählen, sondern leben, solange es irgendwie geht. Wie aufs Stichwort klingelt mein Handy. Es ist D. Weitzel von der Bestattungsvorsorge.

»Ich habe jetzt noch mal herumgerechnet«, erklärt er ernst. »Also, mit Rosen wird's wirklich teuer. Das muss ja alles intensiv gepflegt werden. Und da brauchen wir auch einen sonnigen Platz. Zumindest ein bisschen Sonne. Der Platz, den Sie haben, ist nur begrenzt geeignet. Bei Begonien ...«

»Nein, Herr Weitzel.« Bei der Bepflanzung werde ich hart bleiben, und wenn ich mich mit ihm prügeln muss.

»Was halten Sie denn von Muschelzypressen oder der Weißbunten Kriechspindel?«

»Das klingt, als ob Sie Aliens auf unsere Gräber setzen wollen«, entgegne ich. »Wir wollen normale Blumen.«

»Dann Begonien.«

»Nein.«

»Aber warum denn nicht?«

»Ich mag eben keine.«

D. Weitzel seufzt. »Was ist mit Purpurglöckchen ›Plum Pudding‹?«

»Ich möchte keine Blumen, die nach Essen benannt wurden.« Also wirklich. »Als Nächstes bieten Sie mir die Nelken ›Jägerschnitzel‹ oder die Chrysantheme ›Kirschkuchen mit Baiserhaube‹ an.«

»Sie machen es mir wirklich nicht leicht«, beschwert er sich. »Dabei kann es Ihnen doch eigentlich egal sein. Sie sehen die Pflanzen ja nicht. Sie sind ja tot. Es ist doch schnurzpiepegal.«

Nun ist es gut. »Sie werden mir langsam zu übergriffig, Herr Weitzel. Am besten, wir lassen das. Es gibt auch andere Wege, um fünfeinhalbtausend Euro loszuwerden. Und ich hätte gern den Namen Ihres Vorgesetzten.«

»Schon gut, schon gut.« Nun wird D. Weitzel ganz unterwürfig. »Entschuldigung. Kommt nicht wieder vor. Also, ich schaue noch mal nach wirklich schönen Blumen mit normalen Namen und melde mich dann wieder.«

»Gut. Und ich möchte nie wieder das Wort ›Begonie‹ hören.«

»Keinesfalls, keinesfalls!«

Am Nachmittag kommt Nupsi vorbei und wird von Hedy beauftragt, während unserer Reise im Haus zu wohnen und auf alles aufzupassen. Weil Hedy niemals weg war, hat sie Angst, dass das Personal nichts mehr arbeiten wird.

»Kaum ist die Katze aus dem Haus, tanzen die Mäuse auf dem Tisch«, sagt sie.

Für Nupsi ist es natürlich eine Ehre, so kann sie ständig dieses Bild mit der Eisenbahnbrücke und den Miró anglotzen. Und noch einige andere Bilder, die im Keller stehen, wohltemperiert zwar, damit nichts drankommt, aber eben im *Keller*. Das macht Nupsi fertig.

»Bilder müssen doch angeschaut werden!« Sie bleibt vor einem düsteren Ölschinken stehen. »Hedy! Ich werde verrückt. Ist das etwa ein Turner?«

»Wenn Sie das sagen.« Hedy zuckt mit den Schultern, und Nupsi murmelt fassungslos irgendwelche Sätze vor sich hin.

Da hier noch viel mehr Kunstwerke stehen, wird ihr bestimmt nicht langweilig werden. Vom Pool ist sie auch begeistert.

»Das ist ja der helle Wahnsinn: eine 25-Meter-Bahn – das ist ja wie im Schwimmbad!«

»Na ja, es *ist* ja auch eins«, stellt Hedy klar. »Also meine Liebe, machen Sie es sich schön.«

Nupsi bringt mich zur Apotheke, und wir holen die Medikamente ab. Dann fahren wir noch mal in meine Wohnung, um ein paar Sommersachen zu holen und um noch mal die Post durchzusehen, die meine liebe Nachbarin ja hereingelegt hat. Es ist nichts Wichtiges dabei. Gut so. Ich hole eine Reisetasche und packe ein paar Kleider und Shorts ein, einiges habe ich ja schon bei Hedy. Dann schaue ich mich in meiner Wohnung um. Irgendwie kommt sie mir so fremd vor. So, als hätte ich gar nichts mehr mit diesem Leben in ihr zu tun. Ich weiß nicht, ob das gut oder schlecht ist. Ich weiß nur, dass es sicher am besten ist, dass ich Nupsi nach dem Abschließen den Schlüssel gebe.

Sie fährt mich zurück zu Hedy, und dort mache ich am Abend ein Testament, denn das will ich erledigt haben. Ich setze Nupsi als Generalbevollmächtigte ein, sie soll alles regeln und alles bekommen. Das, was sie nicht braucht von mir, soll sie verkaufen oder spenden oder wegwerfen. Sie muss sich aber schriftlich dazu verpflichten, den Honig von Papa nicht wegzuwerfen, sondern zu essen. Honig ist ja lange haltbar. Nupsi weint die ganze Zeit, aber sie protestiert nicht.

Ein Glas Honig und die Badekappe meiner Mutter will ich mit ins Grab nehmen, das schreibe ich auch auf. Das Kleid, das ich tragen will, habe ich ja schon. Um eine eventuelle Steuererstattung soll Nupsi sich auch kümmern. Ich gebe ihr eine Vollmacht für meine Konten, damit sie die Beerdigung und das Abmelden von allen möglichen Ämtern oder was weiß ich bezahlen kann. Herrn Dinkelgärtner soll sie auch anrufen, wenn etwas ist. Auch mit D. Weitzel wird sie sich eventuell auseinandersetzen müssen. Ich hoffe, ich komme lebend aus Sri Lanka zurück, damit ich alles Weitere planen kann. So viel Zeit müsste ich eigentlich noch haben, aber man weiß nie.

Ich hoffe nur, ich mache alles richtig.

TEIL III

18

Sonntag, 02. Oktober, 10 Uhr

Als wir in Colombo landen, ist Hedy völlig fertig. Sie hat keine Sekunde geschlafen, obwohl ich ihr eine Tablette angeboten habe. »Wenn ich zum ersten Mal fliege, will ich alles mitbekommen«, sagte sie. Und jetzt ist sie natürlich wie gerädert.

Ich dagegen fühle mich ausgeruht. Business Class ist was Wunderbares. Die Auswahl beim Essen war himmlisch, ich entschied mich für ein scharfes singhalesisches Curry, schließlich fliegen wir Sri Lankan Airlines. Dann machte ich mich für die zehn Flugstunden zurecht wie eine Großmutter: Schlafbrille, Nackenhörnchen, dicke Socken – diese Flauschdinger, die man im 1-€-Shop kaufen kann, herrlich! –, Schlabberhose, Ohrstöpsel, Schlaftablette. Bei Langstreckenflügen habe ich das schon immer so gemacht. Dann bekommt man nichts mit – auch nicht, wenn es Turbulenzen geben oder das Flugzeug abstürzen sollte. Das habe ich jedenfalls immer gehofft.

Nach den ganzen Erledigungen haben wir am Freitag lang ausgeschlafen und es ruhig angehen lassen. Lolli war noch mal da und hat sich verabschiedet und mir das Versprechen abgenommen, hin und wieder nach Nupsi zu schauen und Nupsi habe ich das Versprechen abgenommen, Lolli anzurufen, wenn was ist.

»Was soll denn schon sein?«, fragte Nupsi, und Lolli sagte wieder, dass immer was sein könne. Er verbeugte sich vor Hedy, mich drückte er fest.

»Man sieht sich«, sagt er leise.

Gestern haben wir uns dann von Herrn Adalbert zum Flughafen chauffieren lassen. Hedy wollte natürlich mit dem Porsche fahren, aber zum Glück wäre es da mit unserem Gepäck eng geworden, und ich musste nicht lang mit ihr diskutieren.

»Ich habe Kopfweh, und jeder Knochen tut mir weh«, erklärt sie mir nun.

Sie hätte sich natürlich auch bequem hinlegen können, aber das wollte sie nicht – so viel zu »Aber im Flugzeug *liegt* man doch!«.

»Im Bad gibt es Kosmetikartikel von Bulgari«, erzählt sie. »Und ich habe zwei Filme geschaut, meine Augen tun weh! Die haben hier auch Zahnbürsten, und Zahnpasta kriegt man auch geschenkt. Also wenn ich das alles früher gewusst hätte! Eigentlich ist das ja ein Unding, Kindchen. Viktor und ich hatten Millionen auf den Konten, was heißt hatten, ich hab sie ja immer noch. Und nicht ein einziges Mal bin ich geflogen, das muss man sich mal vorstellen!«

»Jetzt sind Sie ja geflogen.« Ich gähne. Die Schlaftablette wirkt noch nach.

»Ah, es geht los.« Hedys Laune bessert sich, als die nette Chefstewardess uns zum Aussteigen auffordert.

Kurze Zeit später stehen wir mit unserm Gepäck in der Schlange an der Passkontrolle. Ich wühle in meiner Dokumententasche herum, weil ich diesen Arztbrief suche. Auf Verlangen muss ich ja belegen können, warum ich morphinhaltige Medikamente dabeihabe, sonst laufe ich Gefahr, bald am Galgen zu baumeln. Obwohl die Todesstrafe in Sri Lanka seit 1974 nicht mehr vollstreckt wurde, wie ich im Reiseführer gelesen habe. Aber ich finde den verdammten Brief nicht. Das gibt es doch nicht.

»Was suchen Sie denn?«, fragt Hedy.

»Den Arztbrief.«

»Von diesem Arzt?«

Ich sehe sie an. »Ja, von wem denn sonst?«

»Von diesem Dr. Wagner?«

»Ja, sicher.« Himmel! In meinem Koffer ist der ganze Mist, wenn die jetzt eine Stichprobe machen sollten, bin ich dran.

»Wir hatten doch alles hier reingelegt.« Ich wedele mit der Mappe vor Hedys Nase herum.

»Ach je«, sagt Hedy. »Die war ja so voll, und dann wären die Tickets verknickt. Da habe ich was rausgenommen.«

»WAS? Und ausgerechnet den Arztbrief?« Das war's.

»Ja, was hätte ich denn sonst rausnehmen sollen? Unsere Ausweise?«

Ich möchte sie schütteln, weil sie so uneinsichtig ist. Bittebittebittebitte jetzt nicht noch eine Verhaftung!

»Ich dachte, in Sri Lanka ist es so heiß.« Hedy ist sich über die Tragweite der Situation nicht im Klaren. »Es ist eher kühl.«

Die Frau vor uns dreht sich zu uns um. »Der Flughafen ist klimatisiert.«

»Ach.« Hedy denkt nach. »So was verstehe ich nicht. Das ist doch eine Vortäuschung falscher Tatsachen. Ich finde ...«

Ich könnte verrückt werden, lasse es aber bleiben und überlege fieberhaft, was wir tun können. Nichts. Mit tritt der Schweiß auf die Stirn, und ich für meine Person bin froh, dass es hier eine Klimaanlage gibt. Die singhalesischen Kontrolleure sehen äußerst muffig aus.

»Hoffentlich kommen wir nicht zu spät und Arthur ist schon weggefahren«, regt Hedy sich wieder auf. »Die ganze Zeit muss ich daran denken. Nicht dass das Schicksal mir schon wieder einen Strich durch die Rechnung macht.«

»Wir wissen ja noch nicht mal, ob er überhaupt hier ist, und selbst wenn er in Unawatuna ist, wo genau. Da gibt's ja nicht nur ein Hotel.« Als ich vor zwei Jahren dort war, hatte sich das kleine Städtchen schon zur Partyzone entwickelt. Am Wochenende kamen die jungen Leute aus Colombo und den anderen größeren Städten hin und feierten bis zum Umfallen.

»Ach je. Bei meinem Glück geht alles den Bach runter«, lamentiert Hedy. »Warum sollte mich Fortuna auch mal streicheln? Ich werde einsam vermodern, ohne mein Lebensglück gefunden zu haben, mittellos, verschrumpelt und gehbehindert. Und dann steht Arthur an meinem Grab, also an unser beider Grab, und dann werden seine Lippen verdächtig zittern, ich weiß es. Oh, es wird ...«

»Hedy!«

»Ist ja schon gut. Geht es hier auch mal weiter? Es kann doch nicht angehen, dass es so lange dauert, Pässe zu kontrollieren. Was fragen die den Mann denn da? Der sieht doch ganz normal aus.«

Vor uns hat ein Tumult begonnen. Ein spießig aussehender Mann gestikuliert wie wild und hebt dann die Hände wie in einem Western. Er wird abgeführt, und es fehlt eigentlich nur noch eine schlagende Saloon-Tür.

»Himmelherrgott!« Hedy ist erschüttert. »Was hat der Mann denn gemacht?«

Die Frau vor uns dreht sich wieder um. »Irgendwie haben sie wohl Mohnkrümel in seiner Tasche gefunden.«

»Mohnkrümel?«

»Ja. Und denken jetzt wahrscheinlich, das wären Drogen. Das ist in Dubai auch schon mal passiert. Da haben sie auch jemanden hopsgenommen, dabei hatte der nur ein Mohnbrötchen im Flugzeug gegessen, das muss man sich mal auf der Zunge zergehen lassen.«

Hätte er das mal gemacht, der Mann. Die Frau vor uns tritt mit ihrem Gepäck an die Kontrollscheibe.

Hedy wird blass. »Sind Drogen hier etwa verboten?«

»Ja, Hedy. Hier sind Drogen verboten. Deswegen hätte ich ja den Arztbrief dabeihaben müssen. Wegen der Medikamente.« Das kann ja wohl nicht wahr sein!

»Das ist hier doch aber nicht Dubai«, hofft sie.

»Nein, aber Colombo. Und nun schauen Sie mal auf das Schild da.« Ich deute auf die imposante Tafel, auf der das mit der Todesstrafe steht, falls man Drogen einführt. »Der Mann mit den Mohnbrötchen wird wahrscheinlich sein Lebtag keine mehr essen, weil es die im Kerker nicht gibt.«

Hedys Gesichtshaut wirkt nun durchsichtig. »Oh, oh, oh«, macht sie dauernd.

»Was ist denn?«

»Ich dachte, dass wir uns eine schöne Zeit hier machen«, flüstert sie. »Und Ihr Lolli, Kindchen, der hat mich doch versorgt.«

Mir wird schwarz vor Augen. »Was? Womit?«

»Mit Tabak und so. Also *und so*. Damit wir ... na ja, *was nehmen* können.« Hedy starrt mich entsetzt an. »Was machen wir denn jetzt?«

»Wo ist das Zeug?«, krächze ich.

»In meinem Büstenhalter.« Auf Hedys Stirn bilden sich Schweißperlen. »Im gepolsterten Futter. Ich kaufe immer die gepolsterten Büstenhalter, damit es gut aussieht. In meinem Alter kann man nicht genug auf sich achten. Diese Büstenhalter sind zwar etwas teurer in der Anschaffung, aber in meiner Stammboutique ...«

»Seien Sie ruhig!« Das darf doch alles nicht wahr sein. Jetzt haben wir eine doppelte Chance, erwischt zu werden. Und was für ein dämliches Versteck! Das mit dem Morphium hätte ich ja bei Bedarf vielleicht noch erklären können, aber wenn jemand Cannabis im BH einführt, kann man erklären, was man will, das glaubt einem keiner. Wir müssen hier weg – aber da ist die Frau vor uns schon durch die Kontrolle, und wir sind dran.

Hedy steht da wie festgewurzelt und bewegt sich keinen Millimeter. Der Schweiß läuft ihr in Strömen übers Gesicht, und ich hoffe, dass sie jetzt nicht anfängt zu heulen oder zu schreien.

Ich ziehe sie mit mir, denn etwas anderes fällt mir nicht ein. »Gucken Sie ganz normal und nicht so, als würden Sie vor einem Erschießungskommando stehen«, bitte ich sie wispernd, und sie stammelt nur dauernd: »Ui, ui, ui.«

Dann stehen wir vor den Beamten, die uns durch die Scheibe anglotzen.

»Your passports, please.«

Wir legen die Reisepässe in die Schale.

»Mmpf, mmpf«, macht Hedy und ich würde sie am liebsten fest treten. Aber wahrscheinlich kommt man dafür in diesem Land auch ins Gefängnis.

Der Mann blättert in meinem Reisepass herum und schaut mich an, dann auf das Foto.

»You're thinner«, sagt er, und das stimmt, weil ich noch ein Mops war, als das Bild gemacht wurde.

Hedy steht vor seinem Kollegen und zittert vor Angst. Wie soll das nur enden?

»Hm, hm, hm«, macht der Mann, blättert weiter, schaut mich wieder an. »Why are you here?«

»For holiday«, sage ich, so freundlich ich kann.

»Ah, with your mum?« Er nickt zu Hedy.

»No, an old friend«, sage ich. Auf keinen Fall will ich lügen.

»Oh, very good.« Der Mann grinst. »This woman looks like an angry animal, hahaha!«

Ich mache auch ein gequält lustiges »Hahaha!«, und Hedy versucht zu lächeln, sieht aber aus wie Dustin Hoffman in dem Film »Der Marathon-Mann«, als er gerade von dem sadistischen Zahnarzt eine kostenfreie Behandlung ohne Betäubung erhält.

»Maybe she has drugs?«, sagt der Mann. »She looks like a person who has drugs, hahaha!«

»Yes, hahahaaaaaa!« Der Kollege lacht nun auch, während Hedy fast kollabiert.

»Today is a good day.« Mein Kontrolleur klappt meinen Reisepass zu und schiebt ihn zu mir. »No control for you. Because it's your big day. Happy birthday.«

»Oh«, mache ich.

Heute ist ja der zweite Oktober. Das hatte ich ganz vergessen.

»Zum Glück ist es gutgegangen!«, schreit Hedy, sobald wir die Kontrolle passiert haben. »Bin ich froh, dass die uns nicht kontrolliert haben! Also so was! So ein glücklicher Zufall! Stellen Sie sich mal vor, die hätten …«

»Hedy!«, fahre ich sie an. »Halten Sie den Mund. Auf der Stelle!«

»Aber ich bin ja ...«

»Ruhe! Das fehlt noch, dass die uns hören und hinterherkommen!«

Hedy kriegt sich nicht mehr ein. »Meinen Sie, die hätten mir in die Bluse gegriffen?«

»Natürlich hätten sie das«, sage ich sauer. »Und nicht nur dahin.«

»Aber so schlimm finde ich das mit den Drogen jetzt auch nicht.«

»Hedy!« Ich fasse es nicht. »Können Sie bitte aufhören, das Wort in den Mund zu nehmen. Nicht hier! Nicht in diesem Land!«

»Es ist ja nur Cannabis. Lolli hat gesagt, das sei nicht so schlimm. Lolli sagte, wenn man das hin und wieder nimmt, sei das überhaupt kein Problem.«

»HEDY! Hören Sie jetzt auf! Sie haben schon genug Unheil angerichtet. Wie konnten Sie meinen Arztbrief zu Hause lassen?«

Damit hätte ich sogar Cannabis bei mir führen können, wie mir jetzt einfällt. Meine Ärzte haben gesagt, das könne ich gut gegen die Appetitlosigkeit nehmen, das würde alles anregen. Aber ich nahm schon so viele Medikamente, die mich benebelten, da wollte ich nicht auch noch Cannabis. Außerdem wollte ich nicht mehr rauchen, das ekelte mich an.

»Wir beide könnten doch nachher zusammen einen Joint rauchen«, sagt Hedy. »Am Strand. Wie Hippies in einer Kommune. Wir sitzen im Sand, und vielleicht finden wir jemanden, der uns eine Gitarre leiht. Ich habe als junges Mädchen Gitarre gespielt, das eine oder andere Stück kriege ich mit ein wenig Übung bestimmt noch hin. Wir könnten Schlager aus meiner Jugend singen, zum Beispiel von Conny Froboess: ›Zwei kleine Italiener, die träumen von Napoli, von Tina und Marina ...‹«

Ich lasse sie schwafeln, weil ich so dankbar bin, dass wir nicht verhaftet worden sind. Aber seltsam – ein bisschen stolz bin ich auch, wenn ich ehrlich bin. Wer kann schon von sich behaupten, Morphium und Cannabis nach Sri Lanka geschmuggelt zu haben, ohne dabei erwischt zu werden? Trotzdem müssen wir das Zeug irgendwo verstecken.

Irgendwie komme ich mir verwegen vor. Ein Gefühl, das ich lange nicht mehr hatte und von dem ich nicht geglaubt hätte, dass ich es noch mal empfinden würde.

Als wir mit unserem Gepäck das Flughafengebäude verlassen, schlägt uns die Hitze entgegen wie eine Wand. Himmel, so schwül hatte ich das gar nicht in Erinnerung. Ich habe Angst, dass mein Kreislauf schlappmacht, aber vorläufig scheint es zu gehen.

Hedy ist glücklich. »Das ist die richtige Temperatur, von der ich gehört habe. Ist das schön warm hier. Oh, Palmen. Die habe ich bisher nur in Häusern gesehen. Aber in der freien Natur ist das ja noch mal was anderes. Da wohnen sie ja quasi. Eigentlich ist es doch mit Palmen so wie mit den Tieren im Zoo. Man sollte sie in ihrer natürlich Umgebung leben lassen! Ein schwarzer Panther gehört in kein Umfeld, in dem kreischende Kinder ihr Eis fallen lassen und alle Leute wie verrückt fotografieren. Ein Panther ...«

»Hedy, könnten Sie bitte mal still sein. Wir brauchen jetzt erst mal ein Taxi.«

»Warum denn?«

»Weil Unawatuna noch ungefähr 150 Kilometer weit weg ist.«

»Ach so. Das ist ja schön hier, die Leute sind alle gut gebräunt. Ich mag ja Bräune, ich bin früher auch oft ins Solarium gegangen und habe mir sogar ein Gerät für zu Hause gekauft. Aber dann kamen ja die ganzen Warnungen wegen der Sonne und dem Hautkrebs. Aber die Leute im Sonnenstudio waren sehr nett, da gab es immer Kaffee und Gewinnspiele. Man konnte eine

Bräunungsbeschleunigercreme gewinnen, ist das nicht toll, und manchmal …«

»Da, ein Taxi!« Zum Glück habe ich einen Rollkoffer.

»Bin ich aufgeregt«, plappert Hedy weiter. »Wenn ich aufgeregt bin, rede ich ja immer viel.«

»Dann sind Sie offenbar ständig aufgeregt.« Jetzt merke ich die Hitze doch. Von einer Sekunde auf die andere werde ich schlapp.

Der nette Fahrer wuchtet alles in den Kofferraum und strahlt mich dann an. Er hat so weiße Zähne, dass ich fast einen Schreck bekomme.

»Unawatuna, please«, sage ich und steige mit Hedy ein.

Die Klimaanlage läuft schon. Müde sinke ich in den Sitz und döse direkt ein. Ich träume von Papa und Honig und Mamas Badekappe und Nupsis Kind und Nutellabrot. Und dann träume ich von Stefan. Im Traum steht er vor mir und sagt: »Jetzt hab ich mich so auf dich gefreut, und nun dauert es doch noch länger als geplant.«

Ich wache auf, weil der Wagen ruckartig gehalten hat.

Hedy, die ebenfalls geschlafen hat, gähnt und schaut aus dem Fenster.

Der Fahrer hat sich zu uns umgedreht. »Address, please.«

Ach du liebe Zeit. Daran habe ich ja gar nicht mehr gedacht.

»Ich habe Kopfweh«, jaunert Hedy. »Ach was, alles tut mir weh. Das ist ja so schwül hier. Und wir haben doch gar keine Adresse.«

»So groß ist Unawatuna nun auch nicht.« Ich frage den Fahrer, ob er einen Deutschen namens Arthur kenne, der hier ein Hotel hat. Dann fällt mir ein, dass Arthur hier ja anders heißt. Der Taxifahrer weiß aber ohnehin nichts, da er in Colombo wohne und nur einen Menschen kenne, der ein Hotel hat, und zwar seine Schwester in Candy, zu der er aber kaum Kontakt habe, weil er seinen Schwager nicht leiden könne, der schnitze nämlich so komische Figuren mit Fratzen. Vor denen hat der Fahrer offensichtlich Angst.

»Alright«, sage ich, damit er nicht noch weiter ausholt, und bitte ihn, uns zum »Cormoran Beach Club« zu fahren. Dort war ich auf meiner Reise abgestiegen. Sven hatte mich begleitet. Bloß nicht daran denken. Aber zu spät, ich tu's ja gerade. Jedenfalls arbeiten im Beach Club Einheimische, die werden ja vielleicht etwas wissen.

Langsam fahren wir die enge Straße entlang. Touristen schlendern herum, Strandkleider und golden-rote Tücher wehen auf Ständern im Wind, überall sind kleine Restaurants und natürlich die laut knatternden Tuktuks. Die Sonne scheint, alle tragen T-Shirts und Shorts oder Strandtücher und Bikinis, und die Leute sehen glücklich und zufrieden aus, weil sie ja Urlaub haben.

»Wo ist denn das Meer?«, fragt Hedy aufgeregt. »Ich war ja noch nie am Meer. Nur einmal kurz an der Ostsee. Da wollte ich ja mit Ihnen hin, aber dann kam der junge Mann dazwischen. Ach, Kindchen, was für ein Drama. Vielleicht wären Sie mit ihm glücklich geworden. Also unter anderen Umständen.«

»Die Umstände sind aber nicht anders«, entgegne ich und bezahle den Taxifahrer, der glücklicherweise Kreditkarte nimmt. Wir haben noch kein Geld umgetauscht.

Dann steigen wir aus, zurück in die schwüle Hitze. Ich höre es aus der Ferne donnern. Die Saison hat zwar schon so halbwegs angefangen, trotzdem ist noch Monsunzeit. Wir nehmen unsere Koffer, und der Fahrer fährt winkend davon.

Hedy schaut sich um. »Das ist ja wie im Paradies«, sagt sie.

Sie hat recht, es ist wirklich schön hier. Warm. Und die Sonne scheint. Später wird es vielleicht regnen, noch strahlt sie jedoch mit voller Kraft.

Wir gehen die Stufen hoch in die überdachte, aber offene Bar des »Cormoran Beach Club«, und da liegt der Strand vor uns, dahinter der Indische Ozean.

Hedy steht da und schaut und schaut. »Das Meer«, sagt sie leise. »Das ist das Meer.«

»Ja«, sage ich. »Das ist das Meer. Genauer gesagt, der Indische Ozean.«

Hedy hat Tränen in den Augen. »Da schwimmen ja Leute.«

»Na ja, das bietet sich an, das Wasser ist badewannenwarm«, sage ich und freue mich, dass Hedy sich freut.

»Wirklich, wie in einer *Badewanne*?«

»Na ja, so ähnlich.«

»Nur ohne Badeschaum.«

»Ja.« Also, manchmal kann ich wirklich kaum glauben, dass Hedy eine knallharte Geschäftsfrau war. Es ist, als ob sie einige Jahre, in denen man einfach Dinge sieht und entdeckt, nachholen muss. Kein Wunder, wenn sie ständig in der Firma hocken und über Furzkissen nachdenken musste.

»Ob ich mal reingehen kann?«

»Haben Sie denn einen Badeanzug dabei?«

»Nein. Ich habe keinen. Aber ich könnte in Büstenhalter und …«

»Das kommt unter gar keinen Umständen in Frage.« Das fehlte noch, dass sie jetzt den Kram aus dem BH holt! Also wirklich, Lolli denkt auch nicht nach. Aber ich will mich jetzt nicht mehr aufregen.

»Wenn ich schon nicht schwimmen kann, halte ich wenigstens mal die Füße ins Wasser«, sagt Hedy ehrfürchtig, zieht ihre Sandalen aus und stapft durch den Sand.

Ich zerre unser Gepäck neben die Treppe, setze mich in einen Holzstuhl vor der Bar und ziehe meine Schuhe auch aus. Warum kam mir das eigentlich beim letzten Mal gar nicht so schwül hier vor? Na ja, damals war ich noch gesund, verliebt in Sven – wir waren noch nicht so lange zusammen – und dachte nur an Sex, Essen und Trinken. Von allem gab's ja auch mehr als genug.

Ein Angestellter kommt und fragt nach meinen Wünschen. Ich bestelle einen Mojito. Mir ist schon klar, dass Alkohol jetzt vielleicht nicht so gut ist, weil er durch die Hitze noch mal stärker wirkt, aber ich bestelle ihn trotzdem. Dann setze ich meine Sonnenbrille auf und beobachte Hedy, die durchs Wasser patscht wie ein kleines Kind. Urlauber dösen auf Liegen unter Sonnenschirmen, gekühlte Getränke stehen neben ihnen auf kleinen Tischen. Der Ozean ist blau, und überall sind Palmen. Rechts auf einer Anhöhe weiter hinten befindet sich ein kleiner weißer Tempel. Alles idyllisch. Man mag gar nicht glauben, dass der Tsunami hier vor zwölf Jahren so viel zerstört hat. Als ich vor ein paar Jahren hier war, konnte man noch ein bisschen die Folgen der Katastrophe erkennen, jetzt sieht wieder alles fast wie vorher aus.

Hedy geht versonnen durchs Wasser und hält mit geschlossenen Augen ihr Gesicht in die Sonne. Ein bisschen wirkt sie wie ein junges Mädchen, das zum ersten Mal irgendwelche schönen Dinge erlebt. Mir wird warm ums Herz, ich freue mich so für sie. Und da kommt mein Mojito, mit viel gecrushtem Eis. Ich nehme einen Schluck, schließe die Augen, und versuche, glücklich zu sein, aber es gelingt mir nicht. Egal, wie gut es mir momentan geht, ich weiß, dass sich das schlagartig ändern kann und bald auch wird. So viele Ärzte auf einmal können nicht irren. Und die 180 Tage sind schon keine mehr. Es werden immer weniger. Eigentlich, so stelle ich gerade fest, ist die Hoffnung, die immer wieder auftaucht, am schlimmsten. Denn sie verschwindet ja auch immer wieder, und dann ist die Gewissheit zurück und bringt einen auf den Boden der Tatsachen. Als ob man einen schrecklichen Albtraum hat, aus dem man schweißgebadet aufwacht, dankbar, dass es nur ein Traum war – um dann festzustellen, dass der Albtraum den Tatsachen entspricht. Das war damals bei Sven auch so: Dauernd träumte ich, ich hätte Krebs und er hätte mich verlassen, wachte auf und war so unendlich dankbar – und dann krachte diese verdammte Realität auf mich ein und schnürte mir noch einmal mehr den Hals zu.

So wie jetzt. Ich bekomme plötzlich ganz schwer Luft, als drückte mir irgendetwas den Atem ab. Ich versuche, regelmäßig ein- und auszuatmen und nehme tiefe Schlucke von meinem Mojito. Ich habe das Gefühl, der Alkohol sorgt dafür, dass sich alles ein bisschen entspannt. Deshalb bestelle ich noch einen Mojito, schließe wieder die Augen und trinke ihn auf ex. Herrlich ist das. Dann muss ich plötzlich an Sven denken und werde tieftraurig, und dann denke ich an Hendrik und werde noch trauriger. Was er wohl gerade macht? Ob wir zusammengekommen wären? Und ich würde meinem Ex Sven so gern eine scheuern oder auch zwei oder drei. Ihm in den Hintern treten, aber mit voller Wucht, so dass er strauchelt und vornüberfällt und … und dann falle ich mit dem Stuhl um und knalle mit der Stirn gegen die Kante eines benachbarten Tischs.

19

»Kindchen, was machen Sie denn für Sachen!« Langsam komme ich wieder zu mir. Herrje, wie dämlich ich bin. Ich hätte vielleicht einfach erst mal was Kleines essen sollen. Zwei Mojitos auf nüchternen Magen, die Zeitumstellung, der Jetlag, die Hitze und dann auch noch Krebs. Das kann ja den stärksten Elefanten umhauen.

»Sie erschrecken mich zu Tode«, sagt Hedy erzürnt. »Fallen da einfach um! Außerdem haben Sie zu viel getrunken. Sie hat Krebs, understand?«, sagt sie zu dem herbeigeeilten Kellner. Der zuckt mit den Achseln. »Kreeebs«, wiederholt Hedy.

Mann.

Ein weiterer Kellner kommt besorgt angelaufen und fragt, ob er helfen kann. Ich will noch einen Mojito bestellen, aber Hedy ordert Wasser. Warum denken eigentlich immer alle Leute, mit einem Glas Wasser kann man die Menschheit retten? Sobald es jemandem nicht gutgeht, soll er ein Glas Wasser trinken, und schon kann er wieder lustig durch die Gegend hüpfen.

»She will go dead«, sagt Hedy den Kellnern. »She has, ach je, was heißt denn Krebs auf Englisch? She has a little animal in her … her body, the animal has so Scheren, you know? Also so ähnlich. She is dead. Ob sie verstehen, was ich meine?«, fragt sie mich.

»Das weiß ich nicht. Und das ist auch ganz egal. Wir sind nicht hier, um mit diesen Männern über meine Krankheit zu sprechen.« Ich fasse an meinen Kopf. Kein Blut. Wenigstens etwas.

»Jetzt warten Sie doch mal, Kindchen. Mir ist nämlich was eingefallen. Hier auf Sri Lanka gibt es doch bestimmt solche Heiler, ich hab davon mal gelesen, ruckzuck geben die einem so

Süßholzkugeln oder so was, und schon geht's einem besser. Vielleicht finden wir hier so einen Heiler. Ich bezahle das auch, das ist ü-ber-haupt kein Thema. Das glauben Sie gar nicht, was die mit Heilkräften aus der Natur alles anstellen können. Die mixen aus seltenen Kräutern ein Getränk zusammen, und schon sind alle Schmerzen weg und man ist gesund. Das wäre doch was!«

»Das fehlt mir gerade noch, Hedy. Was glauben Sie denn? Dass ich nicht auch bei Heilpraktikern gewesen bin? Ich habe so viele Globuli geschluckt, das geht auf keine Kuhhaut.« Meine Besuche bei Heilpraktikern habe ich, so gut es ging, verdrängt. Ich bin fast wahnsinnig geworden, weil ich diese Sanftheit und die Ruhe und diese Ökosprache nicht ertragen kann. Und diese Güte. Einmal sollte ich mit einer Klangschale *arbeiten*, weil die Vibration angeblich die Tumore verjage. Der Heilpraktiker begann jeden zweiten Satz mit »Am Ende des Tages ...«, ein anderer sagte dauernd, dass ich mich auf alles Mögliche *einlassen* müsse. Und dass ich den Krebs akzeptieren müsse, nur dann könnte ich ihn bekämpfen. Sorry, ich kann Krebs auch bekämpfen, ohne ihn zu akzeptieren.

Jedenfalls waren diese Leute furchtbar. Es tut mir leid, ich bin nicht der Typ für so was, und geholfen hat es auch nicht. Wahrscheinlich weil ich mich nicht drauf *eingelassen* habe. Die Tumore gingen jedenfalls nicht weg, die haben sich auch von anderen Dingen nicht verjagen lassen. Und jetzt kommt Hedy womöglich gleich mit einem singhalesischen einzahnigen Medizinmann an, der zufälligerweise gerade vorbeigelaufen ist.

Sie bleibt hartnäckig: »Das ist doch was ganz anderes. Ein erfahrener Mann aus dem Dschungel hat doch ganz andere Möglichkeiten!«

Ich stehe auf und halte mich am Tisch fest. »Nein. Und nein. Und noch mal nein. Ich habe alles versucht, Hedy. Natürlich hoffe ich, dass ein Wunder geschieht, aber ich habe schon so viel gehofft, und nichts hat genützt. Ich habe keine Kraft mehr für diese Dinge. Ich weiß, dass es so ist, wie es ist. Ich möchte keine

Kräuter essen und mir nicht die Hand auflegen lassen. Um dann wieder zu hoffen und enttäuscht zu werden.«

»Aber man soll die Hoffnung doch nie aufgeben!«, ruft Hedy. »Das habe ich mit Arthur doch auch nicht gemacht.«

»Genau. Arthur. Deswegen sind wir ja hier.« Mir läuft der Schweiß in Strömen den Rücken runter. »Wir suchen jetzt Ihren Arthur, und dann sehen wir, was wir als Nächstes machen. Lassen Sie uns gehen.«

Ich frage die Kellner, ob sie jemanden kennen, der aus Deutschland hierhergekommen ist und ein Hotel betreibt. Solche Leute wird es ja hoffentlich nicht so viele hier geben. Die Kellner sprechen nicht so gut Englisch, verweisen mich aber an zwei Gäste, die Deutsch könnten. Es sind zwei Männer, einer hat einen Laptop vor sich, beide trinken Lion Beer. Das muss ich auch mal wieder haben. Ich danke dem Kellner, und wir gehen zu den Männern.

Hedy ist schon wieder am Plappern: »Also ich weiß nicht, was wir machen sollen, wenn wir ihn nicht finden, das wäre entsetzlich, ich wäre so unglücklich, meine Güte, der ganze Weg wäre umsonst gewesen, und dann fahren wir unverrichteter Dinge wieder nach Hause, und ich werde mich für den Rest meines Lebens fragen, was gewesen wäre, wenn, also wenn ich ihn getroffen hätte. Ach je, ach je, vielleicht war das aber auch eine Übersprungshandlung, und wir hätten einfach mal wie normale Menschen vorher …«

»Das gibt es ja nicht«, sagt der Mann mit dem Laptop leise zu seinem Freund. »Hörst du die Frau reden? Ohne Punkt und Komma.«

»Ja und?«, fragt der Freund.

»Ich hab dir doch mal von meiner ersten großen Liebe erzählt«, sagt der Mann und trinkt einen Schluck Bier aus der Flasche. »Sie hat auch immer so viel geredet. Als gäbe es keine Satzzeichen.«

»Was ist aus ihr geworden?«, fragt der Freund.

»Sie wohnt in Hamburg. Ist verheiratet mit einem Schnösel.

Ich habe sie damals nicht gut behandelt, ich hatte keinen Hintern in der Hose und hab Rebecca geheiratet, dieses Miststück. Aber ich hab immer an sie gedacht. Immer. Und habe auch immer mal wieder im Internet nachgeschaut, was sie so macht. Aber nun lange nicht mehr. Trotzdem frage ich mich gerade wieder, wie mein Leben verlaufen wäre, wenn ich mich damals anders entschieden hätte.«

Ich sehe rüber zu Hedy. Sie ist weiß im Gesicht. Dann geht sie einen Schritt vor und legt dem Mann von hinten beide Hände auf die Schultern. Er zuckt zusammen, dreht sich aber nicht um. Dann hebt er langsam seine Hände und legt sie auf Hedys. Der Mann und Hedy sind ganz still und bewegen sich nicht. Der Freund des Mannes schaut irritiert. Es mag merkwürdig klingen, aber ich habe das Gefühl, dass sich da gerade zwei Menschen miteinander verbinden, ohne dass es Worte braucht. So etwas habe ich vorher noch nie gesehen und gespürt. Es hat etwas Magisches an sich. Ich weiß, dass Arthur weiß, dass es Hedy ist, die da hinter ihm steht, und sie verzeiht ihm gerade die Vergangenheit, während er sich wortlos dafür entschuldigt.

Und ich denke, wie gut es ist, dass Hedy und ich uns getroffen haben, sonst hätte sie das hier nicht erlebt, da bin ich ganz sicher. Ihr Leben hat sich ja innerhalb kürzester Zeit schlagartig verändert. Durch mich. Durch mich hat sie Lebensfreude und ihre Liebe gefunden.

Ist das schön!

Ich fühle mich ein bisschen wie Mutter Teresa, weil ich Gutes tue. Das gefällt mir.

Nach ungefähr zwei Minuten lösen sich die beiden voneinander. Arthur steht auf, dreht sich um, und er und Hedy schauen sich an. Über Hedys Wangen laufen Tränen. Dann umarmen sie sich. Noch immer wird kein Wort gesprochen.

»Also ich wäre schon dankbar, wenn mir mal jemand sagen könnte, was hier los ist«, sagt der Freund und schaut mich an, wahrscheinlich weil er denkt, dass ich die einzig Normale bin.

»Es ist seine Jugendliebe«, erkläre ich glücklich.

»Die ohne Punkt und Komma?«

»Genau die.«

»Hedy.« Arthur streicht zart über ihre Wange. »Endlich.«

Nachdem der Zauber irgendwann ein bisschen zurückhaltender wird, setzen wir uns und erklären Arthur und seinem Freund, was passiert ist. Bier wird bestellt. Arthur nennt sich hier Kumara und lebt relativ zurückgezogen.

»Damit Rebecca mich nicht findet. Niemand kann sich vorstellen, was das für eine Ehe war. Ach Hedy, diese ganzen verlorenen Jahre …«

»Es ist nun mal, wie es ist.« Nun ist Hedy mal pragmatisch, ein Wesenszug an ihr, der sehr neu und unanstrengend ist. Vielleicht bleibt das ja so. Allein dafür hätte sich die Reise gelohnt.

Boah, brummt mir der Schädel! Klar ist es ungesund, jetzt gleich weiterzutrinken, aber ich kann nur noch eine begrenzte Zeit saufen, und nach mir die Sintflut.

Hedy und Arthur ergießen sich in Weißt-du-noch-Geschichten, und Arthurs Freund Robert erzählt mir, dass er auch aus Deutschland ausgewandert sei, aber nicht wegen einer bösen Ehefrau, sondern weil er die Kälte dort einfach nicht mehr ertragen habe. »Ständig habe ich gezittert«, sagt er. »Immer war es kalt. Ich bin halt eine Frostbeule. Auch im Sommer Minusgrade.«

»Wo in Deutschland gibt's denn im Sommer Minusgrade?«

»Ich habe in einem Kühlhaus gearbeitet«, bekomme ich erklärt. »Irgendwann habe ich es nicht mehr ausgehalten, und dann sah ich die Anzeige im Internet. Kumara suchte jemanden für sein kleines Hotel. Jemanden, der Deutsch spricht. Also habe ich mich beworben.«

»Moment mal. Sie sind wegen Ihrer Arbeit im Kühlhaus ausgewandert?«

Robert nickt. »Genau deswegen. Ich wäre sonst erfroren.«

»Hätten Sie nicht den Job wechseln können?«

Robert schaut mich ernst an. »Ich vertrage Veränderungen nicht so gut. So war es einfacher.«

Er scheint ein bisschen kompliziert zu sein, aber sehr nett. Robert ist Anfang vierzig und gesteht mir, dass er schwul ist. Dass das auf Sri Lanka ein Problem ist, weil Schwule nicht so toleriert werden, hat er leider erst gemerkt, nachdem er hierhin ausgewandert war. Aber er hat einen Freund, einen Langzeitgast, der hier Vögel erforscht. Er beobachtet, ob sie vom Aussterben bedroht sind. Aber das könne der Olli mir nachher selbst erzählen, sagt Robert. Ich kann es kaum erwarten.

Hedy und Arthur halten Händchen wie damals als Siebzehnjährige und glotzen sich verliebt an. Dann sagt Arthur, wir würden jetzt nach Hause gehen. Ich hole unser Gepäck, und ein Handgemenge entsteht, weil jeder der Männer Kavalier sein und alles allein tragen möchte, es aber nur zwei Koffer gibt.

Schließlich bekommt jeder einen, und wir gehen die Yaddehimulla Road entlang, vorbei an weiteren Hotels und an kleinen Geschäftchen, bis wir bei Arthurs Gästehaus anlangen, dem »Singha Villa«.

»Willkommen zu Hause«, sagt Arthur, zwar nur zu Hedy, aber wir anderen dürfen trotzdem mit rein. Das »Singha Villa«, das aus zwei Gebäuden besteht, ist wunderschön. In einem flachen Bau befinden sich Arthurs Wohnung und dazu zwei Gästezimmer. Eine weitläufige Veranda gibt es dort mit einem langen Tisch und vielen Stühlen und Kerzen, außerdem zwei Küchen, eine drinnen, eine draußen. Im großen Ofen der Außenküche will Arthur uns heute Abend Cashewhuhn mit Mango in Bananenblättern kochen. Er koche gern und ohnehin fast täglich für seine Gäste, erklärt er. Direkt am Rand des Urwalds steht das eigentliche Gästehaus. Es ist dreistöckig, bunt gestrichen und hat drei Zimmer, auf jeder Etage eins. Ich soll im Erdgeschoss wohnen. »Und Hedy?«, frage ich, was mit einem koketten Augenaufschlag von ebendieser kommentiert wird.

Arthur sagt, er werde jetzt Tee kochen, Hedy geht mit ihm,

und ich beziehe erst mal mein Zimmer. Es ist sehr groß und hat ein breites Bett hat, was ziemlich überflüssig ist, weil ich ja allein bin. Damals mit Sven hätte ich mich über ein solches Bett gefreut.

Auf der Fensterbank im Bad sitzt ein Frosch und glotzt mich an. »Wir sind ja quasi im Urwald«, hatte Arthur erklärt. »Also nicht erschrecken, wenn plötzlich Tiere auftauchen.«

»Aha. Welche Tiere können denn so auftauchen?« Das wollte ich schon ein bisschen genauer wissen.

»Na ja, Frösche und Warane und die Affen, die können sehr aufdringlich sein. Und die Schlangen schlafen tagsüber gern unter den Betten. Und bitte immer die Schuhe vor dem Anziehen ausschütteln wegen der Skorpione. Und nicht barfuß gehen. Gerade wenn es geregnet hat, kommen die aus den Löchern.«

»Was sind denn das für Schlangen?«

Arthur runzelte die Stirn. »Schlangen eben. Die machen eigentlich nix. Man muss ein bisschen aufpassen, das ist alles.«

»Trotzdem würde ich gern wissen …«

»Also Kindchen, Sie haben wohl keine Angst vor Schlangen?« Hedy war ganz verwundert.

»Nein, ich finde es klasse, dass ich nicht alleine bin im Zimmer.«

»Na also. Wir wollen doch was erleben!«, freute sich Hedy. »Vielleicht ist es ja eine Würgeschlange, so eine würde ich gern mal in echt sehen. Die können ja ihre Kiefer ausklappen und ganze Schweine verschlingen.«

Wie auch immer, jedenfalls ist keine Schlange unterm Bett.

Beruhigt gehe ich unter die Dusche und lasse das kalte Wasser auf mich einprasseln. Tut das gut!

Etwas später sitzen wir auf der Veranda; der Olli soll auch gleich dazukommen. Tee wird kredenzt, und der ist ein Gedicht, ich könnte ihn literweise in mich reinschütten.

Ich habe mir ein luftiges Sommerkleid angezogen, die Haare

hochgebunden und trage Flipflops. Ein leichter Wind weht; wir sitzen da und unterhalten uns leise.

»Ich sage es euch jetzt gleich, und dann wird nie wieder darüber gesprochen«, beginne ich, weil ich es hinter mich bringen will. »Ich habe Lungenkrebs und nur noch eine begrenzte Zeit zu leben. Es kann sein, dass es mir zwischendurch mal schlechtgeht. In meinem Koffer sind entsprechende Medikamente. Wenn ich umkippen sollte oder so, muss man mich bitte in ein Krankenhaus bringen. Mein Arzt hat mir eine Liste mit Krankenhäusern gegeben, die in Frage kommen, die findet ihr auch in der Mappe in meinem Koffer. Aber wir wollen hoffen, dass es mir weiterhin gutgeht. Momentan sieht es jedenfalls so aus, als hätte ich eine gute Phase.«

Ist ja oft so vor dem Ende, dass man noch mal aufblüht. Aber das sage ich nicht.

Alle sitzen schweigend da.

»So. Und nun haben wir Urlaub«, erkläre ich abschließend. »Ich möchte, dass ihr alle nickt.«

Sie nicken.

»Gut. Damit ist das Thema vom Tisch«, sage ich und trinke weiter Tee.

Nach einer kleinen Pause haben sich alle gefangen. Und sie halten sich an meine Ansage. Keiner kommentiert oder fragt etwas.

»Es ist, als ob keine Zeit vergangen wäre«, bricht Hedy das Schweigen und streichelt Arthurs Hand. »Dabei sind so viele Jahre verstrichen. So viele.«

»57 Jahre, um genau zu sein. Ich habe es nicht vergessen. Es war 1958.«

»Oh, Arthur!«

»Oh, Hedy!«

»Oh, Arthur!«

»Oh, Hedy!«

Ich hoffe, die beiden kriegen sich irgendwann auch wieder ein. Aber es ist auch süß.

»Sagen Sie, Arthur …«, wende ich mich an ihn.

»*Du.* Wir sagen du zueinander!«, unterbricht er mich.

»Also gut. Sag mal Arthur, wolltest du nicht verreisen?«

»Ja, das wollte ich auch. Mit Robert und Olli. Wo ist Olli überhaupt?«

»Der Olli macht sich die Nägel«, erklärt Robert. »Ah, da ist er ja.«

Der Olli kommt in einem Sarong und mit aufgetragener Gesichtsmaske – Robert erklärt: »Ach, der Olli hat heute seinen Beauty-Tag, seine Haut braucht viel Feuchtigkeit« – zu uns auf die Veranda und stellt sich höflich vor. Er sagt zu jedem »Gude«, was so viel wie Guten Tag bedeutet und gern in Hessen gesagt wird. Das weiß ich, weil ich mal einen Auftrag für mehrere Reisegeschichten über Wetterau, Taunus und den Rheingau hatte; damals habe ich eine Zeitlang in Frankfurt gewohnt.

Der Olli ist in der Tat ein waschechter Hesse. »Isch freu misch ja immer, wenn neue Leud da sin«, erklärt er fröhlich und nimmt sich auch einen Tee. »Für heut bin isch auch ferdisch mit de Arbeid, isch hab mein' Berischt schon nach Frankfurd geschickt. Gib mir mal en Zuggä, Bambi.«

Bambi?

Robert wird rot. »Der Olli nennt mich Bambi, weil ich so schöne Rehaugen habe.«

»Deine Augen sind blau.«

»Der Olli ist farbenblind.«

Eine interessante Runde ist das hier.

»Leonor hat übrigens Lungenkrebs«, erklärt Robert dem Olli. »Aber sie will nicht darauf angesprochen werden.«

»Warum hattses denn dann gesacht?«, will der Olli wissen.

»Damit wir Bescheid wissen, falls was ist.«

Eine kleine Pause entsteht.

»Aber wir wollen uns jetzt den Rest meines Lebens nicht vermiesen lassen«, erkläre ich, »sondern uns freuen, dass wir zusammen sind.«

»Is rescht«, sagt der Olli, und dann ist das auch geklärt.

Wir heben alle die Gläser.

»OH, ARTHUR!«

»OH, HEDY! Wie gut, dass wir am Strand waren«, sagt Arthur. »Und du so viel geplappert hast, Hedelchen.«

»Ja, Attilein.« Hedy rückt näher zu Arthur.

Die beiden sind rührend anzuschauen. Aus Hedys Augen strahlt das Glück, und Arthur sieht aus, als hätte er ganz viele Endorphine verschluckt.

Ein bisschen fühle ich mich wie das buchstäbliche fünfte Rad am Wagen. Hedy und Arthur, der Olli und Robert. Und ich. Hedy scheint das zu merken. Sie schafft es, sich kurzfristig von Arthur zu lösen, und nimmt dann meine Hand.

»Wir machen es uns richtig, richtig herrlich. Das verspreche ich Ihnen, Kindchen! Oder?«, fragt sie in die Runde, und alle nicken.

Und dann beginnt eine der schönsten Zeiten meines Lebens.

20

So soll es bleiben. Genau so.

Ich atme ein und atme aus, paddle langsam vor mich hin und habe das Gefühl, in einem Märchenwunderland zu sein, das nur aus schönen Dingen besteht. Durch meine Tauchermaske sehe ich Hunderte und Aberhunderte von Fischen in tausend unterschiedlichen Farben, die Sonne lässt das Wasser des Indischen Ozeans in Helltürkis, Mittelblau, Dunkelgrün, Hellblau, Smaragdgrün und Himmelblau strahlen. Neben mir schnorcheln Olli und Robert, wir paddeln langsam weiter, und da wird das Meer plötzlich abschüssig, da sind Riffe und Korallenformationen, wir sehen nun größere Fische, die langsam vor sich hinschwimmen und desinteressiert zu uns rüberschauen. Wir sehen Zackenbarsche, Rifffische und Snapper, wir sehen weiter unten ein Wrack liegen, über das wir hinweggleiten. Da sind Engelfische in strahlendem Blau-Gelb; wir kommen an einem kleinen Riff vorbei, und Olli deutet auf einen Fisch, den ich erst nicht erkenne. Dann sehe ich die scharfen Zähne im halbgeöffneten Maul. Ein Barrakuda, der schätzungsweise einen Meter lang ist und ein wenig furchteinflößend wirkt. Er scheint aber nicht auf Krawall gebürstet zu sein, wir tangieren ihn gar nicht, mit halbgeschlossenen Augen und einer trägen Gelassenheit steht er im Wasser und sieht müde aus.

Das Wasser ist warm, ich fühle mich leicht und unbeschwert und irgendwie frei von allem. Es ist paradiesisch schön, und ich möchte nicht, dass es aufhört. Tut es auch nicht. Wir schnorcheln weiter und weiter, wir haben Zeit. Das Glasbodenboot, mit dem wir rausgefahren sind, wird auf uns warten und uns zurück zum

Strand bringen, wo Arthur und Hedy in einer kleinen Bar sitzen und sich immer mehr ineinander verlieben.

Es ist der dritte Tag in Sri Lanka, und ich lebe jede Sekunde, als sei es die letzte. Ich verbringe viel Zeit mit Olli und Robert, die beiden sind total süß und beziehen mich in alles ein.

Am ersten Abend waren wir alle am Strand und haben gewartet, bis die Sonne unterging und der Mond kam, redeten und tranken Lion Beer, lachten, und ich versuchte, nicht an das zu denken, was kommen würde. Nur der Augenblick. Nur der Moment. Das war alles. Ich habe mir verboten, an mehr zu denken als an den Moment, und dann haben wir es uns versprochen: Solange ich lebe, will ich nichts mit dem Tod zu tun haben.

Hedy blüht von Sekunde zu Sekunde mehr auf. Sie und Arthur sind am zweiten Tag unterwegs gewesen und haben luftige Kleider für sie besorgt, und nun trägt sie ein Baumwollkleid in schönen Rottönen. Arthur hat Ohrringe für sie gekauft, Kreolen, und die baumeln nun an ihren Ohren. Sie ist nun immer ungeschminkt, riecht nach Kokosöl und sieht wirklich zwanzig Jahre jünger aus. Arthur sieht vierzig Jahre jünger aus. Die beiden, das muss man einfach sagen, sind wie gemacht füreinander. Sie verstehen sich ohne große Worte, obwohl Hedy natürlich dauernd am Reden ist. Aber manchmal schweigen sie auch, und ich schwöre, sie wissen jeweils, was der andere denkt. Es ist so schön anzusehen, und ich bin so glücklich für Hedy. Und hoffe, es kommt keine neue Enttäuschung für sie. Wenn jemand es verdient hat, gut zu leben, dann Hedy. Ich werde es nicht mehr allzu lange mitbekommen, aber ich werde mir Arthur noch mal zur Brust nehmen und ihm androhen, dass ich ihn vom Himmel aus schlechtes Karma schicke, sollte er Hedy schlecht behandeln.

Die Drogen haben wir übrigens mit den ganzen anderen Medikamenten versteckt. Hedy meinte, sie bräuchte keine Bewusstseinserweiterung mehr, die habe sie längst durch Arthur bekommen. Und weil wir ja diesen verdammten Arztbrief nicht mithaben, ist es sicher besser, das an einem Ort zu lagern, der nicht so zugänglich ist. Deswegen haben wir es hinter dem Gästehaus in einer Metallschachtel im Boden vergraben. Hedy und Arthur wissen, wo es ist, wenn was mit mir sein sollte. Immerhin besteht ja die theoretische Möglichkeit, dass ich schlimme Schmerzen bekomme.

Hedy hat mir übrigens erzählt, dass sie und Arthur »Intimverkehr« hatten. Sie sagte wirklich *Intimverkehr*. Dieses Wort habe ich genau so lange nicht gehört wie *Gabelfrühstück* und *Dreikäsehoch*. Es gibt ja immer mehr Wörter, die aussterben. Wer sagt beispielsweise heute noch *Kaltmamsell*, *Reiseschreibmaschine* oder *Naseweis*?

Im Zuge dessen dachte ich über mein eigenes Sexleben nach. Wann hatte ich zum letzten Mal Sex? Es war nicht mit Sven; ich hatte danach noch zwei One-Night-Stands, die man in der Pfeife rauchen konnte. Der erste war ein Alex Soundso, ein Steuerberater, dessen Lieblingswort *absetzen* war. Ich hatte ihn in einer Kneipe kennengelernt und mit heimgenommen, hätte ihn aber besser vor dem Sex irgendwo abgesetzt. Es war unterirdisch. Der andere hieß Ulf. Mehr muss ich, glaube ich, nicht sagen. Ich war sehr betrunken und hatte glücklicherweise einen Filmriss, was den Akt als solchen betraf. Dummerweise war Ulf am nächsten Morgen noch da, und ich erschrak fürchterlich, weil ich mich ja an nichts erinnern konnte. Ulf gehörte zu dieser Sorte Mensch, die »Ein Kaffee wäre jetzt schön« und »Nein, ich muss noch nicht gehen« sagen, die Kinderfotos von dir anschauen wollen, vorschlagen, dass du ihre Mutter bald kennenlernst, und Versuche, sie loszuwerden, ignorieren.

Während ich da so im Bett lag, wurde mir klar, dass ich jahrelang keinen Sex mehr gehabt hatte. Irgendwie hatte mir das nie was ausgemacht, aber plötzlich schon. Vielleicht liegt es an der Urlaubsstimmung, an der Wärme, aber vielleicht auch einfach daran, dass ich noch nicht hundert bin und irgendwann die Bedürfnisse wieder auflodern. *Auflodern*. Sagen auch nur noch Leute in so Nackenbeißer-Heftchen, die »Sklavin deiner Zärtlichkeit« heißen. Mit Hendrik könnte ich mir Sex gut vorstellen. So wie vieles andere auch. Nicht daran denken, stopp!

Am nächsten Tag frühstückten wir alle zusammen, und der Olli machte den Vorschlag, »e bissi rumzufahre, damit mer was von de Insel sehe«, was wir dann auch taten. Wir fuhren mit Tuktuks, was zwar lebensgefährlich, aber auch sehr schön war, hielten am Straßenrand, um kalten Büffeljoghurt aus Tonschalen zu essen und frischen Kokosnusssaft zu trinken, und wir waren in einer Stofffabrik bei Galle, wo Hedy Seidenstoffe kaufte, als gäbe es kein Morgen mehr, so viel, dass wir kaum noch Platz zum Sitzen im Tuktuk hatten. Wir aßen in einer abgelegenen Hütte Fisch und Reis wie die Einheimischen mit den Fingern, und wir kauften Tee und Gewürze in einer kleinen Mühle. Olli kaufte sich zwei golddurchwirkte Sarongs, und dann waren wir in Galle mit seiner netten kolonialen Altstadt und aßen Kokos-Limetten-Torte in einem Café in der Nähe der Festung. Wir saßen in dem kleinen Hof, in dessen Mitte sich ein hübscher Springbrunnen befand, das Wasser sprudelte aus gruselig aussehenden Steingesichtern, und an den Wänden rankten sich Pflanzen nach oben. Einfach traumhaft.

Abends konnten wir nur noch ins Bett fallen, und ich schlief so fest und so gut wie lange nicht.

Und heute also schnorcheln. Arthur hat den Vorschlag gemacht. Tauchen kann ich leider nicht, das wäre ohnehin Gift für meine Lunge, aber Schnorcheln hat ja auch etwas!

Langsam paddeln wir zu unserem Boot zurück und klettern an Bord, was mir erstaunlich leichtfällt, weil es zum Glück eine Badeleiter gibt. Der nette Bootsmann strahlt uns mit weißen Zähnen an, gibt uns kalten Tee zu trinken, und wir sitzen unter einem kleinen Segel und schauen aufs Land, das aussieht wie ein Paradies.

Ich denke: ›Das Leben ist schön!‹

Und genau in diesem Moment klappt es nicht mehr so gut mit dem Verdrängen.

Nicht daran denken.

Nur hier. Nur jetzt.

Aber mir steigen die Tränen in die Augen, ich muss weinen. Robert und Olli sagen nichts. Sie sind nur da, und ich spüre sie rechts und links neben mir.

Später sitzen wir lange mit Hedy und Arthur zusammen. Ich habe mich wieder beruhigt, und es geht besser. Das ist ja sowieso das Komische: Obwohl ich gerade traurig war, geht es mir ja eigentlich gut. Das ist so seltsam. Ich weiß nicht, ob es daran liegt, dass mein Leben sich wegen Hedy vor nicht allzu langer Zeit verändert hat, aber es ist eine Tatsache, dass ich mich überwiegend so fühle, als könnte ich Bäume ausreißen.

Ich bin so froh darüber. Diese Tage sind so wundervoll. Jede Sekunde von ihnen. Ich bin ja schon viel herumgekommen, aber nie war es so wie diesmal. Weil ich weiß, dass es meine letzte große Reise sein wird, bevor ich die unvermeidlich allerletzte antrete? Weil ich alles aufsauge wie ein Schwamm, weil ich jeden Eindruck, jede Sekunde festhalten will? Manchmal wiederum atme ich ein und aus und denke, dass jeder Atemzug mich näher an den Tod bringt. Ich habe komische Gedanken hier in Sri Lanka.

Ach, wir machen es uns schön. Eine Woche lang streunen wir über die Insel, essen die wundervollsten Currys, morgens gibt es Büffeljoghurt mit Obst, wir trinken die leckersten Tees und Arrak, fahren mit Tuktuks in die Nationalparks und zu einem Schneider, weil Hedy sich ein Seidenkostüm nähen lassen will, und die Schneider hier, die haben's drauf; wir reiten auf Elefanten, sehen Krokodile, und ich mache in meinem Zimmer die Bekanntschaft mit einem Waran und einer schönen, schlanken Schlange, von der keiner weiß, um welche Art es sich bei ihr handelt. Robert kommt mit einem Stock und will die Schlange herausholen, aber die wird böse, rollt sich erst zusammen und richtet sich dann wütend und zischend auf, dann springt sie wie ein Flummi hoch und auf Robert zu, der sich gerade noch in Sicherheit bringen kann. Einige Zeit später können wir sie mit einer Decke fangen, wissen dann aber nicht, was wir machen sollen, weil alle Angst haben, die Decke anzufassen. Arthur behauptet, die Schlange sei bestimmt nicht giftig, in der Singha Villa sei noch nie eine giftige Schlange gewesen, und wir würden uns anstellen. Der Olli googelt auf seinem iPhone herum und gibt Größe und Farbe und Zeichnung in die Suchmaske ein und schreit dann entsetzt auf, weil es sich, wenn man den Ergebnissen glauben darf, um eine »Russel's Viper« handelt. Robert reißt Olli das Handy aus der Hand und liest laut vor: »Größe: 1,00 m bis 1,50 m. Verantwortlich für mehr Todesfälle als alle anderen Giftschlangen zusammen. Wenn sie sich bedroht fühlt, rollt sie sich zusammen, zischt und schnellt vor wie eine Peitsche. Die Reichweite beträgt dabei 4 bis 6 m, so dass die Opfer kaum eine Chance zum Entkommen haben. Das Gift führt unter anderem zur Blutgerinnung und innerhalb kurzer Zeit zum Tod. Erste Hilfe neben Antiserum ist die Gabe von gerinnungshemmenden Mitteln wie Heparin. Vorkommen überwiegend in ländlichen Gebieten und im Regenwald. In urbaner Umgebung selten anzutreffen. Puh!« Er lässt das Handy sinken. »Wir sind ja hier in einer urbanen Umgebung, also kann es diese Viper nicht sein.«

Die Logik dieses Menschen ist unglaublich.

Schließlich kommt Arthurs Nachbar, ein Einheimischer, und kümmert sich um die Schlange, die sich dann glücklicherweise doch als ziemlich ungefährlich entpuppt. Alle sind erleichtert. Der Waran liegt mittlerweile im Badezimmer und schläft, und wir lassen ihn in Ruhe, weil wir Angst haben, dass er so böse werden könnte wie die Schlange. Aber er schläft nur und tut nichts.

Wir essen und trinken gut, wir reden und lachen, wir schlafen gut und fest.

Einmal fahren wir mit einem Jeep los und erkunden die Gebiete im Hochland, in die man mit dem Tuktuk und normalen Autos nicht kommt. Arthur fährt uns zu einem Wasserfall, der so märchenhaft ist, dass ich erwarte, es würde gleich eine silberne Fee aus dem See auftauchen und uns alle verzaubern. Mitten im grünen Urwald springt der Wasserfall aus dem Gestein und fließt dann über Felsstufen hinab. Die Gischt sprüht uns ins Gesicht, und am liebsten würde ich mich darunterstellen, aber Arthur erklärt uns, dass das gefährlich sei, weil man mitgerissen werden kann. Wir halten danach an einem kleinen Imbiss, essen Reis und Huhn, trinken Wasser und schauen übers Hochland. Hier oben ist es kühler und nicht so schwül. Langsam geht die Sonne unter. Bald wird sie zu einem glutroten Ball werden. Ist das schön!

Zu Hause sitzen wir dann noch etwas zusammen.

Hedy ist auf einmal ganz aufgeregt und schaut dauernd zu Arthur hinüber, der grinst.

»Wir müssen euch was sagen.« Hedy ist atemlos.

»Ich höre«, sage ich.

»Eine wunderbare Nachricht.«

Der Olli schlägt die Hände vor den Mund. »Sie sin schwangä!«

»O nein!«, kreischt Robert. »Ist es zu fassen!«

Also wirklich, die beiden.

»Arthur und ich werden nicht heiraten«, sagt Hedy feierlich.

»Wie jetzt?«, frage ich.

»Da staunt ihr.« Arthur freut sich. »Nein. Wir wollen nicht noch mal den gleichen Fehler machen. Eine Ehe würde uns zerstören. Eine Ehe ist für uns nicht richtig.«

»Wir werden wie in einer Kommune leben«, erklärt Hedy. »Einfach so zusammenziehen«, sagt Arthur. »Ist das nicht aufregend? Ich habe mir schon überlegt, dass ich mir die Haare wachsen lassen könnte. Dann hören wir Bob Marley und wie sie alle heißen und trinken Lambrusco aus Korbflaschen.«

»Und habt Gruppensex«, ergänze ich, um das Klischee vollends zu bedienen.

»Vielleicht«, sagt Hedy. »Man wird sehen.«

»Die Hälfte des Jahres werden wir in Hamburg leben, die andere Hälfte hier«, sagt Arthur stolz.

»Und wer kümmert sich in der einen Hälfte ums Hotel?«, fragt Robert entsetzt. »Ich kann das doch nicht alleine machen!«

»Ei Bambi, was schwätzte dann«, sagt der Olli. »Isch bin doch a noch da.«

»Ja, aber du hast doch mit deinen Vögeln …«

»Ja un? Da brauch isch doch net lang für. De Rest von de Zeit helf isch dir, des is doch klar.«

»Das heißt, du willst … oh, Olli, oh, Olli!«

»Isch bleib bei dir«, sagt der Olli und tätschelt Roberts Hand. Und Arthur tätschelt Hedys Hand.

Es ist eine unfassbar kitschige Situation, weil jetzt auch noch zwei kleine bunte Vögel auf die Veranda geflogen kommen und uns umkreisen, also ob sie uns »etwas erzählen« wollten, aber glücklicherweise verliert einer der Vögel die Orientierung, flattert gegen eine Fensterscheibe und fällt zu Boden, und alle springen auf und wollen helfen, aber nichts ist passiert, und die Vögel fliegen wieder davon. Und bevor es dann wieder mit dem Getätschel anfängt, tritt Olli auf einen Skorpion, und das Gejammer ist groß, und niemand hat mehr Zeit für Emotionen.

Mir ist es recht. Irgendwann ist es auch mal gut.

Ich denke wieder über mich nach, und wieder kommt diese verdammte Hoffnung, weil nichts, wirklich nichts – gut, abgesehen davon, dass die Hitze manchmal echt anstrengend ist – auf meine Krankheit hinweist. Ich fühle mich so gesund wie schon lange nicht mehr, fühle ich mich einfach bestens. Es muss wohl an der paradiesischen Umgebung liegen und an den lieben, glücklichen Menschen um mich herum.

Ich stehe auf, um noch mal an den Strand zu gehen. Ich möchte ein Weilchen allein sein; das bin ich hier bis auf nachts so gut wie nie, und selbst nachts ist manchmal jemand bei einem. Zum Beispiel dieser Frosch, der immer durch die Fenstergitter in dem nie geschlossenen Badefenster klettert und auf den Bettpfosten am Kopfende hüpft. Oder dem Affen, der seit einiger Zeit immer an meine Zimmertür klopft. Öffne ich, springt er wie ein Irrer herein, hockt sich auf den Baldachin meines Betts und schließt demonstrativ die Augen. Ich hatte erst die Befürchtung, er könnte nachts entweder von oben auf mich draufpinkeln oder durch die Organzavorhänge in mein Bett kriechen und mich in den Hals beißen, aber nichts von alldem ist geschehen, also lasse ich ihn bei mir oder besser gesagt über mir schlafen. Es bleibt mir auch gar nichts anderes übrig, denn wenn ich ihn nicht ins Zimmer lasse, schreit er Zeter und Mordio, und ich kann kein Auge zutun.

Am Strand ist es allerdings auch nicht gerade einsam; im Gegenteil, es ist die Hölle los. Menschengedränge in den Strandbars, überall Lampions und Lichterketten, Gelächter und hoch die Tassen. Egal ob unter der Woche oder am Wochenende – da ist es noch heftiger, weil die Leute unter dreißig aus Colombo anreisen und die Nacht zum Tag machen –, hier tanzt der Bär. Ich ziehe meine Flipflops aus und wate durch die leichte Brandung den Strand entlang. Die Bars werden weniger, und dann bin ich am Ende der Bucht angekommen; hier ragt das Land weiter ins Meer. Manchmal baden hier die Einheimischen, weil es hier recht flach ist. Die wenigsten Singhalesen können nämlich schwimmen. Sie kommen gern freitags her und steigen mit riesigen Gummireifen ins Wasser. In deren Mitte setzen sie sich, damit niemand abtreiben kann, und dann hüpfen sie herum. Oder sie bilden einen Kreis, ohne Reifen, und haken sich alle unter. Das Gekreisch, wenn mal einer aus Versehen losgelassen wird! Aber jetzt ist niemand hier. Die Musik wird immer leiser, und nur noch vereinzelt erreichen mich Gesprächsfetzen.

Der Mond glitzert silbern wie letztens an der Elbe. Komisch, dass es derselbe Mond ist. Ich setze mich und lasse den Sand durch meine Finger rieseln. Was Sven wohl macht? Ob es ihm gutgeht? Warum will ich das wissen? Ist doch egal. Eigentlich müsste ich ihn suchen und ihm noch mal so richtig die Meinung geigen. Oder noch besser, ihn auf meine Beerdigung einladen. Ich habe tatsächlich nie wieder was von ihm gehört. Ob er sich

Vorwürfe macht? Glaub ich nicht, denn dann hätte er mir ja wenigstens mal eine Mail schreiben können. Er hat sich einfach aus dem Staub gemacht, und wenn man ihn darauf anspräche, würde er wahrscheinlich sagen, dass er sich habe schützen müssen. Das sagen ja Leute gern mal, wenn sie alles Unangenehme von sich wegschieben, aber nicht als feige dastehen wollen. Angeblich wohnt er ja auf Teneriffa und hat drei Kinder, oder er hat auf Teneriffa gewohnt und wohnt jetzt in St. Blasien oder Rüdesheim. Wen interessiert's?

Ich stehe auf und ziehe mich aus, gehe nackt ins Wasser, drehe mich auf den Rücken, lasse mich treiben und schaue nach oben. Ein Film fällt mir ein: »Apollo 13« mit Tom Hanks. Da hat seine Frau von der Erde aus in den Himmel geschaut und er aus dem Raumschiff nach unten zur Erde, und im Film sah es so aus, als hätten sie das auf die Sekunde gleichzeitig getan. Das war eine schöne Szene. Ich schaue auch in den Himmel. Da sind so viele Sterne, so unglaublich viele. Ich sehe mehrere Sternschnuppen und muss mal wieder voller Ungläubigkeit darüber nachdenken, dass das All endlos ist und die Sterne, die wir sehen, seit Millionen Jahren erloschen sind. Ich denke auch gern darüber nach, ob es Leben auf anderen Planeten gibt und wie deren Bewohner wohl aussehen. Und ob es stimmt, dass Seelen den Körper verlassen und irgendwo herumschwirren da oben und zurückkehren, wenn ein neuer Mensch auf die Welt kommt. Meine Oma sagte immer, dass die Babys sich ihre Eltern aussuchen und die Seelen sich die Babys. Ob meine Seele wohl auch da oben herumschwirrt, wenn ich nicht mehr da bin? Eigentlich wäre es ja ganz tröstlich, weil ich dann nicht ganz weg wäre, wenn auch unsichtbar. Vielleicht sucht sich meine Seele ja Nupsis Kind aus, das wäre schön. Dann bin ich ja quasi bei ihr und kann noch mal leben. Ich hoffe nur, dass der Krebs nicht schon in meiner Seele schlummert, denn ich möchte natürlich nicht, dass Nupsis Kind krank wird. Also was für Gedanken man sich doch macht! Ob alle, die schon gegangen sind, jetzt auf mich runterschauen? Da ist wieder eine Sternschnuppe. Und noch eine. Und noch eine. Und nun wird mir ganz warm, so innerlich. Ich fühle mich geborgen. Als wären alle da. Sehr merkwürdig. Aber auch schön. Keine Ahnung, ob ich mir das alles nur einbilde, es ist mir auch egal, schön ist es.

Die Wellen werden ein bisschen stärker, und dann erschrecke ich mich zu Tode, weil jemand »Hallo, Kindchen« sagt. Es ist Hedy.

»Ich bin Ihnen nachgegangen«, sagt sie. »Ich will ja nicht, dass Ihnen noch was passiert. So spät allein unterwegs, das macht man doch nicht, ts, ts, ts.«

»Was soll mir denn passieren?«

»Das weiß man nie.« Sie legt sich auch auf den Rücken und nimmt meine Hand.

Wir treiben so dahin. Es ist ein gutes Gefühl.

»Ich bin auch barbusig ins Wasser gestiegen«, wispert sie mir zu. Sie sagt wirklich *barbusig*. »Aber den Schlüpfer habe ich angelassen. So fühle ich mich sicherer.« Sie sagt wirklich *Schlüpfer*. Hedy gehört zu der Generation, die zu Strapsen noch *Tanzgürtel* sagt.

»Aha.« Ich habe mir noch nie Gedanken darüber gemacht, ob ich mich mit oder ohne Unterwäsche sicher fühle. Aber Hedy muss sich ja wohlfühlen.

Ich seufze. »Ist das nicht schön? Ich finde es irgendwie falsch, es schön zu finden. Weil ja eigentlich nichts mehr schön ist. Also bei mir. Warum also finde ich es schön? Das frage ich mich.«

»Ach, Kindchen«, sagt Hedy leise und drückt meine Hand. »Man sollte nicht alles hinterfragen, sondern zumindest das Schöne einfach zulassen. Es ist doch egal, ob es zufällig passiert oder bewusst, das Schöne. Es ist doch einfach schön, wenn es geschieht.«

»Das stimmt.« Ich seufze wieder. »Wissen Sie, da ist ja auch diese Hoffnung, die ich habe, weil es mir hier bessergeht und ich fast normal leben kann. Also, so habe ich mich noch nie seit der

Krankheit gefühlt. Das liegt auch mit an Ihnen, Hedy. Weil Sie mich aufgeweckt haben.«

»Das ist doch schön«, sagt Hedy, und da hat sie recht.

»Vielleicht«, überlege ich weiter, »sollte ich mir auch nicht mehr verbieten, die Hoffnung zuzulassen. Hoffnung ist ja per se nichts Schlechtes. Hoffnung heißt ja nicht, dass es dann alles so eintritt, wie man hofft, aber Hoffnung kann einen auch stärken. Es ist doch negativ, sie sich zu verbieten. Finde ich.«

»Hoffnung ist etwas Wunderbares«, stimmt sie mir zu. »Ich hatte, glaube ich, unterschwellig immer die Hoffnung, Arthur würde mir über den Weg laufen. Dann hätte ich einen Grund gehabt, Viktor zu verlassen. Aber so habe ich mich einfach immer mehr in die Arbeit gestürzt und zugelassen, dass sie mein Leben einnimmt. Das große Haus, das Schwimmbad. All das wollte ich gar nicht unbedingt haben. Ich wollte glücklich sein, ohne dass ich irgendwann mehr wusste, wie sich das anfühlt. Ich hatte das nur mit Arthur erlebt. Und jetzt hat sich meine Hoffnung erfüllt. Dafür haben wiederum Sie sehr viel getan, Kindchen. Ich wäre doch ohne Sie nie in diesen ›Silbersack‹ gegangen und hätte Paul getroffen, um dann spontan Nägel mit Köpfen zu machen. Vielleicht wäre ich ihm mal zufällig in der Stadt begegnet, aber ob wir uns da erkannt hätten? Und ob ich da die Energie gehabt hätte, mich aufzumachen? Paul wusste ja gar nicht, wo er war, das haben Sie ja rausgekriegt. Ja, ja, natürlich hätte es Wege gegeben, es herauszufinden, wo er wohnt, aber trotzdem. Das war doch toll so. Also wundertoll!«

»Wundertoll ist ein schönes Wort.«

»Ja, finde ich auch. Und ich bin so glücklich, Kindchen. Das alles werde ich Ihnen niemals vergessen. Ich freue mich so unsagbar auf die Zukunft, das hätte ich alte Schachtel mir niemals träumen lassen.«

»Schade, dass ich nicht mehr allzu viel davon mitbekommen werde, also wahrscheinlich nicht«, sage ich. »Wir wollen ja die Hoffnung nicht vergessen.«

»Wir wollen die Hoffnung nie aufgeben«, sagt Hedy, und wir lassen uns weiter treiben und hängen unseren Gedanken nach.

»Wissen Sie«, sage ich dann. »Es gibt Schlimmeres als meinen Fall.«

»Also, das ist vermessen«, bekomme ich zur Antwort. »Ich meinte damit doch nicht, dass Sie alles runterspielen sollen. Ihr ›Fall‹, wie Sie es nennen, ist sehr schlimm. Sehr, sehr schlimm! Also bitte.«

»Trotzdem. Das sollte man sich immer mal wieder klarmachen. Gut, natürlich kann man sagen: Was gibt es Schlimmeres als eine mit Gewissheit todbringende Krankheit zu haben? Das stimmt. Aber wenn ich jetzt einfach mal positiv denke, was mir nicht so furchtbar oft gelingt, dann kann ich sagen: Zumindest bin ich fünfzig geworden und habe viel Schönes erlebt. Wäre es nicht viel schlimmer gewesen, wenn ich als Kind krank geworden und vor meinen Eltern gestorben wäre? Ein Kind zu verlieren muss entsetzlich sein. So geht es trotz allem den normalen Gang, auch wenn meine Eltern und mein Bruder viel zu früh gestorben sind. Auch wenn alles gut gelaufen wäre, wäre ich die Letzte in der Kette gewesen, und das bin ich jetzt auch, ja, ebenfalls zu früh, aber ich bin es. Ich muss mich einfach mal endgültig damit arrangieren, dass es so ist, wie es ist. Das habe ich bislang nicht wirklich getan. Immer diese Hoffnung. Ja, im Moment geht es mir recht gut. Ich bin ein bisschen schwach, aber dennoch. Trotzdem.«

Hedy sagt nichts, drückt aber meine Hand nun sehr fest.

Ich rede mich in Rage. »Jedenfalls, so merkwürdig es ist, und ich neige auch nicht zur Theatralik, es geht immer noch mal schlimmer. Finde ich wirklich. Nicht dass ich dankbar dafür bin, dass ich meine Eltern überlebt habe und jetzt ›nur an Krebs‹ sterbe, aber angenommen, nur mal angenommen, ich wäre mit meinen Eltern und Stefan bei diesem Unfall umgekommen – das wäre doch noch schlimmer gewesen, dann hätte ich ja all die Jahre danach bis jetzt nicht gelebt. Ich hätte nichts von der Welt gesehen, weniger Freunde und Freude gehabt. So kann ich sagen: Ich habe jeden Tag irgendwas Schönes, Nettes oder zumindest Sinnvolles getan. Selbst wenn ich nur den Kater vom Samstagabend mit Nupsi am Sonntag auf dem Sofa liegend auskuriert habe, mit literweise Kakao und ›Das Erbe der Guldenburgs‹ auf DVD, war das sinnvoll. Weil ich es als schön empfunden habe. Verstehen Sie, was ich meine, Hedy?«

»Ich bin ja nicht ganz altersdumm. Natürlich verstehe ich Sie. Das ist auch absolut nachvollziehbar. Und es ist doch auch schön, dass Sie die Vergangenheit als sinnvoll und gut empfunden haben, oder zumindest viel davon.«

»Ja. Und ganz ehrlich: Würde man mich vor die Wahl stellen, in ein paar Monaten zu sterben oder für den Rest meines Lebens vom Hals abwärts gelähmt in einem Bett liegen zu müssen, ich würde mich fürs Sterben entscheiden.« Mir fällt die junge Frau ein. »Im Krankenhaus habe ich mich mal im Stockwerk geirrt und bin in ein Zimmer gestiefelt, in dem solch ein Mensch lag. Eine Frau, jünger als ich, lag da und sah mich an. Sie konnte nur den Kopf bewegen. Doch sie konnte sprechen, sie konnte hören, denken, fühlen. Ich bin damals – keine Ahnung warum – einfach an ihr Bett gegangen und habe sie gefragt, ob sie vielleicht etwas bräuchte. Sie hat angefangen zu weinen. Weil ich so verwirrt war, bin ich aus dem Zimmer gegangen und stand dann davor, bis eine ältere Frau mich ansprach. Es stellte sich heraus, dass es die Mutter war, und sie erzählte mir, was ihre Tochter nach ihrem Unfall nicht nur physisch, sondern auch psychisch durchmachte. Damals hatte ich fast ein schlechtes Gewissen, weil ich ja noch laufen konnte. Und selbst entscheiden, was ich als Nächstes tun würde. Beispielsweise hätte ich mir Schlaftabletten besorgen oder von der Köhlbrandbrücke springen können. Das konnte die junge Frau nicht. Die Mutter hat mir erzählt, dass sie sie gebeten habe, sterben zu dürfen.«

»O Gott«, sagt Hedy. »Was für eine grausame Geschichte. Haben Sie sie noch mal besucht?«

»Nein. Ich weiß nicht, was aus der Frau geworden ist. Mich hat das fertiggemacht. Wirklich fertiggemacht. Ach je.«

Wir drehen uns sanft im warmen Wasser des Indischen Ozeans. Die Sterne funkeln immer noch, fast habe ich das Gefühl, es seien mehr geworden.

»Um es mal auf den Punkt zu bringen: Eigentlich geht es mir ja einigermaßen gut in der Situation. Ich kann wenigstens selbst entscheiden. Noch. Es kann natürlich ganz schnell anders aussehen. Dann müsste ich neu überlegen.«

»Himmel, Kindchen, denken Sie an Selbstmord?«

»Nein. Also, klar habe ich schon darüber nachgedacht, aber ernsthaft habe ich es merkwürdigerweise noch nie in Betracht gezogen. Ich glaube, ich bin einfach für Suizid nicht gemacht. Ich würde auch alles falsch machen.«

»Wie, falsch machen?«

»Na ja, falsch machen eben. Wenn ich beispielsweise Erhängen wählen würde: Mit Sicherheit bräuchte ich mindestens drei Anläufe. Erst würde der Knoten aufgehen, dann würde der Haken aus der Decke fliegen, und dann würde ich mich sowieso nicht mehr trauen zu springen. Oder Tabletten: Es wäre garantiert niemals die richtige Dosis, entweder wären es zu wenige oder zu viele. Außerdem würde ich mich das nur mit Alkohol trauen. Aber: Bei zu wenigen schläft man lange, wacht dann verkatert auf und kann noch mal von vorne anfangen. Und wenn man Alkohol trinkt und zu viele Tabletten nimmt, kann es sein, dass man sich übergeben muss und / oder in ein Wachkoma fällt, das habe ich zumindest mal gelesen, und wer bitte möchte kotzend in ein Wachkoma fallen? Dann: von einer Brücke springen. Das käme für mich auch nicht in Betracht, weil …«

»Ja, ja, es ist ja gut«, unterbricht mich Hedy. »Sie tun ja gerade so, als hätte ich vorgeschlagen, dass Sie Suizid begehen. Um Himmels willen, hören Sie auf! Ich will, dass Sie leben, solange es geht! Wir werden das, was die Zukunft bringt, gemeinsam durchstehen. Ich werde Sie nicht allein lassen. Und wir werden zusätzlich zusammen hoffen! Und eines verspreche ich Ihnen: Ich werde bis zum Schluss bei Ihnen bleiben.«

»Das weiß ich zu schätzen. Danke.«

»Und nun gehen wir raus aus dem Wasser. Mir wird langsam doch kühl.«

»In Ordnung.«

»Kindchen«, sagt Hedy. »Ich hatte zwar nie eine Tochter. Aber ich weiß, wie es sich anfühlt, seit wir uns kennen. Ich habe Sie sehr lieb.«

»Ich Sie auch, Hedy. Ich Sie auch.«

»Ich hoffe, dass die Hoffnung funktioniert«, sagt Hedy.

Dann gehen wir aus dem Wasser.

21
Eine Woche später

Diese Hoffnung macht Spaß. Ich bin optimistisch. Es liegt an dem Gespräch mit Hedy. An den Gedanken, die ich mir gemacht habe. Es scheint zu funktionieren, die Hoffnung zuzulassen. Es ist ein sehr gutes Gefühl. Und ich habe wieder ein bisschen zugenommen. Meine eine Shorts kneift. Manchmal bin ich halt etwas schwach, dann lege ich mich einfach hin. Die schwüle Hitze ist ja auch nicht ohne. Aber ich bin nicht mehr so dauermüde wie früher, und ich bin nicht mehr so oberpragmatisch und nüchtern. Ja, ich lasse die Hoffnung zu. Manchmal überlege ich sogar, was ich machen würde. Meine Wohnung renovieren. Mit Nupsis Kind an der Elbe spazieren gehen. Hendrik wiedersehen!!! Aber ich will es nicht zu weit treiben.

Wir lachen alle so viel und haben Spaß miteinander. Wir essen und trinken, als gäbe es kein Morgen mehr, wir sind braungebrannt und immer an der frischen Luft. Ich kann abschalten und vergesse es sogar gleich wieder, als D. Weitzel noch mal anruft und sagt, er habe jetzt den ultimativen Blumenschmuck für unsere Gräber, nämlich keinen. Er habe hin- und herüberlegt, aber uns sei ja nichts recht. Ich würge ihn einfach ab, und auch Hedy sagt, es gebe jetzt Wichtigeres.

Wir sind gerade am »Blow Hole«, einer riesigen Felsformation; hier klatscht die Brandung mit voller Wucht gegen die Felsen und spritzt so hoch, dass alle nass werden. Das Wasser rast in ein Loch hinein, und wenn es zurückgeht, gibt es ein ganz gruseliges Geräusch, so als ob Darth Vader ganz laut ausatmet. Früher, so erzählt Arthur uns, dachten die Einheimischen, dort würden Geister wohnen; sie brachten ihnen Opfergaben und warfen alles Mögliche in das Loch hinein, um sie milde zu stimmen. Die Geister hätten sich die Gaben auch tatsächlich geholt – bis sich irgendwann rausstellte, dass ein paar clevere Leute nachts das Blow Hole runterkletterten und die Dinge mitgehen ließen. Ertrunken seien hier auch schon Menschen, erzählt Arthur. Also angeblich. Wenn man da nämlich steht und eine Welle ist besonders hoch, kann man ausrutschen, in das Loch fallen und wird dann von der Strömung mitgerissen.

Arthur erzählt unheimlich gern Angeblich-Geschichten. Er hat sie natürlich nie selbst erlebt, sondern immer heißt es »angeblich hat« oder »angeblich ist« oder »angeblich wollte«.

Keine Ahnung also, ob irgendetwas davon stimmt. Ich mag Arthur, und seine Geschichten sind sehr amüsant. Er hat angeblich auch schon gegen wilde Elefanten gekämpft und hatte nicht nur angeblich, sondern tatsächlich eine Rangelei mit einem Salzwasserkrokodil, was mich sehr interessiert, immerhin hätte bei Hedys und meiner nächtlichen Schwimmerei ja auch eins auftauchen können.

»Ihr könnt euch nicht vorstellen, welche Kräfte man entwickelt, wenn man in einer gefährlichen Situation ist«, erzählt Arthur. »Ich bin da also gerade mit Olli am Wasser entlanggegangen, und plötzlich kam so ein Tier herausgehüpft. Die werden übrigens auch Salties genannt, niedlich, oder? Aber man darf sich von dem Namen nicht täuschen lassen. Mir nichts, dir nichts schnellen die hoch aus dem Wasser, schnappen jemanden und ertränken ihn, und wenn man auf die Idee kommt, sich zu wehren, wisst ihr, was die dann machen? Die packen einen, drehen sich um ihre eigene Achse und schleudern einen herum, oder sie knallen ihren Kopf auf das Opfer, um es ohnmächtig zu machen. Das Exemplar, mit dem ich eine Rangelei hatte, war ungefähr fünf Meter lang. Fünf Meter! Stellt euch das mal vor!« Ich muss schlucken. Bin ich froh, dass die Salzwasserkrokodile alle geschlafen haben!

»Und dann diese messerscharfen langen Zähne!« Arthur macht eine wirksame Pause und fletscht seine. »Da standen wir uns gegenüber und beobachteten uns. In dem Moment, als es hochsprang, habe ich es mit einem gezielten Handkantenschlag gefechtsunfähig gemacht. Dann habe ich es gepackt und ihm die Luft abgedrückt, bis es japste. Es fiel auf den Rücken und blieb da liegen. Wir sind dann weitergegangen. Ja, so war das.«

»Also isch bin jetzt emal ganz ehrlisch«, sagt der Olli. »Ganz so war des net. Wenn mers jetzt emal ganz genau nemme, war des gar kein Salzwasserkrokodil, des war e etwas größeres Indisches Palmehörnsche. Un da haste schon en Schrecke gekriet, weil de fast uff es druffgetrete bist.«

Arthur schaut den Olli böse an. »Das war ein anderer Spaziergang. Red doch keinen Unfug. Und das war auch kein Palmenhörnchen, sondern ein Wasserbüffel. Die werden nämlich auch ganz schön aggressiv. Aber auch damit bin ich fertig geworden. Also, das war so …«

Alle außer Hedy verdrehen die Augen. Hedy hängt an Arthurs Lippen, und ich bin sicher, er könnte auch erzählen, er sei ein Kannibale, der auf Nachhaltigkeit achtet, indem er übriggebliebene Innereien nicht entsorgt, sondern sich Mäntel daraus bastelt – Hedy würde es gut finden.

Aber was soll's. Die anderen reden weiter, ich drifte ein wenig ab. Ich fühle mich so richtig wohl. Dieses Land tut mir einfach gut.

Drei Tage später

»So langsam sollten wir mal die Rückflüge buchen«, sagt Arthur beim Frühstück. »Ich freue mich darauf, in Deutschland endlich alles zu regeln.«

Ich will nicht zurück nach Deutschland. Ich will hierbleiben. Hier ist für mich Leben. Hamburg ist Tod. Hier auf Sri Lanka habe ich nur Gutes erlebt, hier erinnert mich nichts an die Krankheit. Wenn ich zurück in Hamburg bin, ist wieder alles da. Und vielleicht geht es mir dann auch schlagartig schlechter. Sri Lanka ist für mich die buchstäbliche Decke, die ich mir über den Kopf ziehe, um bloß nichts mit der Realität zu tun haben zu müssen.

»Oh, ich freue mich auch«, sagt Hedy strahlend und streichelt Arthurs Arm. »Ich bin gespannt, wie dir mein Haus gefällt.«

Nupsi ist schon ganz traurig, dass sie bald wieder aus Hedys Villa ausziehen muss. Ich maile hin und wieder mit ihr. Sie schwimmt jeden Tag stundenlang, weil sie eins mit dem Fruchtwasser werden will, und sie wird von Frau Groß bekocht, als wäre sie, Nupsi, drei Personen. Frau Groß ist natürlich in ihrem Element. Frau Groß hat Nupsi gesagt, sie sei ein Jungbrunnen für sie, also Frau Groß. Weil sie sich koch- und backtechnisch nun endlich weiterentwickeln könne. Hedy wolle ja immer nur Salat und »was Gedünstetes ohne Salz und keine Kohlenhydrate«. Und Melone. Und wenn das Baby dann erst mal Zusatznahrung braucht! Frau Groß sagte, sie würde drei Kreuze machen, wenn das Würmchen endlich so weit sei, richtige Nahrung zu sich zu nehmen. Dann sei sie, Frau Groß, aber im Einsatz, und auch jetzt schon, sagt Nupsi, würden fast nur noch Sätze gesprochen, in denen die Worte »Abstillen«, »Biomöhrchen«, »Brei mit frischer Banane«, »frische Luft macht hungrig«, »pürierter Apfel« und »nur noch ein paar Monate« vorkommen.

Mit dem Baby ist alles in Ordnung. Laut Berechnung wird es im April auf die Welt kommen. Nupsi schickt Ultraschallbilder, die ich mir genau anschaue, denn ich werde es ja nie geboren sehen.

»Dein Haus gefällt mir bestimmt«, sagt Arthur. »Wir werden ein schönes Leben haben! Ich werde sofort die Scheidung einreichen. Glücklicherweise ist das Geld so angelegt, dass Rebecca nicht dran kann, das haben meine Anwälte fein geregelt. Sie ist zwar gut versorgt, ich bin ja kein Unmensch, aber ich will auch etwas haben. Und ich habe viel! Ich habe dafür gesorgt, dass die Immobilien nicht verkauft werden können, für alles habe ich gesorgt. Wir werden Rebecca ausbezahlen, und dann leben wir beide, Hedy.«

»Eine Sache würde mich aber nun doch interessieren«, sage ich. »Du musst nicht antworten, aber: Warum hast du Rebecca immer in dem Glauben gelassen, dass du tot sein könntest? Wäre es nicht fairer gewesen, ihr hin und wieder ein Lebenszeichen zu schicken?«

Arthur nickt. »Glaubt mir, daran habe ich auch gedacht. Aber ich habe mich dagegen entschieden. Dann hätte sie Paul wahrscheinlich so lange gequält, bis er ihr doch sagt, wo ich bin, ich kenne meinen Bruder. Und das wollte ich in jedem Fall vermeiden. Außerdem, bitte glaubt mir, sie ist eine Hexe. Das war meine Rache. Diese Ungewissheit! Aber gelitten hat sie darunter doch nie, dass ich weg bin. Eigentlich war sie ja froh. Sie wollte nur Gewissheit, sie mit ihrem Kontrollzwang, aber den Zahn hab ich ihr bewusst gezogen.«

Ich nicke. »Aha.«

»Ich kannte Rebecca auch, also kennen ist übertrieben, aber ich habe sie ein paarmal gesehen. Arthur hat recht. Sie ist eine Hexe. War sie schon immer. Diese Augen.« Hedy schüttelt sich. »Wie von einem Hai.«

»Ach, Hedelchen, letztendlich sind wir doch zusammengekommen. Nur das zählt. Und gemeinsam werden wir jetzt steinalt. Und verbringen jede Sekunde miteinander.«

Hedy ist es unangenehm, dass Arthur das vor mir sagt, aber ich bin ihm nicht böse. Ich kann ja schlecht von den beiden verlangen, dass sie sich die Kugel geben, bloß weil ich Lungenkrebs habe.

Hedy ist heute ein bisschen ruhiger als sonst. Die schwüle Hitze macht ihr ab und an zu schaffen, sie bekommt Kopfweh davon.

»Ist es wieder der Kopf?«, frage ich, und sie nickt.

»Sie müssen sich in Deutschland durchchecken lassen, versprechen Sie mir das«, sage ich.

»Herrje, ich habe Kopfschmerzen. Ich bin auch nicht mehr die Jüngste.«

Das stimmt. Außerdem trinkt sie ziemlich viele Cocktails, hat eigentlich ständig einen Schwips und ist wahrscheinlich deswegen dauerverkatert. Arthur ist auch kein Kostverächter. »Hören Sie auf, mich so zu bemuttern, Kindchen. Lassen Sie uns lieber leben, solange es noch geht!«

Da hat sie nicht unrecht.

Arthur hat viel zu tun und zu regeln, aber alles sieht wunderbar und gut aus und die beiden werden nicht müde, davon zu reden, wie sie ihr Leben zu verbringen gedenken. Sie freuen sich auf Hamburg, wollen ins Theater gehen und in die Oper und auf Vernissagen und ins Kino, und Hedy, die noch nie Popcorn gegessen hat, ist ganz aufgeregt deswegen. Arthur will unbedingt segeln lernen, und ich habe ihm vorgeschlagen, dass Lolli mal mit ihm auf die Elbe rausfährt. Das gefällt Arthur. Nupsi schreibt, Lolli sei ein bisschen sauer auf mich, weil er herausgefunden habe, dass es in Sri Lanka gar keine Schnappschildkröten gibt, sondern nur in Nordamerika (und die am See in Schleswig-Holstein natürlich); das habe ihm ein Koberer auf dem Kiez erzählt, der mal angefangen habe, Zoologie zu studieren, aber dann feststellte, dass er keine Tiere mag. Lolli sagt, ich könne froh sein, dass ich Krebs hätte, sonst wäre Polen offen, er, Lolli, könne nämlich Lügen nicht ausstehen. Aber davon abgesehen, so Nupsi, mache er sich Sorgen und hoffe, dass es mir gutgeht. Und ich solle so lange bleiben, wie es mir guttut, sagt Nupsi. Die Villa sei bei ihr in besten Händen und um meine Wohnung kümmere sich Lolli, weil Nupsi eigentlich nur am Schwimmen und Essen sei. Nupsi schreibt, sie könne jetzt auch kraulen, das habe sie früher nicht hingekriegt, aber jetzt, wo sie Zeit hat, gehe das alles und klappe wunderbar.

Ich denke nach. Soll ich allein hierbleiben, bis ich sterbe? Nein. Ich möchte Nupsi sehen, und ich muss noch Dinge regeln und mich mit Herrn Dinkelgärtner und D. Weitzel kurzschließen. Es geht ja auch nicht, dass D. Weitzel einfach beschließt, dass wir keinen oder den von ihm letztendlich doch eigenmächtig ausgesuchten Blumenschmuck bekommen. Da habe ich noch ein Wörtchen mitzureden.

Also buchen wir, auch wenn es mir im Gegensatz zu Hedy und Arthur richtig schwerfällt. Zum Glück haben wir noch ein bisschen Zeit und verleben eine weitere wunderbare Woche miteinander.

Der Abschied von Olli und Robert ist tränenreich, das muss ich zugeben. Der Olli sagt dauernd: »Isch würd ja gern saache, dass mer disch besuche, aber bald biste net mehr da« und muss von Robert getröstet werden. Ich umarme beide fest und immer wieder und muss selbst weinen, wie blöd, und auch Hedy und Arthur müssen weinen. Arthur unter anderem auch deshalb, weil er Angst hat, dass jemand die Singha Villa anzündet, wenn er weg ist. Auf unsere Frage, wer sie denn anzünden sollte, sagt er: »Man liest ja so viel.«

Jedenfalls ist es dramatisch. Kurz bevor wir von der Singha Villa wegfahren, kommen sogar der Frosch und der Affe an und sehen so aus, als seien sie traurig.

Dann kommt das Taxi, und wir drei fahren winkend davon.

Warum winken Menschen eigentlich beim Abschied? Zur Begrüßung, das verstehe ich ja; ich glaube, es hat etwas damit zu tun, dass man beim Winken die Handinnenfläche zeigt und damit kundtut, dass man keine Waffe trägt, also in Frieden kommt. Aber wenn man geht, muss man doch nicht die Handinnenflächen zeigen, der andere weiß doch, dass man keine Waffe hat. Ich immer mit meiner Fragerei an mich selbst.

Zum letzten Mal sehe ich die Yaddehimulla Road und die kleinen Geschäfte, die kleine Bar, wo es sehr leckeren Kokoskuchen gibt, zum letzten Mal fahre ich dann aus Unawatuna raus.

Hoffnung hin, Hoffnung her. Ich muss langsam anfangen, mich daran zu gewöhnen, dass alles zum letzten Mal ist. Und ich möchte diese Bilder aufsaugen und für immer festhalten.

22

28. Oktober

Wir sitzen in Hedys Haus beim Frühstück. Die Freude war riesig, als wir vor ein paar Tagen zurückgekommen sind. Frau Groß kocht und backt, als ginge es um ihr Leben. Sie macht jetzt sogar Croissants und Brötchen selbst. Frau Groß sagt: »Nie hätte ich gedacht, dass durch dieses Haus einmal der Geruch von frisch gebackenen Laugenbrezeln schwebt.« Frau Groß ist während unserer Abwesenheit nämlich auf den »Alles selbst machen«-Dreh gekommen. Sie hat eines Nachts von einer Bratwurstfüllmaschine geträumt, und am nächsten Tag wertete sie dies als Zeichen dafür, eine solche Maschine anzuschaffen. Die gebe es nämlich auch für Privathaushalte, erzählt Frau Groß, nicht nur für Fleischereien, da seien die ja riesig, die würden hier gar nicht durch die Tür passen, höchstens durch die Terrassentür, aber nur vielleicht. Jedenfalls haben die Augen von dem guten Chauffeur Herrn Adalbert geleuchtet. Der ist mit Frau Groß losgefahren und hat eine Maschine besorgt. Leider hat Nupsi den Fehler gemacht, Lolli von der Bratwurstmaschine zu erzählen, denn seit der Anschaffung war Lolli täglich hier, um Frau Groß' Rezepte auszuprobieren. Momentan ist die Bärlauch-Bratwurst sein Favorit.

Er ist heute auch zum Frühstück da, weil er Nupsi versprochen hat, mit ihr zu diesem Clemens zu fahren, der ja der Kindsvater ist. Unterhaltsdinge müssen geregelt werden. Clemens hat behauptet, er könne gar nicht der Vater sein, er habe sich vor Jahren sterilisieren lassen. Nupsi sagt zum wiederholten Mal: »Hallo? Ich weiß ja wohl, mit wem ich hinter Spanholzplatten Sex hatte!« Lolli jedenfalls hat durch ein einziges Telefonat die Adresse von Clemens rausbekommen und will »sich kümmern«. Und weil ich

Lolli kenne, weiß ich, was sein Kümmern bedeutet, und ich weiß auch, dass Nupsis Kind anstandslos Unterhalt gezahlt werden wird. Lolli muss nur mal kurz die Augenbraue heben, und schon ducken sich alle und kriechen zu Kreuze. Gut, die Klitschko-Brüder jetzt vielleicht nicht, aber sonst fast jeder.

Arthur und sein Bruder Paul haben sich kurz nach der Ankunft in Hamburg getroffen und ein rührendes Wiedersehen gefeiert. Beide behaupteten, der andere habe sich »kein bisschen verändert«. Nun ist Paul mit einem Freund in Kuba, um dort mit dem Zigarrerauchen zu beginnen. Er habe das schon lange tun wollen, und authentisch müsse es sein. Die beiden werden einige Wochen weg sein, aber dann will Paul in Hamburg bleiben, weiterrauchen und sich regelmäßig mit seinem Bruder treffen.

»Übrigens«, hat Lolli mir erzählt. »Weißt du, wer bei mir war? Dieser Typ, der mit uns auf dem Kiez war. Wie aus dem Boden gestampft stand er vor mir und wollte deine Telefonnummer.«

»Die du ihm nicht gegeben hast«, hoffte ich. Ich hatte Lolli das Versprechen abgenommen, nichts über mich zu erzählen.

Lolli legte seine rechte Hand aufs Herz. »Ich habe es versprochen. Aber du, er hat sehr traurig ausgesehen.«

»Es ist aber besser so.« Ich musste aufpassen, dass ich nicht anfing zu heulen.

»Ich weiß«, sagte Lolli. »Ich weiß.«

Nupsi hatte schon ihre Taschen gepackt, als wir vom Flughafen ankamen, und wollte in ihre Wohnung zurück, aber Hedy sagte: »Was soll denn das? Dieses Haus hat mehrere hundert Quadratmeter. Da verjage ich doch nicht eine Schwangere.«

»Na ja, verjagen ist das nicht. Ich bin ja nicht obdachlos«, erklärte Nupsi.

»Ich denke, Sie schwimmen so gern. Wollen Sie ab jetzt in ein öffentliches Schwimmbad? Und sich mit Fußpilz anstecken und getreten werden von diesen rücksichtslosen Jugendlichen, die immer vom Beckenrand springen, obwohl da ausdrücklich steht, dass es verboten ist?«

»Ich kann mich schon wehren«, sagte Nupsi, aber Hedy hob die Hand. »Nein. Sie bleiben hier. Hier wird auch für Sie gesorgt. Sie brauchen Vitamine.«

Somit war das Thema erst mal abgehakt. Nupsi, die tageweise in der Galerie arbeitet, kommt abends also immer »nach Hause« zu uns.

Der Tisch ist wieder mal gedeckt, als würden wir uns bei einem kaiserlichen Frühstück in der Wiener Hofburg befinden. Frau Groß richtet gern alles auf schönen Etageren und auf Silberplatten an. Sie ist so glücklich darüber, dass sie das jetzt machen kann und dass man das gut findet. Wir loben sie natürlich alle. Heute hat sie es ein wenig übertrieben und Herbstlaub aus dem Garten geholt und es auf dem Tisch verteilt. Ein bisschen viel Laub, man muss dauernd was zur Seite schieben, es liegt auch auf den Tellern, aber schön sieht's aus, wenn man sich die Erde, die sie auch mit reingebracht hat, wegdenkt. Der Kaffee wird in einer silbernen Art-déco-Kanne serviert, die Frühstückseier werden unter kunstvoll bestickten Leinenwärmern aufbewahrt, Kerzen in fünfarmigen Leuchtern brennen, und eigentlich müssten jetzt nur noch der Franzl und die Sissi reinkommen und sich über die Erzherzogin Sophie aufregen, dieses giftige Miststück. Ach, herrlich, diese Filme. Ich kann jederzeit alle drei Teile nacheinander anschauen und alle Sätze auswendig mitsprechen.

»Wir müssen dann auch mal los«, sage ich und schlucke das letzte Stück Brötchen mit gesalzener Butter und Nutella runter.

»Um halb neun ist der Termin.«

»Also wirklich«, sagt Hedy. »Ihr macht mich irre. Aber gut, aber gut, gehen wir zu diesem Arzt.«

»Ich kannte mal jemanden, der hatte auch ständig Kopfschmerzen, und dann stellte sich raus, dass der eine Hirnquetschung hatte, und ein Freund von mir kannte jemanden, der ist beim Tennisspielen einfach so umgefallen, bumm, weil ihm Äderchen im Hirn geplatzt sind. Und warum? Weil er wochenlang Kopfschmerzen hatte und nicht zum Arzt gegangen ist.« Nupsi sieht Hedy ernst an.

»Ist ja schon gut.« Hedy steht auf.

Arthur ist nervös. Er hat so ziemlich direkt nach der Ankunft Kontakt mit Rebecca aufgenommen. Rebecca war außer sich und hat am Telefon so laut gekeift, dass wir jedes Wort verstehen konnten. Ich konnte sogar nachvollziehen, dass sie keifte, denn Arthur sagte Sätze wie: »Es ist doch nicht wirklich was passiert« und »Die Zeit heilt alle Wunden«. Das ist natürlich in dem Fall ein bisschen unpassend. Jedenfalls hat Rebecca geschrien, dass sie einen Anwalt einschalten wird und was Arthur sich denken würde und überhaupt. Arthur sagte: »Allein die Tatsache, dass ich eine Gänsehaut bekomme, wenn ich nach so langer Zeit deine Stimme höre, sagt mir, dass ich die richtige Entscheidung getroffen habe.« Rebecca keifte weiter und Arthur zeigte uns während des Telefonats seinen Unterarm. Alle Härchen hatten sich aufgestellt. »Ich werde auch einen Anwalt einschalten, und ich sage dir nur, dass du dich warm anziehen kannst. Entweder wir einigen uns auf normalem Weg, oder es gibt Krieg.« Das sagte er wirklich. Hedy schaute ihn verliebt an. »Glaub mir, ich bin nicht dumm, Rebecca, ich weiß genau, was ich tue. Und ich habe Möglichkeiten. Ich schlage vor, ich gebe meinem Anwalt deine Nummer, und er setzt sich mit dir in Verbindung. Und noch was: Ich möchte nicht mehr mit dir telefonieren. Das halten meine Ohren nicht aus. Aber glücklicherweise gibt es ja die Möglichkeit, Briefe und Mails zu schreiben.« Mit diesen Worten legte er auf.

»Jetzt ruft sie vielleicht dauernd hier an«, befürchtete ich.

»Ich bin ja nicht dumm«, sagte Arthur. »Ich habe selbstredend vorher die Rufnummernunterdrückung aktiviert.« Dann hob er erneut ab und wählte eine andere Nummer. »Jetzt rufe ich meinen Anwalt an. Er hat alles in meinem Sinn vorbereitet. Ich dachte ja, ich würde das alles irgendwann mal von Sri Lanka aus machen, es konnte ja niemand ahnen, dass ich nach Deutschland zurückkehre, aber jetzt ist eben alles anders. Ich möchte meine Angelegenheiten geordnet haben.«

Hedy und ich verließen den Raum.

»Ist Arthur nicht ein wunderbarer Mensch?«, fragte sie mich.

»Ja.«

»Hat er nicht Stil und Rückgrat?«

»Ja.«

»Ist er nicht außergewöhnlich?«

»Ja.«

»Kann ich mich glücklich schätzen, ihn gefunden zu haben?«

»Ja.«

»Das sollte bestimmt alles so sein. Eine höhere Macht hat mich zu ihm gebracht.« Sie faltete die Hände. »Dieser Macht danke ich.«

»Ich bin die Macht«, erinnerte ich sie.

»Also wirklich, Kindchen, Sie zerstören gerade meine romantischen Vorstellungen. Aber es stimmt natürlich, wir haben ja schon darüber geredet. Darauf ein Glas Champagner! Und nachher holen wir ein paar gute Flaschen Wein aus dem Keller. Wir wollen auf die Gesundheit trinken.«

»Ich weiß nicht, ob man mit Champagner und Wein auf die Gesundheit trinken sollte.«

»Ein Gläschen wird wohl nicht schaden.« Hedy winkte ab.

»Das stimmt wohl, Hedy. Aber bei uns ist es nie *ein* Gläschen«, warf ich ein, und Hedy sagte nichts mehr, sondern tat so, als habe sie mich gar nicht gehört.

Wir gingen zurück ins Zimmer, wo uns ein strahlender Arthur erwartete. Der Anwalt würde beginnen, alles zu regeln. Man sieht auch sonst, wie pudelwohl Arthur sich bei Hedy fühlt. Er war auch schon mit Nupsi schwimmen. Arthur schwimmt nämlich sehr gern, und deswegen passt das alles sehr gut. Arthur hat zu Nupsi gesagt, er würde sich auch auf das Baby freuen, denn er hätte gern Enkelkinder gehabt. Kinder habe er nie gewollt, aber Enkelkinder. Das verstehe, wer will.

Die beiden sind wirklich rührend, also Hedy und Arthur. Als sie ihm den Garten gezeigt hat, meinte Arthur, da könne er sich ja so richtig austoben, er habe immer gern gegärtnert, und Hedy sagte: »Oh, das weiß ich noch. Als junger Mann hast du mir immer davon erzählst, wie gern du ein Gewächshaus hättest.«

»Ja. Das wäre heute noch schön. In Sri Lanka wollte ich mir eins zulegen, aber alle waren irritiert. Wer braucht da schon ein Gewächshaus? Und bei Rebecca durfte ich das nicht. Sie hatte Angst vor Schädlingen, die ins Haus krabbeln könnten.«

»Wir werden dir unverzüglich ein Gewächshaus hinstellen«, sagte Hedy.

»Vielleicht auch ein Hochbeet.« Arthur war glücklich. »Es geht nichts über selbst angebautes Gemüse und Obst. Nichts, nichts, nichts!«

»Ich denke, du hast nie welches anbauen dürfen«, stellte ich fest.

Er nickte. »Das stimmt. Aber ich weiß es einfach. Ich weiß es.«

Dann sind die beiden händchenhaltend davonspaziert.

Nun müssen wir aber wirklich los. Ich selbst habe auch einen Termin, Kontrolle bei Dr. Rosenbachs Vertretungsarzt, diesem Dr. Wagner. Also werden wir erst zu Hedys Arzt fahren, dann zu meinem. Frau Groß sagt, dass es später Roastbeef mit Remouladensoße gibt. Und wenn wir brav seien, auch Nachtisch. Lolli will Nupsi allen Ernstes beim Rausgehen stützen.

»Also wirklich«, sagt sie. »Ich bin im dritten Monat. Ich watschele noch nicht mal.«

»Du bist auch gar nicht der Typ, der watscheln wird«, sage ich. »Nur diese Weiber, die den ganzen Tag nichts zu tun haben und auf sich aufmerksam machen wollen, die watscheln. Weil sie zeigen müssen, was sie mit dem Austragen eines Kindes leisten.« Ich habe jedenfalls noch keine Landfrau gesehen, die watschelt, auch nicht kurz vor der Niederkunft. Aber die ganzen gestressten Großstadthausfrauen, die watscheln so, dass man automatisch auf ihre Füße guckt, weil man denkt, da seien Schwimmhäute.

Dann bringt Herr Adalbert Hedy, mich und Arthur zu Hedys Hausarzt. Hedy ist schon lange bei ihm Patientin. Im Labor nimmt man ihr Blut ab, dann warten wir auf den Arzt. Er heißt Adam Rumpfstiel und ist geschätzte 100 Jahre alt, wie ich vermute. Er macht gern »Hmmm« und krault dabei seinen weißen Bart. Ein bisschen sieht er aus wie Methusalem.

»Sie haben also Kopfschmerzen. Regelmäßig?«

»Nein.« »Ja«, sagen Hedy und ich gleichzeitig.

»Natürlich haben Sie regelmäßig Kopfschmerzen«, sage ich.

»Was heißt denn bitte regelmäßig?«, fragt sie ärgerlich.

»Immer wieder vorkommend«, erklärt Doktor Rumpfstiel.

»Unfug, ich habe hin und wieder Kopfweh. Manchmal. Nicht *immer wieder*«, sagt Hedy.

»Sie klagen regelmäßig. Und manchmal heißt so viel wie immer wieder.« Ich verstehe nicht, dass sie so ein Drama daraus macht.

»Ich klage nicht. Ich sage manchmal ›mein Kopf‹, das ist kein Klagen.«

»So kommen wir nicht weiter, Frau Bentham.« Doktor Rumpfstiel zwirbelt seinen Bart. »Ich stelle Ihnen jetzt ein paar Fragen und Sie antworten bitte ehrlich darauf.«

»Ich bin grundsätzlich ehrlich«, sagt Hedy. »Was soll das denn jetzt?«

»Beantworten Sie einfach die Fragen.«

Hedy nickt, und Doktor Rumpfstiel fragt, ob sie denn die Kopfschmerzen morgens habe, ob die schnell wieder weggingen, ob Tabletten hälfen oder nicht, ob ihr übel sei, ob sie Sehstörungen habe, ob ihr schwindelig sei.

»Das habe ich schon mal miterlebt«, werfe ich ein.

»Einmal, Kindchen. Na gut, zweimal. Aber jedem ist doch mal schwindlig.«

Doktor Rumpfstiel fragt weiter. Nach Konzentrationsstörungen, Vergesslichkeit, ob Hedy reizbar sei und so weiter.

Hedy beharrt darauf, dass gar nichts sei bis auf manchmal Kopfweh und zweimal Schwindel. Sie ist richtig giftig.

»Nun«, sagt Doktor Rumpfstiel dann. »Ich empfehle doch vorsichtshalber mal, einen Neurologen aufzusuchen. Hier.« Er schreibt einen Namen auf einen Zettel.

»Wieso soll ich zu einem Neurologen?«, fragt Hedy. »Da ist doch nichts.«

»Ich bin kein Neurologe und halte es einfach für besser, Sie zu überweisen. Dann ist das abgeklärt. Nun machen Sie sich mal keine Sorgen. Wissen Sie was, ich kenne den Kollegen persönlich. Der hat unglaublich lange Wartezeiten. Ich rufe mal eben da an, vielleicht kann ich was machen. Sie können bitte solange draußen warten.«

»Er hat schon immer übertrieben«, sagt Hedy draußen. »Schon immer. Viktor ist mal von einer Zecke gebissen worden, und Doktor Rumpfstiel hat sofort was von einer Hirnhautentzündung gefaselt. Und was war? Nichts.«

Arthur schaut erleichtert.

»Trotzdem werden wir zu diesem Neurologen gehen«, sage ich mit fester Stimme. »Ich werde böse, wenn Sie sich weigern.«

Da kommt Doktor Rumpfstiel. Wir haben Glück. Bei dem befreundeten Neurologen hat jemand abgesagt. Übermorgen hat Hedy einen Termin.

Dann fahren wir zu Doktor Wagner und setzen uns da ins Wartezimmer. Hedy fühlt sich hier unwohl, das merke ich. So viele Leute in einem kleinen Raum mag ich auch nicht, ich habe das noch nie gemocht. Es ist die Atmosphäre, die buchstäblich kranke. Ich verstehe gut, dass Hedy und Arthur aufstehen und sagen, sie wollen ein wenig spazieren gehen.

Ich schaue mich um. In diesem Wartezimmer ist eine Atmosphäre wie in jedem Wartezimmer: Ruhe gepaart mit der Hoffnung, als Nächster aufgerufen zu werden, leises Husten und Rascheln von Zeitungen und entschuldigende Blicke und hektische Bewegungen, wenn ein Handy anfängt zu klingeln. Einer Frau sehe ich an, dass sie erst kürzlich die Diagnose bekommen hat. Dem Gesicht sieht man oft die Stadien der Erkrankung an. Fassungslosigkeit, Angst, Resignation. Sie hier ist noch fassungslos. Sie weiß nicht, was auf sie zukommt, und sie hofft wie alle anderen, bald dranzukommen. Warten. Wie oft musste ich warten. Ich würde gern mal wissen, wie viele Stunden ich zusammengerechnet seit der Erkrankung in Wartezimmern oder Fluren von Krankenhäusern verbracht habe. Umgeben von anderen Menschen, die so wenig wie ich lächelten und irgendwann so zermürbt waren vom Warten, dass sie irgendwelche Infobroschüren über Krebsvorsorge lasen. Das ist übrigens auch spitze: In den Wartezimmern, in denen Krebskranke warten, liegen immer, immer Vorsorgebroschüren. Da haben viele Leute so richtig mitgedacht. Da informiert sich doch jeder Krebskranke gern drüber, was er hätte tun können, um den Krebs zu verhindern. Mann.

Ich stehe auf und verlasse den Raum, weil ich das Warten in Wartezimmern entsetzlich finde. Ich warte lieber vor der Tür und bitte die Empfangsdame, mich reinzurufen, wenn ich dran bin. Weil die Praxis im Erdgeschoss liegt, ist das kein Problem. Sie kommt sogar kurz mit raus, weil sie eine rauchen will.

Draußen treffe ich Hedy und Arthur, die mich besorgt fragen, warum ich nicht im Wartezimmer bin oder ob sonst etwas sei.

»Nein«, sage ich. »Diese tristen, trostlosen, schrecklichen Wartezimmer machen mich einfach nur psychisch fertig. Ganz ehrlich, wenn ich noch mal auf die Welt käme, ich würde Innenarchitektin für Wartezimmer werden. Da dreht man ja durch.«

»Ich bin nicht so oft in Wartezimmern und war es auch nie«, sagt Hedy, und fast ist es ihr peinlich. »Ich bin ja privat versichert. Aber ich fand es da eben auch schrecklich. Es ist, als ob die Krankheiten über einem wabern. Furchtbar. Das kann man doch anders machen. Stilvoller. Würdevoller.«

Meine Rede.

Schließlich ruft mich die Empfangsdame herein.

»Das sind in der Tat gute Nachrichten«, sagt Doktor Wagner, nachdem ich ihm von meinem guten Befinden erzählt habe.

»Und sie verwundern mich, ehrlich gesagt. Ich kann und werde jetzt natürlich keine Diagnose stellen. Ich möchte eine CT machen.«

»Wollen Sie mir mit diesem Satz sagen, dass Hoffnung besteht?«

»Ich möchte Ihnen mit diesem Satz sagen, dass eine CT gemacht werden soll. Machen Sie bitte bei Frau Gruber einen Termin aus.«

Ich muss ein Momentchen auf Frau Gruber warten. Sie ist noch einmal kurz eine rauchen gegangen.

Nachdem sie herumtelefoniert hat, sagt mir Frau Gruber, ich hätte Glück. »Sie sollen in zwei Stunden da sein. Es haben zwei Leute abgesagt.«

»Eine CT. Was ist das genau?«, will Hedy wissen. »Gehört habe ich natürlich davon schon, aber was es genau ist, weiß ich nicht.«

Auch Arthur schaut interessiert.

»Ein Röntgenverfahren, das ein dreidimensionales Bild des Körpers liefert«, erkläre ich ihr. »Dadurch ist es möglich, Veränderungen einzelnen Organen und Körperregionen genau zuzuordnen. Die Lage eines Tumors, seine Größe und oft auch Ansiedelungen in Brust-Lymphknoten oder entfernten Körperregionen können bestimmt werden. Eine CT des Brust- und oberen Bauchraums wird immer durchgeführt, wenn sich der Verdacht auf Lungenkrebs durch eine Gewebeuntersuchung bestätigt hat. Von besonderem Interesse sind dabei die Lungen und die Lungen-Lymphknoten im sogenannten Hilus, die Region hinter dem Brustbein, die Leber und die Nebennieren.«

»Ach«, sagt Hedy. »Was Sie alles wissen, Kindchen.«

»Ich habe mich eine Zeitlang damit beschäftigen müssen. Und gleich schon habe ich einen Termin.«

»Das ist doch gut.« Sie hakt sich bei mir unter, Arthur auf der anderen Seite, und wir gehen langsam die Alster entlang. »Aber vorher können wir doch noch einen Kaffee trinken. Ach schaut mal, da kommt die Sonne raus«, freut sie sich. »Ist das nicht schön?«

23

Pünktlich stehen wir dann am Empfang des Kernspinzentrums. Die Frau hinter dem Tresen ist völlig überfordert und entschuldigt sich: Zwei Kolleginnen seien krank geworden und jetzt müsse sie alles allein machen, die Hölle sei los und überhaupt. Ich frage mich, wie sie mit dem Papierwust, der auf ihrem Schreibtisch liegt, klarkommen will, und dann klingelt auch noch ständig das Telefon. Fast frage ich, ob ich drangehen soll.

Meine Gedanken kreisen. Ich mache mir Sorgen um Hedy. Und idiotischerweise überlege ich dann, was mir alles erspart bleiben würde, wenn ich wieder gesund wäre. Ich müsste meine Wohnung nicht kündigen und würde das Geld für die Bestattung sparen. Den Sarg, den Hedy mir geschenkt hat, könnte sie bestimmt zurückgeben. Oder wir reservieren ihn für später oder was auch immer. Kann man Särge eigentlich bei eBay versteigern? Es wäre wirklich eine Erleichterung. Dieses Organisieren vorm eigenen Tod ist genauso nervig wie die Rennerei, wenn man sein Portemonnaie verloren hat.

Ich muss Formulare ausfüllen, dann hocken wir wieder in einem absolut überfüllten Wartezimmer – so voll war es hier noch nie, und eigentlich wollte ich ja nie mehr in einem Wartezimmer sitzen – und harren der Dinge.

Hedy schaut sich um und regt sich auf. »Die Stühle stehen viel zu dicht beieinander. Wo bleibt denn da die Intimsphäre?«

Sie hat natürlich recht, doch ich zucke nur mit den Schultern.

Und dann kommt irgendeine ähnlich überforderte Kollegin und ruft mich herein. Arthur drückt mir die Hand, Hedy mich an sich. Ich gehe ins Behandlungszimmer, bekomme ein Kontrastmittel gespritzt und werde vorbereitet. Die CT selbst dauert nur eine knappe halbe Stunde. Und dann sitze ich im Sprechzimmer der Ärztin und warte. Ich warte und warte und warte und denke, dass man mich doch nicht so lange warten lassen kann. Das ist doch unhöflich. Die Tür ist nur angelehnt, draußen herrscht immer noch Hektik, und alles brüllt durcheinander, ich nehme das aber nur wie durch Watte wahr. Endlich kommt die Ärztin herein. Ich schwitze, nicht etwa, weil es hier drin extrem warm ist, sondern weil ich aufgeregt bin. Ich habe Angst, dass die Ärztin sagen könnte, dass ich nur noch eine Woche zu leben habe.

Die Ärztin ist nicht allein, wie ich nun feststelle, ein Kollege ist bei ihr. Ihn kenne ich noch von früher. Er nickt mir zu.

»Ich mache es kurz«, sagt die Ärztin. »Es ist quasi unmöglich, aber wir haben die Rückbildung einiger Tumore feststellen können. Ich habe noch zwei Kollegen hinzugezogen. Wir haben die Aufnahmen mit den früheren verglichen. Insgesamt ist die Krankheit zum Stillstand gekommen.« Sie hat das alles sehr schnell gesagt und schnappt nun nach Luft.

Mir ist eiskalt. Gedanken wirbeln durch meinen Kopf.

»Es kommt so gut wie nie vor«, sagt die Ärztin. »Und natürlich müssen wir das alles weiterhin genau untersuchen. Ich muss Sie bitten, gleich morgen wiederzukommen.«

Ich kann nichts sagen. Ich kann einfach nicht. Ich sitze nur da, und jetzt friere ich.

Es wirbelt, es wirbelt.

Rückbildung. Stillstand.

Die Ärztin lächelt. Sie heißt Anita von Scharffenburg.

Ich heiße ja Leonor Sperber zu Lindenfels. Burg und Fels. Das passt ja zusammen. Eine Burg wird ja meist im Fels gebaut. Vielleicht werden wir Freundinnen. Ich bin völlig durcheinander. Was für ein Unfug. Warum sollten wir aufgrund von zufällig ansatzweise harmonierenden Namensendungen Freunde werden?

»Geht es Ihnen gut?«, fragt sie vorsichtig.

Ich nicke. Himmel! Natürlich geht es mir gut. Darum geht es ja. Darum, dass es mir gutgeht. »Ich habe Durst«, sage ich.

»Möchten Sie Wasser?«, fragt sie fürsorglich.

»Nein«, antworte ich. »Ich möchte einen Schnaps.« Ich richte mich auf.

»Ich glaube, ich trinke einen mit«, sagt Frau von Scharffenburg.

»Ihre Mutter hat übrigens schon nach Ihnen gefragt. Sie ist sehr in Sorge. Sie wartet draußen. Gehen Sie erst mal kurz zu ihr. Dann kommen Sie bitte zurück, wir müssen das dann noch zu Ende besprechen und Termine ausmachen.«

»Kindchen!«, ruft Hedy. »Was machen Sie denn für Sachen! Die haben mir nichts Konkretes gesagt. Was ist denn los, ist es schlimm, ist es schlimm, was ist denn, was ist denn, ist es schlimm?«

»Nein, es ist nicht schlimm, es ist gut. Also vorerst gut«, sage ich. »Ich erzähle es nachher ausführlich. Ein Stillstand ist eingetreten. Ich muss wieder rein.«

»Ein Stillstand?«, brüllt Hedy los. »Endlich mal ein Wort, das ich sofort verstehe! Stillstand, STILLSTAND!« Sie ballt ihre Hände zu Fäusten und springt herum. »Mein Kopf, mein Kopf!«

Arthur versucht, sie zu beruhigen.

Ich gehe wie in Trance zurück zu den Ärzten und bekomme Termine für die nächsten Tage. Heute soll ich mich einfach erst mal ausruhen und alles sacken lassen. Frau von Scharffenburg hat tatsächlich von irgendwoher eine Schnapsflasche und ein Glas gezaubert, und ich kippe einen runter.

»Das kommt so selten vor«, sagt ihr Kollege Dr. Müller, den ich schon kenne. »Also ich kann es gar nicht glauben, aber die Ergebnisse lügen nicht. Wir haben alles mehrfach geprüft. Unabhängig voneinander.«

»Heißt das jetzt, dass ich gesund …?«

»Nein. Definitiv nein. Ich verstehe, dass Sie sich freuen und das sollen Sie auch«, sagt Dr. Müller. »Aber Sie müssen sich darüber im Klaren sein, dass es wieder schlimmer werden kann und aller Voraussicht nach auch wird. Die Tumore sind nicht weg, sie haben sich nur, und ich sage extra *nur*, ein wenig zurückgebildet. Der Krebs wird immer in Ihnen sein, auch wenn sie noch weiter zurückgehen sollten. Im Moment sieht es gut aus, aber man kann keinesfalls davon ausgehen, dass es auch so bleibt. Sie werden mehr Zeit haben, ja. Wie viel, weiß momentan keiner. Aber, und bitte verurteilen Sie mich nicht, wenn ich das Wort ›aber‹ mehrfach benutze, ich möchte, dass Sie wissen, dass sich wieder alles schnell ändern kann. Die Tumore können wieder wachsen, und der Status ist dann derselbe wie vorher. Die Diagnose besteht nach wie vor.«

»Das weiß ich«, nicke ich. »Aber ich werde doch jetzt nicht ängstlich darauf warten, dass der Krebs zurückkommt.«

»Der Krebs ist da, verwechseln Sie das bitte nicht. Und nein, Sie sollen nicht warten. Nicht darauf, dass es wieder schlimmer wird. Es bringt gar nichts, dauernd in sich reinzuhören. Genießen Sie einfach die gewonnene Zeit. Aber haben Sie bitte immer das ›Aber‹ im Hinterkopf. Diese Rückbildung ist phänomenal, und an Ihrem Befinden sieht man ja, dass alles gut zu sein scheint. Aber.«

»Das habe ich verstanden«, nicke ich. »Aber ich kann jetzt erst mal davon ausgehen, dass ich länger lebe als gedacht?«

»Es kann alles wieder schlimmer werden«, wiederholt er. »Momentan sieht es so aus, als könne man die drei Monate verlängern.«

»Auf sechs, auf acht, auf hundert?«

»Wenn ich das wüsste, wäre ich froh. Wie gesagt ...«

»Ja, das ›Aber‹ nicht vergessen.«

Die Ärztin nickt bestätigend.

»Wir werden Sie in den nächsten Tagen und auch danach regelmäßig und sehr, sehr gründlich untersuchen«, sagt sie.

»Von mir aus esse ich auch Tomaten«, erkläre ich, und beide Ärzte lächeln.

»Tomaten sind per se nicht das Schlechteste«, sagt Dr. Müller.

»Sie sind so verhalten, dass ich mich gar nicht richtig freuen kann«, erkläre ich.

»Ich muss verhalten sein«, sagt er. »Gerade Krebspatienten, und da sage ich Ihnen bestimmt nichts Neues, klammern sich an jeden Strohhalm und verschließen gern auch mal die Augen vor der Wahrheit.«

Ich nicke. Das stimmt.

»Was ich Ihnen gesagt habe, das meinte ich auch genau so. Sie werden höchstwahrscheinlich, sehr, sehr, sehr höchstwahrscheinlich an dieser Krankheit sterben. Es wird nur noch länger dauern, bis es so weit ist.«

»Danke«, sage ich. »Das ist eine klare Ansage.«

»Gut. Dann bis morgen. Ich möchte noch ein paar Tests durchführen. Und wir lassen Dr. Wagner auch schon mal die Unterlagen zukommen.«

Ich bedanke mich für den Schnaps und verabschiede mich von den beiden. Ich taumele fast aus dem Besprechungsraum.

Hedy und Arthur sind außer sich, als sie hören, dass ich einen Aufschub habe. Ich kann es ja selbst kaum fassen.

»Das wird gefeiert!«, ruft Hedy. »Champagner, Champagner! Lasst uns gehen!«

Herr Adalbert freut sich mit uns. »Manchmal geschehen Zeichen und Wunder«, sagt er froh und fährt uns ins Restaurant »Louis C. Jacob«, weil Hedy das so will.

»Jetzt wollen wir nur hoffen, dass bei Ihnen alles okay ist, Hedy«, sage ich, weil ich ihre Kopfschmerzen nicht vergessen habe.

»Herrje, da ist nichts. Und nun lasst uns doch bitte von etwas Schönem sprechen!«

Kurze Zeit später wird die erste Flasche entkorkt, Roederer Cristal natürlich. Wir rufen Nupsi an, die noch mit Lolli unterwegs ist, und sie stoßen zu uns. Die Freude ist groß, nein, sie ist bombastisch, obwohl ich dauernd sage, dass ich nicht geheilt bin, sondern nur eine momentane Besserung eingetreten ist. Nupsi heult und heult und umarmt mich und heult weiter und schreit, dass ich das Kind nun doch noch kennenlernen werde, und hyperventiliert und heult und schreit weiter. »Nun hör schon auf, das arme Kind in deinem Bauch kriegt ja einen Schock fürs Leben, wenn du so rumbrüllst«, sage ich, aber Nupsi meint, der kleine Racker solle sich nur gleich daran gewöhnen. Ich bin so gerührt und glücklich und gleichzeitig durcheinander und kann das alles kaum glauben.

Nupsi nippt derweil an einem Gläschen Champagner, hat aber sofort ein schlechtes Gewissen, weil sie Angst hat, dass das Kind nun zwei Köpfe bekommen könnte. Die Sache mit Clemens habe Lolli übrigens vorhin geklärt, während sie unten wartete, erzählt sie uns. Nun hat sie eine eidesstattliche Versicherung von Clemens, selbstredend wird für das Kind gesorgt werden.

»Es war ganz einfach«, sagt Lolli leise zu mir. »Der Typ hängt an seinem Augenlicht und an seinen Knochen.«

Nupsi will Clemens nicht wiedersehen und glaubt, dass er das auch nicht will. So wäre das also auch alles geregelt.

Nupsi und Lolli waren dann in der Stadt, und Nupsi hat Wolle für einen Schal gekauft, den sie Lolli aus Dankbarkeit stricken möchte. Lolli freut sich auf den Schal, weil es im Winter doch teilweise sehr stürmisch ist in Hamburg und so ein Schal wärmt ja. Nupsi sagt, sie könne ihm zusätzlich auch eine Mütze stricken, und Lolli sagt, das könne er nicht annehmen. Das könne er wohl, entgegnet Nupsi, und Lolli nimmt an. Nupsi sagt, sie werde eine Mütze mit integrierten Ohrschützern stricken, mit der Kälte sei nicht zu spaßen, und Lolli findet das gut, als Kind hatte er oft eine Mittelohrentzündung und jeder, der schon mal eine hatte, weiß, wovon er spricht. Lolli sagt, noch nie habe ihm jemand etwas gestrickt, und Nupsi erklärt, einmal sei immer das erste Mal. Lolli fragt, ob er ihr beim Stricken zusehen dürfe, das Klappern von Stricknadeln habe so was Heimeliges, und Nupsi sagt, das sei kein Problem. Zum Glück werden die beiden von Hedy unterbrochen.

»Und nach meiner Untersuchung trinken wir noch mal Champagner«, sagt sie. »Ach, wir werden nur noch Champagner trinken. Man lebt nur einmal, nicht wahr?«

Alle nicken, und die nächste Flasche wird geköpft.

»Ich bin so glücklich«, sagt Hedy. »Wissen Sie, was ich glaube? Ich glaube, es liegt mit an unserem Kennenlernen, dass es Ihnen bessergeht. Ich habe einen positiv denkenden Menschen aus Ihnen gemacht. Ohne mich würden Sie heute noch ernst durch die Gegend laufen und depressiv Gräber aussuchen. Ohne mich hätten Sie immer noch keinen Appetit, und ohne mich …«

»Also Hedy«, unterbreche ich sie. »Ich war nicht depressiv.«

»Doch, doch.«

»Nein, war ich nicht. Ich war höchstens pragmatisch.«

»Gut, dann wären Sie heute immer noch so pragmatisch.«

»Das bin ich auch immer noch.«

»Ohne mich wären Sie jedenfalls nicht da, wo Sie jetzt sind.«

»Das stimmt.«

»Ich gehe jetzt zum Friseur und dann zur Kosmetik«, erklärt Hedy. »Wie sieht es aus? Kommen Sie mit, Kindchen?«

Die Vorstellung, sich mal wieder rundum verwöhnen zu lassen, reizt mich. »Warum nicht? Aber kriege ich da so schnell einen Termin?«

»Hallo? Der Laden gehört mir. War mal eine Geldanlage. Auf geht's!« Hedy klatscht in die Hände.

Kurze Zeit später sitze ich auf einem Drehstuhl, und die Friseurin färbt meine Ansätze nach, wäscht, stuft durch, föhnt, und dann liege ich auf einer bequemen Liege, eine Kosmetikerin bearbeitet mich mit Peelings und Masken und Massagen und pedikürt und manikürt, und ich bin schlagartig so unglaublich müde … und drifte langsam weg. Zum ersten Mal seit langem denke ich dabei nicht: ›Schlaf nicht ein, das kannst du noch früh genug‹, sondern ich denke: ›Ach, ist das schön, so sanft einzuschlafen, während du eine Fußreflexzonenmassage bekommst …‹

Man lässt mich schlafen. Hedy und Arthur gehen derweil einen Kaffee trinken, und irgendwann wache ich ja auch wieder auf, und wir fahren nach Hause.

Nupsi und Lolli seien schon wieder unterwegs, erzählt Frau Groß. Diesmal geht es nicht um Wollkauf, sondern um einen Babytragegurt, und dann will Lolli ihr die »Düsseldorfer Tabelle« zeigen und vielleicht ein wenig raussegeln. Heute ist es nämlich sonnig, das Wetter scheint noch mal ein bisschen den Hintern hochzukriegen. Die beiden seien so süß miteinander, sagt sie.

Ich fühle mich wie gerädert.

»Das ist doch ganz klar, dass Sie müde sind, Kindchen«, sagt Hedy fürsorglich. »Die ganze Aufregung und jetzt dieses Ergebnis! Sie müssen mal zur Ruhe kommen.«

»Ich kann ja eigentlich auch in meine Wohnung fahren«, sage ich, weil mir einfällt, wie selbstverständlich ich eigentlich hier bin. Das brauche ich doch jetzt gar nicht mehr. Hedy hat ja jetzt Arthur. Und es war nie davon die Rede, dass ich hier quasi einziehe. Darüber hat gar niemand gesprochen. Nur weil Nupsi hierbleiben soll, heißt das ja wohl nicht, dass ich auch automatisch hierbleiben kann.

Hedy sieht mich mit hochgezogenen Augenbrauen an. »In Ihre Wohnung? In die kalte, einsame Wohnung wollen Sie? In der Sie alles an die Krankheit erinnert? Wenn Sie möchten, bitte, Herr Adalbert bringt Sie hin.«

Ich dachte an die netten Menschen, die in diesem Haus sind, und an das warme, mollige Zimmer mit dem breiten, schönen Bett, das ja auch eine sehr, sehr gute Matratze hat, und die Entscheidung fällt mir nicht schwer.

»Ich bleibe sehr gern hier.«

»Das gefällt mir«, sagt Hedy und nickt, und ich gehe gähnend nach oben.

Ich schlafe bis zum nächsten Morgen um neun, dann weckt mich Hedy, die schon Angst hatte, ich könnte verstorben sein. Frau

Groß kommt mit einem vornehmen Bett-Tablett und serviert mir das Frühstück.

»Frau Bentham war in der Nacht mehrfach hier im Zimmer. Mit einem Spiegel«, erzählt sie mir verschwörerisch.

»Wieso das denn?« Ich nehme den ersten Schluck Kaffee und fühle mich gut.

»Na, um zu schauen, ob Sie noch atmen. Das hat sie mir erzählt. Frau Bentham sagte, dass welche höhere Macht auch immer Sie jetzt nicht holen kann. Frau Bentham hat Ihnen den Spiegel dauernd unter die Nase gehalten, so lange, bis er beschlagen ist. Sie war dann sehr beruhigt, dass Sie atmen, hat sie erzählt.« Frau Groß bleibt erwartungsvoll stehen. Ich frage mich, ob sie auf ein Trinkgeld wartet so wie Pagen im Hotel.

»Ist noch was?«, frage ich.

Frau Groß nickt. »Ich freue mich so, also wir alle freuen uns, dass Frau Bentham Sie kennengelernt hat«, sagt sie feierlich. »Es ist so schön, diese Veränderung zu sehen. Sie ist so lebensfroh geworden. Früher war sie nicht unnett oder so, aber sie war einfach nur … da. Also, sie war immer gleich, da waren keine Höhen und Tiefen. Und sie wollte immer nur Melone. Und seitdem Sie da sind, Frau Leonor, also wirklich, ist sie ein anderer Mensch geworden. Das ist schön mitanzusehen. Dafür möchte ich Ihnen danken. Ich bin darüber wirklich froh.«

»Ach, das ist aber schön«, nicke ich und beiße in ein Croissant, dass es kracht. »Wie lecker. Wieder selbstgemacht?«

»Natürlich.« Frau Groß wächst fünf Zentimeter.

»Das ist wirklich alles sehr schön. Auch für Sie, weil Sie ja jetzt auch so viel kochen und backen können.«

»Das stimmt«, sagt sie fröhlich. »Wenn ich allein schon an die Bratwurstmaschine denke. Ihr Freund war kurz davor, mich zu heiraten.«

»Dann ist doch alles gut. Oh, Marmelade.«

»Pflaumenmus. Auch selbstgemacht.«

»Natürlich.«

»Dann mach ich mal Frühstück für die anderen.« Sie steht auf und blickt versonnen auf mein Croissant. »Jetzt heißt es noch Daumen drücken für Frau Benthams Untersuchung. Ach, da darf nichts sein.« Sie seufzt.

»Das hoffen wir alle«, sage ich.

»Ja. Ach je …« Sie schaut mich versonnen an.

»Was ist denn?«

»Nichts. Alles gut. Ich bin sehr glücklich. Sehr.«

»Das ist doch wunderbar.«

»Ja. Denn wer hätte gedacht, dass ich in diesem Haus einmal mit Plunderteig arbeiten würde.«

24

Die Sonne scheint, das Leben ist schön, auch weil die Tests, die ich kurze Zeit später mache, ebenfalls gut ausfallen. Ich kneife mich manchmal, um zu überprüfen, ob ich nicht träume. Aber ich bin wach und bekomme blaue Flecken.

Dann begleiten Arthur und ich Hedy zu ihrer CT. Ich bin aufgeregt, Arthur ist besorgt, Hedy ist nichts von beidem. Herr Adalbert macht sich auch Gedanken, das sehe ich. Er trommelt dauernd mit den Fingern auf dem Lenkrad herum.

»Da ist nichts«, sagt Hedy dauernd.

Mir jedenfalls ist bange vor dem Termin.

Am Empfang und auch sonst herrscht heute wieder eine unbeschreibliche Hektik, offenbar sind immer noch oder schon wieder alle krank, und Hedy muss Formulare ausfüllen, und die Dame am Empfang ist rot im Gesicht, entschuldigt sich dauernd und betreibt Multitasking mit Telefon, Terminvergabe und Dokumentenausteilen und sieht so aus, als würde sie jeden Moment zusammenbrechen.

Endlich sind wir in einer Art Vorraum, und hier herrscht Ruhe. Mit rein in das Behandlungszimmer darf ich nicht, aber ich kann vor dem Raum warten. Und schon ist es so weit. Ich bin froh, dass das hier kein Krankenhaus ist, sonst hätte ich die Befürchtung, dass Hedy möglicherweise versehentlich ein Bein amputiert würde.

So sitze ich da und warte. Arthur, der noch mal kurz an der frischen Luft war, weil er die Atmosphäre in Krankenhäusern und Arztpraxen schwer ertragen kann, was ich bestens verstehe, kommt zu mir, und gemeinsam harren wir der Dinge.

»Ich darf gar nicht daran denken, was ist, wenn …«, sagt er irgendwann. »Da habe ich meine Liebe wiedergefunden, ach, was rede ich, ich habe sie gefunden, ich habe Hedwig ja immer geliebt, und jetzt das!«

»Also wirklich, Arthur, es ist doch noch gar nicht klar, ob überhaupt was ist«, sage ich, obwohl ich mir ja auch Sorgen mache.

»Ach, ach«, macht Arthur unglücklich, dann schweigen wir.

Eine halbe Stunde später kommt Hedy heraus. Sie hat Tränen in den Augen.

O nein! Verdammt!

Ich springe auf.

Arthur bleibt wie gelähmt erst mal sitzen.

»Und?«

»Ach, Kindchen, ach, Arthur, ach, Kindchen …«

Eine Sprechstundenhilfe steht neben ihr und tätschelt ihren Arm. »Geht es wieder, geht es wieder, Frau Bergmann?«

»Bentham«, sage ich. »Egal. Hedy, nun sagen Sie doch!«

»Ich hab es doch gesagt, Kindchen: Da ist nichts. Da war nichts. Alles ist gut!!!«

»Stimmt das auch?«, frage ich die Mitarbeiterin, und sie nickt beruhigend. »Ihre Mutter war dann doch sehr aufgeregt. Aber umsonst. Sie ist kerngesund.«

»Gesund«, wiederholt Arthur und steht auf. Er muss sich an der Wand festhalten.

»Und die Kopfschmerzen?«, will ich wissen.

»Ganz normal«, sagt Hedy. »Ich wusste es doch. Das hatte ich schon mal in den Wechseljahren. Dauernd hatte ich Kopfweh. Aber jetzt weiß ich, dass nichts, absolut nichts, ab-so-lut nichts mit mir ist! Ich bin gesund und munter. Vielen Dank noch mal«, sie nickt der Angestellten zu. »Sie waren sehr freundlich.«

»Gern geschehen. Der Befund wird an Ihren Hausarzt weitergeleitet.« Die Frau lächelt.

»Machen Sie das, da wird er sich freuen.«

Wir verlassen das Zentrum.

»So«, sagt Hedy und atmet tief durch. »Und jetzt will ich mal eine Zeitlang nichts von Ärzten und Krankheiten und Diagnosen hören. Ich möchte das jetzt alles mit euch feiern. Aber wie ich das feiern möchte.« Sie sieht mich an. »Ganz besonders feiern will ich das. Wissen Sie noch, Kindchen, als Sie so traurig waren und dann endlich mal laut losgeschrien haben, und was ich dann zu Ihnen gesagt habe?«

»Wie könnte ich das jemals vergessen«, erinnere ich mich. Es kommt mir vor, als seien seitdem Jahre vergangen. Dabei ist es gerade mal ein paar Wochen her. Ich habe Hedys Sätze noch im Ohr und rufe sie laut heraus: »Ab sofort wird nicht mehr gehadert. Es wird gelebt, solange es noch geht! SPÄTER HAT NÄMLICH LÄNGST BEGONNEN!« Die Leute gucken schon. Es ist mir aber egal.

»Man soll die Zeit nutzen. Und deswegen fahren wir jetzt zu einem Juwelier.«

»Zu einem Juwelier?«

»Sie werden schon sehen.«

Wir sitzen auf samtbezogenen Hockern und schauen auf das, was ebenfalls auf Samt vor uns liegt, nämlich auf schöne Armbanduhren.

»Ich möchte uns beiden welche schenken«, erklärt Hedy, die direkt, nachdem uns ein Mann im schwarzen Anzug in das Geschäft gelassen hat, zu einem Verkäufer gegangen ist und kurz mit ihm gesprochen hat. »Beiden die gleiche.« Sie setzt sich, während Arthur sich Manschettenknöpfe anschaut.

»Ich habe eine Uhr.«

»Herrje. Na und? Ich habe auch mehr als eine. Das ist nicht dasselbe. Heute, an diesem Tag, ist etwas Wundervolles geschehen. Deshalb. Meine Entscheidung steht, und daran gibt es nichts zu rütteln. Also, welche gefällt uns?«

»Die sind doch bestimmt teuer«, sage ich.

»Da ich wusste, dass dieser Satz kommen würde, habe ich den netten Herrn gebeten, die Uhren ohne Preisetikett auf das Tablett zu legen. Also, nun schauen Sie doch mal. Ist die hier nicht wunderhübsch?« Sie deutet auf eine runde Uhr mit Lederarmband. Sehr schlicht, sehr schön.

»Die gefällt mir gut. Die hier aber auch.« Ich deute auf eine andere, auch mit Lederarmband.

Letztendlich entscheiden wir uns für zwei wirklich hübsche Uhren im Art-déco-Stil, natürlich mit Lederbändern. Ich möchte den Preis gar nicht wissen, aber wenn man der Miene des Juweliers Glauben schenken darf – er ist weiß im Gesicht und schnappatmet –, haben sie einiges gekostet. Arthur kommt an und möchte Manschettenknöpfe anschauen, und der Juwelier schenkt ihm welche. Wie gesagt, ich möchte gar nicht wissen, was die Uhren gekostet haben. Es ist eine Marke, die, so erklärt der Juwelier, nur wirkliche Liebhaber kennen und schätzen würden. Von diesen gebe es nicht viele, also von den Uhren. Liebhaber schon, aber nicht alle könnten sich solche wundervollen, herausragenden, exorbitant großartigen Uhren leisten. Deswegen könnten wir uns aber so was von glücklich schätzen. Er tut gerade ja so, als hätte er sie uns geschenkt wie die Manschettenknöpfe. Die Uhren sind aber wirklich schön. Schlichte Uhren mochte ich schon immer. Mal abgesehen davon, dass ich sie mir nie leisten könnte, finde ich Uhren mit Brillanten schrecklich. Wenn man sich überlegt, dass eine Rolex mit Brillanten über fünfzigtausend Euro kosten kann und dann so billig aussieht! Jedenfalls freue ich mich sehr, sage aber zu Hedy: »Das wäre doch nicht nötig gewesen«, und bedanke mich dann so lange, bis sie sagt: »Noch einmal, und ich gebe die Dinger zurück.«

Bevor das passieren und der Juwelier in Ohnmacht fallen kann, verlassen wir das Geschäft.

Hedy schaut mich an und sagt: »Immer, wenn wir auf diese Uhren schauen, wollen wir daran denken, dass wir die Zeit nutzen müssen. Versprochen?«

»Versprochen!« Ich umarme sie.

Arthur sagt: »Das ist eine so schöne Idee von dir gewesen, Hedy. Du bist ein guter Mensch, eine Seele. Das hätte nicht jeder getan.«

»Das stimmt«, sagt Hedy. »Das liegt aber auch daran, dass Leonor ein ganz besonderer Mensch ist.«

»Aber Hedy …« Ich werde ganz sentimental und muss die Tränen unterdrücken.

»Nicht weinen«, sagt sie. »Natürlich liegt es auch daran, dass nicht jeder das Geld für solche Uhren hat. Und nun Schluss damit. Für so Gefühlsduseleien haben wir keine Zeit.«

Nupsi und Lolli sind schon daheim, als wir in der Elbchaussee ankommen. Lolli steht bei Frau Groß in der Küche und hilft beim Kochen. Denn Nupsi soll gesund essen, und nun will er, dass Frau Groß den seit Jahren vorhandenen integrierten Dampfgarer für das Gemüse benutzt, denn im Wasser gekocht gingen die Vitamine flöten, erzählt uns Nupsi, nachdem wir ihr die gute Nachricht mitgeteilt haben, woraufhin sie Hedy minutenlang umarmt und dauernd gesagt hat: »Ist das herrlich, ist das schön! Ach, ist das herrlich, ist das schön.« Auch ich werde noch mal innigst umarmt.

Dann schwärmt Nupsi von Lolli. »Er ist wirklich *süß*. So *fürsorglich*. Und so *sanft*. Vorhin hat er mir den Nacken massiert. Man könnte meinen, er ist der Vater«, sagt sie verträumt.

»Vielleicht ist er es ja?«, mutmaße ich. »Es könnte ja sein. Clemens war ja nicht dein einziger One-Night-Stand.«

»Also hör mal. Das wüsste ich aber. O nein, jetzt streiten sie sich wieder.«

»Wieder?«, frage ich erstaunt. »Wieso …«

»Psst.«

»Ich koche mein Gemüse seit vierzig Jahren in Wasser«, hören wir Frau Groß lamentieren.

»Aber es *gibt* doch einen Dampfgarer. Hier, integriert in der

Küche. Da, über dem Backofen. Das ist besser. Ich habe sogar ein Kochbuch gekauft. Ich habe mich informiert.«

»Warum will sie denn den Garer nicht benutzen?«, will ich wissen.

»Weil sie nicht von selbst drauf gekommen ist«, erklärt Nupsi. »Lolli hat es falsch angestellt. Er hätte sie fragen müssen, was das für ein Gerät ist, und dann hätte Frau Groß es ihm erklären und vorschlagen können, es zu benutzen. Mit der Bratwurstmaschine war es genauso.«

»Man sollte meinen, dass es andere Probleme gäbe auf dieser Welt«, stellt Hedy fest.

»Wir wollen doch nicht, dass das Kind von Frau Nups mit Mangelerscheinungen auf die Welt kommt«, hören wir. Nun geht Lolli ans Eingemachte.

»Also, nun ist es gut! Ich habe vier Kinder mit in Töpfen gekochtem Blumenkohl großgezogen, und keines hatte Mangelerscheinungen. Keines!«

Und so geht es weiter.

Hedy sagt: »Ich muss mich mal kurz hinlegen. Es hämmert, es hämmert. Ja, ist es denn ein Wunder.«

»Ich komme mit hoch«, sagt Arthur und hakt sich unter.

»Jetzt hat sie schon wieder Kopfschmerzen«, sage ich besorgt.

»Also, das wundert mich gar nicht.« Nupsi tippt sich an die Stirn. »Nach der ganzen Aufregung! Erst deine Untersuchung, dann ihre. Das ist doch normal. Komm, lass uns ein bisschen quatschen.«

Wir gehen in die Bibliothek und lassen uns in die grünen Ledersessel fallen, die so bequem sind, dass ich auf der Stelle wieder einschlafen könnte. Jemand hat den Kamin angemacht, das Feuer flackert sachte vor sich hin, und die immer fast unsichtbare Frau Friedrichs, eine von Hedys Angestellten, kommt reingewieselt und fragt nach unseren Wünschen. Ich habe schreckliche Lust auf einen Tee, wir haben aus Sri Lanka welchen mitgebracht. Frau Friedrichs nickt und geht.

»Wo wohnen eigentlich die Angestellten?«, frage ich Nupsi. »Und wie viele sind es? Ich habe Frau Friedrichs, glaube ich, nur zweimal gesehen.«

»Sie ist fast unsichtbar«, sagt Nupsi. »Alle sind es, bis auf Frau Groß und Herrn Adalbert, wobei der auch die meiste Zeit auf seinem Zimmer ist, wenn er nicht gerade eins der Autos poliert. Herr Adalbert hat mir erzählt, dass er sehr sparsam sei und auf günstige Benzinpreise achte. Einmal war der Benzinpreis für den Bentley so günstig, da hat er vollgetankt und ist den ganzen Tag herumgefahren, damit er noch mal tanken konnte.«

»Das hat er nicht gemacht.«

»Doch. Also, außer Frau Friedrichs, Frau Groß und Herrn Adalbert gibt es noch Frau Homann und Frau Marberg, die machen sauber, aber sie wohnen hier nicht. Sie kommen nur ein paarmal in der Woche und bröseln hier herum. Man sieht sie eigentlich nie, man merkt nur, dass sie da waren, weil alles sauber ist. Ganz plötzlich.«

»So viel ist hier doch gar nicht sauberzumachen.«

»Sie bröseln trotzdem rum. Weißt du, wie lange es allein dauert, die ganzen Pflanzen abzustauben?«

»Die stauben Pflanzen ab?« Ich merke, dass ich definitiv nicht in der reichen Welt lebe.

»Klar.« Nupsi nickt. »Die ganzen Prismen an den Kronleuchtern werden saubergemacht, den großen in der Halle muss man dafür extra von der Decke runterlassen. Die Bettwäsche wird auch jeden Tag gewechselt. Mir war das am Anfang richtig unangenehm. Aber jetzt habe ich mich dran gewöhnt. Man gewöhnt sich schnell an Luxus, musste ich feststellen. Aber nun sag mal, wo wir jetzt hier gerade sitzen. Wie geht es denn jetzt weiter?«

»Ach je.« Ich schaue in das Feuer. Die Holzscheite knistern. »Das weiß ich nicht. Momentan weiß ich gar nichts.«

»Das verstehe ich. Ich wüsste es an deiner Stelle auch nicht. Leonor, ich kann dir gar nicht sagen, wie glücklich ich bin.«

»Wir dürfen aber nicht zu glücklich sein«, erkläre ich. »Denn niemand weiß, wie lange ich wirklich noch habe. Die Krankheit kann weiter fortschreiten, heute, morgen oder übermorgen.«

»Aber wir wollen doch jetzt nicht negativ denken. Das sind doch wunderbare Nachrichten gewesen. Es ist doch sooo schön.«

»Das ist es auch. Und du hast ja recht. Es muss ja irgendwie weitergehen.«

»Was ist zum Beispiel mit deiner Wohnung?«

»Die werde ich natürlich behalten. Ich will ja Hedy und Arthur in ihrem jungen Glück nicht stören.«

»Aber ich soll ja auch bleiben.«

»Willst du wirklich für immer hier wohnen?«, frage ich.

»Och, ich könnte mich schon daran gewöhnen. Die ganzen Bilder. Und das leckere Essen, und alles wird gebracht.«

»Du wirst ja wohl kein Snob werden.«

»Ich doch nicht. Aber es ist einfach schön, umsorgt zu werden.«

»Das stimmt.« Ich grinse. »Dann fängst du vielleicht doch an zu watscheln und klagst ständig, wie anstrengend alles ist. Weil du so wenig zu tun hast. Wart's ab.«

»Quatsch. Du, Leonor …«

»Hm?«

Nupsi seufzt. »Ich mag Lolli.«

»Ich auch.«

»Anders als du. Lolli ist so … also, man denkt das ja gar nicht, aber du weißt, was ich meine … er sieht nicht so aus, wie er ist. Und er ist so lieb.«

»Ich weiß.«

Nupsi beugt sich nach vorn. »Er hat mir das mit der Schnappschildkröte übrigens ausführlich erzählt, nachdem er sich so über dich und die erfundenen Kröten in Sri Lanka aufgeregt hat. Eine schlimme Geschichte. Ich kenne sie ja von dir, aber in Wirklichkeit war es viel dramatischer. Er hat sie ja richtig bekämpfen müssen.«

»Aha.«

Daran kann ich mich nicht erinnern. Ich erinnere mich nur an einen heulend auf dem Rücken liegenden Lolli. Den Hang zum Übertreiben hat er mit Arthur gemeinsam. Aber ich werde dazu jetzt nichts sagen, ich möchte Lolli nicht von seinem Heldensockel stoßen.

Später kommen wir wieder alle zusammen und begeben uns in den Wintergarten, den Arthur demnächst umgestalten wird.

»Wolltest du nicht ein Gewächshaus?«, frage ich.

Er nickt. »Ja sicher. Aber das sind ja zwei Paar Schuhe. In einem Gewächshaus herrschen teilweise tropische Temperaturen, gepaart mit einer hohen Luftfeuchtigkeit, da will man ja nicht sitzen und Tee trinken, während einem die Brühe den Rücken runterläuft. Ein Wintergarten kann auch warm sein, aber dieser hier ist klimatisierbar, und die Pflanzen brauchen keine hohen Temperaturen. Also, nach meinem Wissensstand. Ich kann mich natürlich auch irren. Ich muss mir noch alles aneignen. Ein Wintergewächshaus ist natürlich auch sehr interessant, also ein reines, andererseits ...«

»Das wird bestimmt schön«, unterbreche ich ihn.

Der Wintergarten ist wirklich hübsch, ich kannte ihn noch gar nicht. Natürlich sieht man wieder auf die Elbe. Ich erkenne an einer Scheibe einen Ficus, ansonsten weiß ich nicht, wie die Pflanzen heißen. Hübsch sehen sie jedenfalls aus. An der einen Glaswand steht ein alter Plattenspieler mit zwei Boxen, daneben ein Regal, das voll mit Platten ist.

»Schallplatten habe ich ja ewig nicht gehört«, sage ich und erinnere mich an das Kratzen meiner alten Hanni-und-Nanni-Platten, auf denen der Sprecher anfangs immer sagte: »Hanni und Nanni gründen einen Club« oder »Hanni und Nanni in neuen Abenteuern«.

»Ja, früher hab ich öfter mal hier gesessen und Platten gehört«, bekomme ich von Hedy erklärt. »In dem Regal sind auch Tanzplatten. Ach, die hab ich ewig nicht abgespielt. Viktor konnte ja nicht tanzen, kann man sich das vorstellen!«

»Nicht jeder muss tanzen können«, sagt Lolli.

»Ich finde es männlich, wenn ein Mann tanzen kann. Aber das können ja die wenigsten.« Traurig schaut sie auf die Platten.

»Ich kann tanzen.« Lolli ist plötzlich zehn Zentimeter größer.

»Was? Das glaube ich nicht!« Hedy kann es nicht fassen. Ich auch nicht. Gut, ich habe Lolli schon rumgrooven sehen, letztens erst auf dem Kiez, gemeinsam mit Hedy, aber Tanzen konnte man das eigentlich nicht nennen. Er hat sie im Kreis herumgewirbelt und ist mit ihr herumgehopst. Mit einem richtigen Tanz hatte das nicht zu tun.

»O doch. Foxtrott, Lambada, ich kann alles.«

Ein Foxtrott tanzender Lolli? Das kann ich mir beim besten Willen nicht vorstellen.

»Das ist ja wunderbar!«, schreit Hedy. »Hätte ich das auf der Reeperbahn schon gewusst, wir hätten in der Kneipe Foxtrott getanzt!«

»Kannst du auch Walzer?«, fragt Nupsi ehrfürchtig.

»Auch Walzer! Ich habe früher mal Kurse belegt und dann eine Zeitlang Meisterschaften getanzt. Aber nur in einer Anfängergruppe. Wegen einer Frau.« Lolli wird rot.

Ich glaube es nicht! Lolli in einem engen, glitzernden Anzug, womöglich in einer John-Travolta-Pose? Ah, ah, ah, ah, stayin' alive, stayin' aliiiiii-haaaaiiiiiiiv!

»Herr Lolli!«, ruft Hedy. »Wollen wir mal eine flotte Sohle aufs Parkett legen? Wie wäre es mit einem Charleston?«

»Zu Ihren Diensten, Madame!«

Arthur springt zum Schrank und sucht schon eine passende Platte, legt sie auf, stellt den Plattenspieler an und sehr laut und knarzend ertönt die typische Charleston-Musik. Lolli geht zu Hedy, verbeugt sich vor ihr, und sie reicht ihm die Hand zum Kuss, den er ganz gentlemanlike nur andeutet, während die andere Hand auf seinem Rücken liegt. So hat das Jack Dawson auf der Titanic auch geübt, als er auf Rose wartete. Also dass ich Lolli so noch erleben darf! Dann fangen die beiden an, wie wild umeinander herumzuspringen, machen X- und O-Beine, und ich muss zugeben, dass Hedy genau so fit wie damals Josephine Baker ist. Na ja, fast.

Nupsi, die im Schränkchen kramt, ruft: »Ich will auch tanzen! Oh, hier gibt es ja sogar Cha-Cha-Cha!«

»Geben Sie her, geben Sie her«, sagt Arthur, und nun kommen auch Herr Adalbert und Frau Groß dazu und staunen über Hedy und Lolli, die ohne Unterlass die Beine und Arme schwingen.

»Das ist ja Jahre her, dass aus diesem Garten Musik kam!«, ruft Frau Groß und wippt im Takt.

Arthur legt eine neue Platte auf, und Santanas »Oye como va« ertönt. Galant verbeugt sich Herr Adalbert vor mir, und obwohl ich gar nicht tanzen kann, geht es ganz gut, weil er dauernd sagt: »Eins, zwei, cha-cha-cha, zwei, drei, cha-cha-cha«. Dann tanzt Hedy mit Arthur, ich mit Lolli und Herr Adalbert mit Frau Groß, Nupsi dreht sich zwischen uns, alle tanzen wir durcheinander und zusammen oder allein, immer weiter bei lauter, knarzender Musik durch den Wintergarten, stoßen an Korbsessel und kleine Tische, werfen eine kleine Pflanze samt Übertopf um und rufen laut im Chor: »Oye como va, mi ritmo, bueno pa' gozar, mulata, eins, zwei, cha-cha-cha, drei, vier, cha-cha-cha!«

»CHA-CHA-CHA!«, schreit Hedy mit roten Wangen. »Herrje, mein Kopf! Lasst uns gleich Champagner trinken! Das Leben ist schööööööööön!«

Und da klingelt es an der Tür.

25

Hedy sitzt neben mir. Sie hält meine Hand. Ganz fest. Unsere Hände sind eiskalt. Ich kann noch nicht mal sagen, wem welche Hand gehört.

Der Mann, der uns an einem wuchtigen weißen Schreibtisch gegenübersitzt, hat kaum noch Haare. Warum verlieren Männer eigentlich Haare und Frauen nicht? Also nicht so viele Frauen wie Männer? Und wieso liegt vor dem Arzt kein Montblanc-Füllfederhalter? Im Fernsehen liegen die immer vor den Ärzten und Anwälten. Auf grünen Lederunterlagen und neben Marmorbriefbeschwerern.

Meine Hand tut weh, ich schaue sie an und bemerke, dass Hedy so fest drückt, dass man schon quetschen dazu sagen kann.

Der Mann sagt: »Es tut mir leid.«

Wir sagen nichts.

Das Glioblastom ist ein bösartiger hirneigener Tumor bei Erwachsenen. Der Mistkerl gibt dem Menschen, bei dem er sich einnistet, eine sehr schlechte Prognose, denn er hat unter den Tumoren des zentralen Nervensystems Grad IV, und das ist am schlimmsten. Er entwickelt sich meist innerhalb kurzer Zeit bei Menschen im mittleren Lebensalter. Risikofaktoren sind weitestgehend unbekannt. Trotz intensiver Behandlung aus Operation, Strahlen- und Chemotherapie beträgt die durchschnittliche Glioblastom-Lebenserwartung nur etwas mehr als ein Jahr.

»Und nun?«, fragt Hedy. »Was machen wir nun?«

Wir haben harte Tage hinter uns.

Das ganze Programm wurde im Krankenhaus durchlaufen, Untersuchungen wiederholt, neue Untersuchungen kamen dazu, eine Nervenwasseruntersuchung wurde gemacht, eine Biopsie, ach, ich weiß gar nicht, was alles noch. In meinem Kopf ist Watte, ich schmecke die Watte sogar auf der Zunge.

»Es ist aussichtslos«, sagt der Mann.

Ich habe vergessen, wie er heißt, ist ja auch egal. Rechts von ihm steht ein Tintenfass. Also muss er doch einen Füller haben.

»Aber eine OP …«, beginne ich.

Er blickt uns resigniert an. »Grundsätzlich ist eine OP natürlich möglich. Bei einem Glioblastom ist die Therapie der Wahl normalerweise eine möglichst radikale Operation; anschließend kriegt der Patient Bestrahlungen und eine Chemo. In diesem Fall aber ist es so, dass eine OP nichts bringen würde. Der Tumor ist schon zu groß. Natürlich können wir operieren, aber die Aufnahmen haben gezeigt, dass der Tumor nicht entfernt werden kann. Eine Entnahme würde zum Tod führen.«

»Warum das?«, will ich wissen.

»Er sitzt sehr ungünstig. Direkt am Atemzentrum.«

Ich verstehe. Also gibt es zwei Möglichkeiten: Entweder OP und dabei sterben, oder keine OP und trotzdem sterben.

»Wie lange noch?«, fragt Hedy und drückt meine Hand noch fester.

»Ich kann das nicht genau sagen.«

»Aber Sie müssen uns doch eine Zahl mitgeben«, sage ich. »Als ich Lungenkrebs bekam, hieß es, noch ein halbes Jahr ungefähr, also will ich doch jetzt auch wissen, wie lange noch.«

»Der Lungenkrebs ist ja besser geworden«, sagt Hedy.

Ja, aber dafür jetzt das.

Der Arzt überlegt und schaut auf seine Unterlagen. »Der Tumor ist sehr groß. Sehr, sehr groß. Normalerweise, also von der Statistik her, würde ich sagen, drei, vier Monate. Realistisch betrachtet weniger. Viel weniger. Das kann sehr schnell gehen. Höchstwahrscheinlich wird es sehr schnell gehen.«

»Was heißt das?« Kann er nicht auf den Punkt kommen?

Wieder zögert er, schließt kurz die Augen, öffnet sie dann wieder und sieht mich an. »Ich kann das nicht sagen.«

»Doch. Bitte.« Ich brauche jetzt Gewissheit. Mit Gewissheit geht es leichter.

Er schließt wieder kurz die Augen. »Ein paar Wochen.«

»Ein paar *Wochen*?« Hedys Stimme kippt.

Das ist immerhin eine Aussage. »Was können wir tun?« Ich muss jetzt stark bleiben.

»Ich verschreibe Ihnen natürlich Medikamente zur Schmerzlinderung. Sie müssen sich darauf einstellen, dass die Schmerzen stärker werden, Gedächtnisverlust kann eintreten, Sprachstörungen treten auf. Persönlichkeitsveränderungen. Das ist von Patient zu Patient unterschiedlich.«

Er redet weiter und weiter, und ich kann dauernd nur daran denken, dass das doch alles bitte nicht wahr sein kann.

Nie werde ich das Lied von Santana vergessen. »Oye como va.«

Nie werde ich vergessen, wie ausgelassen wir getanzt haben, eins, zwei, cha-cha-cha, drei, vier, cha-cha-cha. Wie fröhlich wir waren, wie schön es war. Das war einer der Momente, von denen man später mal sagt: »In dieser Sekunde war ich glücklich.« Oder: »Diesen Abend werde ich nie vergessen.« Ich dachte es beides. Leider wird die Erinnerung an den Abend von jetzt an eine schlechte sein. Dieser Abend, an dem es klingelte …

Frau Friedrichs, die gerade nach Hause gehen wollte, hatte aufgemacht und kam in den Wintergarten, um uns mitzuteilen, dass ein Doktor Rumpfstiel zu Frau Bentham wolle. Wir hatten natürlich aufgehört zu tanzen, und ich fragte mich, warum der Arzt um diese Uhrzeit privat hier auftauchte.

Hedy lief zur Haustür, und da stand der Doktor mit seinem Hut in der Hand und sah traurig aus.

Hedy bat ihn herein; wir standen dann alle im Esszimmer.

Doktor Rumpfstiel sagte: »Ich habe schon ein paarmal versucht anzurufen, aber niemand ging dran.«

»Ich war einkaufen«, sagte Frau Friedrichs entschuldigend.

Wir alle starrten Doktor Rumpfstiel an und warteten darauf, was er uns zu sagen hatte. Merkwürdigerweise fragte niemand: »Was ist denn los?« Es war, als hätten wir Angst vor einer Antwort.

Ich hörte die alte Standuhr ticken und sah Krümel auf der Tischdecke. Ticktack, ticktack. Ich sah aus dem Fenster und bemerkte, dass es windig geworden war. Man würde die Übergangsjacken in Winterjacken tauschen müssen. Sollte man Jacken eigentlich vor dem Einlagern waschen oder kurz bevor man sie wieder anzieht?, fragte ich mich.

Doktor Rumpfstiel hatte eine Aktentasche dabei, legte sie nun auf den Tisch und holte Unterlagen in Klarsichtfolien heraus. Er atmete tief ein und sagte: »Die Sache ist die, dass die behandelnden Ärzte sich vorhin bei mir gemeldet haben. Also die Ärzte, die Sie untersucht haben, Frau Bentham.«

»Ja und?«, fragt Hedy.

»Die Sache ist also die, dass … also dass … die Unterlagen vertauscht wurden. Sie wurden mit einer Frau Bergmann verwechselt. Und diese Frau ist kerngesund, also, man dachte, *Sie* sind das.«

»Ja und?«, fragt Hedy.

»Nun. Frau Bergmann hat Ihre Befunde bekommen, und nun hat sich herausgestellt, dass alles verwechselt wurde. In der Praxis war wohl sehr viel los, und da kam es dann leider zu der Verwechslung. Frau Bergmann ist nämlich viel jünger als sie, so kam das zufällig ans Tageslicht, so ähnlich war es, also so oder so, es ist eine Katastrophe. Es hätte bis jetzt auch niemand bemerkt, wenn ich nicht Ihre Ergebnisse der Blutuntersuchung bekommen hätte.«

Ich erinnerte mich an die Hektik, die allein schon in der Aufnahme geherrscht hatte.

»Ja und?«, fragte Hedy, und dann bekamen wir die Sache mit den schlechten Blutergebnissen und dem Tumor in Hedys Kopf erklärt.

Als Doktor Rumpfstiel fertig war, sagte lange Zeit niemand etwas.

»Sie müssen sich untersuchen lassen«, sagte der Arzt dann. »Also weitere Untersuchungen durchführen lassen. Ich werde mich darum kümmern, das Notwendige veranlassen, ich werde mit dem behandelnden Arzt im Krankenhaus sprechen.«

»Ja«, sagte Hedy tonlos.

Doktor Rumpfstiel war aufgestanden. »Ich weiß, was Sie nun empfinden«, sagte er.

Hedy hatte den Kopf gehoben. »Ach ja? Was denn? Was empfinde ich?«

Bevor jetzt Doktor Rumpfstiel damit anfing, dass sie Wut und Hilflosigkeit verspüre und trotzdem das Unvermeidliche akzeptieren müsse – und das konnte ich nun unter gar keinen Umständen ertragen und Hedy ganz sicher auch nicht, stand ich auch auf und sagte: »Wir müssen uns jetzt erst mal sammeln.«

Er nickte. »Ach, Frau Bentham, ach, Frau Bentham …«

»Ich bringe Sie hinaus.«

Er folgte mir.

»Hören Sie«, sagte er dann. »Passen Sie gut auf Frau Bentham auf. Sind Sie bei ihr jetzt … also, weil es gibt ja nun viel zu tun und die Untersuchungen …«

»Ich werde immer bei ihr sein«, nickte ich. »Ich werde sie nicht verlassen.«

Ja, so war das.

Hedy und ich stehen nun wieder auf der Straße. Ich hake sie unter, und wir gehen ein paar Schritte.

»Ich bin so dumm«, sagt Hedy. »Die ganzen Fragen, die man mir gestellt hatte, immer mal wieder, wegen der Kopfschmerzen, ich habe sie nie ehrlich beantwortet.«

»Ich weiß. Man kann es jetzt nicht mehr ändern. Sie haben es nun mal so gemacht und nicht anders.«

»Aber dieser Tumor ist ja wirklich so bösartig, da hätte es wahrscheinlich auch nichts genützt, wenn ich ehrlich gewesen wäre. Es hätte ihm nichts ausgemacht. Diesem verdammten Glioblastom.«

»Wahrscheinlich nicht.«

Hedy bleibt stehen. Es hat angefangen zu schneien. Es ist noch mal kälter geworden. Sie dreht sich zu mir um: »Jetzt geht es mir so wie Ihnen damals, Kindchen. Jetzt muss ich planen. Zum Glück weiß ich ja nun, wie es geht.« Sie greift sich an die Schläfen. »Und ich habe gesagt, dass ich bis zum Schluss bei Ihnen bleiben werde. Das kann ich nun nicht mehr.«

»Wir tauschen die Plätze.«

Schweigend gehen wir weiter. Dann bleibt sie wieder stehen und stützt sich an einer Hauswand ab.

»Haben Sie Schmerzen?«, frage ich besorgt, obwohl ich weiß, dass die Frage dämlich ist. Warum sollte sie sich sonst an die Schläfen fassen und an einer Hauswand lehnen?

»Ja. Immer mal wieder. Mal mehr, mal weniger. Es ist merkwürdig. Manchmal dachte ich sogar, es ist was Schlimmes. Aber dann habe ich mir gesagt: Nein, das kann gar nicht sein. Es darf nicht sein. Und ich dachte, dass es rein statistisch gar nicht möglich sein kann, weil Sie ja was Schlimmes haben, Kindchen. Bin ich nicht eine egoistische Alte? Das ist jetzt die Quittung.«

Ich lege den Arm um sie. »Unfug. Das hätte ich auch gedacht.«

»Kommen Sie mir jetzt bloß nicht mit Schicksal«, nun fängt Hedy leise an zu weinen. »Dieses blöde Hinnehmen, weil es Schicksal ist. Ach, wenn man das Schicksal doch steuern könnte wie ein Auto! Wobei, da weiß man auch nie, wann was kaputt ist. Ist das nicht unfair, ist das nicht alles unfair?«

»Ja. Das ist es.«

Es schneit stärker.

»Wenn man es auf den Punkt bringt, Kindchen, sitzen wir

beide also nun gemeinsam in einem Auto, von dem wir nicht wissen, wie lange es jede von uns noch fahren wird. Mit dem kleinen feinen Unterschied, dass Sie noch mal TÜV bekommen haben.«

»Aber wir könnten wenigstens noch mal volltanken«, sage ich.

»Wozu?«, fragt Hedy, während wir die Straße langsam entlanggehen. »Dann ist teures Benzin im Tank, und dann geht der Motor kaputt oder die Bremsen versagen.«

»Aber ohne Benzin würde es gar nicht mehr fahren. Ich bin für noch mal volltanken.«

»Gut.« Hedy nickt. »Das heißt im Klartext, ich lasse mich nicht gehen und warte, bis es schlimmer wird. Ich fahre einfach weiter. Mit Ihnen. Sie fahren, ich sitze daneben. Ich habe ja sowieso keinen Führerschein.«

»So machen wir das.«

»Aber ich möchte vorher alles regeln. Wie Sie. Damit ich mich dann auf mein Leben konzentrieren kann. So haben wir es doch mit Ihnen auch gemacht, Kindchen. Und vielleicht …«

Ich nicke. Dieses »vielleicht …« hatte mir geholfen. *Mein* Mistkerl schweigt. Wenn ich doch nur wüsste, wie wir Hedys Mistkerl das Maul stopfen könnten.

Hedy sagt nun nichts mehr. Sie geht stumm neben mir her und hängt ihren Gedanken nach. Sie wirkt zerbrechlich und wie aus Glas; sie hat in den paar Tagen abgenommen. In ihrem langen Wollmantel verschwindet sie fast. Und sie zittert, ob vor Kälte oder Angst oder Wut oder allem zusammen, weiß ich nicht.

Ich weiß nur, dass ich ohne sie heute nicht da wäre, wo ich bin, und ich schwöre bei Gott, ich werde alles dafür tun, dass sie eine wundervolle letzte Zeit hat.

Sie hebt den Kopf und lächelt mich an. »Es schneit«, sagt sie und streckt eine Hand aus, und sachte fallen die Flocken darauf.

»Sie schmelzen gleich«, sagt Hedy. »Als wären sie nie da gewesen. So geht es den Menschen auch. Irgendwann sind sie tot, und irgendwann verschwinden sie aus den Gedanken derer, die leben, und keiner denkt mehr an sie. Es ist doch wahr, Kindchen. Irgendwann wird niemand mehr an uns denken, und niemand wird mehr wissen, dass wir beide einmal hier gestanden und auf eine Flocke geschaut haben. Dann sind wir einfach weg.« Die Tränen laufen ihr übers Gesicht, und mir zerreißt es fast das Herz. Ich würde den Tumor so gern aus ihr rausprügeln. Aber selbst Lollis starke Fäuste würden hier versagen.

Ein paar Wochen. Drei Worte, die, stehen sie am Anfang eines Satzes, gut oder schlecht weitergehen können. Ich weiß, bei mir waren es drei Monate, das ist auch nicht gerade lang, aber ein paar Wochen ist trotzdem etwas anderes. Weil jetzt ohnehin alles anders ist als *vor* Hedy. Vor Hedy wäre nicht Nupsi und Lolli, Sri Lanka und Arthur. So viel ist passiert. Vor Hedy wäre nicht »Stillstand«, da bin ich sicher.

Und nun das.

Wir waren doch auf so einem guten Weg.

Wir gehen zusammen weiter.

Wie lange noch?

Abends sitze ich mit den anderen zusammen. Hedy hat sich hingelegt, nachdem sie mit Frau Bergmann telefoniert hatte, der Frau, der erst gesagt wurde, sie sei todkrank, die aber kerngesund ist. Hedy hatte Doktor Rumpfstiel angerufen und so lange Zirkus gemacht, bis der im Krankenhaus angerufen und die Nummer nach langem Trara (der Datenschutz, der Datenschutz) bekommen hatte. Hedy sagte zu Frau Bergmann, dass sie sich sehr für sie freue, und Frau Bergmann tat das alles sehr leid, und sie war trotzdem froh, dass sie gesund sei, sie habe drei kleine Kinder.

»Das ist schön, dass Sie gesund sind«, hatte Hedy gesagt. »Nicht auszudenken, wenn Ihre Kinder die Mutter verloren hätten.«

Frau Bergmann weinte dann am Telefon, weil sie noch so fertig war, und Hedy tröstete sie. Dann war sie müde und wollte schlafen.

Lolli war unterwegs und hat alle möglichen Medikamente besorgt, und er hatte eine Rangelei in diesem Radiologiezentrum. Er war eigenmächtig hingefahren, um sich die Ärzte da mal vorzuknöpfen. Nun hat er eine Anzeige wegen Sachbeschädigung am Hals. Die Empfangsdame wollte ihn nicht zu den Ärzten vorlassen, denen er, so erzählte er uns, mal gehörig den Marsch blasen wollte, weil »nur durch Geiz eine Verwechslung zustande kam. Hätten die nicht am Personal gespart, wäre es nie so weit gekommen«. Lolli sitzt da und ist wütend.

»Die Diagnose wäre aber dieselbe«, sage ich.

»Trotzdem. Frau Bentham hätte die Diagnose behutsam bekommen und nicht fröhlich tanzend während der Ausübung eines Standard-Cha-Cha-Chas.«

»Ach, Lolli, reg dich doch nicht auf«, sage ich. »Es ist nun mal so, wie es ist.«

Muss ich eigentlich ein schlechtes Gewissen haben? Dass mir Zeit gegeben wurde und Hedy welche genommen?

»So ein Lackaffe!«, lamentiert Lolli. »Der eine Arzt hat sich nicht getraut, nach vorn zu kommen. Ich hab ihn durch die Glaswand gesehen, aber glaubt ihr, der hatte mal Eier in der Hose? Nee. Er hat mit der Empfangstussi telefoniert, so dass ich es sehen konnte, und hat dann die Tür auch noch abgeschlossen. Als wäre das ein Hindernis für mich gewesen.«

»Trotzdem hast du eine Anzeige«, sagt Nupsi. »Er hat den kompletten Tresen mit dem Ellbogen leergefegt. Mit Blumenvase, Akten und so weiter. Es sah aus wie im Film.«

»Ich musste ein Zeichen setzen. Das bin ich Frau Bentham schuldig.«

Lolli und Nupsi passen wirklich gut zusammen. Sie wären ein gutes Team, wenn es darum ginge, im Empfangsbereich von Praxen Terror zu machen.

Wir schweigen. Arthur sieht schlecht aus. Seit der Diagnose spricht er nicht mehr viel. Sein Anwalt hat angerufen und gesagt, dass Rebecca in die Scheidung einwilligt, wenn sie soundso viel

Geld bekäme und ein Haus irgendwo in der Schweiz und das, in dem sie wohnt.

»Soll sie doch«, sagt Arthur. »Noch vor ein paar Tagen hätte ich mich gefreut, dass sich alles so schnell klärt, jetzt ist es mir egal. Ich kann nur an mein Hedelchen denken. Ach, Leonor, meinst du, da kann man noch etwas machen?« Er sieht so unglücklich aus, dass ich ihn am liebsten auf den Schoß nehmen und mit Grießbrei füttern würde. Da kann ich doch nicht einfach »nein« sagen.

Ich habe noch mal mit Doktor Rumpfstiel gesprochen und der mit den Fachärzten, und alle sagten, dass es wirklich und absolut keine Hoffnung gebe. Obwohl er das eigentlich nicht darf, hat Doktor Rumpfstiel mir die Aufnahmen gezeigt, und man sah den Mistkerl sehr deutlich. Ich googelte, bis ich das Wort Glioblastom nicht mehr sehen konnte, und ich habe mich in einem speziellen Forum angemeldet. Das hatte ich auch gemacht, als ich Lungenkrebs bekam. Eine Zeitlang hat mir das ganz gutgetan, aber dann empfand ich es als herunterziehend. Wenn manche User eine Zeitlang regelmäßig und dann plötzlich gar nicht mehr schreiben oder die Verwandten an ihrer Stelle, die den Tod des Mitglieds verkünden, ist das nicht so aufbauend. Jedenfalls war ich in einem Glioblastom-Forum, und das war nicht sehr positiv.

Ich sage also zu Arthur: »Man soll die Hoffnung nie aufgeben«, und es kommt mir total dämlich vor. Andererseits ist bei mir ja auch Besserung eingetreten, warum sollte bei Hedy kein Wunder geschehen? Sie hat es doch so verdient. Arthur ist eigentlich dauernd weiß im Gesicht und sitzt oft einfach da, um vor sich hinzustarren. Die meiste Zeit aber sitzt er mit Hedy zusammen, manchmal weinen sie gemeinsam, oft liegen sie sich in den Armen.

Ich habe auch mit Doktor Rumpfstiel und anderen Ärzten darüber gesprochen, ob man mit Hedy ins Ausland zu irgendwelchen tollen Ärzten fahren sollte, egal, wo sie sind, aber alle waren der einhelligen Meinung, dass das überhaupt und gar nichts bringen würde. Die Krankheit sei so weit fortgeschritten, dass man für jeden Tag dankbar sein müsse.

»Aber ich bin sogar nach Sri Lanka geflogen«, sagte ich. Das sei etwas anderes, meinten sie. Ich sei jünger und hätte ein anderes Immunsystem und überhaupt und was weiß ich. Irgendwann, und das darf Hedy nie, nie, nie erfahren, bin ich komplett durchgedreht, weil ich nicht mehr weiterwusste. Hedy würde das unfein finden. Und ich selbst bin es von mir auch nicht gewohnt, in Kraftausdrücken herumzuschreien. Aber ich war so hilflos. Nupsi war ganz verdattert. Ich überlege kurz, Lolli noch mal loszuschicken, um die Ärzte so lange mit glühenden Zangen zu malträtieren, bis sie uns doch sagen, es gebe Hoffnung, aber Nupsi sagt irgendwann, nun sei hier mal Schluss und ich müsse mich bitte zusammenreißen, Hedy würde sich im Grab umdrehen, wenn sie mich so sähe.

»Was redest du denn da, sie ist doch noch gar nicht tot!«, fahre ich Nupsi böse an.

Sie wird rot. »Da siehst du mal, was deine Aggression bei mir bewirkt. Ich bringe alles durcheinander. Denk bitte an das Kind!«

Beinahe geraten wir in richtigen Streit, doch dann schauen wir uns nur an und nehmen uns an den Händen.

Ich stehe auf und gehe zur Garderobe, um meine Jacke zu holen. Ich brauche frische Luft. Durch den Garten gehe ich nach unten. Dann stehe ich da und schaue auf die Elbe.

»Die fließt auch noch in hundert Jahren.« Plötzlich steht Hedy neben mir. Besorgt sehe ich sie an und will etwas sagen, doch sie hebt die Hand. »Sie wird fließen und fließen.« Hedy nimmt meine Hand. »Wissen Sie was, Kindchen? Eben, als ich allein oben auf dem Bett lag, da habe ich nachgedacht. Über mein Leben und über die Liebe. Über die letzten Wochen. Ich stellte fest, dass die letzten Wochen die waren, die mich mit Glück und Dankbarkeit erfüllen. Und Sie. Sie vor allem. Es ist so schön, dass Sie in mein Leben getreten sind. Sonst hätten wir all das nicht zusammen erlebt, und ich wäre nun trotzdem krank und müsste sterben, aber es wäre bis jetzt immer so langweilig weitergegangen. Ich hätte Viktor einmal pro Woche auf dem Friedhof besucht, Frau Groß hätte nicht so toll gekocht, ich hätte nur Melone gegessen. Und dann, mitten in diesem Leben, in dem nichts passierte, wäre die Diagnose gekommen. Was hätte ich wohl gehadert! Was hätte ich mir Vorwürfe gemacht! Dass ich nicht gelebt habe! Aber jetzt kann ich es sagen. Auch wenn es nur ein paar Wochen waren. Ein paar wundervolle Wochen. Mehr Wochen, als mir nun wahrscheinlich bleiben. Seitdem ich Sie kenne, Kindchen, hatte ich nicht eine einzige Sekunde Langeweile oder habe mich schlecht gefühlt.«

»Bis auf die Kopfschmerzen«, sage ich und schaue aufs Wasser.

»Das stimmt«, gibt sie zu. »Die habe ich ignoriert. Ich wollte doch so gern Spaß und Freude haben. Und das hatte ich auch!«

Ich schaue sie an, und sie lächelt. »Was ich sagen will, ist ganz einfach: Es ist gut so. Es ist in Ordnung. Ich hadere nicht. Ich akzeptiere.«

»Aber Hedy …«

»Nein. Ich habe mich doch auch informiert. Die Situation bei mir ist eine andere als bei Ihnen. Der Tumor drückt, und er wird immer mehr drücken, weil er schnell wächst. Ich bin ehrlich: Ich hatte oft Kopfschmerzen und habe es nie wirklich wahrhaben wollen. Auch als ich alleine war, hatte ich schon Schmerzen, und sie wurden mit der Zeit heftiger. Wirklich. Ich meine es ernst. Es ist gut so. Ich werde mich nicht wehren. Ich werde die Medikamente nehmen und versuchen, die Zeit, die uns bleibt, halbwegs sinnvoll zu nutzen. Ich habe meinen Frieden damit gemacht. Sehen wir es doch so: Ich gehe schon mal vor und mache die Heizung an.«

Ich presse die Lippen zusammen. Nicht heulen jetzt.

»Ist gut«, sage ich dann. »Eigentlich ganz praktisch. Unsere Särge haben wir ja schon.«

26

Im Eingang des Hospizes brennen zwei Kerzen. Frau Himmelreich erwartet uns schon mit weit ausgebreiteten Armen. Ich habe sie telefonisch über die veränderte Situation unterrichtet und war dabei so durcheinander, dass ich tatsächlich fragte, ob ich mit Hedy »tauschen« könnte. Frau Himmelreich als diskreter Mensch sagte einfach nur »ja«.

Dann sitzen wir wieder in dem Besprechungsraum, trinken Tee, und diesmal sagt Hedy nicht, dass das hier ein Amt sei. Sie ist ruhig und gefasst, stellt die richtigen Fragen, und Frau Himmelreich will wissen, wann es ungefähr so weit sei. Momentan, sagt sie, sehe es gut aus mit dem Zimmer. Ob wir denn einen ambulanten Pflegedienst vorab möchten?

»Nein«, sagt Hedy. »Vorerst nicht. Ich möchte nur meine Familie um mich haben.«

»Das verstehe ich.« Frau Himmelreich nickt freundlich. »Aber Sie haben ja unsere Nummer, und unsere Mitarbeiter sind für Sie da. Ich zeige Ihnen jetzt eins unserer Zimmer, ich kann Ihnen zwar nicht versprechen, dass es genau das wird, aber sie sehen alle ähnlich aus.«

Wir gehen durch die hellgestrichenen Flure und an einer offenen Küche vorbei, in der eine Frau gerade einen Kuchen anschneidet.

»Das ist unsere Frau Müller«, sagt Frau Himmelreich. »Sie kommt einmal in der Woche und bringt uns selbstgebackenen Kuchen. Das macht sie schon seit Jahren, sie ist eine gute Seele.«

»Ich mag Kuchen«, sagt Hedy.

Ich halte ihre Hand.

Das Zimmer ist sehr hübsch. Helle Farben, helle Möbel. Ein kleines Bad.

»Sie können Ihre eigenen Sachen mitbringen«, sagt Frau Himmelreich. »Und die Zimmer sind auch groß genug für ein zusätzliches Bett, falls Angehörige bei Ihnen im Raum übernachten möchten. Aber wir haben auch Übernachtungsmöglichkeiten hier in eigenen Zimmern.«

Es gibt auch einen Fernseher und eine kleine Stereoanlage. Es ist wirklich liebevoll eingerichtet und ruhig.

»Alle Zimmer liegen zum Hinterhof«, erklärt Frau Himmelreich. »Und im zweiten Stock haben wir eine kleine Wellness-Oase. Da können Sie ein schönes Bad nehmen, wenn Sie möchten.«

»Das ist nett«, sagt Hedy. »Ich werde mit meinem Arzt sprechen; er wird mir hoffentlich sagen, wann es Zeit ist, hierherzukommen.«

»Meistens merkt man das von selbst«, sagt Frau Himmelreich lieb.

Hedy schaut sie an. »Ich habe ein bisschen Angst vor dem, was kommt. Was wird kommen? Wie wird es sein?«

»Das ist von Mensch zu Mensch anders. Wir haben auch Schmerztherapeuten, die Ihnen helfen. Ärzte sind hier, Psychologen. Jeder einzelne Mensch darf hier so sein, wie er ist. Niemand muss sich verstellen. Man kann sich hier fallenlassen und Hilfe annehmen. Und eines kann ich Ihnen versprechen: Hier stirbt niemand allein.«

Dann sitzen wir in der offenen Küche und trinken nun Kaffee, und die gute Seele bringt uns Butterkuchen. Ich werde mich um die ganze Bürokratie kümmern, habe ich beschlossen. Hedy soll sich mit so was nicht mehr belasten. Das sage ich ihr auch. Sie ist sehr schweigsam.

»Danke, dass Sie sich kümmern, Kindchen. In meinem Kopf wirbelt es herum, als sei Sturm. Dann noch die Schmerzen.«

Ich hole ihr ein Glas Wasser, so dass sie die Tabletten nehmen kann, die wir besorgt haben. Frau Himmelreich braucht auch eine Liste der Medikamente, ich muss ihr alles zusammenstellen. Ich werde den Arzt später anrufen.

Ein älterer Herr sitzt in einem Rollstuhl neben uns und liest Zeitung. Er lächelt uns freundlich zu. Noch zwei weitere Leute sind im Raum. Eine Frau in meinem Alter, die ein Tuch um den Kopf trägt; man sieht ihr die Strapazen der Krankheit an. Sie ist ausgemergelt, und in einem Arm und einer Handoberfläche stecken Dauerkanülen. Ihre Augen sind halb geschlossen, ihr Gesicht ist ausdruckslos. Mit dem Rücken zu uns sitzt ein Mann, wahrscheinlich ihrer. Er blickt auf den Boden, und sie schaut ins Leere. Es ist ein trauriger Anblick. Diese Gewissheit zu haben, dass es nun bald zu Ende geht. Ich weiß, dass die Frau Mitleid mit ihrem Mann hat. Sie hebt eine Hand und streicht ihm übers Haar. So ist das. Für die, die gehen müssen, ist es, so grausam das klingt, wohl oft einfacher. Ich kenne es nur zu gut. Wie oft hat Nupsi geweint, weil sie zurückbleiben muss. Ich habe geweint, weil mir das so leidgetan hat. Die, die sterben müssen, haben es ja dann hinter sich, doch die, die bleiben, müssen damit klarkommen und wer weiß wie lange leiden. Bei mir hat sich das Blatt vorerst gewendet. Hedy wird gehen, ich werde bleiben.

Hedy hat gesagt, dass sie ein Testament machen will, und wir haben einen Termin beim Notar ausgemacht. Sie möchte alles geregelt haben.

Und zu Herrn Dinkelgärtner muss ich auch, ich werde nachher mal alles aufschreiben. Und D. Weitzel muss ich anrufen wegen der Blumen.

Der Mann im Rollstuhl nickt uns zu und rollt nun heraus. Der andere Mann steht auf, um sich noch Kaffee zu holen. Die gute Seele fragt ihn, ob er auch Kuchen möchte, aber er schüttelt den Kopf und dreht sich um.

Ich erschrecke. Es ist Sven.

Er bleibt stehen und sieht mich an. Ungläubig. Ich glaube, ich sehe ihn genauso an.

»Sven«, sage ich.

Hedy schaut auf.

Sven sieht schrecklich aus. Natürlich ist er älter geworden, so wie ich auch, so wie alle, aber er sieht schlimmer aus, als ich je ausgesehen habe, nachdem ich krank wurde. Sein Gesicht ist eingefallen, die Haut ist grau, die Augen wirken zu groß. Ich sehe eine tiefe Traurigkeit in ihnen. Er steht gebückt da mit seiner Kaffeetasse in der Hand. Hose und Hemd schlackern an seinem dünnen Körper. Sein Haar ist licht geworden.

Er räuspert sich. »Leonor.«

Wie lange ist es her? Jahre. Aber auch nicht so viele Jahre, dass diese Veränderung normal wäre. Ich bin regelrecht schockiert. Was soll ich jetzt bloß sagen? ›*Wie geht es dir?*‹ Man fragt doch in einem Hospiz niemanden, wie es ihm geht. Außerdem sehe ich ja, dass es ihm schlechtgeht. Und mir wird klar, dass er so aussieht, weil da seine kranke Frau sitzt. Das nehme ich jedenfalls an. Nun geht er zu der Frau, stellt die Tasse auf den Tisch und dreht sich wieder zu mir um.

»Wer hätte das gedacht«, sagt er leise.

Ich stehe auf, gehe zu ihm und reiche ihm die Hand. So viel Höflichkeit muss sein. Er nimmt sie und schüttelt sie kraftlos.

»Ich weiß nicht, was ich sagen soll«, beginnt er.

Ich schüttele den Kopf. »Du musst gar nichts sagen. Ich verstehe.«

Svens Frau Christiane hat Bauchspeicheldrüsenkrebs, erzählt Sven. Sie ist seit einer Woche hier, und ihr Zustand verschlechtert sich von Tag zu Tag. Während wir uns leise unterhalten, nickt sie immer wieder ein, und Sven holt ein Kissen, das er ihr auf die Schulter legt, damit der Kopf abgestützt wird. Wir haben uns zu ihm gesetzt, und Hedy, die erst so aussah, als würde sie ihm gleich gehörig die Meinung geigen, hört nun doch zu. Wir lassen ihn reden. Warum auch nicht.

Er hat Christiane kurz nach der Trennung von mir kennengelernt, also vor ungefähr vier Jahren. Sie ist Lehrerin für Geschichte und Deutsch und bekam kurze Zeit später ein Stellenangebot an einer deutschen Schule auf Teneriffa. Die beiden zogen also nach Teneriffa, heirateten, und Sven fuhr dann eben von den Kanaren aus zu seinen Jobs. Das war ja kein Problem. Sie bekamen rasch drei Kinder, Zwillinge und noch eine Tochter; die Zwillinge, zwei Jungen, sind drei Jahre alt, und die Tochter ist gerade ein Jahr alt geworden.

Und dann bekam Christiane Bauchspeicheldrüsenkrebs. Sie hatte plötzlich Verdauungsbeschwerden, und bei einer Ultraschalluntersuchung wurde es entdeckt. Es wurde schnell schlimmer, sie bekam zwar eine Chemotherapie, aber der Tumor wurde größer, Metastasen kamen und, und, und. Sie wurde operiert, aber der Tumor saß sehr ungünstig und, und, und …

Sven redet und redet, und ich merke, dass mir langsam alles zu viel wird. Warum muss ich ihn ausgerechnet hier treffen? Ihn, dem ich die Pest an den Hals gewünscht, dem ich alles, nur nichts Gutes gewünscht habe? Wieso?

Christiane wacht auf und sieht mich an.

»Das ist Leonor«, erzählt Sven ihr. »Ich habe dir nie von ihr erzählt. Sie … sie hat auch Krebs. Aber Leonor, sag, bist du auch wegen deiner Erkrankung hier?«

»Nein. Meine Krankheit ist momentan zum Stillstand gekommen.«

»Oh …« Sven schaut auf den Boden. »Das freut mich sehr für dich.«

»Ich bin es, die krank ist«, sagt Hedy. »Leonor hilft mir, sie ist immer für mich da. So wie sich das gehört, wenn jemand, der einem sehr nahesteht, schwer erkrankt. Das nennt man Stil und gutes Benehmen, junger Mann. Alles andere ist unfein und zeugt von keinem guten Charakter.«

Sven wird rot. Die Spitze sitzt. Es ist die einzige, die Hedy von sich gibt.

Christiane lächelt matt. »Ich freue mich, Sie kennenzulernen.«

»Ich mich auch.« Ich lächle zurück und trinke einen Schluck Kaffee. Plötzlich muss ich husten und bekomme einen Riesenschreck. Es ist das erste Mal, dass ich bewusst husten muss, seitdem ich das mit dem Stillstand erfahren habe. Bitte, bitte, lieber Gott, lass es jetzt bei mir nicht wieder anfangen. Bitte. Ich muss jetzt auch für Hedy da sein. Aber dann merke ich, dass ich mich lediglich verschluckt habe und bin dankbar dafür.

Mein Blick wandert von Christiane zu Sven, ich sehe seine Traurigkeit. Und dann tut er mir einfach nur noch leid. Wenn man mich gestern noch gefragt hätte, was ich ihm sagen würde, wenn er vor mir stünde, die Antwort wäre böse ausgefallen. Aber nun sitzt er da. Ein Bild des Jammers. Am liebsten würde ich ihn in den Arm nehmen. Aber ich tue es nicht. Ich wahre den Abstand. Zu viel ist passiert. Ich wünsche ihm nichts Schlechtes mehr, aber ich habe das alles nicht vergessen und werde es auch nie.

»Ich habe nur noch ein paar Tage«, sagt Christiane. »Alles strengt mich an, ich weiß gar nicht mehr, was ich sagen soll. Ich bin so müde.«

»Was wird denn aus den Kindern?«, frage ich.

»Glücklicherweise verstehen die es noch nicht richtig, also der Kleine sowieso nicht, und den Zwillingen haben wir die Geschichte mit Mama kommt in den Himmel und ist dann ein Engel erzählt«, sagt Sven. »Was hätten wir sonst tun sollen?«

»Natürlich.« Ich sehe ihn, seine Frau und dann Hedy an.

Wir schweigen.

»Ich gehe mal kurz an die frische Luft.« Ich stehe auf, gehe in den Garten, in dem schöne alte Bäume stehen. Es ist noch mal kälter geworden, Weihnachten rückt immer näher.

Ach, Hedy. Ach, Sven, Ach, Christiane. Plötzlich überkommt mich eine tiefe Demut. Ich bin so dankbar, dass ich noch ein wenig Zeit eingeräumt bekommen habe. Und fast habe ich wieder ein schlechtes Gewissen deswegen.

Jemand tippt mir auf die Schulter, und mir ist klar, dass es Sven ist. Ich dachte mir schon, dass er mir folgen wird. Er steht da in einem viel zu großen Mantel und sieht mich an.

»Verzeih mir bitte«, sagt er. »Es tut mir leid.«

»Hätte es dir auch leidgetan, und hättest du noch ein einziges Mal an mich gedacht, wenn deine Frau nicht krank geworden wäre?«

»Ich weiß es nicht. Vielleicht«, er zuckt mit den Schultern. »Aber können wir die Vergangenheit nicht einfach vergessen? Und einen Schlussstrich ziehen? Man kann es doch nicht mehr rückgängig machen. Es ist eben passiert. Ich weiß, dass das doof war von mir.«

»Doof war? Du tust dein Verhalten mit den Worten ›es war doof‹ ab?«

Er sieht mich hilflos an und zuckt wieder mit den Schultern. Gut, vielleicht ist er einfach fertig und findet nicht die richtigen Worte. Ich möchte ihm jetzt nicht die Meinung geigen. Ich habe auch nur begrenzt Kraft. Und soll ich in einer solchen Situation noch jemanden treten, der am Boden liegt? Nein, das wäre stillos.

»Ich verzeihe dir«, sage ich. Ich weiß, dass eine schlimme Zeit vor ihm liegt. Der Tod von Christiane, die Kinder, Job. Das wird hart.

»Ich weiß nicht, warum ich damals gegangen bin«, sagt Sven. »Das war alles ein bisschen viel für mich mit dir. Ich war ja völlig durch den Wind. Das ist auch jetzt alles zu viel für mich. Ich weiß nicht, wie es weitergehen soll. Mit den Kindern. Ohne Christiane. Ich komme mit der Situation nicht klar.«

»Wie hast du es dir denn gedacht? Also, wenn deine Frau nicht mehr … da ist.«

»Ich werde die Kinder zu Christianes Eltern geben. Ich muss ja Geld verdienen. Mit drei kleinen Kindern ist das nicht leicht.«

»Das schaffen andere Alleinerziehende auch. Und du willst doch nicht wirklich deine Kinder weggeben? Wo wohnen denn die Eltern?«

»In München.« Er holt tief Luft. »Es ist das Beste. Ich brauch dann auch erst mal Zeit für mich. Ich muss mich sortieren. Es ist ja nicht einfach. Die Kinder sind klein, sie schreien, sie machen Unordnung, das hab ich mir alles nicht so anstrengend vorgestellt. Christiane hat das meiste gemacht. Und die Kinder brauchen ja auch ein geregeltes Leben. Das kann ich ihnen nicht bieten. Nein, ich muss auch mal wieder raus, mal abends ein Bier trinken gehen können, ich will wieder leben, wenn alles vorbei ist. Lachen, mit Kumpels einen draufmachen.«

»Daran denkst du jetzt? Dass du ein Bier trinken gehen willst?« Ich verstehe ja, dass jemand in einer solchen Zeit mal eine Auszeit braucht, mal was anderes sehen muss. Die Krankheit eines Partners schlaucht einen, jeder hat das Recht, durchzuatmen und Kraft zu tanken. Aber was Sven da sagt, macht mich wieder mal fassungslos.

Sven schaut mich nun an. »Vielleicht … also vielleicht hast du ja Zeit und Lust, dich mal mit mir zu treffen. Mich mal aufzumuntern in der schweren Zeit und wenn alles vorbei ist. Ich muss auch noch … die Beerdigung … ach je, es ist so viel.« Er zuckt mit den Schultern. »Du regelst doch wohl alles für deine Bekannte, oder? Also … vielleicht kannst du mir da ein bisschen unter die Arme greifen. Ich weiß ja nicht mehr, wo hinten und vorne ist, und die Kinder … und ich kann keine Krankenhäuser und das Hospiz nicht mehr sehen. Ich bin es ja nicht, der stirbt. Aber darauf nimmt ja keiner Rücksicht. Das ist für mich auch nicht leicht. Und ich soll nur funktionieren. Ich bin nicht der Mann, der nun sein Leben lang zu Hause bleibt und drei Kinder alleine großzieht. Dann kann ich mich auch gleich mit beerdigen lassen. Das ist doch kein Leben. Ich will auch wieder feiern, Spaß haben! Ich will auch nicht dauernd in diesem Hospiz hocken und warten, dass es endlich zu Ende geht. Ich habe es Christiane schon gesagt, dass wir uns heute voneinander verabschieden. Man soll mich dann anrufen, wenn es vorbei ist.«

Das sagt Sven, dem ich gerade verziehen habe. Plötzlich habe ich einen solchen Ekel vor ihm, dass ich einen Schritt zurückweiche. Er hat sich kein bisschen verändert. Er ist ein Egoist vor dem Herrn. Ich weiß nicht, was mich reitet, aber ich hole aus und gebe ihm eine Ohrfeige. Er strauchelt tatsächlich ein bisschen.

»Du bist so widerlich«, sage ich zu ihm, »du bist so was von egoistisch und hast überhaupt kein Rückgrat. Ich will dich niemals wiedersehen.«

Sven fängt an zu heulen, doch es ist mir egal. Ich drehe mich um und gehe. Was für ein armseliger Mensch.

Herr Adalbert fährt Hedy und mich dann nach Hause. Im Hospiz haben wir so weit alles besprochen.

»Sagen Sie mal, Kindchen, sind Sie diesem Sven gegenüber handgreiflich geworden?«, fragt Hedy.

»Wie kommen Sie denn darauf?« Es ist mir inzwischen unangenehm, dass mir die Hand ausgerutscht ist. Brüsten will ich mich damit jetzt wirklich nicht.

»Och«, sagt Hedy. »Als er in den Raum zurückkam und sich zu seiner Frau setzte, fragte die: ›Du hast ja eine ganz rote Wange. Hat dir deine Bekannte eine runtergehauen‹? Und er hat genickt.«

»Aha. Und dann?«

»Sie sagte: ›Du hast ihr bestimmt erzählt, wie schlimm das alles für dich ist und dass du leben willst und dass wir uns heute voneinander verabschieden.‹ Und er hat wieder genickt.«

»Aha.«

»Und dann sagte sie: ›Das hat deine Bekannte richtig gemacht. Ich würde es selbst tun. Immer wieder. Aber ich habe keine Kraft mehr. Ich brauche meine ganze Kraft dafür, es dir so leicht wie möglich zu machen. Du weißt gar nicht, wie viel Kraft das kostet. Die Kraft, dass ich gehe und du weiter gut leben kannst. Die Kraft, dir kein schlechtes Gewissen machen zu dürfen, die Kraft, die ich brauche, um das alles zu begreifen. Die Kraft, meine Kinder nie wiederzusehen. Die Kraft, Verständnis dafür zu haben, dass du sie meinen Eltern geben wirst.‹«

»Aha«, sage ich. »Diese Christiane scheint eine kluge Frau zu sein.«

»Wieso haben Sie ihm denn letztendlich eine gescheuert?«

»Das wollen Sie gar nicht wissen, Hedy.«

»Und ob ich das wissen will.«

Also erzähle ich es ihr. Wiederhole die widerlichen Sätze.

Sie nimmt meine Hand. »Da muss ich aber froh sein, dass ich Sie habe, Kindchen. Und Sie erst mal kein Bier trinken gehen. Obwohl Sie das natürlich können. Jederzeit. Ich sperre Sie ja nicht ein.« Jetzt tätschelt sie meine Hand und lässt sie dann los.

»Ich mag gar kein Bier«, erkläre ich und lege nun meine Hand auf ihre. »Ich habe mich so an den Champagner gewöhnt. Und den trinke ich am liebsten mit Ihnen zusammen.«

27

»Das ist überhaupt kein Problem.« Herr Dinkelgärtner schnäuzt sich. »Entschuldigen Sie bitte. Ich habe halt schon seit jeher eine Holzallergie. Nicht immer, aber oft kommt sie halt durch. Gerade wenn der Schreiner hinten in der Werkstatt sägt. Sägespäne heißt das böse Wort. Deswegen haben wir halt bei uns zu Hause alles Holz entfernt und durch Kunststoff ersetzt.«

Das muss wahnsinnig gemütlich sein.

»Herr Petri tischlert übrigens gerade einen sehr großen Sarg, für einen Mann, der hat halt 160 Kilo auf die Waage gebracht. Viola hilft ihm. Sie poliert Beschläge. Der Armen geht's jetzt einigermaßen besser. Sie bekommt wohl zum Geburtstag ein eigenes Pferd. Klopfen wir auf Holz, dass es den Hufschmied gut verträgt.«

»Ich denke, Sie sind allergisch?«, fragt Hedy und wartet die Antwort gar nicht ab. »Da hat Herr Petri ja gut zu tun«, sagt Hedy. »Glücklicherweise wiege ich nur 58 Kilo, das sollte für meinen Sarg kein Thema sein. Er wird mich wohl tragen können.«

»Leider arbeitet Herr Petri sehr langsam, das ist ein wenig hinderlich. Man kann ihm halt im Laufen die Schuhe besohlen. Das ist ein wenig problematisch. Es staut sich halt alles. Aber kommen wir zu Ihrem Anliegen zurück.« Er blättert in seinen Unterlagen herum. »Es wurden ja bereits zwei Särge bestellt, falls wir uns erinnern, und auch bezahlt. Sie sind allerdings halt noch nicht gebaut. Bis wann brauchen Sie denn den Sarg? Oder brauchen Sie beide?« Er sieht uns abwechselnd an.

»Nein, einer genügt vorerst. Meiner«, sagt Hedy, die vorhin noch eine Tablette genommen hat und jetzt einigermaßen auf dem Damm ist. Aber sie sieht müde aus. »Ich brauche ihn recht schnell.« Ich sehe ihr an, dass sie wieder Kopfschmerzen hat. Es wird von Tag zu Tag schlimmer. Ich sehe das einfach; Hedy sagt nichts dazu.

Wieder wird geblättert. »Oha«, sagt Herr Dinkelgärtner. »Oha. Ui, ui. Die Auftragslage ist gut momentan. Es stehen halt viele Särge auf der Warteliste. Und wie gesagt, Herr Petri … Deswegen …« Blätter, blätter. »… in zwei, nein, in drei Wochen kann er fertig sein. Frühestens.«

»Das ist zu lange«, sagt Hedy. »Dann müssen Sie Herrn Petri mal in den Hintern treten. Wir brauchen den Sarg früher. Ich bin wahrscheinlich eher tot. Und ich möchte dann ungern in der Kühlung liegen, bis er fertig ist.«

»Das verstehe ich«, nickt Herr Dinkelgärtner. »Die kostet pro Tag ja halt auch um die dreißig Euro. Aber Moment mal, ich habe eine Idee. Wenn Sie sich für eine Urnenbestattung entscheiden, da habe ich noch günstige Särge vorrätig, und Urnen auch. Das heißt, wir könnten den Auftrag halt einfach umwandeln, und ich erstatte Ihnen selbstverständlich die Differenz.«

»Ich möchte nicht urnenbestattet werden. Ich habe Gräber für Särge gekauft. Das kann und will ich jetzt nicht alles wieder ändern. Und mein Mann liegt ja schon in einem Grab drin. Das gibt ja alles ein Durcheinander.« Hedy wird ungeduldig.

»Eine Umbettung …«

»Ich sagte ja, ich möchte kein Durcheinander. Deswegen nein. Keine Umbettung. Warum auch? Ich möchte meinen bezahlten Sarg zu einem früheren Zeitpunkt haben. Bitte kriegen Sie das hin.« Sie schließt kurz die Augen. Sie sieht müde aus.

»Ach je.« Herr Dinkelgärtner reibt sich das Kinn, und ich stelle mal wieder fest, dass ich mich recht oft in kuriosen Situationen befinde.

»Herr Petri ist das Problem … Herr Petri ist …«

»Aaaaaaah!«, schreit da ein Mann irgendwo von hinten, und wir springen alle auf.

»Herr im Himmel, was ist passiert?«, brüllt Herr Dinkelgärtner, und da steht auch schon Viola in der Tür.

»Herr Petri, o Gott, Herr Petri … er …«, stammelt sie.

»Was ist?«, fragt Herr Dinkelgärtner aufgeregt.

»AAAAAAH! Bring mir doch mal jemand Tücher. Das Blut, das Blut!«, kreischt Herr Petri von hinten.

»Er hat sich mit der Kreissäge die Hand abgeschnitten«, jammert Viola.

»NEIN!« Herr Dinkelgärtner ist außer sich. »Die Hand? Warum nicht den Fuß? Die Aufträge, die Aufträge!« Er beginnt zu schwitzen. »Welche Hand ist es?«

»Die rechte. Oh, helfen Sie doch. Helfen Sie!«

Herr Dinkelgärtner fällt in sich zusammen. »Die rechte Hand! Dieser Schwachkopf! Warum kann es nicht die linke sein? Er ist Rechtshänder, und mit einer Hand ließe sich vielleicht noch was halbwegs fertigstellen … Aber so!« Er holt ein Taschentuch aus seiner Hose und tupft seine Stirn ab.

»Wollen Sie dem armen Herrn Petri nicht mal ein paar Tücher bringen und vielleicht mal einen Arzt rufen?«, frage ich nun doch irritiert.

»Ab ist ab«, sagt Herr Dinkelgärtner. »Ich muss mich jetzt erst mal ums Geschäft kümmern. Wo gehobelt wird, da fallen Späne, heißt es ja, und ich möchte, dass Späne fallen!«

Ich schüttele den Kopf und renne in die Werkstatt. Da sitzt Herr Petri mit schmerzverzerrtem Gesicht und drückt nun ein Tuch auf seine Wunde. Ich bin schon dabei, über Handy einen Krankenwagen zu rufen.

Letztendlich ist die Hand gar nicht ab, sondern nur der Daumen angeschnitten. Ein bisschen in den Knochen, nichts Ernstes, hat der Arzt gesagt. Das kriege man wieder hin, aber arbeiten dürfe Herr Petri vorerst nicht wegen der Entzündungsgefahr. Herr Petri habe große Schmerzen, das sei klar, sagt der Arzt, mit Knochenschmerzen sei nicht zu spaßen, die täten höllisch weh.

Herr Dinkelgärtner wuselt aufgeregt herum und sagt dann, dass das mit der Sarganfertigung nun wirklich schwierig werde.

Er habe halt derzeit nur Motivsärge vorrätig. Doch die wollen wir auf gar keinen Fall.

»Ich selbst bin kein Schreiner«, sagt er verzweifelt. »Wo soll ich denn so schnell Ersatz hernehmen?«

Das Telefon klingelt, Viola geht dran und kommt dann zurück. »Da ist die Frau Hammersburg dran«, sagt sie. »Sie brauchen den großen Sarg nicht mehr, die Familie will jetzt doch eine Urnenbestattung, da kann man einen günstigeren Sarg nehmen.«

»WAS?«, fragt Herr Dinkelgärtner. »Das ist doch der 160-Kilo-Mann! So geht das ja nicht!« Er nimmt schnaubend den Hörer und beginnt, sich mit Frau Hammersburg zu streiten.

»Kommen Sie mal mit, Kindchen.« Hedy geht Richtung Schreinerei, und ich folge ihr. Ich weiß, was sie vorhat.

»Natürlich ist der Sarg zu groß für mich, aber er gefällt mir, das Holz ist schön und passt gut zu der cremefarbenen Seide«, rechtfertigt Hedy den Sargtausch. Sie ist blass, und ich muss schauen, dass ich sie bald nach Hause bugsiere, damit sie sich ein wenig ausruhen kann.

»Er ist viel zu groß«, sage ich. »Da passt eine ganze Familie hinein.«

Der Sarg sieht aus wie ein Raumschiff. Würde der Deckel aufklappen und E. T. herausklettern, es würde mich nicht wundern.

»Ja und? Ich möchte sowieso in meinem Pelzmantel bestattet werden, der nimmt ganz schön viel Platz ein. Außerdem mag ich Enge nicht.«

»Gut, Hedy, Sie müssen es wissen. Der Sarg ist nur viel teurer als der andere.«

»Das ist mir egal. Ich habe genug Geld. Sie wissen, wie ich gelebt habe. Das wird ohnehin mein nächstes Thema sein. Morgen werde ich mal die Finanzen regeln. Und schauen, was da so alles ist auf den Konten. Mal sehen, was wir damit machen. Das letzte Hemd hat keine Taschen.« Sie nickt. »Also, Herr Dinkelgärtner. Ich nehme den Sarg und bezahle die Differenz. Aber wehe, diese Hammersburgs überlegen es sich doch wieder anders. Der Sarg gehört jetzt mir. Dann sollen die eben meinen Sarg nehmen, wenn er fertiggestellt ist.«

Herr Dinkelgärtner nickt. »Gut, so können wir es machen. Das ist eine gute Lösung. Die Unannehmlichkeiten tun mir leid, aber ich bin halt von den Schreinern abhängig. Und jetzt auch noch die Sache mit Herrn Petri, das passt mir alles gar nicht.« Er atmet schnaufend ein. »Der Sarg ist also jetzt Ihrer und wartet hier auf Sie.« Er geht zu seinem Computer, tippt etwas ein, und kommt mit der Rechnung zu uns.

Hedy begleicht schweigend die Differenz.

»Und jetzt möchte ich zu diesem Vorsorgemann auf den Friedhof«, sagt sie leise zu mir, »zu diesem Herrn Weitzel. Die Sache mit der Grabbepflanzung muss geklärt werden. Unsere Gräber sollen etwas Besonderes sein. Ich möchte kein Aldi-Grab, ich möchte Feinkost-Käfer!«

Wir verabschieden uns von Herrn Dinkelgärtner und gehen zum Bentley, wo Herr Adalbert auf uns wartet. Hedy macht ganz kleine Schritte und schaut dabei auf den Boden, als habe sie Angst davor zu stolpern.

Irgendwas hat sich verändert bei ihr, stelle ich fest. Was ist es? Ich denke an die letzte Viertelstunde mit Herrn Dinkelgärtner und die Sarg- und Grabdiskussion, und da wird es mir klar: Hedys Energie schwindet. Sie, die immer laut, lebensfroh, übermütig, voller Energie und mit großen Schritten durch ihr neuentdecktes Leben gestampft ist, ist all das nicht mehr. Sie erledigt ihre Angelegenheiten, weil sie sie erledigen muss. Aber sie lächelt nicht mehr dabei, sie wird nicht laut, sie lacht nicht und sie macht keine Pläne mehr. Sie sagt auch nicht mehr: »Mein Kopf.«. Sie ist einfach nur pragmatisch, so wie ich es war, als wir uns auf dem Ohlsdorfer Friedhof kennengelernt haben. Sie hat mich aus meinem Pragmatismus herausgeholt und mich wieder leben und lachen lassen. Ich würde so gern dasselbe für sie tun. Aber ich denke, die Zeit ist zu knapp.

Wir kommen am Auto an, und Herr Adalbert ist schon ausgestiegen und öffnet uns die Tür. Hedy bückt sich und steigt langsam ein. Es scheint ihr ein wenig schwerzufallen. Sie sieht so klein aus.

Ich habe Angst, dass sie langsam verschwindet.

D. Weitzel ist nicht gerade glücklich über unseren Besuch. Eigentlich habe er gerade Pause machen wollen, sagt er uns.

Doch Hedy setzt sich einfach hin. »Ich habe nicht mehr so viel Zeit«, sagt sie. »Es wäre deshalb nett, wenn Sie ein wenig später Pause machen.«

D. Weitzel sieht muffelig aus, setzt sich aber auch wieder.

»Sie erinnern sich doch bestimmt an uns«, sagt Hedy, und er nickt.

»Jemanden wie Sie kann man gar nicht vergessen. Sie waren ja mit nichts zufrieden. Ich hatte noch nie Kunden, die sich so derart gegen Begonien und die anderen schönen Blumen gewehrt haben, die ich vorgeschlagen habe. Sie waren ja sogar gegen die Weißbunte Kriechspindel, obwohl die wirklich schön ist.« Er seufzt. »Nun ja, also, was kann ich denn für Sie tun?«

»Wir möchten jetzt alles in trockene Tücher bringen«, erklärt Hedy.

»Das heißt, Sie haben sich für die Vorsorge entschieden.«

»Ja. Ich möchte das alles für uns beide regeln.«

»Gut«, sagt Herr Weitzel.

»Sie haben ja schon mal gerechnet und gesagt, dass das ungefähr fünfeinhalbtausend Euro kosten wird«, sage ich.

D. Weitzel holt einen Ordner und sucht. »Da haben wir meine Notizen. Ja, es ist richtig. Aber wenn Sie spezielle Blumenwünsche haben, dann …«

»… wird es teurer«, unterbricht Hedy ihn. »Falls Sie sich erinnern, wir möchten Rosen. Eierschalenfarbene, rote und rosa Rosen.«

»Das weiß ich wohl, dass Sie das gesagt haben, wie könnte ich es vergessen. Aber, falls ich mich da noch mal einbringen darf, es gibt wunderbare Alternativen. Und jede hat ihre Bedeutung. Da hätten wir beispielsweise die Gerbera: Sie symbolisiert, dass der Verstorbene das Leben schöner gemacht hat. Und Calla-Lilien sind traditionelle Totenblumen und Symbole für Eleganz und Unsterblichkeit, nicht zu verwechseln mit Drachenwurz. Und die weiße Lilie …«

»Welche Bedeutung haben Rosen?«, frage ich.

D. Weitzel sagt, das wisse er nicht. Es klopft, und die Tür geht auf. Ich erkenne den Friedhofsgärtner wieder, Knut Hansen. Der, der mir versprochen hat, dass er sich gut um die Rosen kümmern wird.

»Herr Hansen«, sage ich. »Wie schön, Sie wiederzusehen.«

Er kratzt sich am Kinn. »Ja, ich freu mich auch. Ich war schon ein paarmal mit der Zeitung an Ihrem Grab, aber da lagen Sie noch nicht. Dauert wohl länger.«

»Ja, tut mir leid, es dauert wohl noch ein bisschen.« Fast habe ich ein schlechtes Gewissen.

»Wer sind Sie?«, fragt Hedy.

»Was wollen Sie, ich bin im Gespräch?«, fragt D. Weitzel.

»Ich bin der Gärtner«, sagt Herr Hansen zu Hedy und wendet sich dann D. Weitzel zu. »Es ist wegen der Begonien«, sagt er. »Der Braunberg fragt, wann denn mal wieder eine Bestellung kommt. Wegen der Abmachung.«

Hab ich's nicht gesagt!!!

»Ach«, Hedy zieht die Augenbrauen hoch. »Welche Abmachung denn?«

D. Weitzel ist knallrot geworden und steht wütend auf. »Das klären wir später«, fährt er den Gärtner an.

Herr Hansen dreht sich zu uns um. »Wollten Sie nicht Rosen?«, fragt er, und ich nicke.

»Kein Problem«, sagt er und tippt an seine Kappe. »Ich bin ja froh, wenn ich mal was anderes als Begonien pflanzen kann.«

»Raus jetzt«, giftet D. Weitzel, und Hansen verlässt sein Büro.

Auf einmal ist D. Weitzel ganz zahm, und alles geht reibungslos vonstatten, vor allem nachdem Hedy nach dem Namen des Vorgesetzten gefragt und ihn sich notiert hat. Plötzlich gibt es extrem viele Rosensorten, die sich für unser Familiengrab eignen, und selbstverständlich wird D. Weitzel alles in die Wege leiten. Er räumt uns sogar einen großzügigen Nachlass ein, weil wir so nett und so kooperativ seien, wie er dauernd betont. Und die Pause, ach, die kann warten!

Letztendlich gehen wir mit einer Ersparnis von ungefähr tausend Euro aus D. Weitzels Büro, und obwohl es Hedy egal sein könnte, freut sie sich darüber. »Nicht mit uns!«, sagt sie, und ich freue mich über diese Energieaufwallung.

Dann gehen wir noch mal zu unserer Grabstätte. Die Blätter des Baumes, der darüber wacht, sind mittlerweile ganz abgefallen. Es wird kühler. Die Sonne, die vorhin noch geschienen hat, ist nun unter einer dichten Wolkendecke verschwunden, ein leichter Wind kommt auf. Auch auf Viktors Grab sind die Blumen verblüht. Ich schaue wieder Hedy an. Zart und fein steht sie da und blickt auf den Boden, unter dem sie bald liegen wird.

Dann lächelt sie mich an.

»Rosen werden hier bestimmt sehr schön aussehen, Kindchen. Dieser Herr Hansen macht mir einen sehr patenten Eindruck. Ich glaube, er wird das gut hinkriegen. Sie müssen darauf achten, dass es schön wird.«

Ich nicke. »Solange ich es noch kann.«

»Ja, Kindchen. Und dann werden es andere tun, da bin ich ganz sicher.« Sie schaut wieder auf das Grab, dann runzelt sie die Stirn. »Ach je«, sagt sie.

»Was ist?«

Hedy schüttelt den Kopf. »Wir haben Arthur ganz vergessen. Wo soll der denn liegen? Hier ist doch gar kein Platz mehr.«

28

»Unfug«, sagt Arthur. »Ich dränge mich da nicht auf. Ihr beide habt das abgesprochen, und so wird es auch gehandhabt.«

Wir sitzen im Wintergarten, Frau Friedrichs hat uns Tee und Dinkelkekse gebracht, und hören Beethoven. Cha-Cha-Cha wird nicht mehr gespielt.

»Aber ich will doch bei dir sein«, sagt Hedy.

»Moment mal«, mische ich mich ein, nachdem ich den ersten köstlichen Keks verspeist habe. »Ich kann auch verzichten. Dann geht ihr beide in das Grab und ich woandershin.«

Hedy will nichts davon hören. »Das kommt nicht in Frage. Wir beide sind durch dick und dünn gegangen, und dann liegen Sie vielleicht irgendwo neben so einem Hanswurst. Nein, nein und nochmals nein. Da wird eine andere Lösung gefunden.« Sie schüttelt mit Nachdruck den Kopf. Für jeden Außenstehenden würde sich dieses Gespräch makaber anhören. Für uns ist es mittlerweile normal. Wir reden über das Thema wie über einen Kinobesuch. Wir sind es, um es mit Herrn Dinkelgärtner auszudrücken, halt gewohnt, so darüber zu sprechen.

»Wir passen da aber wirklich nicht alle hin«, sage ich. »Und neben Viktors und unseren Gräbern liegen schon andere, und da ist die Laufzeit lange noch nicht vorbei.«

»Dann quetschen wir Arthur eben dazwischen«, sagt Hedy und massiert ihre Schläfen.

Morgen muss sie wieder zum Arzt, und ich werde selbstverständlich mitfahren. Herr Adalbert wird uns bringen. Der arme Mann ist völlig fertig mit den Nerven. »So lange war Frau Bentham allein und hat kaum das Haus verlassen. Und jetzt, endlich, ist sie glücklich, sie hat Sie getroffen und die Liebe ihres Lebens gefunden, ach, ach, ach, und nun diese schlimme Krankheit.« Er leidet richtig mit. Auch Frau Groß und Frau Friedrichs und die anderen Angestellten sind erschüttert. Frau Groß hat schon ein paarmal geweint und hofft ständig, dass »doch noch alles gut wird«. Sie ist ununterbrochen in der Küche zugange und kocht und backt, was das Zeug hält, allerdings nur Gesundes, weil sie sich informiert hat. Zucker und Weißmehl kommen nicht mehr auf den Tisch, dafür Brokkoli, Weißkohl und Wirsing. Die Bratwurstmaschine wurde in den Keller gestellt, denn Bratwürste sind ungesund und zu fett. Dafür gibt es Vollkornbrot und frisches Obst. Fast kommt es mir so vor, als wolle Frau Groß gegen die Krankheit ankochen.

»Ich möchte nicht dazwischengequetscht werden, da komme ich mir vor wie ein Eindringling.« Arthur gießt sich Tee nach und überlegt. »Aber ich könnte doch eine Feuerbestattung wählen, das ist kein Problem für mich. Dann können wir mit der Verwaltung sprechen. Es wird sich ja für eine kleine Urne noch ein Platz finden lassen.«

Mit dieser Lösung sind wir dann alle zufrieden, und ich rufe bei Herrn Dinkelgärtner an, der sagt, das sei sicher kein Thema, er müsse das halt anfragen, aber das sei schon machbar. Eine Minute später klingelt schon wieder mein Handy, und tatsächlich ist D. Weitzel dran und sagt, es sei ihm eine Freude, eine zusätzliche Urne in den Gräbern zuzubestatten, er nehme das entsprechend auf und wir sollten uns bitte keine Gedanken machen. Und was die Kosten betreffe, da bekämen wir selbstredend noch mal einen Rabatt eingeräumt. Das sei ja wohl Ehrensache! (Der Vorgesetzte, der Vorgesetzte!)

Arthur schreibt sich die Nummer auf und will zu gegebener Zeit mal zu D. Weitzel gehen, um das noch mal persönlich zu klären, aber noch eilt es ja nicht.

»Was ist eigentlich jetzt mit der Umbettung Ihrer Familie?«, fragt Hedy.

Daran habe ich ja gar nicht mehr gedacht. »Ach je«, sage ich. »Keine Ahnung. Ich habe mich noch nicht gekümmert.«

»Sind das Särge oder Urnen?«

»Urnen. Warum?«

»Na, weil man das ja sagen muss, wenn man so einen Antrag stellt, Kindchen. Das wäre doch schön, wenn Ihre Familie in Hamburg ist. Und für drei weitere Urnen wird auch noch Platz sein, dann rücken wir alle zusammen. Oder, Arthur?«

Arthur nickt.

»Ich bin müde, der Tag hat mich angestrengt«, wechselt Hedy das Thema, und Arthur sieht sie besorgt an. Er wirkt so hilflos in seiner Liebe zu Hedy. Er will alles Mögliche tun und weiß nicht, was er machen soll.

Hedy lächelt ihm zu. »Morgen gehen wir ja zum Arzt. Aber vorher trinke ich noch ein …«

»Glas Champagner!«, freue ich mich. Solange Hedy Champagner will, ist sie wenigstens halbwegs auf dem Damm.

Sie sieht mich an. »Nein, ein Tässchen Tee noch. Ich glaube, Champagner vertrage ich im Moment nicht so gut.«

Also wirklich, ich rege mich schon wieder auf. Wir sind in der Praxis eines Arztes, den Doktor Rumpfstiel empfohlen hat. Auch in diesem Wartezimmer hier kommt man sich vor wie in einem Stuhlkreis, in dem gleich eine Diskussion beginnt. In meinem Wartezimmer gäbe es Trennwände mit bequemen Sitzgelegenheiten. Gerade Krebspatienten wollen doch nicht dauernd mit anderen Krebspatienten konfrontiert werden. Dann noch Kopfhörer und schöne Musik, das würde gleich eine ganz andere, positive Stimmung erzeugen.

Ich möchte am liebsten rausgehen und dort warten, aber es ist so kalt, und Hedy ist heute schlapp, obwohl sie vierzehn Stunden geschlafen hat.

»Früher bin ich mit sechs Stunden ausgekommen und war munter wie ein Fisch im Wasser«, hat sie heute Morgen gesagt, als sie zum Frühstück herunterkam. Essen wollte sie nichts, nur Tee trinken.

Wir werden hereingerufen. Der Arzt heißt Morten Rittberger und ist eine Koryphäe auf dem Gebiet der Hirntumore, wie uns Dr. Rumpfstiel versicherte.

Dr. Rittberger stellt Hedy Fragen über Fragen, und sie gibt zu, dass die Schmerzen schlimmer werden, sie erzählt von ihrer Müdigkeit und davon, dass sie letzte Nacht zum ersten Mal Atemnot hatte. Zum ersten Mal in ihrem Leben. Doktor Rittberger nickt und sagt, das habe damit zu tun, dass der Tumor eben am Atemzentrum sitzt, und wenn er wächst, werde es schlimmer.

»Am besten schlafen Sie nicht mehr alleine«, sagt er. »Es kann, je weiter er wächst, zu einem Atemstillstand kommen.«

»Atemstillstand«, wiederholt Hedy, und der Arzt nickt.

»Das ist kein Problem«, sage ich. »Wir werden uns alle abwechseln.«

»Man könnte einen Pflegedienst bestellen.«

»Nein.« Noch nicht. Erst dann, wenn es wirklich nicht mehr geht. »Wir werden uns abwechselnd kümmern«, sage ich. Das wäre ja noch schöner. Wir sind genügend Leute. Wir sind Hedys Familie.

»Ich wünschte, ich könnte Ihnen etwas anderes sagen«, seufzt der Doktor. Das wünschte ich auch.

»Es ist gut möglich, dass die Schmerzen ganz plötzlich und überraschend stärker werden«, erklärt er uns. »Deswegen verschreibe ich Ihnen auch stärkere Medikamente.«

»Ach, Kindchen«, sagt Hedy, als wir wieder im Auto sitzen. »Zu dumm, das alles. Und jetzt falle ich Ihnen so zur Last.«

»Noch ein Wort und ich werde sauer«, sage ich. »So, nun fahren wir nach Hause, und Sie legen sich erst mal hin.«

Sie schüttelt den Kopf. »Nichts da. Herr Adalbert, fahren Sie uns bitte erst zum Baron. Ich habe schon vor einiger Zeit einen Termin bei ihm gemacht.«

Herr Adalbert nickt. Baron? Ich bin gespannt.

»Hedwig!« Baron Rasmus zu Rainhardshain umarmt Hedy und freut sich. »Wie lange ist das her? Wie lange?«

»Ach, ich glaube, zum letzten Mal war ich hier, als ich mich aus der Firma zurückgezogen und alles an die Geschäftsführer und den Vorstand übergeben habe«, erinnert sich Hedy. »Was war ich froh, damit nichts mehr zu tun zu haben, Kindchen. So gehört mir zwar noch alles, aber ich muss nicht mehr jeden Tag hin und keine Entscheidungen mehr treffen. Das war nach Viktors Tod.«

Der Baron nickt. »Ja, der gute Viktor. Wie lange ist das also nun her? Das müssen Jahre sein!«

»Etwas über fünf Jahre, Rasmus.« Hedy nickt. »Kann ich mich bitte setzen?«

»Natürlich, Hedwig. Komm, nimm den Sessel.« Er rückt ihr einen Ledersessel zurecht, und Hedy lässt sich dankbar hineinsinken.

»Hast du alles vorbereitet?«, fragt sie, und der Baron nickt.

»Natürlich.«

»Dann lass uns anfangen.« Sie schaut mich an. »Kindchen, würden Sie bitte draußen warten. Das möchte ich allein regeln.«

Ach. »Natürlich«, ich stehe auf.

»Meine Perle draußen macht Ihnen sicher einen Kaffee«, sagt der Baron.

Natürlich respektiere ich, dass Hedy ihre Dinge allein besprechen will, aber neugierig bin ich doch. Fragen werde ich sie aber selbstverständlich nicht.

Auf dem Rückweg schaut Hedy aus dem Fenster. Es schneit wieder. Dann sieht sie mich an. »Ich muss unbedingt meine Finanzen regeln und einen Termin beim Baron machen.« Sie schließt die Augen, öffnet sie gleich wieder und sagt: »Es tut so weh. Und mir ist so übel.«

»Wir sind gleich zu Hause«, versuche ich, sie zu beruhigen.

Ich erinnere mich, dass sie unter anderem gefragt wurde, ob sie vergesslich sei, und nun scheint es so weit zu sein. Und schlecht ist ihr auch. Ich hoffe so sehr, dass keine anderen Symptome hinzukommen. Sie sind alle unschön. Wenn es ganz übel läuft, kommen nicht nur Schwindel, Sprach- und Sehstörungen, sondern auch Epilepsie und Krampfanfälle vor, Nerven können ausfallen, Lähmungserscheinungen auftreten, ach, und was weiß ich nicht noch alles. Es ist entsetzlich.

»Gut, dass wir beim Baron waren«, sagt sie nun leise. »Gut, dass es geregelt ist.«

Wenigstens erinnert sie sich jetzt doch, das ist schon mal gut.

Nun scheint sie angestrengt über etwas nachzudenken, ich sehe es richtig rotieren hinter ihrer Stirn.

»Kindchen, ich finde, Sie sollten jetzt auch mal an sich denken.«

»Ach was, mir geht es doch gut«, wehre ich ab. »Ich bin …«

»Nein, nein, seitdem wir aus Sri Lanka zurück sind, sind Sie ja gar nicht zur Ruhe gekommen. Sie müssen doch auch mal Ihre Diagnose feiern. Und nicht nur mit uns.«

»Mit wem denn sonst?«

Hedy lächelt mich an, und für einen Moment sehe ich es noch einmal schelmisch in ihren Augen blitzen. Und auf einmal weiß ich, was sie sagen will. Das ist so lieb von ihr, daran zu denken. Und eigentlich – eigentlich hat sie recht.

Ich setze mich auf. »Gut, Hedy. Dann werde ich mich mal auf die Suche machen.«

29

»Das gefällt mir, Kindchen. Nicht mehr warten. Nicht morgen. Jetzt. Machen Sie sich keine Gedanken um mich alte Schachtel. Meine Lebensliebe wird mir schon Gesellschaft leisten, und wenn nicht er, sind genügend andere da, die aufpassen. Und nun fort mit Ihnen!«

Ich nicke und denke schon nach. Erst mal muss ich nach dem Antiquariat googeln. Ich tippe auf meinem Handy. Das Geschäft liegt irgendwo in der Innenstadt.

Lolli kommt mir entgegen. »Frau Groß benutzt jetzt den Dampfgarer«, wird mir freudig erklärt. »Wo ist Nupsi?«

»Keine Ahnung. Wo ist Herr Adalbert, weißt du das?«

»Bei Frau Groß in der Küche. Warum?«

Aber ich bin schon weg.

»Ich fahre da vorn in die Seitenstraße und warte«, sagt Herr Adalbert.

»Ist gut. Danke.«

»Selbstredend, das ist mir ein Vergnügen.«

Er tippt an seine Chauffeursmütze, und ich steige aus und muss mir schon wieder fast die Ohren zuhalten, weil wir den Porsche genommen haben und Herr Adalbert mit der Gangschaltung dieses Wagens noch weniger zurechtkommt als mit der des Bentleys. An den Ampeln war es natürlich wieder besonders schlimm. Der Porsche jaulte auf und buckelte los, und Herr Adalbert sagte, das sei nicht seine Schuld, die Autobauer würden am Getriebe sparen, alle miteinander. Die Leute schauten natürlich und lachten entweder, schüttelten den Kopf oder verzogen schmerzvoll das Gesicht.

Ich muss an meinen Vater denken, der mal an einer Ampel einen arroganten Porschefahrer, der den Motor auch so aufjaulen ließ, fragte, ob das ein Leihwagen sei und sein Manta in Reparatur. Der Fahrer fand das gar nicht lustig.

So. Da ist es. Ein kleines Geschäft mit einem Schaufenster, in dem sich Bücher und Kupferstiche stapeln. Eine Erstausgabe von Thomas Mann neben einer kompletten Ausgabe eines alten Brockhaus, ein Stich mit zwei uniformierten Reitern auf steigenden Pferden, Bildbände über Australien, Marokko und Finnland, daneben ein aufgeschlagenes Kochbuch in Frakturschrift mit einer dicken Frau auf einer Seite, die eine weiße Schürze trägt und einen Kochlöffel hält. In den beiden Rezepten geht es um Mehlspeisen. Jemand hat in Sütterlin Anmerkungen an den Rand geschrieben.

Der Laden hat geöffnet, es brennt Licht. Ich hole noch einmal tief Luft und drücke die Tür auf. Ein Glöckchen ertönt, und dann stehe ich da und sehe niemanden. Aber da kommt jemand um die Ecke. Eine Frau.

»Guten Tag, kann ich Ihnen helfen?«, fragt sie freundlich.

Ich sage: »Nein. Ja. Ich suche Herrn Larmann.«

»Da muss ich Sie enttäuschen«, sagt sie. »Mein Mann ist heute nicht da.«

Das ist jetzt nicht wahr. Das kann jetzt nicht wahr sein.

»Sie sind seine Frau?«

»Ja. Warum?« Sie sieht ein bisschen irritiert aus.

»Weil das nicht sein kann.« Nein, nein, nein. Ich will auch mal Glück haben!

»Also ich weiß wohl, mit wem ich verheiratet bin. Mein Mann …«

Nun sehe ich rot. Obwohl mir die Frau von Hendrik nichts getan hat, hasse ich sie. »Ihr Mann ist also nicht da?«

»Nein. Aber vielleicht …«

»Führen Sie eine glückliche Ehe?«

»Ja.« Sie sieht aus wie ein Fragezeichen.

»Nein. Das tun Sie nicht.«

»Aber …«

Sie weicht vor mir zurück, weil ich mit ausgestrecktem Zeigefinger auf sie zugehe.

»Sie denken nur, dass Sie eine glückliche Ehe führen. Aber eigentlich ist Ihre Ehe wahrscheinlich schon längst am Ende.«

»Das glaube ich nicht. Ich …«

»Man sagt ja immer, dass ein Dritter bei einer funktionierenden Beziehung keine Chance hat, in diese einzudringen, haben Sie davon schon einmal gehört?«

»Habe ich, ja.« Sie nickt und kommt nun nicht weiter, weil sie an einem Regal steht, das mit, und nun sagt noch jemand, das sei Zufall, Eheratgebern aus allen Jahrhunderten gefüllt ist. Einige der Bücher sind nämlich so hingestellt, dass man die Cover und die Titel sieht.

»Und würden Sie sagen, eine Ehe ist glücklich, in der der Ehemann sich auf einer Landstraße von einer fremden Frau ansprechen lässt und abends mit ihr auf dem Kiez ausgeht? Mit der er, um es auf den Punkt zu bringen, hundertprozentig ins Bett gegangen wäre, wenn sie, also die Frau, nicht nein gesagt hätte?« (Darüber haben Hendrik und ich zwar nicht gesprochen, aber egal. Ich gehe jetzt einfach mal davon aus, dass es so gekommen wäre, wenn alles normal verlaufen wäre an dem Abend. Ist doch immer so. Oder meistens. Man landet im Bett. Dann sieht man weiter.) »Ist das eine glückliche Beziehung? Ich glaube wohl eher nicht. Nein, ich bin sicher. Und wissen Sie, was Ihr Mann gemacht hat, wissen Sie es?«

Nun lächelt die Frau erleichtert. »Dem Himmel sei Dank! Sie müssen Leonor sein!«

Ich verstehe gar nichts mehr.

Sie strahlt mich an. »Hendrik hat uns alles erzählt. Er hat Sie auch schon gesucht!«

»Was? Ich denke, Hendrik ist Ihr Mann.«

»Wenn Sie mich hätten ausreden lassen, wüssten Sie, dass

Hendrik der *Cousin* meines Mannes ist. Ich helfe hier heute zum ersten Mal aus, wissen Sie, weil Hendrik so viel mit den Pferden zu tun hat. Seine beiden Helfer sind wohl derzeit nicht so fit.«

»Aber Sie sagten, dass Ihr Mann nicht da sei.«

»Er ist ja auch nicht da. Mein Mann heißt Lars Larmann, und natürlich denke ich ja nicht automatisch daran, dass der andere Herr Larmann gemeint ist, wenn jemand nach Herrn Larmann fragt. Ich bin ja wie gesagt heute zum ersten Mal hier. Hätten Sie nach dem Chef gefragt, hätte es dieses Missverständnis nie gegeben.«

»Das tut mir nun aber leid«, leiere ich herunter. »Also, dass ich Sie so angefahren habe.« Mir ist das alles schrecklich peinlich.

»Ach, das ist schon in Ordnung«, lacht sie. »Ich bin übrigens Anni. Wer Sie sind, weiß ich ja schon. Hendrik war fix und fertig, nachdem Sie ihn weggeschickt hatten. Er hat Sie gesucht, aber er wusste ja noch nicht mal einen Nachnamen von Ihnen. Er wusste nur, dass Sie krank sind. Von der älteren Dame hatte er ja auch keinen Namen, und diesen Lolli hat er zwar gefunden, aber der sagte, er dürfe nichts erzählen. Leider hatte Hendrik sich auch nicht das Kennzeichen des Autos gemerkt, in dem Sie mit der älteren Dame gefahren sind. Der arme Hendrik. Aber nun sind Sie ja da!« Erwartungsvoll schaut sie mich an.

»Ja … also … es hat sich einiges geändert in meinem Leben, und darüber wollte ich mit Hendrik gern sprechen, also, es ihm sagen, also, ich würde gern mit ihm reden.« Ich bin heiser und das, was ich sage, klingt hölzern. »Wissen Sie, was ich meine? Reden meine ich.«

»Ich weiß, was das Wort reden bedeutet«, lächelt Anni. Sie muss mich – mit Recht – für einen Schwachkopf halten. »Sie sind ganz blass. Wollen Sie sich nicht mal setzen?«

Ich nicke, und es steht zum Glück ein alter Ohrensessel da, in den ich sinke. Anni fächert mir mit einem Buch Luft zu. Aus den Augenwinkeln sehe ich, dass es sich um einen Ratgeber für den Umgang mit psychisch gestörten Menschen handelt.

»Geht es besser?« Wieder nicke ich.

»Ist alles ein bisschen viel momentan«, versuche ich zu erklären. »Weil sich alles geändert hat.«

»Ist es indiskret zu fragen, was sich geändert hat?«

»Alles, wirklich alles.« Ich erzähle ihr von meinen Untersuchungsergebnissen, und nun wird sie auch blass. »Meine Güte«, sagt sie. »Ich glaube, Hendrik fällt tot um, wenn er das hört.« Sie wird rot. »Entschuldigung, das hätte ich wohl nicht sagen sollen.«

»Ach, das macht doch nichts. Davon abgesehen wäre es allerdings wirklich kontraproduktiv. Haben Sie vielleicht eine Nummer für mich, Anni?«

Anni schaut auf die altmodische Uhr, die über der Tür hängt, und leise tickt. »Wissen Sie was? Wir machen für heute einfach zu und fahren raus zu ihm.«

»Oh … nicht dass das zu viel …«

»Nein, alles gut. Er wird verrückt werden vor Freude.« Sie steht auf. »Kommen Sie, keine Zeit mehr verschwenden. Auf geht's! Wir fahren mit meinem Auto.«

Ich nicke und sage ihr, dass ich schnell Herrn Adalbert Bescheid geben muss, und während sie abschließt, mache ich das auch. Herr Adalbert sagt, das sei kein Problem, er würde dann jetzt mal auf den Verkehrsübungsplatz fahren und ein bisschen schalten, und dann sitzen wir in Annis Auto und düsen Richtung Meer. Da fällt mir ein, dass ich ja auch ein Auto habe. Herrje, wo habe ich das denn bitte abgestellt? Das ist Wochen her. Ich kann mich einfach nicht erinnern, wo ich es geparkt habe. Na, ist ja auch nicht so wichtig jetzt.

Anni saust wie eine Gestörte die A1 entlang und dann weiter über die Landstraße. Der Hof befindet sich zwischen Timmendorfer Strand und Scharbeutz; Anni braucht nicht mal eine Stunde für die Strecke. Sie fährt in den gepflasterten Hof ein, auf ein L-förmiges Gebäude zu. Vorn ist das Wohnhaus. Es ist reetgedeckt, windschief, hat Sprossenfenster, und vor der Eingangstür steht eine gusseiserne Bank mit einem Tischchen davor. Angeschlossen sind die Stallungen. Die Herbstsonne scheint, und es fehlt nur noch der Geruch von frisch gebackenem Kuchen und Kaffee, ein Pferd müsste wiehern und irgendwo noch eine rosenumrankte Schaukel stehen, und schon wäre das Klischee perfekt.

Es ist so schön hier! Und es riecht so gut nach Pferd. Ach, Pferde riechen so besonders. Der Geruch ist mit keinem anderen auch nur ansatzweise zu vergleichen. Pferde riechen nach Geborgenheit und Natur, nach Hafer und Heu, nach Glück. Und das Gefühl, wenn sie einen aus ihren weichen Nüstern anschnauben, ist mit keinem Gefühl zu vergleichen. Als Kind bin ich nur im Reitstall gewesen. Auch das hatte ich vergessen. Jetzt fällt es mir aus gegebenem Anlass wieder ein. Ich konnte nicht besonders gut reiten, Reitstunden waren auch zu teuer auf Dauer, aber wir durften die Pferde immer zu den Koppeln reiten und abends holen. Das waren dann ein paar Glücksminuten auf dem Pferderücken ohne Sattel. Ich stellte mir damals immer vor, ich sei die Frau aus den Winnetou-Filmen, Ribanna. Nicht Uschi Glas, die das Halbblut Apanatschi spielte. Aber Ribanna war toll. Karin Dor hat die gespielt. Im Film rettet Winnetou sie, als sie von einem Bären angegriffen wird. Ich ... oh. Da kommt Hendrik.

Noch sitze ich im Wagen. Hendrik sieht so gut aus. Oh, sieht er gut aus. Er trägt Jeans und ein dunkles Hemd mit hochgekrempelten Ärmeln. Hendrik hat schöne Unterarme. Der ganze Mann strahlt für mich eine unglaubliche Erotik aus, obwohl er eine Schubkarre mit Mist vor sich herschiebt. Es gibt ja diese Lumbersexual-Männer – wer denkt sich solche Begriffe eigentlich aus? –, die ich hochgradig lächerlich finde. Sie glauben, nur weil sie in zerrissene Jeans steigen, ein kariertes Hemd überstreifen und sich die Haare und einen Vollbart wachsen lassen, nimmt man ihnen ab, dass sie Holz hacken und Rotwild erlegen können. Hendrik dagegen, stelle ich fest, ist ein echter Kerl. Ein Typ. Ein Mann. Der züchtet seinen Dreitagebart nicht, sondern er hat ihn einfach, weil ihm wahrscheinlich die Zeit fehlt, ihn zu rasieren.

Dieser Mann würde mich garantiert auch vor einem Bären retten, so wie Winnetou es für Ribanna getan hat! Schon als ich Hendrik zum ersten Mal sah, dachte ich ja schon: Der beschützt mich auch vor einem Grizzly.

Noch weiß er nicht, dass ich da bin. Gleich wird er es wissen.

Nun geht Anni auf Hendrik zu, und der stellt die Mistkarre ab und umarmt Anni. Sie sagt etwas zu ihm, und er erstarrt. O mein Gott, hoffentlich ist er nicht seit gestern in eine Pferdebesitzerin verliebt. Andererseits wäre das natürlich sein gutes Recht. Ich kann ja nicht erwarten, dass er für den Rest seines Lebens um seine große, verlorene Liebe trauert. Also damit meine ich mich, auch wenn es vermessen klingt.

Jetzt schaut er in meine Richtung, und ich beschließe auszusteigen. Es fällt mir schwer, weil meine Knie schlottern. Hendrik kommt auf mich zu.

»Leonor«, sagt er und blickt drein, als sei ich eine Erscheinung, durchsichtig oder so, denn er fasst mich an der Schulter, als wolle er überprüfen, ob ich ein Mensch bin oder eine Lichtgestalt.

»Ich …«, mir versagt die Stimme. Ich kann ihn nur stumm anstarren. Wahrscheinlich sehe ich aus wie eine tumbe Erntehelferin.

»Ich kann es nicht fassen. Du bist da. Ich habe nach dir gesucht und war auch bei deinem Freund, aber der wollte mir nichts sagen. Meine Güte.«

Wir schauen uns an, und ich weiß nicht, was ich nun sagen soll. Wie erkläre ich ihm das alles, was mir durch den Kopf geht.

Dann fällt mir ein, dass es ganz einfach ist und sich mit einem einzigen Satz sagen lässt: »Ich bin hier, weil ich bei dir sein will.«

Hendrik sieht mich immer noch an, dann macht er einen Schritt nach vorn und nimmt mich in den Arm. Ganz fest. Einfach so. Es ist, als würde in dieser Umarmung alles liegen. Ich fühle mich so geborgen wie jahrelang nicht mehr. Und das ist einfach nur gut.

Anni sagt lächelnd: »Ich glaube, ich kann euch jetzt allein lassen.«

Wir nicken nur schweigend, und sie dreht sich um, geht zu ihrem Auto und fährt los. Ganz offenbar weiß sie, dass es hier für sie nichts mehr zu tun gibt.

Und wir? Gehen langsam Richtung Haus, dann hinein in die Küche, und ich stelle fest, dass die Einrichtung über hundert Jahre alt sein muss. Dielenboden, Butzenfenster, ein alter Ofen, an den Wänden alte Fotos in Silberrahmen, über dem alten Herd hängen tatsächlich Kupfertöpfe und -pfannen. Ich dachte, so etwas würde nur noch für Wohnzeitschriften arrangiert. Allerdings sieht man den Kochgerätschaften hier an, dass sie seit Jahrzehnten benutzt werden. Ich mag es, wenn man Dingen das ansieht. Ich schaue auch gern in die Gesichter alter Menschen. Sie erzählen so viel.

Ich setze mich an einen Holztisch, und da sehe ich ein Bild in einem Rahmen stehen. Auf dem Foto ist eine Frau; es sieht aus, als sei es in einer Kneipe aufgenommen. Die Frau hat ein Glas vor sich und schaut auf den Tisch. Sie lächelt leise. Die Frau kommt mir bekannt vor, und es dauert tatsächlich ein paar Sekunden, bis ich feststelle, dass ich das bin.

»Hendrik.« Ich schaue ihn an. »Woher hast du denn das Foto?«

»Das hab ich mit dem Smartphone in der Karaokebar gemacht, kurz bevor ich gegangen bin«, gibt er zu und wird ein bisschen rot. »Ich dachte ja, ich sehe dich nie wieder, da wollte ich wenigstens ein Foto von dir haben. Sei nicht böse.«

»Warum sollte ich denn böse sein? Ach, Hendrik.«

»Ich mache uns jetzt eine Kanne Tee, und dann erzählst du mir alles ganz ausführlich. Warte, ich setze nur schnell Wasser auf, und dann setzen wir uns aufs Sofa.« Es gibt hier in der Küche tatsächlich einen einladenden Diwan. »Mein Vater hat hier immer mittags nach dem Essen eine Stunde geschlafen«, erzählt Hendrik, während er den zerbeulten Teekessel mit Wasser füllt.

»Das ist ein schönes Haus. Und überhaupt ein sehr schöner Hof.«

»Ja, ich hatte hier auch eine schöne Kindheit«, sagt er. »Nachher zeige ich dir alles. Jetzt, finde ich, sollten wir aber erst mal reden.«

»Gut.«

Nachdem ich mich auf dem Diwan unter eine Decke gekuschelt habe und nun den heißen Tee mit Sahne und Kandis trinke, fällt plötzlich alles von mir ab. Ich erschrecke fast, weil es ein Gefühl ist, als würde eine Zwangsjacke sich lösen, und ich sei auf einmal frei und zehn Kilo leichter. Die ganze Anspannung geht weg, mein Körper fühlt sich weich an, und bei jedem Ausatmen wird er weicher. Es wirbelt nichts mehr wie sonst in meinem Kopf herum, ich sitze einfach da, atme den wunderbaren Geruch von brennendem Holz ein, und ich sehe Hendrik an, der mir gegenübersitzt und seine Füße an meine gelegt hat, und mir wird noch leichter ums Herz und ein ganz süßes Gefühl überkommt mich.

Ich meine zu wissen, dass es Glück ist. Es ist schon so lange her, und ich bin so glücklich darüber, dass ich es spüre.

Natürlich hält das Gefühl nicht lange an, weil sich nämlich das schlechte Gewissen dazwischendrängelt. Eigentlich ist es ja eine absolute Unverschämtheit von mir, hier aufzutauchen, einfach so und nur, weil ich ein bisschen Zeit geschenkt bekommen habe, okay, vielleicht auch ein bisschen mehr. Einfach davon auszugehen, dass Hendrik genau wie ich der Meinung ist, dass das zwischen uns etwas Besonderes ist, und alles ohne Wenn und Aber mitmacht. Es kann ja trotz der guten Prognose morgen schon alles wieder anders sein. Und dann bin ich wieder richtig krank, und Hendrik kann anfangen, mich zu pflegen. Das ist doch keine Basis. Das ist sehr egoistisch von mir. Ich weiß ja auch noch gar nicht, wie er reagieren wird, wenn ich es ihm erzähle. Vielleicht steht er auf und sagt, dass er das nicht kann. Das muss ich dann akzeptieren.

Ich muss es ihm jedenfalls jetzt sagen.

Also erzähle ich Hendrik von Sri Lanka und der Rückkehr

und der Untersuchung und der Diagnose. Er lässt mich reden, unterbricht mich nicht ein einziges Mal. Ich spreche ohne Punkt und Komma, und ich denke, ich vergesse wirklich nichts. Irgendwann bin ich fertig und lehne mich zurück.

»O Mann.« Hendrik fährt sich durch die Haare. »Ich meine … also das heißt, dir bleibt jetzt noch Zeit? Mehr Zeit als gedacht?«

»Ja.« Ich gieße mir noch Tee nach. »Ich kann jetzt nicht Jahre in die Zukunft blicken, aber ich kann hoffen, dass es noch eine Weile länger dauert. Und diese Weile will ich mit dir verbringen. Weißt du, Hedy hat mal den schönen Satz gesagt, dass später längst begonnen hat, und das stimmt. Ich möchte nicht mehr dran denken, was vielleicht in einem Monat ist oder in vier oder sechs. Ich möchte einfach jeden einzelnen Tag nutzen. Mit dir. Wenn du das auch willst.«

So. Jetzt ist es gesagt. Nun ist er dran.

Hendrik lächelt. »Was für eine Frage! Natürlich will ich das!«

Er sagt es ganz selbstverständlich, als gäbe es gar keine andere Möglichkeit. Er macht auch gar kein Drama daraus, sondern nimmt es so an, wie ich es gesagt habe. Manchmal sind weniger Worte doch mehr Inhalt.

Ich schaue ihn an und bin einfach nur glücklich.

»Und jetzt komm. Ich zeig dir alles.«

Das Haus ist wirklich knuffig. Es hat kleine Zimmerchen, Alkoven, geblümte Vorhänge, da stehen alte, verschnörkelte Schränke, überall führen kleine Treppchen in weitere Zimmer, in jedem Raum gibt es einen Ofen, und hübsche alte Petroleumlampen stehen in den Fenstern und auf den Tischen. In einigen Räumen sind die Wände mit holländischen Kacheln gefliest.

»Das bedeutete früher Wohlstand«, erklärt Hendrik. »Wer sich die niederländischen Fliesen leisten konnte, hatte genug Geld.«

Im Flur gibt es einen Windfang, und von dort aus kommt man auch zu den Ställen. »Bei schlechtem Wetter sehr praktisch«, sagt Henning. »Und im Winter natürlich auch.«

Vierzehn Boxen zähle ich, und aus allen ragen neugierig die Pferdeköpfe.

»Die beiden hier gehören uns«, sagt Hendrik und deutet auf einen Rappen und einen Fuchs. »Darf ich vorstellen, Sissi und Gackel.«

»Gackel? Wie der kleine Bruder von Sissi?«

»Genau. Karl-Theodor. Meine Mutter liebt die Filme, deswegen.«

»Ich liebe sie auch.«

»Ich nicht. Ich musste sie mir zu oft angucken. Mein Vater hat meiner Mutter irgendwann verboten, sie anzumachen, wenn ich in der Nähe bin. Er dachte, ich bekomme sonst bleibende Schäden. Das Schlimme ist, das darf man niemandem erzählen, dass ich ganze Passagen auswendig mitsprechen kann.«

»Ich auch«, freue ich mich. »Wie schön, dass ihr Pferde habt. Kannst du auch reiten?«

»Na klar. Und du?«

»Ich konnte es mal, hab aber sehr lange auf keinem Pferd mehr gesessen.«

»Bis heute! Da ist die Sattelkammer.«

Während wir im leichten Trab einen Feldweg entlangreiten, denke ich daran, dass ich nie geglaubt hätte, in diesem Leben noch mal auf einem Pferd zu sitzen. Der Fuchswallach Gackel ist lieb und scheut noch nicht mal, als ein Feldhase den Weg im Zickzack überquert. Hendrik sitzt auf Sissi, die etwas zickiger ist, was ja bei Stuten öfter mal der Fall sein kann. Ich bin froh, dass die Stute nicht Sophie heißt, so wie die Schwiegermutter von Sissi, diese Giftspritze, sonst würde sie womöglich steigen und ihm durchgehen.

Wir wechseln die Gangart und galoppieren nun im leichten Sitz einen Waldweg entlang. Die Luft ist zwar kühl, aber mir ist warm, und ich bin stolz, dass ich noch einigermaßen reiten kann. Von Anfang an habe ich mich sicher gefühlt auf Gackels Rücken.

Hendrik hatte mir Chaps gegeben, das sind so Lederleggins für die Beine. Sie werden über die Hose gezogen und sorgen für besseren Halt am Pferd. Ich trage eine Reitjacke seiner Mutter und schaue in den grauen Himmel, der immer dunkler wird, weil wir ja bald Abend haben. Jetzt fängt es an zu regnen, aber das finde ich gar nicht schlimm. Wie kann man sich denn über Regen aufregen, wenn man Lebenszeit geschenkt bekommen und die Sonne in sich hat.

Ich erwähnte ja schon, dass ich nach Sven nur noch ein paar One-Night-Stands hatte, und das ist lange her. In dieser Nacht geht meine sexlose Phase zu Ende, und ich übertreibe nicht, wenn ich sage: Es passt gut mit uns.

Zum Glück habe ich Nupsi abends noch eine WhatsApp geschickt, so konnte sie Hedy Bescheid sagen, dass ich nicht nach Hause komme.

Nun sitzen Hendrik und ich im Bett, jeder ein Glas Rotwein in der Hand, der Ofen bullert, Kerzen brennen, und ich bin fertig. Aber gut fertig. Es ist vier Uhr morgens, und so ganz langsam merke ich, dass eine bleierne, gesunde, glückliche Müdigkeit mich überkommt – weil ich mich aufs Aufwachen und auf den nächsten Tag freue. Den nächsten Tag mit Hendrik.

Wir verbringen den Tag im Bett, haben noch mal Sex, schauen blöde Realityshows auf dem kleinen Fernseher in Hendriks Schlafzimmer und lachen uns kaputt, gehen in die Badewanne, gehen wieder ins Bett, haben noch mal Sex, und irgendwann ruft Nupsi an und fragt, ob denn alles in Ordnung sei.

»Nupsi, ich schwebe auf Wolke tausend!«

»Oh«, sagt sie. »Das ist schön.«

»Wir haben grandiosen Sex!«

»Das ist auch schön, ach, wie ich mich freue. Aber vergiss nicht, Kondome sind das A und O«, sagt Nupsi ernst. »Ohne Kondome geht gar nichts.«

»Da bist du ja vor ein paar Monaten mit gutem Beispiel vorangegangen.«

Ich sehe sie quasi rot werden. »Das stimmt.« Sie wechselt das Thema: »Wann gedenkst du denn zurück nach Hamburg zu kommen? Ich bin ein bisschen einsam, davon abgesehen, dass Frau Groß wieder so viel gekocht hat, dass ich schon wieder zugenommen habe. Die Hüfte jubelt. Ich war heute Morgen auf der Waage. Aber was soll man machen. Frau Groß sagt, Sahnesoßen seien gut für die Abwehrkräfte.«

»Ich dachte, das seien Kohlrabi und Äpfel und so.«

»Ja, Apfelkuchen gibt's auch. Mit Sahne.«

»Und Lolli?«

»Den gibt es auch. Im Ernst, du wirst es nicht glauben, Lolli befindet sich bei einem befreundeten Schreiner und baut für unser Kind eine Wiege.«

»*Euer* Kind?«

»Na ja … unser *aller* Kind.«

»Aha. Aber das Wichtigste: Wie geht es Hedy?«

»Sie schläft viel«, sagt Nupsi. »Wir kümmern uns um sie. Frau Groß macht ihr nur leckere, gesunde Sachen. Hedy sagt, wir sollen dir in jedem Fall ausrichten, dass es ihr gutgeht. Sie will, so hat sie es gesagt, das junge Glück nicht trüben. Du, Leonor, Hedy ist so … so lieb. Es ist alles so ungerecht.«

»Das stimmt, Nupsi. Das stimmt. Es ist nicht nur ungerecht, es ist das Allerletzte. Gibt es sonst was Neues?«

»Hallo? Du bist doch erst seit gestern weg.«

»Auch wieder wahr.« Mir kommt es vor, als sei ein Jahr vergangen, deswegen frage ich so viel. »Also, Nupsi, so lange werde ich nicht mehr hierbleiben. Ich möchte zu Hedy zurück. Ich hab mir das Versprechen gegeben, bei ihr zu sein.«

»Ist gut«, sagt Nupsi. »Bis dahin sind wir da.«

Ich stecke das Telefon weg und lege mich wieder zu Hendrik ins Bett. Er ist so schön warm und riecht so gut.

So schön ist das. Trotz allem.

30

Abends laufen wir am Strand entlang zu einem kleinen Restaurant. Kaum durch die Tür – es gefällt mir, dass Hendrik gentlemanlike vorangeht –, fühle ich mich wie ins 16. Jahrhundert versetzt. Diese Kate, erzählt Hendrik, gebe es tatsächlich schon seit über fünfhundert Jahren, und seitdem sei kaum etwas daran verändert worden. Glücklicherweise bin ich nicht gerade groß, deswegen macht mir die geringe Deckenhöhe nichts aus. Hendrik dagegen muss den Kopf einziehen.

Der kleine Schankraum ist voll, was aber keine große Kunst ist, denn es gibt nur fünf Tische. Zum Glück ist noch einer für uns frei. Die Wirtin bringt uns die handgeschriebenen Karten. Von irgendwoher ertönt Musik. Ein Shantychor singt von tosenden Wellen, einem schwankenden Schiff, von Männern, die Heimweh haben, und einem Mädchen, das in einem Hafen auf einen Seemann wartet und dabei weint. Ich liebe so was ja und schaue mich um. Die kleine Butze ist über und über mit alten Sachen aus der Seefahrt eingerichtet, hier liegen und hängen Schiffsblöcke, Anker, Laternen, Uhren, große Kompasse, Fotografien von Seeleuten, die einen riesigen Fisch halten und lachen, an dicken Tauen hängen alte Flaggen. Es gefällt mir gut. Jetzt noch was Leckeres zu essen und zu trinken, und der Abend ist mein Freund. Also schaue ich in die Karte und entscheide mich für Fisch, Kartoffelgratin und Blattspinat und davor für ein Safranschaumsüppchen. Mein Appetit ist nicht zu verachten. Er wird von Tag zu Tag besser.

Überhaupt dieser Tag heute. Und die Nacht und der Tag davor. Und die Nacht, die folgen wird. Wir reden und lachen und reden und lachen. Das Wort Zukunft vermeiden wir. Nur jetzt. Nur hier. Nur heute. Immer nur heute.

Später, Hendrik ist eingeschlafen, liege ich da und schaue in die Nacht. Ich will so wenig wie möglich schlafen, obwohl ich entsetzlich müde bin. Hendriks Bett steht direkt unter einer Dachluke, so kann ich in den Himmel schauen und Sterne sehen. Ein ganz klarer Sternenhimmel ist da über mir. Ich liege so da, wie ich früher mit Stefan auf dem Rasen dagelegen habe. Mit Daumen und Zeigefinger forme ich einen Kreis, halte die Finger vors Auge und mache den Kreis immer kleiner, bis ich nur noch drei der Sterne sehen kann. Ich bilde mir ein, dass es Stefan und meine Eltern sind. Und dass sie sich für mich freuen. Denn die Sterne leuchten auf einmal noch heller als vorher.

Ich bin so dankbar, dass ich das alles erleben darf. Dass Hendrik und ich zusammen sind. Dass er nicht so wie Sven ist. Dass er einfach da ist und die Situation so akzeptiert, wie sie nun mal ist. Dass er weiß, dass dic Hoffnung und Zuversicht sich ganz schnell in Hoffnungslosigkeit und Resignation verwandeln können. Und trotzdem da ist. So wie die drei Sterne da oben.

Mit dem Geschmack von Nutellabrot mit Salz auf der Zunge schlafe ich schließlich ein. Es ist ein guter Schlaf.

Am nächsten Tag ruft Hedy an. »Heute geht es mir gut«, sagt sie, obwohl ihre Stimme matt klingt. »Kommen Sie doch mit Ihrem Hendrik bald mal nach Hause. Frau Groß kocht bestimmt was.«

»Das ist ja nun nichts Neues. Aber wie schön, dass es Ihnen gutgeht, Hedy!«

»Ja, es ist in Ordnung. Arthur und Nupsi, ach, was rede ich, alle kümmern sich rührend! Herr Lolli kam sogar mit einem Rollator nach Hause, ist das nicht nett? Aber ich brauche ja gar keinen. Und dann Frau Groß, sie ist ja so was von in ihrem Element. Sie benutzt jetzt eigenständig den Dampfgarer. Sie dampfgart ununterbrochen Gemüse, und dauernd müssen wir essen, man sollte meinen, bald wäre Krieg. Also, was ist? Kommen Sie? Wie wäre es mit übermorgen? Dann sollte doch die erste Liebeseuphorie vorbei sein! Ich würde mich so freuen, Kindchen.«

»Gut«, sage ich und lächle.

»Ach, das ist aber schön. Wissen Sie was?«

»Was denn?«

»Sie sind mein Lieblingskindchen.«

Mir wird warm ums Herz. Ach, Hedy.

Hendrik und ich verbringen noch zwei wundervolle Tage bei ihm an der Ostsee. In den Geschäften ist weihnachtlich dekoriert, und wir kaufen Kunstschnee und Girlanden mit den Schriftzügen: »Hohohoho!« und »Merry X-Mas!«, obwohl ich das Wort X-Mas noch nie leiden konnte. Wir kaufen auch zwei Weihnachts-CDs, keine Ahnung, wieso ausgerechnet eine von Florian Silbereisen, es muss an den Hormonen liegen. Die andere ist wirklich schön, eine von Frank Sinatra. Da werde ich kurz melancholisch, denn die haben meine Eltern, Stefan und ich früher immer gehört. Ich weiß gar nicht, wo sie abgeblieben ist.

Dann kaufen wir Rinderfilet und Pilze, Hendrik will für uns kochen. Ich glaube, Hendrik ist ein Mann, für den Schuhkauf kein Thema wäre und der nicht maulen würde, wenn es vier Stunden dauerte. Aber es ist müßig, darüber nachzudenken, denn Schuhe sind mir egal. Handtaschen auch, ich finde die eher lästig. Ich habe noch nie verstanden, warum Frauen ihren halben Hausstand mit sich herumschleppen müssen. Ich bin froh, wenn ich überhaupt keine Tasche mitnehmen muss, mich nervt die Sucherei, denn das, was man sucht, liegt immer zusammengekrumpelt ganz unten, von zermatschten Bananen und alten Parkscheinen ganz zu schweigen.

Um das Zusammensein mit Hendrik auf den Punkt zu bringen: Es ist so unangestrengt normal. Er hat mich gefragt, ob er wirklich mitkommen soll nach Hamburg zu Hedy und den anderen, schließlich sei das ja meine Familie, und er wolle kein

Eindringling sein. Wenn es Frau Bentham nicht gutgehe, wolle sie vielleicht niemand Fremdes dahaben. Es sei doch vielleicht besser, wenn er hierbleibe.

»Aber Hedy hat doch gesagt, dass du mitkommen sollst. Sie ist auch neugierig. Es würde sie nur beunruhigen, wenn du zu Hause bleibst.«

Da konnte er nichts mehr sagen.

Am Nachmittag lerne ich ein paar Mädchen kennen, die im Stall aufgeregt auf ihren Smartphones herumdrücken und über Jungs diskutieren, die das und das gesagt oder nicht gesagt oder auf die Nachrichten falsch oder gar nicht reagiert haben, und ich lerne auch Dörte und Piet Jesper kennen, die sich um die Pferde und das Haus kümmern, wenn Hendrik nicht da ist. Herr Jesper hat's im Moment ein bisschen mit der Bandscheibe, und Frau Jesper kann ja nicht alles allein machen, und glücklicherweise hilft ja noch Olaf beim Misten und Füttern. Olaf ist der Enkel der Jespers, und letztens, so erzählt Frau Jesper, hat Olaf zum ersten Mal seine Freundin mitgebracht.

»Ein Stadtkind, also ich weiß nich.«

»Ich komme auch aus der Stadt.«

»Sie sehen so aber nich aus.«

Ich frage nicht, wie ich denn dann aussehe – ich möchte mir den Tag nicht verderben lassen, weil ich eventuell wie ein Landei wirke.

Zwei Tage später fahren wir Richtung Elbchaussee. Hendrik ist ganz aufgeregt und das nicht, weil es dampfgegartes Gemüse gibt, sondern weil er, wie er sagt, jetzt meine Familie kennenlernen wird.

»Du kennst Hedy doch schon.«

»Einen Abend hab ich sie tanzen sehen, wir haben ja kaum gesprochen. Nein, das hier ist doch was ganz anderes. Und außerdem ist sie ja jetzt auch noch krank geworden, und ich weiß gar nicht, wie ich mich da verhalten soll.«

»Ich bin ja auch krank, und du verhältst dich mir gegenüber ganz normal. Also das sollte wohl kein Thema sein.«

»Trotzdem. Die schauen mich bestimmt alle an.«

»Alles andere wäre auch unhöflich. Würde es dir besser gefallen, wenn sie sich wegdrehen?«

»Ach, du weißt doch, was ich meine.«

»Mach dir keine Sorgen. Die sind alle total super!«

Herr Adalbert ist draußen und wienert den Porsche, als wir die Einfahrt herauffahren. Er ist ganz stolz, denn er kriege langsam den Dreh raus, die Autos nicht mehr abzuwürgen, erzählt er. »Es hat was mit dem Schleifpunkt zu tun, das hat mir jemand auf dem Übungsplatz erklärt.« Ach. Er tut gerade so, als sei das eine enorm neue Erkenntnis.

Nupsi öffnet die Tür und fällt mir in die Arme, als sei ich nach zehn Jahren russischer Gefangenschaft endlich nach Hause gekommen, und fragt dauernd, ob es mir auch wirklich immer noch gutgeht. Hendrik hat Blumen dabei, einen Strauß für Nupsi und einen für Hedy, und Nupsi freut sich.

»Ist der süüüß«, wispert sie mir zu, während Hendrik seine Jacke auszieht. Im Haus riecht es natürlich nach Gemüse, und ich merke, dass ich schon wieder Hunger habe. Himmel, wie ich mich darüber freue! Aber nicht, dass ich wieder so zunehme, ich … halt! Spinne ich? Ich sollte mich über jedes Gramm freuen.

Arthur packt Hendrik bei den Schultern und nickt. »Ein guter Mann.«

Das ist mir fast peinlich.

Nur Lolli ist sehr schweigsam, drückt Hendrik zwar die Hand, aber sagt nicht viel.

Ich nehme ihn zur Seite, während Arthur für alle Sherry eingießt. Wenigstens das erlaubt Frau Groß uns noch. Nicht auszudenken, wenn wir jetzt alle nur noch grünen Tee und stilles Wasser trinken dürften.

»Was hast du?«, frage ich.

»Nichts«, sagt Lolli. »Aber ich will nicht, dass du wieder an so einen Arsch gerätst. Wenn der so ist wie dieser Sven, kann er sich einen guten Kieferorthopäden suchen, aber nur, wenn ich einen guten Tag habe. Wenn ich einen schlechten habe, braucht er nie mehr zum Friseur zu gehen, weil er dann keinen Kopf mehr hat.«

»Nun mal bitte nicht den Teufel an die Wand. Hendrik ist ganz anders als Sven. Er ist durch und durch ehrlich und geradeheraus. Außerdem hat er Pferde.«

Lolli schüttelt den Kopf. »Er hat *Pferde*? Sag mal, bist du zwölf oder was? Als Nächstes sagst du noch: Und er mag Musik, und dann sagst du: Wo man singt, da lass dich ruhig nieder …«

»… denn böse Menschen kennen keine Lieder, genau.«

»Da kann ich dir aber aus dem Stand mindestens zwanzig Typen nennen, die Pferde mögen und Lieder kennen und trotzdem Ärsche sind.«

»Nun lass es doch bitte gut sein, Lolli. Es ist nicht jeder schlecht.«

Lolli brummt nur, aber scheint sich etwas beruhigt zu haben.

Hedy freut sich, dass wir alle da sind. Der Tisch ist wie immer für drei Fußballmannschaften gedeckt, und in ihrer Dekorationswut hat Frau Groß dafür gesorgt, dass Kastanien und Efeu und Käfer sich zwischen den Tellern und Gläsern wohlfühlen. Die Käfer krabbeln langsam auf und ab und sehen irgendwie vollgefressen aus. Zu ihrer Fortbewegung passt das Wort »gemächlich«.

»Blumenkohl und Kohlrabi sind aus dem Dampfgarer«, erklärt Lolli stolz, während er das Gemüse auf die Teller legt.

»*Ich* habe das gemacht«, sagt Frau Groß, die gesunde, nicht gebundene Soße, also Brühe, verteilt.

»Das habe ich auch *nicht* bestritten«, bekommt sie von Lolli erklärt.

Frau Groß sagt: »Das ist immer noch mein Dampfgarer, und das ist immer noch meine Küche und mein Haus. Also schön langsam mit den jungen Pferden, Herr Lolli.«

»Manchmal sind Sie wirklich eine richtige Giftspritze, Frau Groß.«

»Obacht«, sagt Frau Groß. »So können Sie mit Ihren Flittchen auf der Reeperbahn sprechen, aber nicht mit mir.«

»Als würde ich mit den Damen über Dampfgarer diskutieren.« Lolli verdreht die Augen.

»Denkt an das Kind«, sagt Nupsi, und automatisch sind kurz alle still.

»Bitte kein Streit«, sage ich dann. »Davon abgesehen ist das immer noch Frau Benthams Haus.«

»Das glauben *Sie*, Kindchen, das glauben *Sie*«, meint Hedy resigniert und klopft an ihre Schläfen. »Mich regen diese Diskussionen auf. Mein Kopf! Und nun ist es wirklich gut, Frau Groß. Herr Lolli hat doch nichts mit Kurtisanen zu tun.« Sie sagt wirklich *Kurtisanen*.

»Habe ich auch nicht«, sagt Lolli. »Eigentlich bin ich ja Innenarchitekt.«

»Sprach er und hatte vielleicht doch was mit Kurtisanen zu tun«, lächelt Hedy. »Wirklich, Herr Lolli, Sie sollten was Anständiges machen, wenn Sie schon nicht in Ihrem erlernten Beruf arbeiten wollen. Vielleicht eine Umschulung zum Koch? Dann könnten Sie gemeinsam mit Frau Groß in der Küche wirbeln.«

»Dann wandere ich aus«, sagt Frau Groß und stellt die Sauciere mit der Brühe auf den Unterteller. Das Porzellan klirrt.

Und Hendrik macht einen großen Fehler. »Der Kohl ist phantastisch, direkt auf den Punkt gegart«, sagt er, aber leider zu Lolli und nicht zu Frau Groß, und die fängt an zu heulen und rennt aus dem Esszimmer.

»So geht das die ganze Zeit«, sagt Nupsi leidend. »Erst waren die beiden ein Herz und eine Seele, die Bratwurstfüllmaschine hat sie zusammengeschweißt, aber dann driftete die Beziehung auseinander. Weil jeder der Stärkere sein will.«

»Unfug«, sagt Lolli und verteilt gedünsteten Fisch. »Wäre Frau Groß jetzt noch im Raum, würde ich sie über den grünen Klee loben, weil der Lachs mit Sicherheit exorbitant gut ist. Aber nein, sie rennt bei der kleinsten Kleinigkeit weg und benimmt sich wie eine erkältete Mimose.«

Aus der Küche hören wir die Klagelaute von Frau Groß.

»Ach je«, sagt Hedy noch resignierter.

»Ist das nicht ein schöner Abend«, sage ich. »Perfekt, einfach perfekt.«

Drei Tage später

»Es ist wirklich so … schade.« Nupsi hat sich bei mir untergehakt, wir spazieren an der Elbe entlang.

Es ist später Nachmittag und eiskalt. Novemberwetter in Hamburg eben. Bald kommt der Dezember. Mir geht es immer noch gut, ich fühle mich prima. Hendrik ist tagsüber entweder im Antiquariat oder bei den Pferden, aber abends kommt er immer heraus zu uns. Hedy hat ihn gebeten, hier zu übernachten. Sie möchte nicht, dass ich länger fort bin, will aber auch nicht, dass Hendrik und ich getrennt sind. Die Gute. Frau Friedrichs hat uns eine Art Suite fertiggemacht. Schlaf- und Wohnzimmer, ineinander übergehend. Hendrik war das alles erst unangenehm, aber nachdem Hedy ihn angeschaut und »Bitte« gesagt hatte, ließ er sich darauf ein.

Ich bleibe stehen. »Es ist nicht nur schade, es ist auch noch ungerecht. Und sie ist so tapfer.«

»Das ist sie«, nickt Nupsi. »Ich finde es richtig, dass wir im Wechsel Nachtwache halten. Den Pflegedienst zu rufen finde ich so endgültig. Als hätten wir aufgegeben.«

»Ich werde sie nicht mehr allein lassen.« Das verspreche ich mir noch einmal selbst.

Obwohl Hendrik im Haus wohnt, sehe ich ihn kaum. Ich vernachlässige ihn natürlich, aber er sieht das nicht so, sondern als Ehrensache. »Alles andere wäre stillos. Natürlich kümmerst du dich überwiegend um Frau Bentham. Wir sehen uns ja trotzdem beim Abendessen.«

Ich könnte natürlich mit Hendrik in einem Bett schlafen, aber das tue ich nicht. Ich bin bei Hedy und übernachte in ihrem Schlafzimmer auf dem Sofa. Alle sagen, wir könnten uns doch abwechseln, das machen wir ja auch, aber ich will den Raum nicht verlassen, und ich möchte schnell geweckt werden können, wenn es schlimmer wird mit ihr.

»Wo ist Lolli?«, frage ich.

»Er schnippelt wieder mit Frau Groß Gemüse. Und presst Früchte aus. Und bestimmt streiten sie sich wieder. Du …«

»Ich weiß.«

Nupsi hat nun rote Wangen.

»Es ist so schön.«

»Ich weiß.«

Ich freue mich so für die beiden. Wenigstens da fügt sich alles zum Guten.

31

Zwei Wochen später

Hendrik, Nupsi, Lolli, Arthur und ich sitzen am Frühstückstisch. Niemand von uns isst etwas, und Frau Groß hat noch nicht mal darüber gemeckert.

Hedy geht es nicht gut. Ihr geht es gar nicht gut. Jede Nacht hat sie große Schmerzen und Atemnot, und ihr ist übel. Wir haben uns schließlich doch dazu entschlossen, einen Palliativdienst anzurufen. Nun ist ständig jemand da, um zu helfen, was doch erleichternd ist. Die Schwester, die zu uns kommt, ist sehr freundlich. Eine Frau Mayer, die das schon lange macht und eine beruhigende Ausstrahlung hat.

Vor zehn Tagen hat es angefangen.

An dem Abend ging Hedy müde ins Bett, und ich setzte mich zu ihr und las ihr noch ein wenig aus der Zeitung vor. Darum hatte sie mich gebeten, und mir war aufgefallen, wie lange ich niemandem mehr etwas vorgelesen hatte. Sie hörte aufmerksam zu, schien mir aber gleichzeitig auch weit, weit weg zu sein. Manchmal nickte sie ein und lag so still da, dass ich schon Angst hatte, sie sei ganz plötzlich gestorben. Dann rang sie nach Luft, wachte auf und weinte. Ich weinte auch. Hedy tat mir so leid, dass mein Herz schmerzte.

Die Nacht hatte sie unglaublich angestrengt, und den ganzen nächsten Tag saß sie nur im Wintergarten in einem breiten Sessel mit einer Decke über den Knien. Sie wollte Platten hören. Musik, die sie mit Arthur damals gehört hatte.

Arthur, der bei ihr war, legte eine nach der anderen auf. Als ich nach den beiden sah, hatte Arthur einen Stuhl an ihren Sessel geschoben, er streichelte ihre Hand, und sie hörten zusammen die Teddy Bears: »To know, know, know him, is to love, love, love him …«

Die beiden strahlten eine so traurige Innigkeit aus, es war gleichzeitig schön und schrecklich anzusehen.

Und dann ging es von Tag zu Tag weiter bergab. Hedys Gesamtzustand wurde quasi von Minute zu Minute schlechter. Sie lag nur noch. Als die Übelkeit und die Atemnot mal für einen Moment schwiegen, nickte sie mir zu.

»Es dauert nicht mehr lange, Kindchen. Wie merkwürdig. Ich weiß es. Ich weiß es einfach. Ist das nicht komisch? Und ich hab keine Angst mehr. Ich bin nicht allein. Früher hatte ich oft Angst vorm Sterben, weil ich dachte: Wer ist dann bei mir? Aber ich weiß ja, dass Sie bei mir sind. Und ich habe mein Haus bestellt, so heißt es ja. Es ist alles erledigt. Wissen Sie was, Kindchen?«

»Hm?«

»Ich bin glücklich. Wirklich glücklich. Diese Wochen mit Ihnen! Also wirklich, dass ich das alles erleben durfte. Ich habe mal einen Spruch gelesen von einem Chirurgen, Alexis Carrel, der lautet: ›Es kommt nicht darauf an, dem Leben mehr Jahre zu geben, sondern den Jahren mehr Leben zu geben.‹ Irgendwie habe ich diesen Spruch nie vergessen, und ich meine jetzt zu wissen, warum. Ein weiser Spruch, nicht wahr?«

»Absolut.« Ich sah aus dem Fenster. Bald würde Weihnachten kommen.

»Ich könnte jetzt hadern und Viktor verfluchen und die vergeudeten Jahre, in denen ich nur und nur gearbeitet habe. Aber was hätte ich denn davon? Ich erinnere mich einfach an die guten Wochen mit Ihnen allen. Was haben wir gelacht! Und wir beide waren im Swingerclub, meine Güte, da hatte ich zum ersten Mal seit Jahrzehnten Verkehr. Ist es denn die Möglichkeit!«

»Es war eine tolle Zeit, Hedy. Ich möchte sie auch nicht missen.«

»Ein Hoch auf den Tag, an dem wir uns kennenlernten. Eigentlich müssen wir Viktor dankbar sein. Schließlich hat er uns auf dem Friedhof zusammengebracht.« Sie schloss kurz die Augen, döste ein wenig vor sich hin, dann sah sie mich wieder an. »Ich bin so müde«, sagte sie und drehte sich zur Seite.

Ich deckte sie sanft zu und setzte mich dann wieder.

Draußen schneite es nun heftiger. Ein richtiger Schneesturm. Würde er doch den verdammten Tumor einfach verjagen. Ich hätte alles dafür gegeben.

»Ich möchte hier zu Hause sterben«, hatte Hedy leise gesagt. »Nicht im Hospiz, auch wenn es da sehr schön ist bei Frau Himmelreich und den cremefarbenen Wänden. Aber ich möchte zu Hause sein. Frau Mayer ist doch da und ihr alle. Gebt mich nicht fort.«

Dieser letzte Satz hat mich wirklich fertiggemacht. Als ob wir Hedy fortgeben würden. Was für ein entsetzliches Wort.

»Aber Hedy«, sagte ich. »Was reden Sie denn da. Wir bleiben alle gemeinsam hier.«

»Ja, wir stehen das gemeinsam durch«, sagte sie leise. »Wenn es zu schlimm wird, denken wir einfach an was Schönes.«

Hedy baute in den folgenden Tagen weiter ab. Sie wurde dünner und dünner, sie wurde regelrecht weniger. Ich verfluchte jede neue Minute, weil ich den Eindruck hatte, sie würde wieder ein Pfund verlieren. Manchmal, wenn ich kurz aus dem Zimmer ging und dann wiederkam, hatte ich Angst, sie sei in der Zwischenzeit einfach verschwunden.

Ich bin so froh, dass Hendrik da war und ist. Seine Schwägerin kümmert sich um das Antiquariat, und Herrn Jespers' Bandscheibe geht es zum Glück besser, er kann sich mit seiner Frau also um die Pferde und um alles andere kümmern.

Hendrik muss gar nicht viel tun. Er ist einfach da. Das ist nicht selbstverständlich, das weiß ich. Obwohl es für ihn ganz selbstverständlich zu sein scheint.

Nun sitzen wir also hier. Mein Kaffee ist mittlerweile kalt geworden, ich starre auf den Tisch. Frau Groß hat ihn liebevoll mit kleinen roten Kugeln und Miniaturrehen und -hirschen dekoriert, kleine Eicheln und Tannenzapfen liegen herum. Sie hat einen Mandelstollen ohne Gemüse gebacken. Ich kann ehrlich gesagt kein Weihnachtsgebäck mehr sehen, weil ich seit September welches esse, und gerade bekomme ich sowieso nichts runter. Aber ich werde nicht den Fehler machen und Frau Groß sagen, dass ich ihren Stollen nicht mag. Nicht auszudenken, was für ein Drama wir hier hätten. Man muss froh sein, dass sie überhaupt noch was backt. Da wollen wir uns über den Stollen nicht beschweren.

Frau Mayer kommt herein und setzt sich zu uns. Ich gieße ihr einen Kaffee ein.

»Es kann nun stündlich so weit sein«, sagt sie.

Wir nicken.

»Ich habe ihr wieder starke Schmerzmittel gegeben. Es sollte jetzt immer jemand bei ihr sein. Also, damit meine ich nicht mich, sondern Sie.«

Ich stehe auf und werde es mit Frau Himmelreichs Worten halten: »Bei uns stirbt niemand allein.«

Hedy liegt in ihrem breiten Bett und schaut aus dem Fenster. Wieder schneit es.

»Kindchen«, sagt Hedy leise. »Kommen Sie zu mir. Setzen Sie sich hin.« Ich tue, was sie sagt. »Bleiben Sie bei mir. Gehen Sie jetzt nicht mehr weg, bitte.«

»Ich bleibe hier, Hedy.«

Wir schweigen zusammen.

Sie schläft ein, wacht wieder auf, sieht mich benommen an. Die Medikamente wirken gut. Sie scheint keine Schmerzen zu haben.

»Es ist so kalt«, sagt sie irgendwann in der Nacht, und ich hole noch eine Decke.

Arthur, der mittlerweile auch hier ist, ganz blass ist er, streichelt unentwegt Hedys Hand, und ich halte ihre andere.

Einige Zeit später spüre ich, dass sich etwas in Hedy verändert. Sie wird unruhig, sie scheint aufgeregt, dann ist sie wieder still. Das Atmen fällt ihr wieder schwer. Etwas sagt mir, dass es an der Zeit ist, die anderen hereinzuholen, und das tue ich auch. Arthur ist nun näher zu ihr gerückt und hält sie mit beiden Händen fest. Er versucht, sich zu beherrschen und nicht zu weinen, aber er schafft es nicht. Hedy drückt schwach seine Hand und schüttelt den Kopf.

»Nicht traurig sein«, flüstert sie. »Es ist nicht schlimm, Arthur. Bitte nicht traurig sein. Was wir aneinander hatten, kann uns doch keiner mehr nehmen.«

Arthur nickt und weint weiter. Hedy schließt wieder die Augen. Das Reden hat sie angestrengt.

Wir alle sind nun eng zusammengerückt, und Hedy macht noch einmal die Augen auf und sieht uns nacheinander an. Sie lächelt ihr warmes und liebes Lächeln, das ich so sehr vermissen werde, und ich versuche, alles an diesem Lächeln in mich aufzunehmen, um es niemals zu vergessen. Ich merke mir die Art, wie sie die Lippen kräuselt, und sehe die schönen, dezenten Falten in ihrem Gesicht an und die kleine Nase. Die lieben Augen mit den dichten Wimpern, die schön geschwungenen Brauen. Ich sehe und merke mir die Tränen, die nun über ihre Wangen laufen. Es gibt zwei feine Spuren, es glänzt. Sie versucht, meine Hand zu drücken, aber ich spüre es nur sehr schwach. Ich wische ihr mit der freien Hand eine Träne weg, und ihre Augen wandern von mir zu Arthur und dann wieder zu mir zurück.

Ihr Händedruck wird noch einmal fester, dann lässt er nach, und nun merke ich, wie sie langsam geht. Es ist ein Gefühl, das ich vorher noch niemals hatte. Dieses Merken, dieses Wissen, dass es nun so weit ist. Ich sehe sie an, schaue direkt in ihre Augen und nehme den Blick wahr, der nun ins Weite geht und sich langsam verändert. Das Leben darin wird weniger. In mir wird es kühler.

Ich will nicht, dass sie geht, sie soll bleiben. Ich drücke ihre Hand fester, will sie halten. Ich beuge mich zu ihr hinab, lege meinen Kopf auf ihre Brust, umarme sie und halte sie fest und will verhindern, dass sie mich verlässt. Ihr Körper wird weicher und weicher, und ich höre ihren Atem leiser werden, halte sie noch fester und will rufen, dass sie dableiben und noch nicht gehen soll. Ich will nicht, dass sie mich alleinlässt, und ich gönne ihr doch noch so viele schöne Jahre, mit Arthur, mit mir und überhaupt. Das ist doch alles nicht richtig!

Aber dann merke ich, dass ich nichts tun kann, und ich löse mich von ihr, ich will ihr nicht weh tun. Sie liegt vor mir, und ich nehme wieder ihre Hand, und da fließt etwas von ihr in mich, ich kann es nicht erklären, und Hedy atmet ein letztes Mal aus. Ihr kleiner Körper wird noch kleiner unter der Bettdecke, und alles, was Hedy ausmachte, geht langsam davon, verschwindet irgendwo in diesem Raum und wird nicht wiederkommen.

Ich sitze da und spüre Hendriks Hand auf meiner Schulter, ich höre Nupsi weinen und Arthur schwer atmen. Ich sehe Frau Mayer, die sich über Hedy beugt, und ich sehe Hedy fortgehen, immer weiter, sie geht und geht und bleibt nicht stehen. Ich schließe die Augen und sehe und spüre, wie sie von mir weggeht. Aber da dreht sie sich noch einmal um.

Und lächelt mich an.

Da weiß ich, dass es gut ist. Ich lasse sie weitergehen.

Eine Minute lang schweigen wir alle, und ich öffne wieder die Augen, atme tief durch und versuche, mich halbwegs zu sammeln. Die Tür geht auf, und da steht Frau Friedrichs mit einem Tablett, auf dem sich zwei geöffnete Flaschen Roederer Cristal und eine Menge Gläser befinden.

Frau Friedrichs lächelt uns an. »Das war Frau Benthams Wunsch«, sagt sie leise. »Sie hat mir gesagt, wenn ich tot bin, Frau Friedrichs, hat sie gesagt, dann sollen alle Champagner trinken. Das Leben ist zu kurz, um zu lange damit zu warten.«

Ich schüttele den Kopf und muss trotz allem lächeln.

Hedy.

32

»Liebes Kindchen, lieber Arthur, liebe Familie!
Nun ist es also passiert, ich bin weg, und Ihr alle seid noch da. Kindchen, wir wissen beide, dass auch Sie möglicherweise nur noch begrenzt Zeit haben, deswegen sollen Sie diese Zeit nutzen, so gut es geht. Ich habe meine Dinge alle geregelt, Sie erinnern sich bestimmt an den Tag, an dem wir beim Baron waren und Sie draußen gewartet haben. Der Baron wird alles in die Wege leiten dafür, dass es Ihnen an nichts fehlen soll. Und er wird Sie alle darüber informieren, wie es nun weitergehen soll … und jetzt bitte ich Sie alle zuzuhören …«

Wir sitzen einige Tage nach der Beerdigung im Büro des Barons. Der Baron setzt seine Lesebrille ab und nickt.

»Das ist der letzte Wille der Verstorbenen. So soll es sein.« Er lächelt. »Hedwig, also Frau Bentham, war ein guter Mensch. Nicht dass das eine Rolle spielen würde, aber es ist meine Meinung. Sie war ein sehr guter Mensch. Diesen Brief hat sie an Sie alle geschrieben. Ich werde weiter vorlesen.«

Hedy wollte kein aufwändiges Begräbnis. »Ich habe ja den großen Sarg, und der ist mit Seide ausgelegt, mehr will ich nicht, das Geld kann man anders verwenden«, hatte sie uns mehrfach eingeschärft. »Es ist so schön, dass ich darum bitten kann, im engsten Familienkreis beigesetzt zu werden. Ich hatte ja nie eine Familie. So gefällt mir das gut«, hatte sie gesagt. Und so haben wir sie an einem Freitagnachmittag beigesetzt. Herr Dinkelgärtner und Viola hatten die Kapelle schön dekoriert, und später werden die Gärtner kommen und das Grab bepflanzen. Zunächst kommen ein paar schöne Bodendecker drauf und im Frühjahr dann die Rosen. Ich war extra noch mal bei Herrn Hansen, der kümmert sich, und auch D. Weitzel hat sich noch mal eingeklinkt und sagte, alles würde wie am Schnürchen klappen, da könne ich mich aber so was von drauf verlassen. Und im Übrigen sei das heute sein letzter Tag, er werde sich beruflich verändern, sagte D. Weitzel, und natürlich wünschte ich ihm alles Gute.

Als wir nach der Trauerfeier hinter dem Sarg zum Grab gingen, traute ich meinen Augen nicht. Auf dem Grabstein stand nicht nur Hedys Name, sondern da standen auch die Namen meiner Eltern und der von Stefan.

»Frau Bentham hat mich mit der Umbettung beauftragt«, sagte Herr Dinkelgärtner. »Ich habe mich um alles gekümmert.«

»Moment mal«, sagte ich. »So einfach geht das? Hätte ich da nicht was unterschreiben müssen?«

»Haben Sie doch, sie hat mir die Unterlagen gebracht. Da war Ihre Unterschrift auf allen Dokumenten drauf.«

Also wirklich. Da hat sie einfach meine Unterschrift gefälscht.

So begruben wir Hedy in dem viel zu großen Sarg in ihrem Pelzmantel, damit sie nicht friert. Ich habe eine Flasche Champagner mit hineingelegt. Ihre Armbanduhr …

»… meine Armbanduhr soll Nupsi bekommen«, liest der Baron nun weiter vor. *»Sie beide sollen noch viel Zeit miteinander verbringen und sie gut nutzen. Das ist ganz wichtig. Nupsi ist eine so Liebe, Kindchen. Ich mag sie. Und deswegen wird Nupsi eine Galerie eröffnen. Ja, ich bin so ein guter Mensch, ich weiß! Aber im Ernst: Wer ein so hässliches Bild wie die Eisenbahnbrücke von diesem Monet gut findet und deswegen fast kollabiert, der soll das Bild haben und die anderen dazu. So kann sich Nupsi doch eine schöne Existenz aufbauen. Galerieräume haben wir schon angemietet, fragen Sie bitte den Baron, er hat alles vorbildlich arrangiert. Über der Galerie im ersten Stock befindet sich eine geräumige*

Wohnung, die gerade renoviert wird. Die Lage ist sehr gut. Da sind auch Kindergärten und Spielplätze und Schulen in der Nähe. Für Nupsis Kind habe ich einen Aktienfonds eingerichtet.«

Wir alle haben nach der Verkündung dieser Tatsache Angst, dass Nupsis Fruchtblase platzen könnte. Sie hält sich am Tisch fest und stöhnt, dann fängt sie an zu heulen und sagt die ganze Zeit nur: »Ach Hedy, ach Hedy, ach Hedy.«

Lolli streichelt ihren Arm und sagt zu uns: »Denkt an das Kind.«

»Wir machen doch gar nichts«, sage ich.

»Trotzdem«, sagt Lolli und streichelt fürsorglich weiter.

Lolli hat mich übrigens kurz nach Hedys Tod beiseitegenommen. »Wir, also Nupsi und ich, wir machen Zukunftspläne. Wir wollen zusammenziehen und ich, na ja, ich werde mir wohl einen anständigen Job suchen. Dieser Zirkus auf dem Kiez und hinterm Deich, der ist nichts mehr für mich. Ich würde so gern wieder in meinem alten Job arbeiten, aber ich glaub, ich bin zu lange raus. Ich …«

»… glauben Sie mal nicht, dass ich Sie vergessen habe, Herr Lolli. So leicht kommen Sie mir nicht davon. Ich habe mir überlegt, dass es für Sie ja das Beste ist, nun, wo Sie eine Familie haben, dass Sie endlich einer geregelten Arbeit nachgehen. Oder wollen Sie, dass das Kind später sagt, sein Vater wäre ein Kiezschläger oder bei der Russenmafia tätig? Das können Sie nicht wollen. Also habe ich mir Gedanken darüber gemacht und werde Ihnen gleich einen Job anbieten. Der Baron hat alle Infos. Danke noch mal für den schönen Abend auf der Reeperbahn, ich habe mich so amüsiert! Und für die Joints, auch wenn wir die in Sri Lanka dann gar nicht nutzen konnten. Gerade denke ich, dass ich doch mal ein paar Drogen hätte probieren sollen. Aber vielleicht ist es besser so.

Und tanzen Sie weiter, Lolli, das können Sie gut. Tanzen Sie durchs Leben. Eins, zwei, cha-cha-cha ... und passen Sie gut auf Nupsi auf!«

Lolli sagt gar nichts. Er schluckt nur und hat plötzlich ganz weiche Gesichtszüge. Schon glaube ich, dass er gleich zu weinen anfängt, aber dann sagt er: »Meine Güte, der Abend auf dem Kiez war aber auch klasse. Ich dachte wirklich: Mensch, hat die Alte Feuer unterm Hintern!«

»Jetzt kommen wir zum größten Projekt: meine Villa. Ich möchte, dass sie umgebaut wird zu einem Hospiz. Und nun sind Sie dran, Lolli. Zeigen Sie, was Sie können. Ich möchte, dass es ein wirklich schönes Objekt wird. Die Voraussetzungen sind gegeben, es gibt genügend Zimmer, unten den Wellnessbereich, den großen Garten und so weiter. Frau Groß, Frau Friedrichs, Herr Adalbert: Ich würde mich freuen, wenn Sie blieben und alles in meinem Sinne führen würden. Sie gehören zu diesem Haus, und ich bin der festen Überzeugung, dass es einfach passen würde! Sollten Sie nicht wollen, steht es Ihnen natürlich frei zu gehen, und Sie erhalten eine großzügige Abfindung. Dann können Sie es, wenn Sie mögen, richtig krachen lassen. Apropos krachen: Herr Adalbert, Sie bekommen den Porsche. Unter einer Bedingung: Sie müssen ein Fahrtraining absolvieren. Finden Sie endlich den Schleifpunkt. Die anderen Autos werden den Hospizgästen und deren Angehörigen zur Verfügung gestellt. Ich hoffe, dass Ihr alle etwas Gutes draus macht.«

Herr Adalbert, Frau Groß und Frau Friedrichs nicken ungläubig und froh. Ich weiß, sie werden bleiben. Weil Hedy recht hat: Sie gehören in dieses Haus. Und sie werden die guten Geister sein, solche wie sie, die braucht man.

Der Baron liest weiter vor:

»Kommen wir zu Dir, Arthur. Was könnte ich Dir vermachen außer dem Versprechen, dass ich da oben auf Dich warten werde? Du warst und bist und wirst immer meine große Lebensliebe sein. Doch ich hoffe, dass es noch lange, lange dauern wird, bis Du nachkommst. Du hast noch einiges zu tun. Ich möchte, dass Du mein Vermögensverwalter wirst. Du erhältst alle Vollmachten und wirst alles in meinem Sinn weiterführen. Ich weiß, ich könnte keinen Besseren dafür finden als Dich. Du bist ein guter Geschäftsmann und weißt, wie man Dinge regelt. Die Gelder sollen gut angelegt werden, vor allem für die Hospizstiftung. Kein Cent soll vergeudet werden. Ich möchte Sinnvolles hinterlassen. Und ich weiß, dass Dir diese Dinge Spaß machen werden, weil Du sie für mich tust. Ich wünsche Dir viel Spaß mit dem Gewächshaus, das Du Dir auf dem Grundstück bauen sollst. Wenn Du magst, lieber Arthur, lass Dir vom Herrn Lolli ein paar Zimmer im Haus zurechtmachen, Zimmer haben wir ja nun wirklich genug, und es soll ja nicht nur Tod im Haus sein, sondern auch Leben. Davon abgesehen, der Jüngste bist Du ja auch nicht mehr, und wenn es an der Zeit ist, hast Du Pfleger, Ärzte und so weiter vor Ort. Da spart man sich die lange Fahrerei.«

Arthur nickt. »Das ist mal eine gute Idee. Ach, Hedelchen«, sagt er dann wieder traurig. »Mein Hedelchen.« Er fängt sich. »Aber ist es nicht brillant, an so vieles hat sie gedacht, so viel geregelt. Ich bin so froh, dass wir wenigstens noch eine kurze Zeit miteinander hatten.«

Das stimmt.

»Nun komme ich zum letzten Punkt. Zu Ihnen, Kindchen. Ich habe lange überlegt. Und bin dann zu einem recht einfachen Schluss gekommen: Natürlich könnte ich egoistisch

sagen, dass ich Sie gern früher bei mir hätte, irgendwo da oben, aber das wäre vermessen und schlicht unfein. Ich gönne Ihnen von Herzen ein langes Leben und bin dankbar dafür, dass ich es Ihnen hoffentlich ermöglichen kann. Sie bekommen eine meiner Wohnungen, in der Sie sich hoffentlich wohlfühlen. Mit Blick auf die Alster und mit Fahrstuhl, falls es irgendwann mal nötig ist. Machen Sie es sich schön mit Ihrem Hendrik und sehen Sie zu, dass Sie weiter die bleiben, die Sie sind.
Wenn Sie hin und wieder mal an unser Grab kommen, ist das schön, aber es muss auch nicht sein. Das Leben soll nicht auf Friedhöfen stattfinden, wobei ich sehr dankbar dafür bin, dass es welche gibt, sonst hätte ich Sie nie kennengelernt. Lassen Sie sich Zeit!
Und bis dahin können Sie sich so richtig verausgaben, Kindchen. Entwerfen Sie Wartezimmer. Der Baron stellt Ihnen dafür eine Stange Geld zur Verfügung. Gestalten Sie Wartezimmer in Krebspraxen und -kliniken, machen Sie alles so, dass es würdevoll und menschlich ist. Herr Lolli wird Ihnen zur Hand gehen. Ich bin sicher, das wird eine Riesenfreude für Sie werden, und ich glaube, Sie werden wiederum vielen Menschen Freude damit machen! Einverstanden?
So. Nun ist alles gesagt, was zu sagen war. Ich ziehe mich dann mal zurück.
Aber keine Sorge. Ich werde die Jahre schon rumkriegen. Langweilig wird mir bestimmt nicht. Ich war ja schon immer ein kleiner Springinsfeld!«

Sie schreibt wirklich *Springinsfeld*.

Hedy hat an alles gedacht, wie der Baron uns weiter aufklärt. Ihre Wertgegenstände und Immobilien sollen verkauft werden und das Geld in die noch zu gründende Krebsstiftung fließen. Es sei alles vorbildlich geregelt, sagt der Baron. Ja, Frau Bentham sei schon eine tolle Frau gewesen.

Das war sie. Unbestritten.

Wir haben übrigens vor ein paar Tagen noch ein Schreiben bekommen mit einem Verwarnungsgeld – von dem Tag, an dem Hedy und ich von den beiden Polizisten angehalten worden sind. Hedy hatte den Baron schon vorher angewiesen, sich auch darum zu kümmern. Und so wird nicht nur der Strafzettel bezahlt, sondern Hedy spendiert auch noch drei nagelneue Polizeiautos. Allerdings langsame, damit zu schnell fahrende andere Autos nicht überholt werden können. Das ist wieder typisch Hedy. Einerseits tut sie was Nettes, aber dann teilt sie noch eine Spitze aus.

Um mein Auto habe ich mich immer noch nicht gekümmert, aber eines Tages bekomme ich einen Anruf von dem Kollegen, der mein Auto haben wollte, wenn ich tot bin. Er sagt, es würde vor seinem Haus stehen, seit Ewigkeiten. Auch wenn ich seine Reaktion damals ziemlich taktlos fand, nehme ich das mal als Zeichen und schenke es ihm. Er freut sich, weil er gerade Vater einer Tochter geworden ist und sie nun nicht mehr in der Kälte auf dem Fahrrad herumkutschieren muss. Er habe nämlich momentan keinen Wagen. So ein Kind sei ja teuer. Na dann, wenigstens etwas.

Am Nachmittag gehe ich noch mal allein zum Friedhof. Es ist der 22. Dezember. Weihnachten werden wir in Hedys Haus feiern, das wollte sie so. Sie hat tatsächlich mit Frau Groß darüber gesprochen, was es zu essen geben soll. Kein Gemüse mehr. Wir sollen es richtig krachen lassen. Wie im Alten Rom, habe Hedy ihr gesagt. Frau Groß ist glücklich und brutzelt und brät und formt und gart.

Mein Handy piepst, ich habe eine SMS von Dr. Rosenbach bekommen. Er sei immer noch in Afrika und habe von seinen Kollegen gehört, was mit mir passiert ist; er freue sich sehr für mich. Das hätte ich aber auch verdient, schreibt er. Ich bedanke mich für die Nachricht und schreibe, dass ich das auch finde.

Lolli und Hendrik werden morgen losfahren und einen großen Weihnachtsbaum kaufen, und den werden wir dann gemeinsam schmücken. So hat Hedy es gewollt, und wir machen alles, was Hedy gewollt hat.

Ich gehe den Weg zu unserem Grab entlang. Es ist fast schon dunkel, ein kalter Wind weht. Auf vielen Grabplatten stehen kleine Grablichter, was ein wenig gruselig aussieht. Nur wenige Leute sind unterwegs und nicken mir im Vorbeigehen dezent zu.

Ach, Hedy. Was hätten wir es noch schön haben können. Es tut mir alles so weh und so leid, und es ist so ungerecht.

Da vorn ist unser Grab. Ich kneife die Augen zusammen, es wird immer dunkler, ich kann kaum was erkennen. Aber was ich zu erkennen glaube, will ich nicht glauben. Da hat jemand mit Tesafilm einen Zettel auf den Grabstein geklebt. Und auf dem steht nur ein Wort: *ÄTSCH!*

Ich schaue auf das Grab. Begonien. Überall Begonien.

O nein!

Ich straffe die Schultern und atme ein und aus und ein und aus. Dann drehe ich mich um und gehe im Stechschritt Richtung Ausgang. Dieser Mistkerl! Das war wohl seine letzte Amtshandlung. Aber so nicht. Nicht mit mir!

Ich werde ihn finden.

D. Weitzel kann sich warm anziehen!

Zwei Jahre später

»Ist das nicht merkwürdig?«, fragt Nupsi und zupft ein paar verwelkte Rosenblätter von der Blüte. »Wie schnell die Zeit rast. Vor zwei Jahren haben wir hier gestanden und Hedy begraben, und als die erste Trauer sich gelegt hat, war Leonor so voller Hoffnung.«

Hendrik nickt, während Lolli Nupsis Sohn hinterherläuft, der zwischen den einzelnen Grabstätten herumspringt und natürlich nicht kapiert, dass das hier ein Friedhof ist, auf dem man sich halbwegs benehmen sollte.

Nupsi hatte darauf bestanden, das »Familienkind«, wie sie ihn nannte, nach Hedy und Leonor zu benennen. Weil es kein männliches Pendant zu Hedy gab, hatte sie sich für die drei ersten Buchstaben des Nachnamens entschieden, und bei Leonor war es ja einfach. Ben Leo – damit waren alle einverstanden. Nupsi war extra zu Hedy auf den Friedhof gegangen, um sie über ihre Entscheidung zu informieren. Hedy hatte nicht widersprochen.

Ben Leo kam im April zur Welt, es war ein kalter Tag mit Schneeregen, aber im Krankenhaus schien für alle die Sonne. Leonor war bei der Geburt dabei und stellte sich dermaßen an, dass die Hebammen schon dachten, sie sei diejenige, die ein Kind bekam. Lolli, der erst großspurig verkündet hatte, dass auch er dabei sein und die Nabelschnur durchschneiden wollte, kollabierte schon fast, während er durch die Tür des Kreißsaals ging, und zog es dann vor, mit Hendrik draußen zu warten. Arthur, der natürlich auch da war, lief ununterbrochen im Kreis, weil ja sein erstes Enkelkind bald da sein würde.

Nach Ben Leos Geburt waren natürlich alle aus dem Häuschen, und die nächsten Wochen drehte sich alles nur um ihn. Lolli und Nupsi hatten die schöne Wohnung über der Galerie bezogen und viel Zeit damit verbracht, sie hübsch einzurichten. Lolli sagte, nie hätte er gedacht, dass er in diesem Leben in Einrichtungs- und Möbelhäusern Zeit verbringen und es auch noch gut finden würde. Er war in seinem Element, suchte Bodenbeläge und Vorhänge aus, strich das Kinderzimmer in Sonnengelb und baute neben der Wiege, die er liebevoll fertiggestellt hatte, auch noch einen Wickeltisch und ein Schaukelpferdchen.

Nupsi hatte viel Zeit damit verbracht, ihre Galerie einzurichten, und Lolli war natürlich überglücklich, dass er neben der Einrichtung der Wohnung auch noch den Umbau von Hedys Villa angehen konnte. Er blühte förmlich auf, und mit seinen Ideen, in die er auch alle anderen mit einbezog, verwandelte er das große Haus in ein wunderschönes Hospiz. Leonor machte viele Vorschläge zur Zimmereinrichtung; sie dachte an Frau Himmelreich und das Hospiz in den warmen Farben, und so gab es hier viele Pastelltöne, aber auch Tapeten mit großen Blumen und exotischen Tieren drauf, weiche Teppiche auf Parkett. Im Keller wurde ein Wellnessbereich gebaut, der sich sehen lassen konnte. Neben dem großen Schwimmbad gab es Massageräume, ein Sprudelbad und einen Bereich mit Wasserfall und vielen kleine Becken mit Fischen darin, dazwischen bequeme Liegestühle mit kleinen Tischchen. Frau Friedrichs und Frau Groß waren zur Stelle, um sich einzuarbeiten und alle zu verwöhnen, während Herr Adalbert sich neben der Fahrerei mit Arthur um den Garten kümmerte, denn auch hier sollte eine schöne Oase entstehen, in der die Menschen bei gutem Wetter froh sein konnten. Arthur trauerte, sagte aber auch immer wieder, die Tage und Wochen mit seiner Lebensliebe seien die schönste Zeit in seinem Leben gewesen und hätten ihm neue Hoffnung gegeben. Auch die Sache mit Rebecca war vom Tisch, Arthur würde ihr nicht mehr begegnen müssen.

Schon ein Jahr nach Hedys Tod waren alle Umbauten, die Formalitäten und die Suche nach freundlichem, kompetentem

Pflegepersonal so weit vorangeschritten, dass das Hospiz die ersten Gäste aufnehmen konnte.

Leonor stürzte sich mit Feuereifer in die »Operation Wartezimmer« und bewies in der Tat ein glückliches Händchen. Schnell fand sie interessierte Praxen – unter anderem die von Dr. Rumpfstiel – und gestaltete Wartebereiche so, wie sie es sich immer vorgestellt und ausgemalt hatte. Diskret, mit Stil, schöner Musik, hübschen Pflanzen und aktuellen Zeitschriften statt fürchterlicher Prospekte. Sie war Hedy so dankbar dafür, dass sie ihr diese Aufgabe übertragen hatte, denn sie merkte, dass hier wirklich vieles im Argen lag. Es war eine wunderbare Idee von Hedy gewesen; sie hatte einfach immer gut zugehört und sich das Richtige gemerkt.

Regelmäßig ging Leonor zu den Untersuchungen, und es sah lange gut aus. Die Tumore bildeten sich zwar nicht noch weiter zurück, aber es veränderte sich auch nichts zum Schlechteren.

»Das Schönc ist«, sagtc sic cinmal, nicht lange nach Hedys Beerdigung, zu Hendrik, als sie gemeinsam ausritten, »dass wirklich jeder einzelne Tag, nein, jede einzelne Sekunde, etwas Besonderes für mich ist. Was für verrückte Dinge da die letzten Monate passiert sind, und das nur, weil ich auf dem Friedhof war, um mir in meinem Pragmatismus meine Grabstelle auszusuchen. Und hätte ich nicht zu Hedy gesagt, sie solle sich einen Porsche kaufen, wären wir beide uns höchstwahrscheinlich nie begegnet.«

Hendrik nickte. »Da können wir wirklich dankbar sein.«

»Und wie sie mit mir auf der Bank war, du hättest sie erleben müssen. Plötzlich hatte ich diesen riesigen Kredit … um Himmels willen, ich glaube, den hab ich immer noch! Ich habe Ewigkeiten nicht mehr auf mein Konto geschaut, ist das zu fassen. Ich weiß noch nicht mal mehr, ob meine Miete abgebucht wurde, ich hab ja gar nicht mehr gearbeitet, ich war ja nur mit Hedy unterwegs.«

Sie fuhren zu Leonors Wohnung, um dort mal nach der Post zu schauen, aber nichts Weltbewegendes war da. Nur Kontoauszüge und Mitteilungen von der Bank. Die große Summe des schließlich doch noch bewilligten Kredits befand sich noch immer auf ihrem Konto.

Doch da lag noch ein Brief.

Von Hedy.

»Liebes Kindchen,

na, sind Sie endlich mal wieder in Ihrer Wohnung? Die müssen Sie ja auch noch kündigen, ich hoffe, die neue gefällt Ihnen gut. Bestimmt wollen Sie mal wieder nach dem Rechten sehen, und nun finden Sie auch Kontoauszüge und Briefe von der Bank. Ja, Ihr Konto ist gut gefüllt. Ich habe die Kreditsumme selbst zurückgezahlt, da dürfen Sie mir nicht böse sein. Diesen Thies Jensen haben sie aber vorher degradiert und irgendwohin hinter einen Schalter versetzt – er hat ordentlich einen drübergekriegt, als rauskam, dass er Ihnen den Kredit bewilligt hatte, denn man gibt ja einer Todkranken nicht so viel Geld, nicht wahr? Diese Bank-Heinis, schrecklich. Mit dem Baron habe ich noch einen netten Plan ausgetüftelt, wie aus meinem Vermögen einige Gelder an Leute vergeben werden können, die – wie Sie – keinen Kredit bekommen, weil sie krank sind.«

Hedy hatte wirklich an alles gedacht. Es musste ihr richtig Spaß gemacht haben.

Hendrik und Leonor verlebten eine wunderbare Zeit miteinander. Sie führten ein normales Leben, eines, wie Leonor es sich gewünscht hatte. Ruhig, glücklich und zufrieden.

Es passierte nicht viel, das musste es auch nicht, es hatte genug Aufregung gegeben. Leonor brauchte keine großen Erlebnisse, keine Hektik. Sie war froh, dass alles gut war. Einfach nur schön.

»Ich bin so zufrieden«, sagte sie oft zu Nupsi. »Ich hätte nie gedacht, dass zufrieden sein so wertvoll sein kann.«

Nupsi umarmte sie. »Es ist so schön, dass du da bist.«

Es war eine schöne Zeit. Arthur fuhr noch einmal nach Sri Lanka, es wurde mit Olli und Robert geskypt, die sich auch freuten, dass es Leonor so gutging. Das Hotel lief gut, und Arthur kam zurück. Manchmal traf er sich mit seinem Bruder Paul, aber meistens war er zu Hause und werkelte an dem Wintergarten herum, redete mit den Hospizgästen und den Angehörigen oder saß in Viktors Arbeitszimmer und verwaltete das Vermögen ganz nach Hedys Wünschen, so dass es wuchs und Gutes bewirkte.

Und dann meldete sich bei Leonor der Krebs zurück.

Und diesmal war er hartnäckig und ließ sich nicht mehr vertreiben. Es war, als würde er mit dem Fuß aufstampfen und schreien: »Diesmal kriegt ihr mich nicht weg!«

Und er sollte recht behalten.

Es fing schleichend an. Leonor wurde schwächer, bekam schlecht Luft, baute ab. Sie, die seit der Besserung eigentlich täglich fitter und agiler geworden war, litt sichtbar darunter, dass ein neuer Kampf begann. Dr. Rosenbach, der mittlerweile wieder aus Afrika zurück war, bestätigte, genau wie seine hinzugezogenen Kollegen, eine Verschlechterung. Die Tumore hatten sich wieder vergrößert. Metastasen hatten sich gebildet.

»*Es sieht nicht gut aus.*« Diesen Satz hatte Leonor schon so oft gehört, aber diesmal wusste sie, dass es keinen Aufschub mehr geben würde. Kurz gab sie noch der Hoffnung Raum, aber diesmal schien es, als ob der Krebs nachholen wollte, was er in den letzten zwei Jahren versäumt hatte. Es wurde rasch schlimmer.

So kam es, dass Leonor ein schönes Zimmer in Hedys Haus bezog. Mit Blick auf die Elbe. Es war das schönste Zimmer von allen, und Lolli hatte es noch einmal nach Leonors Wünschen umgestaltet, als es schlimmer wurde mit der Krankheit. Die

Wände waren rosé gestrichen, die Möbel vanillefarben, der Raum atmete Behaglichkeit. Luftige Vorhänge vor den Fenstern, an der Wand vergrößerte Fotos von Hedy und Leonor in Sri Lanka, von Leonor und Hendrik auf den Pferden und Bilder, auf denen die ganze »Familie« zu sehen war. Diese Fotos hatten Angehörige von Gästen des Hospiz gemacht. Es war hier alles ein Miteinander. Die Verwandten und Freunde der Sterbenden fühlten sich wohl, weil hier nicht das Sterben wohnte, sondern trotz allem das Leben. So hatte Hedy es gewollt. Und nun lag Leonor hier in dem schönen Zimmer, und es blieb ihr nichts anderes übrig, als zu warten.

»Ich hasse das Wort Metastasen, ich hasse, hasse, hasse es«, sagte sie zu Hendrik, als sie wieder einmal im Bett lag und solche Schmerzen hatte. Sie bekam nun stärkere Mittel, viel stärkere als jemals zuvor.

Hendrik.

Er war einfach da. Er blieb und ging höchstens mal weg, um zu duschen, und einmal fuhr er kurz auf den Hof, um nach dem Rechten zu sehen. Aber er kam schnell zurück.

Leonor sprach davon, dass es nun bald so weit sei. Und wollte nicht diese blöden Sätze wie »Nein, du wirst wieder gesund, was redest du denn da« hören, das machte sie allen unmissverständlich klar. »Es. Ist. Bald. So. Weit. Bitte, habt ihr das verstanden?«

Alle nickten. Nur Arthur sagte immer wieder, dass sie kämpfen solle. Aber Leonor wollte nicht.

»Ich weiß einfach, dass es sinnlos ist«, sagte sie zu Nupsi und Hendrik. »Ich will meine Kraft jetzt nicht mit Kampf vergeuden. Es ist merkwürdig, aber ich weiß, dass ich ihn sowieso verlieren werde. Also kann ich es doch auch gleich sein lassen.«

Und Hendrik sagte einfach: »Gut.«

Hendrik war wie ein warmer Mantel für Leonor. Einer von guter Qualität. Sie wusste, er würde sie auch nicht im Stich lassen, wenn es beinahe unerträglich kalt würde.

Er begleitete sie Tag und Nacht. Leonor fühlte sich trotz allem geborgen.

Und dann kam der Tag, an dem sie zu Hendrik und Nupsi sagte: »Ich kann nicht mehr.«

Es war nicht viel Zeit vergangen vom erneuten Ausbruch der Krankheit bis hierhin, aber Leonor hatte sich stark verändert. Es war, als wäre sie schon gar nicht mehr da. Als würde irgendein Mensch daliegen, aber nicht sie. Sie sprach kaum noch, hatte Probleme mit dem Atmen, war die meiste Zeit sediert und hatte keine Kraft mehr, zu weinen oder auch nur irgendeine Regung zu zeigen. Es war wie damals bei Hedy. Sie schien einfach zu verschwinden.

In einer Augustnacht, während der Vollmond in ihr Zimmer schien, schlief Leonor dann einfach ein. Alle waren da, als sie fortging, und Hendrik hatte das Gefühl, Leonor sei erleichtert darüber, dass es nun vorbei war.

Es war kein schmerzhaftes Gehen, sondern ein Gehen, das vorhersehbar gewesen war und deswegen ein Stück weit in Ordnung.

»Nimm meine Armbanduhr«, hatte Leonor noch zu Nupsi gesagt. »Such dir eine neue beste Freundin und schenk sie ihr. Und sag jetzt nicht nein.«

»Gut«, hatte Nupsi gesagt, weil sie nicht wollte, dass Leonor sich aufregte. Aber sie wusste, es würde lange dauern, bis sie überhaupt zu irgendetwas in der Lage sein würde. Und an eine neue beste Freundin war gar nicht zu denken. Das würde nie wieder so sein, so viel stand fest.

»Ich bin so froh, dass sie Ben noch kennengelernt hat«, sagt Nupsi zu Hendrik. »Und überhaupt, dass ihr beide so eine tolle Zeit hattet.«

»Die hatten wir.« Hendrik nickt. »Komisch. Wir hätten verreisen können, wir hätten uns teure Autos oder von mir aus auch ein Motorboot kaufen können, aber weißt du, was wir nur wollten?«

»Hm?«

»Zusammen sein. Das war alles. Am liebsten hätte ich ein Mittel gegen Schlaf erfunden, nur um länger etwas von Leonor zu haben. Ich habe noch nie mit einer Frau innerhalb von so kurzer Zeit so viele Gemeinsamkeiten entdeckt, so viel gelacht und so viel philosophiert. Sie war auf so eine unaufdringliche Art klug.«

»Ja, das war sie. Sie war etwas Besonderes. Ich bin glücklich, dass ich sie hatte.«

»Ich auch.«

Sie stehen da vor Hedy und Leonor und nicken auch Viktor, Stefan und Leonors Eltern kurz zu.

»Wenigstens sind sie nicht allein«, sagt Nupsi.

»Ja, das ist gut. Es dauert ja noch ein bisschen, bis wir sie wiedersehen.«

»Danke übrigens, dass du dich um alles gekümmert hast.«

»Ach, das meiste hat doch Herr Dinkelgärtner gemacht. Er wusste ja, was zu tun war«, sagte Hendrik.

»Trotzdem«, sagte Nupsi. »Schön hat der Gärtner das mit den Rosen gemacht. Winterharte.«

»Ja. Weißt du noch, wie Leonor sich über die Begonien auf Hedys Grab aufgeregt hat?«

»Na klar.« Sie lachten.

Nachdem sie die Begonien auf Hedys Grab gesehen hatte, war Leonor zum Büro von D. Weitzel gerannt, aber der war nicht mehr da, weil er ja aufgehört hatte, dort zu arbeiten. Doch sie hatte den Gärtner gefunden, Knut Hansen, der ein schlechtes Gewissen hatte, weil er Begonien hatte pflanzen müssen, und Begonien seien doch gar nicht winterhart. Das sei aber jetzt teurer, das alles umzupflanzen, und D. Weitzel habe ihm gesagt, es sei in Ordnung mit den Begonien, obwohl Herr Hansen das nicht wirklich geglaubt habe. Aber von Leonor habe er keine Nummer gehabt, also habe er die Begonien aus dem Gewächshaus geholt und eingepflanzt, obwohl ja klar gewesen sei, dass sie es nicht lange machen würden. Leonor war total sauer auf D. Weitzel, und Herr Hansen sagte, das könne er verstehen, D. Weitzel habe auch wirklich Haare auf den Zähnen. Und jetzt würde er auch gar nicht mehr in der Verwaltung arbeiten, sondern habe die Firma seines Schwiegervaters übernommen, der sich zur Ruhe gesetzt habe, eine Firma für Hausfassadenverschönerungen oder wie das heiße. Nächste Woche sei da ja auch eine große Einweihungsparty, da käme auch die Zeitung, weil ja D. Weitzel und seine Frau jetzt die alleinigen Inhaber seien und so richtig loslegen wollten, was Hausfassaden angehe.

Leonor kümmerte sich darum, dass die Begonien gegen Bodendecker ausgetauscht wurden und Herr Hansen im Frühjahr Rosen pflanzen würde. Zu Hause googelte sie wütend nach der Firma von D. Weitzel und besprach die Sache mit Lolli, der sich auch sehr über D. Weitzel aufregte. Lolli rief einen Kumpel an, und so trug es sich zu, dass der Kumpel mit anderen Kumpels am Abend vor der großen Einweihungsparty, die um 11 Uhr am nächsten Tag beginnen sollte, zur Firma von D. Weitzel fuhr und in einer Nacht- und Nebelaktion sämtliche Fassaden der Firma mit den hässlichsten Begonien verzierte, die man mit Sprühfarbe aufbringen konnte. Die Begonien sahen aus wie kleine, giftige Gnome, andere, als würden sie sich übergeben, und einige spuckten Feuer.

Natürlich wurde D. Weitzel fast verrückt, als er das Malheur am nächsten Tag zu Gesicht bekam, und Leonor und alle anderen freuten sich ein Loch in den Bauch. Sie saßen auf der gegenüberliegenden Straßenseite mit Herrn Adalbert im Auto und beobachteten mit Vergnügen, wie die Zeitungsfotografen und die Gäste und die Anwohner die hässlichen Begonien ablichteten und unter anderem auf Facebook einstellten.

D. Weitzel wusste mit Sicherheit, wer hinter der Aktion steckte, aber er unternahm nichts. Lolli sagte, es sei aber auch kein Problem, wenn er es täte, und Leonor glaubte ihm aufs Wort.

Der Krebs besiegte Leonor im August.

Die Rosen auf Hedys und ihrem Grab standen in voller Blüte. Herr Hansen hatte sich unglaublich viel Mühe gegeben und eine wahre Pracht gepflanzt.

Selbst jetzt, im Dezember, sieht es noch schön aus. Nun blühen die Christrosen, die Herr Hansen auch noch gepflanzt hat. Es wirkt wie ein kleiner Garten mitten auf dem Friedhof.

»Nun«, sagt Hendrik. »Ich muss noch rausfahren zu den Pferden. Morgen komm ich vorbei. Ich hab dem Kleinen versprochen, mit ihm auf den Weihnachtsmarkt zu gehen.«

»Gut.«

Lolli kommt mit Ben Leo, der springt auf Nupsis Arm, und die beiden gehen schon mal vor, während Lolli noch einen Moment an den Gräbern stehen bleibt. Er kniet sich hin und zupft hier und dort, er will, dass alles schön ist. Dann steht er auf, lächelt hinunter und faltet kurz die Hände.

»Wir seh'n uns«, sagt er, dreht sich um und geht Richtung Leben.

Epilog

Knut Hansen lässt sich schwerfällig auf die Bank sinken. Himmel, ist sein Rücken heute zickig. Obwohl es warm ist, macht er ihm Probleme. Außerdem hat Hansen schlechte Laune. An vielen Pflanzen ist Schädlingsbefall, und er muss sprühen und machen und tun. Aber jetzt erst mal Pause.

Er nimmt die *Bild*-Zeitung und holt eine Thermoskanne aus seinem Rucksack, gießt sich einen Kaffee ein und packt ein Mettbrötchen aus. Mit Zwiebeln obendrauf. Im Mitarbeiterraum kann er so was nicht essen, da meckern immer alle über den Geruch, aber hier meckert keiner. Er nimmt einen kräftigen Schluck Kaffee, dann beißt er in das Brötchen und blinzelt in die Sonne, liest und trinkt und isst weiter. Dann lässt er die Zeitung sinken und schaut lange auf die Gräber vor ihm. Er erinnert sich an die dünne Frau, die ihn vor so langer Zeit darum gebeten hat, sich gut um die Gräber zu kümmern. Er hatte es ihr versprochen und wirklich sehr gute Pflanzen gekauft, nachdem die Sache mit den Begonien geklärt war. Sie wachsen und wachsen, die Rosen, man kann ihnen quasi dabei zusehen. Wirklich schön hat er das gemacht. Und er hat sie besucht, so wie er es ihr gesagt hat. So wie jetzt. Man darf, so denkt Hansen, mit Fug und Recht behaupten, dass diese hier eine der schönsten Grabstätten ist, die er betreut. Knut Hansen nickt in Richtung Leonors Grab und steht auf. Also wirklich, sie sind so schön, diese Rosen! Und seit einiger Zeit kommen jeden Tag Bienen angeflogen und kriechen in die Blüten. Merkwürdig. In die anderen nicht, nur in diese hier auf diesem Grab. Als seien diese Rosen etwas Besonderes. Vielleicht wartet ja irgendwo ein Imker auf die Bienen und macht schönen Rosenhonig draus.

Knut Hansen ist stolz und setzt sich wieder. Eine wahre Blumenpracht. Hier wächst alles viel schöner als auf den anderen Gräbern.

›Manchmal‹, so denkt er, ›kommt es wohl doch drauf an, wer drunterliegt.‹

Dankeschön an …

Dr. med. Hans Klose, Leiter der Sektion Pneumologie im Universitätskrankenhaus Hamburg-Eppendorf für die Beantwortung meiner Fragen. Falls ich was versemmelt habe, an Ihnen lag es sicher nicht.

Angela Reschke vom Hamburger Hospiz, die mir erklärt hat, warum dort keiner allein stirbt.

Meine Freundin Susanne König, die durch einen einzigen Satz die Idee für dieses Buch ins Rollen gebracht hat: »Später hat längst begonnen.« Susi, auch wenn wir uns nicht oft sehen – es ist schön, dass es dich gibt!

Matthias »Matthes« Annas, der mir an einem Abend im März zeigte, wie wichtig es ist, dankbar dafür zu sein, dass man gesund ist. Ich hoffe, dir geht es gut da, wo du jetzt bist.

Susanne Halbleib, meine Lektorin. Auch nach fünfzehn Jahren ist es immer noch schön mit dir. Manch ein Ehepaar kann sich von uns eine Scheibe abschneiden.

Philipp, meinen Sohn! Es ist so schön, dass du deinen Weg gehst!

Fridtjof, meinen Mann. Ich bin glücklich darüber, dass wir uns haben, und habe beschlossen, mich nicht mehr über Kleinigkeiten aufzuregen. Deswegen meckere ich auch nicht mehr über mitgewaschene Papiertaschentücher in Sporthosen. Ehrlich nicht.

Fredrik Backman

Oma lässt grüßen und sagt, es tut ihr leid

Roman

Band 19781

Oma ist 77, Ärztin, Chaotin und treibt die Nachbarn in den Wahnsinn. Elsa ist 7, liebt Wikipedia und Superhelden und hat nur einen einzigen Freund: nämlich Oma. In Omas Märchen erlebt Elsa die aufregendsten Abenteuer. Bis Oma sie eines Tages auf die größte Suche ihres Lebens schickt – und zwar in der wirklichen Welt.

»Dieses einfühlsame Buch über die Kraft der Phantasie wird von einfach allen verschlungen und geliebt.«
Dagens Nyheter

fi 19781 / 1